# SHADOWRUN

# MÜNCHEN NOIR

# INHALT



## CREDITS

**Texte:** Jens Ballerstädt-Koch (Kurzgeschichten, Schatten über München, Es liegt was in der Luft)
Tobias Hamelmann (Von Wölfen und Ratten, Noch einmal mit Gefühl)
Jochen Hinderks (Wirtschaft auf Bayrisch)
Tilo Hörter (Die Haie kreisen)
Martin Janssen (Der Chirurg)
Martina Noeth (A Stückerl heile Welt)
Jens Ullrich (Das kranke Herz Bayerns, Reich und schön, Vier Elfen und ein Todesfall, O´zapft is!)

**Produktentwicklung:** Jens Ullrich
**Redaktion:** Christian Lonsing
**Satz und Layout:** Tobias Hamelmann
**Lektorat:** Michael Bohr, Tobias Hamelmann, Benjamin Plaga, Stephanie von Treyer
**Cover Art:** Andreias Liviu Harald
**Covergestaltung:** Ralf Berszuck
**Innenillustrationen:** Andreias Liviu Harald, Birte Irion, Karsten Schreurs
**München-Karte:** Mikael Brodu
**Pläne:** Jens Ullrich
**Druck:** Bercker Graphischer Betrieb GmbH & Co. KG
**Inspirationen und Dank an:** Lars Blumenstein, Lara Hoffmann, Gunter Kopf, Renzino Molinari, Heiko Örtel, André Ruck, Melanie Schubert, Jana Weiland



ISBN-10 3-89064-772-3
ISB-13 978-3-89064-772-2

PRINTED IN GERMANY

1 2 3 4 5 09 08 07 06

**WWW.SHADOWRUN.DE**

# EINLEITUNG

Willkommen in *München Noir*. In diesem Band wollen wir die Hauptstadt Bayerns näher beleuchten, jedoch nicht wie in älteren Publikationen durch akribische Beschreibung der einzelnen Stadtteile und Lokalitäten, sondern durch eine Übersicht über die sozialen und gesellschaftlichen Grundelemente der Stadt. Dazu zählen wie in fast allen Sprawls im Shadowrununiversum Konzerne, Politik, die Runnerszene und die Syndikate, aber ganz speziell in München auch der ewig dem neusten Trend nachjagende Jetset und die in der ganzen Stadt präsente Medienbranche. Hier werden Sternchen zu Stars gekürt, um sie sofort wieder verglühen zu lassen, nachdem man sie kommerziell ausgesaugt hat. Außerdem zeichnet sich München durch seinen mehr oder weniger gut übertünchten moralischen Verfall aus, der unter einer Schicht aus Tradition und Toleranz fröhliche Urstände feiert und wie ein Geschwür seinen Weg auch in unerwartete Ecken der Stadt gefressen hat.

Genau hier hat sich uns die Frage gestellt, was man eigentlich alles beschreiben kann und sollte, wie weit man mit Klischees arbeiten kann und wo die Grenze des guten Geschmacks bei einem Spiel liegen sollte, das nicht nur Erwachsene spielen. Es ist nicht ganz leicht, eine dystopische Gesellschaft zu ersinnen, die weder total abgehoben, noch zu altbacken wirkt, wenn andernorts ganze Wolkenkratzer von Terroristen zerstört werden und Ex-Bundeskanzler sich von russischen Ölmultis fürstlich bezahlen lassen. Hinzu kommt, dass Sex und Gewalt bereits in unserer Medienlandschaft alltäglich sind und das, was heutzutage ganz normal ist und in den Nachrichten um 20 Uhr gezeigt wird, die Zuschauer vor 30 Jahren noch zu bösen Protestanrufen beim Sender motiviert hätte. Wie sieht das aber 2070 aus? Wie viel Wirtschaftskriminalität und Schiebereien gibt es? Wie viel Sex und Gewalt soll es sein, und wie viel davon will man als Leser noch sehen? Und wie verpackt man es, ohne plakativ oder platt zu erscheinen?

Das Gleiche gilt für das typisch bayrische Klischee: Bier, Lederhosen und Japaner mit Fotoapparaten. Natürlich gehören Tradition und Trachten zu Bayern dazu, und nicht wenige behaupten, man bekomme da auch das beste Bier der Welt, aber trotzdem laufen in München nicht nur biersaufende Orks in Lederhosen herum. Eigentlich sieht man außer in Tourismusbetrieben wie dem Hofbräuhaus, zu bestimmten Trachtenumzügen oder der Wiesn überhaupt niemanden in Lederhosen. Wir haben den Spagat versucht und München als Stadt der Widersprüche beschrieben, zwischen Arm und Reich, Tradition und Mode, Konservatismus und Perversion. Wir hoffen, dass dieser Ansatz da draußen auf Zustimmung stößt.

In der zweiten Hälfte dieses Buches findet sich zudem eine kleine Kampagne, in der sich die Charaktere in den verschiedenen Bereichen Münchens umschauen können und dabei nach und nach in das heimliche Duell zwischen einem Manager von Bavaria und einem der meistgesuchten Terroristen der ADL geraten. Viel mehr möchten wir hier nicht verraten, immerhin ist dieser Band sowohl für Spieler wie für Spielleiter gedacht. Die Kampagne ist auf Anfängercharaktere der vierten Edition ausgerichtet und sollte helfen, sich sowohl in die neue Edition als auch in den südlichsten Sprawl der ADL einzufinden.

Von daher: Viel Spaß beim Lesen, Spielen und Leiten.

***Jens Ullrich, Mai 2006***

# DAS KRANKE HERZ BAYERNS

[Öffne AR Fenster]
[Durchsuche Kontakte]
[Display]: Welchen Kontakt wollen sie auswählen?
[Voice-command „Panoptikum" erkannt]
[Stelle Verbindung her]
[Nutzerdaten übermittelt, Passwort verifiziert]
[PAN registriert]
[Überlagere ARO Graphic User Interface]
[Öffne Suchmaske]
[Suche >München< gestartet]
[München Bavariaport gefunden]
[Weiterleitung ins Forum erfolgt]

geposted von Eismann

● So, ich hab mal ein bisschen was zum Thema München zusammen getragen. Für den ersten Überblick haben wir einen unserer bekannten Handlungsreisenden aus dem Ruhrplex durch München fahren lassen, denn manchmal lernt man die eigene Stadt erst durch die Augen eines Fremden kennen. Er gibt eine kurze Zusammenfassung über München, damit ihr wisst, worum es hier im Groben geht.
● Antifa

München ist eine Stadt der Gegensätze. Armut und Dekadenz, Moralität und Perversion, Rechtstaatlichkeit und Filz, Weltoffenheit und Rassismus treffen hier aufeinander.

München ist eine Stadt der Bigotterie. Hinter den moralinsauren Fassaden aus Brauchtum und heiler Welt gärt Gewalt, Perversion und Kriminalität. Die Münchner Medienbetriebe produzieren Opium fürs Volk, der Stadtrat steht für Gesetz und Wirtschaftsliberalismus ein, die Touristenfallen tischen urtümliche Gemütlichkeit und bayrisches Brauchtum auf und die Schickeria lebt den Habenichtsen eine goldene, heile Welt vor. Aber hinter dem Blendwerk kontrollieren Seilschaften und Filzstrukturen die Wirtschaft und Politik, ziehen die Syndikate ihre Fäden, leben gelangweilte Promis ihre Triebe aus und verdienen nicht zuletzt Schattenläufer durch die Machenschaften eben dieser Leute gutes Geld.

München ist eine Stadt der Persönlichkeiten. Bei den oberen Zehntausend zählen Verbindungen, Freundschaften und Verpflichtungen mehr als Zugehörigkeit zu einer Partei, einem Konzern oder einer Religion. Wer in München Erfolg haben will, muss zu dieser geschlossenen, aber in sich zerstrittenen Gemeinde gehören, und wer kein Teil von ihr ist, wird schnell ausgegrenzt und über den Tisch gezogen. Amigos und Seilschaften beherrschen Politik und Wirtschaft, jeder kennt jeden, ob vom Trachtenverein, vom Golfplatz oder von Dinnerpartys, und das Flechtwerk aus Filz, Schulden und geteilten Geheimnissen ist fast immer stärker als moralische oder rechtliche Bedenken. Gleichzeitig belächeln sie ihre Lohnsklaven als einfältige Arbeitsdrohnen und fürchten die Armen der Münchner Ghettos.

**ALI Informationsdienst:** München
**Bevölkerung:** 5.060.000
**Menschen:** 80%
**Elfen:** 3%
**Orks:** 9%
**Trolle:** 2%
**Zwerge:** 5%
**Andere:** 1%
**BuMoNa-Abdeckung:** 100% verfügbar
**Garantierte Reaktionszeit:** 8 Minuten, in Risikogebieten 14,5 Minuten
**Risikogebiete:** Sonderverwaltungszone Großried und Perlach
**Besonderheiten:** Hohes Staurisiko werktags auf der A8 und A9
**Durchschnittliches Pro-Kopf-Einkommen:** 42.000 Euro
**Unterhalb der Armutsgrenze:** 32%
**Personen mit Konzernzugehörigkeit/FK:** 49%
**Bildung:**
*Abitur-Äquivalent:* 47%
*Studium-Äquivalent:* 22%

• Und zwischen 30 und 40 Prozent mit kaum oder gar keiner Schulbildung, aber solche Statistiken kehrt man in München gerne unter den Teppich.
• Antifa

Die braven Lohnsklaven auf der anderen Seite betrachten staunend das von den Medien verbreitete Schaulaufen ihrer Stars und Sternchen, beneiden den unverhohlen zur Schau gestellten Reichtum, die fleischgewordene Perfektion und strampeln sich ab aus Furcht vor dem Sturz in die Armut und getragen von der Hoffnung, irgendwann einmal auch ein Teil des glitzernden Märchenlandes zu werden, ohne jemals eine ernsthafte Chance zu bekommen, dieses Ziel zu erreichen.

In den Plattenbausiedlungen Münchens wiederum herrscht seit Jahrzehnten Arbeits- und Perspektivlosigkeit vor, und durch den Crash ´64 wurden viele Mittelständler in den Ruin gestürzt, wodurch die schwer zu kontrollierenden Ghettos an Größe noch zunahmen. Die Armen betrachten die oberen Zehntausend mit Neid und Staunen und vergleichen voller Bitterkeit ihre eigene Existenz mit deren ausschweifendem Lebensstil. Sie werden vermutlich nur noch durch die beständige mediale Berieselung und das eine oder andere städtische Almosen in ihrer Apathie gehalten. Kein Wunder also, dass München ein leise vor sich hin schwelendes Pulverfass ist.

• Ab und an knallt durchaus immer mal wieder eine Sicherung irgendwo durch. In Neuperlach hat es erst vor zwei Monaten wieder einen ziemlichen Aufstand gegeben, nachdem ein junger Slowake von den Schwarzen Sheriffs tot geprügelt wurde. Erst nachdem die Sheriffs das Viertel fast hermetisch abgeschottet hatten, inklusive Flugdrohnen, Straßensperren und nächtlicher Ausgangssperre, und nachdem Oberbürgermeister Josef Heinemeier versprochen hatte, dass die Täter vor Gericht kämen, hat sich die Sache beruhigt. Gott weiß was geschehen mag, sollte irgendwer es schaffen, den Pöbel zu organisieren. Aber vermutlich wird sich jeder, der das versucht, vorher eine Kugel einfangen.
• Wiesn-Troll

• Man kann davon ausgehen, dass Heinemeier die Sache einfach so lange aussitzt, bis Gras drüber gewachsen ist. Das ist nun mal der gute, alte, bayrische Weg.
• Umsturz

# MÜNCHEN IM SCHNELLDURCHLAUF

Vereinfacht gesagt wird München durch drei Ringe zusammen gehalten. Der äußere wird durch die A99 gebildet, die das Stadtgebiet komplett umschließt, der Mittlere Ring umschließt den Innenstadtbereich durch die Landshuter Allee im Westen, den Petuelring im Norden, die Brudermühlstraße im Süden und den Innsbrucker Ring im Osten (auch wenn dieser eher wie ein gestauchtes Viereck aussieht) und der Innere Ring folgt dem alten, kaum mehr existenten Festungsring zwischen Sendlinger Tor, Isartor und Karlstor und legt sich um die Altstadt Münchens. Mit Hilfe der Autonav-Karte, die ich dazu geklemmt habe, werde ich einfach mal zu jedem Stadtteil im Uhrzeigersinn und von außen nach innen ein paar Worte verlieren.

## WICHTIGE STADTTEILE AUSSERHALB DES RINGS

### Dachau und Umgebung

Seit dem Erwachen ist in Dachau nichts mehr, wie es war. Was mit einzelnen Spukphänomenen begann, wuchs sich innerhalb von Wochen zu einem Flächenbrand aus Poltergeistern, Manifestationen und astralem Chaos aus. Es ist daher kein Wunder, dass Dachau selbst eine Sperrzone ist und auch die umgebenden Stadtteile Karlsfeld und Gröbenzell oder Vororte wie Hebertshausen und Bergkirchen keine offiziellen Bewohner mehr haben. Natürlich locken solche „mietfreien“ Unterkünfte zumindest in den Randgebieten um Dachau Habenichtse und Kriminelle an, die lieber hier unterkommen, als unter irgendwelchen Brücken vegetieren zu müssen. Die tauschen dann aber das Risiko, durch die Schwarzen Sheriffs aufgemischt zu werden, gegen mögliche Besuche astraler Natur. Aber selbst den Obdachlosen ist klar: Je näher man dem Ort des alten Lagers kommt, desto höher ist die Chance einer sehr finalen Begegnung toxischer Art in dem astral verseuchten Gebiet.

• Hier kann einem alles begegnen, von bizarren Erscheinungen ausgemergelter Gestalten über Poltergeister, Gespenster und Phantome bis hin zu spontanen toxischen Manifestationen. Außerdem scheint die Glocke aus Hintergrundstrahlung noch diverses anderes astrales Geschmeiß anzuziehen, daher würde es mich nicht überraschen, wenn sich hier auch Shedim und anderes Kroppzeug breit gemacht haben.
• Deichbrecher

### Garching

Als ansonsten typischer Vorort Münchens zeichnet sich Garching abgesehen von seinen ansehnlichen Ansammlungen von Einfamilienhäusern und kleineren Villen

## DIE GUTE, ALTE ZEIT

**2030–2034:** Flüchtlingsströme vom Balkan und Osteuropa erreichen München. Viele metamenschliche Flüchtlinge werden im Olympiapark einquartiert, während Menschen in leer stehenden Mietskasernen in Neuperlach untergebracht werden.

**2032:** Die Meldepflicht für Metamenschen wird eingeführt.

**2038:** Baden-Württemberg, Bayern und Rheinland-Pfalz schließen sich zur „Union der Länder Mitteleuropas" (ULM) unter der Regierung Hunggarten zusammen, auch bekannt als „Süddeutscher Bund". Ulm/Neu-Ulm wird Hauptstadt.

**2039:** In der „Nacht des Zorns" kommt es im Münchner Stadtgebiet über mehrere Tage hinweg zu rassistischen Ausschreitungen, bei denen 328 Metamenschen und Menschen ums Leben kommen. Hierbei brennt auch das Olympiastadion komplett aus. Die Schwarzen Sheriffs übernehmen ab diesem Zeitpunkt in München die Polizeipflichten.

**2043:** Ein Überfall auf das Olympische Dorf durch Terroristen der Nationalen Aktion fordert 38 Tote.

**2044:** Der Süddeutsche Bund löst sich nach beständigen politischen und wirtschaftlichen Streitigkeiten auf. Der letzte Tropfen ins Fass war dabei die Forderung der Hunggarten-Regierung, die Exterritorialität der Konzerne aufzuheben. München wird wieder Hauptstadt Bayerns.

**2045:** Die ADL wird gegründet, Bayern wird Mitgliedsstaat. Aufgrund beginnender Landflucht wächst die Bevölkerung Münchens weiter an. Die bereits angespannte Wohnsituation wird immer schlimmer.

**2055:** Die Schwarzen Sheriffs eliminieren mit Unterstützung der Bundeswehr zwei Nester von Insektengeistern in Karlsfeld und Neuperlach. Zeitgleich verschwinden einige Mitglieder der feinen Gesellschaft spurlos, wie der Modezar Peter Steffens oder die Fotografin und Künstlerin Sandra Braun.

**2058:** Im Rahmen des Konzernkrieges verlegt Renraku sein europäisches Hauptquartier von Berlin nach München. Der Bau der Arkologie auf dem Gelände des Tierparks Hellabrunn beginnt. Novatech übernimmt von Fuchi die Bavaria-Filmstudios.

Gleichzeitig setzt eine langsame Stadtflucht von Metamenschen, aber auch Wohlhabenden aus den beengten Verhältnissen im Münchner Plex aufs kaum mehr besiedelte Umland ein.

**2060:** Jubiläumsfeier zum 250jährigen Bestehen des Oktoberfestes. Die Renraku-Arkologie wird eröffnet.

**2061:** Bei dem plötzlichen Ausbruch von SURGE kommt es zu einigen Hetzjagden auf Plüschis und einen Bombenanschlag auf die Uni-Klinik in Hadern, wo einige Krawallmacher Wechselbälger vermuten. Zur wirklichen Eskalation kommt es aber erst durch einen Anschlag mit VITAS1-Erregern auf das mit osteuropäischen Flüchtlingen immer noch überfüllte Olympische Dorf sowie einen Bombenanschlag auf das Amt für Metamenschenfragen durch die Nationale Aktion. Der Virus verbreitet sich dabei schnell über die ganze Stadt, die daraufhin unter Quarantäne gestellt werden muss. Bei den daraufhin folgenden Unruhen und Plünderungen steigt die Zahl der Opfer weiter an. Renraku-Truppen rücken ohne Erlaubnis aus und brennen den Olympiapark großräumig nieder, um eine weitere Ausbreitung zu unterbinden. Nach einigen Tagen bekommt die Stadtregierung die Situation dank rasch nachproduzierter Medikamente langsam unter Kontrolle.

**2064:** Der Crash trifft die Medienmetropole besonders hart. Die Renraku-Arkologie wird für mehrere Tage abgeschottet, was zur allgemeinen Panik beiträgt. Plünderungen können durch Schwarze Sheriffs und Soldaten aus der an die Bundeswehruniversität angegliederte Kaserne nur mit Mühe unter Kontrolle gebracht werden. Diverse mittelständische Betriebe werden in den Bankrott getrieben. Die bereits mehr als mitgenommene Mittelschicht Münchens wird zu einem guten Teil in die Armut getrieben.

**2064–2067:** Der mühsame Wiederaufbau beginnt. Dank der Saeder-Krupp-Tochter BMW werden die wohlhabenderen Stadtteile Münchens relativ früh mit der neuen WIFI-Matrix-Technologie versehen, was das Wachstum des Mediensektors in München stark beschleunigt. Die Verhältnisse beginnen sich über die Jahre langsam wieder zu stabilisieren.

**2069:** Massenentlassungen bei BMW und Renraku. Die Perspektivlosigkeit und Unzufriedenheit in den Armenquartieren Münchens bricht sich eruptionsartig Bahn, als ein Sterilisationsskandal an Metamenschen an der Universitätsklinik in Martinsried publik wird. Die Schwarzen Sheriffs, die private Polizeitruppe Münchens, kann die ausbrechenden Unruhen und Plünderungen nur mit Mühe unter Kontrolle halten. Der Stadtrat beschließt, einige „Problembezirke" in die Sonderverwaltungszonen Großried, Hasenbergl und Perlach zusammen zu fassen, in denen die schwarzen Sheriffs weitreichende Befugnisse bekommen.

**2070:** Jetzt.

DATENEMPFANG ...

hauptsächlich durch das Deutsche, Europäische und Allianzpatentamt aus. Auch wenn es nach dem Crash jahrelange Rechtsstreitigkeiten um verlorene Patentaufzeichnungen gab, die zum Teil immer noch nicht entschieden sind, bleibt das Patentamt in Garching eine Institution. Eine Institution im Übrigen, deren Matrixsicherheit, wie man sich denken kann, allen Sicherheitsstandards genügt und die noch dazu über gekapselte Offline-Systeme in unterirdischen Einrichtungen verfügt.

Erwähnenswert ist außerdem ein Teil des Geländes der Technischen Universität, auf dem in Garching von Saeder-Krupp massiv gesponsert an Reaktortechnologie geforscht wird.

> Um genau zu sein, ist hier Ruhrnuklear als Tochter von SK mit dabei, wobei mir zumindest nicht wirklich klar ist, ob sie hier die Forschung voran treiben wollen oder nur ein Auge auf die Entwicklungen halten wollen, damit sie nicht irgendwann technologisch überrumpelt werden.
> Merciless Ming

> Kleiner Tipp am Rande: Stecke niemals astral deinen Kopf in einen Reaktor. Ich kenne jemanden, der hat das in Garching getan. Wirklich, kein guter Plan. Ein Kollege von mir hat ihn bewusstlos schlagen müssen, weil er nicht mehr aufhören wollte zu schreien.
> Enigma

### Freising

Nördlich der Stadtgrenze gelegen machen Freising zwei wichtige Institutionen Bayerns aus: Der mittlerweile recht marode Franz-Joseph-Strauß-Flughafen und die ihr Jubiläum zum 25. Jahrestag des Umzugs feiernde Landesregierung Bayerns inklusive Landtag, Präsidialamt und natürlich der Regierung. Kein Wunder, dass sich hier Beamte, Großkopferte und Politiker die Klinke in die Hand geben und von der Landespolizei und der Präsidialgarde, von einigen der „Secret Service Bayerns" genannt, ziemlich penibel bewacht werden. Aktiver Modus ist beim Kommlink hier Pflicht, und man kann sagen, dass es in München kaum sicherere Straßen gibt als hier.

**Legende**

1 Altstadt
2 Ludwigsvorstadt-Isarvorstadt
3 Maxvorstadt
4 Schwabing-West
5 Au-Haidhausen
6 Sendling
7 Sendling-Westpark
8 Schwanthalerhöhe
9 Neuhausen-Nymphenburg
10 Moosach
11 Milbertshofen (BMW)
12 Schwabing-Freimann
13 Bogenhausen
14 Berg am Laim
15 Truderıng-Riem
16 Sonderverwaltungszone Perlach
17 Haar
18 Untergiesing-Harlaching
19 Renraku
20 Sonderverwaltungszone GroBried
21 Pasing-Obermenzing
22 Aubing-Lochhausen-Langwied
23 Allach-Untermenzing
24 Sonderverwaltungszone Hasenbergl
25 Laim
26 Nymphenburg (Draco Foundation)
27 Garching
28 Unterföhring
29 Putzbrunn
30 Ottobrunn
31 Unterhaching
32 Grünwald (Bavaria)
33 Pullach

Wald

DATENEMPFANG ...

**Starnberg**

Wenn man der A95 Richtung Süden folgt, landet man irgendwann im Herzen der ökologischen Harmoniebedürftigkeit. Wer Elf und sich nicht zu schade für das übliche Klischee ist und ordentlich Geld hat, der landet in Bayern früher oder später am Starnberger See. Hier wohnt man in schicken Villen, fährt auf dem See mit Yachten herum und genießt Schampus aus ökologischem Anbau. Es darf wohl kaum verwundern, dass es mehr als genug Gerüchte über Geister, Feen und Seeschlangen im Starnberger See gibt, von irgendwelchen Ritualen und Weltverschwörungen der Elfen mal ganz zu schweigen. Fakt ist jedoch, dass die meisten Anwohner elitäres und arrogantes Pack sind, soziale Kompetenz durch Geld ersetzen und über alles andere außer sich selbst die Nase rümpfen.

Jetzt mal langsam. Nicht zuletzt dank der Ansiedlung gehört der Starnberger See mit zu den saubersten Seen Bayerns. Außerdem gefällt mir der deutlich rassistische Unterton überhaupt nicht.
Catwalk

Sowohl Starnberg als auch Freising werden zwar gerne zu München gezählt, rein rechtlich sind sie aber, zumindest noch, eigenständige Städte, was besonders die Starnberger immer hoch halten. Trotzdem sind sie wirtschaftlich und politisch von der Landeshauptstadt abhängig.

## IM ÄUSSEREN RING

**Sonderverwaltungszone Hasenbergl**

In dieser unter Münchnern auch als Bunnyhill oder Monte Karnickel bekannten Ansammlung von über hundert Jahre alten Plattenbauten und den Resten der alten Bundeswehrkaserne hausen die Verlierer Münchens. Dieses Verbrechen an der Architektur wird von Gangs und den Syndikaten kontrolliert und von den Schwarzen Sheriffs eher nach Süden hin abgesichert als wirklich überwacht. Kein Wunder also, wenn es grade nachts durchaus mal richtig zur Sache geht, sich allerlei Gesindel breit gemacht hat und die Vory das entstandene Machtvakuum ausfüllen. Nördlich der A99 Richtung Dachau kann es dann auch schon mal ganz besonders ungemütlich werden, da man hier neben Gangern auch auf Geister aus Dachau treffen kann. Definitiv kein guter Ort, um seine Tage zu verbringen.

Hasenbergl ist ein typisches Beispiel für die gesellschaftliche Erosion, die schon seit Jahrzehnten in der ADL um sich greift. Die globalisierte Armut hat hier Slums geschaffen, und die Bewohner sind aus der Gesellschaft desintegriert. Sie sind völlig ungebildet und perspektivlos. Die Jugend ist verroht und gewaltbereit und schlägt sich mit Gelegenheitsjobs und Kleinkriminalität durch. Und da selbst die, die hier eine SIN besitzen, in den seltensten Fällen wählen gehen, werden sie von der Politik ignoriert, was sich früher oder später rächen wird.
Antifa

**Milbertshofen/BMW**

Direkt südlich von Hasenbergl liegt Milbertshofen, oder genauer gesagt BMW-City wie ein Sperrriegel zwischen dem Ghetto und der Innenstadt. Neben dem berühmten BMW-Kleeblatt, dem Verwaltungszentrum des Konzerns, umfassen die extraterritorialen Anlagen mit Büro-, Verwaltungs- und Wohngebäuden einen mehrere Kilometer breiten Streifen vom Olympiapark bis zur A9. Nachdem sich BMW vor einigen Jahren auch noch dazu entschlossen hat, die traurigen Reste des Olympiaparks zu entsorgen und den Astralraum auf Vordermann zu bringen, sprießt dort so langsam ein komplettes Neubaugebiet inklusive Einkaufszentrum, Park- und Wohnanlagen, was die Wohnungsnot in München zumindest für die Lohnsklaven BMWs ein wenig lindern dürfte. Ich muss vermutlich nicht weiter anmerken, dass Milbertshofen ein extraterritoriales Gelände ist, oder?

Renraku hat sich bei der Reinigung des Olympiaparks nicht grade mit Ruhm bekleckert, was vermutlich mit ein Grund dafür war, dass BMW für das Gelände den Zuschlag bekam. Immerhin haben sie das Gelände in eine wahre Trümmerwüste verwandelt. Andererseits ist Klaus Basoski, der Boss von BMW, im gleichen Tennisclub wie der Sohn von Dirk-Christian Barth, dem Vorsitzenden der LDFP, was wohl, was den Entscheidungsprozess angeht, für sich sprechen dürfte. Man ist halt in München gern unter Freunden. Wobei es ja diverse andere Gerüchte gibt, wie dieses Geschäft nun wirklich abgelaufen ist. Immerhin ist BMW nicht ganz so gut auf die BVP zu sprechen, seitdem Anikka Beloit dort den Vorsitz hat. Ihre Familie hatte schließlich mehr als nur ein paar Probleme mit dem Boss von Saeder-Krupp, dem Großdrachen Lofwyr, gehabt.
Wiesn-Troll

**Freimann**

Das 1931 eingemeindete Freimann umfasst heutzutage primär die Isar und den Englischen Garten von Garching bis ins Stadtzentrum, weswegen der Wohnraum hier auch nicht ganz billig ist. Der Englische Garten selbst bildet die grüne Lunge der Stadt und ist besonders im Sommer tagsüber ein beliebtes Ausflugsziel. Nachts treibt sich hier andererseits die Münchner Stricherszene herum und auch der Handel mit BTLs und chemischen Drogen floriert in der Dunkelheit. Im Norden Freimanns findet sich zudem der Kunstpark Nord, der, direkt beim Franz-Beckenbauer-Stadion gelegen, diverse Amüsierbetriebe, Clubs und Diskos beherbergt.

**Unterföhring**

Jenseits des Englischen Gartens findet sich der Sitz des Bayrischen Rundfunks, der von hier aus die übliche Mischung aus volkstümlicher Musik, regionalen Dokumentationen, weiß-blau eingefärbten Nachrichten und einfacher Unterhaltung verbreitet.

Böse Zungen behaupten, dass es einen direkten Tunnel von Unterföhring nach Freising gibt, damit die Redakteure auch bei Schnee noch jeden Morgen pünktlich den Volksvertretern in Freising in den Hintern kriechen können.

**Bogenhausen**

Praktischerweise mit direktem Anschluss über die A94 nach Riem wohnt hier alles, was Rang und Namen hat und ein städtischeres Ambiente als in Trudering vorzieht. In diesem schicken Viertel mit leichtem Vorstadtflair haben sich außerdem kleinere Wellnessbetriebe, plastische Chirurgen, Psychologen und andere Mediziner angesiedelt, die sich um die üblichen Wehwehchen der Schönen und Reichen und ihrer Haustiere kümmern. Die Immobilienpreise steigen übrigens rapide, je weiter man Richtung Westen kommt.

Lustigerweise schauen die Bogenhausener und die Truderinger gegenseitig aufeinander herab. Für die einen ist Trudering ein klischeeüberladenes Hinterwäldlerkaff, in dem sich penetrante Volksmusikanten und künstliche Popikonen die Klinke in die Hand geben und umgekehrt gelten die Bogenhausener als szenegeile Schickimickis, die jedem noch so bescheuerten Trend hinterher rennen. Was der Rest der Welt über beide Orte denkt, kann sich wohl jeder selbst ausmalen. Deren Probleme möchte ich zumindest gern mal haben.
Schattenkanzler

**Riem/Messe und Berg am Laim**

Sie sind live auf Sendung! Zumindest ist die Chance dafür ziemlich groß, wenn man auf dem Messegelände herum läuft, denn hier hat sich ein großer Teil der Medienbetriebe Münchens angesiedelt, abgesehen natürlich vom BR und Bavaria. Alles, was über Radio, Trideo, Matrix oder sonst wie verbreitet werden kann, wird hier produziert. Von dem alten Flughafen Riem steht nur noch der denkmalgeschützte und rot angestrichene Tower, ansonsten erinnert nichts mehr an die frühere Funktion des Geländes. Außerdem gibt es noch die Messe, die mit ihren riesigen Hallen verschiedensten Ausstellungen und eben Messen eine nette Heimstatt bietet. Es ist wohl nicht überraschend, dass sich in Riem und in Berg am Laim diverses mittleres Management und andere Lohnsklaven angesiedelt haben.

### Trudering und Haar

Praktischerweise direkt südlich von Riem gelegen feiert in Tudering bayrische Gemütlichkeit ein Stelldichein mit der Medienprominenz Münchens. In hübschen kleinen Villen, oft im rustikalen bayrischen Stil, wohnen hier Promis, Stars und Sternchen Zaun an Zaun. Kein Wunder, dass sich hier verschiedene Sicherheitsfirmen gegenseitig auf die Füße steigen, die die A-, B- und C-Promis vor ihren Fans beschützen. Das gesamte Viertel ist umzäunt und die Zufahrten mit Pförtnerhäuschen und dem ganzen anderen Kram versehen.

Ohne irgendetwas damit andeuten zu wollen, kann man übrigens quasi zu Fuß rüber nach Haar kommen, wo sich eines der größten Sanatorien Bayerns mit angeschlossener Drogenentzugsklinik befindet.

➋ Selbst ein kleines Einfamilienhäuschen kostet hier weit über anderthalb Millionen und im Bonzenzentrum Waldtrudering locker das Zehnfache. Wer hier wohnt, hat also Kohle wie Heu. Entsprechend lohnt es sich einerseits natürlich mal seine Nase in die Buden zu stecken, andererseits kann sie einem auch ebenso schmerzhaft bei dem Versuch abgerissen werden. Hier wohnen übrigens unter anderem so Leute wie Josef Steinmeyer, der Geschäftsführer der Künstleragentur mozART, Nathalia Kolenkova, eine zumindest in unseren Kreisen ziemlich bekannte Schieberin, und Promis wie der Stadtkriegsstar Sepp Hellrich oder die Schauspielerin Tanja Barth.
➋ Sermon

### Sonderverwaltungszone Perlach

Hier zeigt sich wieder, wie nah Arm und Reich in München zusammenleben. Durch eine Straße, eine Mauer und einen kleinen Bach (und natürlich einen Haufen Schwarzer Sheriffs) von Trudering getrennt, liegt ein weiteres, großes Ghetto Münchens, kaum besser als Hasenbergl. In den herunter gekommenen Plattenbaugiganten leben neben den üblichen Verlierern eine große Anzahl von Kroaten, Tschechen, diverser anderer Slawen und Griechen, die es während der Eurokriege und dem Dschihad hierhin verschlagen hat. Es blüht der Schwarzmarkt und wenn es um Waffen, Prostitution oder Drogen aller Art geht ist, man hier genau richtig. Seit Siemens, also Saeder-Krupp, sein Forschungszentrum geschlossen hat, ist die Situation nicht besser geworden. In Neubiberg, das mit zur SVZ gehört, liegt noch die Bundeswehruniversität, die sich auf Militärtechnik und Sanitätsausbildung spezialisiert hat und entsprechend darunter zu leiden hat, dass sie in so einer heruntergekommenen Gegend liegt. Interessanterweise hat die Bundeswehr zu Übungs-

DATENEMPFANG ...

zwecken ihre Klinik schon vor Jahren genau hier hin verlegt, damit angehende Ärzte und Sanitäter an echten Patienten mit echten Schussverletzungen üben können, was immerhin für die Patienten kostenfrei ist.

◉ Perlach ist ein typisches Beispiel der völlig chaotischen Städteplanung innerhalb Münchens. Dank dem üblichen Gemauschel wird je nach Bedarf oder auch mal total am Bedarf vorbei hingestellt was grade modern ist. Verrückt, aber solche Klötze waren früher tatsächlich mal eben das: Absolut modern, quasi state-of-the-art. Das zieht sich auch ansonsten quer durch den Rest der Stadt. Alte Zuckerbäckerhäuschen direkt neben Glaspalästen – gleichzeitige Wohnungsnot, besonders bei den Armen, und überschüssiger Büroraum in rauen Mengen. Eben bloß ein weiteres Symptom des Münchner Klüngels. Und ich dachte immer, Köln wäre schlimm, was das angeht.
◉ Schattenkanzler

◉ Vor ein paar Wochen ist so ein Yuppie besoffen an der falschen Stelle abgebogen und mitten in Perlach gelandet. Die arme Sau musste richtig bluten. BuMoNa hat ihn zusammen geschlagen und mit ein paar Löchern im Wanst aus irgendeiner Hinterhofecke geklaubt. Ein paar Minuten länger und es hätte einen Bonzen weniger auf der Welt gegeben. Wir haben seine Karre dann an die Vory verhökert.
◉ Da Dude

◉ So was Ähnliches haben die Nitros in Bunnyhill abgezogen ... oder eher versucht. Blöd, dass in dem Nobelschlitten mit Frankfurter Kennzeichen kein reiches Söhnchen saß, sondern irgend so ein vollvercyberter Psycho. Der war am Ende zwar auch toter als tot, aber sagen wir so, die Tags der Nitros sieht man in Bunnyhill seitdem nur noch selten.
◉ Wiesn-Troll

### Putzbrunn, Ottobrunn und Unterhaching

Dazu gibt es wenig zu sagen. Wer in den Medienbetrieben Münchens arbeitet, findet als braver Lohnsklave hier eine warme Unterkunft, Schulen für seine Kinder und so weiter. Unteres und mittleres Management, Verwaltungsangestellte und andere Handlanger Bavarias und der Sender aus Riem eben. Die unangenehme Nachbarschaft aus Perlach wird üblicherweise von den Schwarzen Sheriffs auf Distanz gehalten, aber trotzdem bröckeln die Mieten besonders im Unterhachinger Norden langsam weg.

### Renraku Arkologie Europa/Harlaching

Auf dem Gelände des ehemaligen Tierparks Hellabrunn stehen die beiden gigantischen Klötze der europäischen Renraku-Filiale und scheinen wie zwei Riesen auf die Münchner Innenstadt herabzuschauen. Zwischen ihnen verlaufen in luftiger Höhe gespinstartig Brücken mit Landeplattformen für Helikopter und einem Zeppelinterminal. In den beiden schwarzen Hochhäusern aus Glas, Stahl und Marmor, die von den Münchnern liebevoll „die schwarzen Zwillinge“ getauft wurden, laufen alle Fäden zusammen, was die Geschäfte des Megakons in Europa angeht. Entsprechend sieht auch die Präsenz der Roten Samurai und der übrigen Konzernsicherheit in der Arkologie und in den umliegenden Freizeit-, Sport- und Wohnanlagen in Harlaching aus.

◉ Als das Ding nach dem Crash vor sechs Jahren kurz die Schleusen dicht gemacht hat, haben sich diverse Leute eingenässt, dass hier die gleiche Nummer abläuft wie damals in Seattle. War zu ihrem Glück nicht der Fall, wobei die beiden Wolkenkratzer von Renraku wohl auch nicht das Killerpotential wie der Brocken in Seattle haben. Hoffe ich zumindest ...
◉ Merciless Ming

### Grünwald

Eines der wirtschaftlichen Herzen Münchens schlägt in Grünwald. Von Perlach durch den Perlacher Forst und die Tegernseer Landstraße getrennt, befinden sich hier die Bavariastudios. Hier wurde „Karl Kombatmage“ geboren und hier sind so Hits wie „Dornenreich“ oder „System Failure“ entstanden. Bis Solln hinauf erstrecken sich zudem die schicken Villen des Managements und der wichtigeren Mitarbeiter der Medienmaschine Bavaria. Das dürfte auch erklären, warum es einige Proteste von Seiten NeoNETs gab, als es daran ging, die Sonderverwaltungszone Großried auf Solln auszuweiten. Aber sie haben wohl schnell spitz gekriegt, dass es gar nicht so unpraktisch ist, wenn die Schwarzen Sheriffs völlig kostenfrei und mit harter Hand das Gesocks aus Großried von den Wohnvierteln NeoNETs fern halten.

### Pullach

Bei diesem Namen denkt der durchschnittliche ADL-Bürger nur an eines: Den BIS. Das Bundesamt für innere Sicherheit unterhält hier neben einigen recht ansehnlichen Verwaltungsgebäuden mit dezenter, aber sehr wirkungsvoller Perimetersicherung auch tief unter dem BIS-Gelände eine diverse Stockwerke umfassende Bunkeranlage mit Archiven, Lagern, Büros, Werkstätten und Unterkünften – zumindest besagen das sich seit Jahrzehnten hartnäckig haltende Gerüchte. Aber vermutlich müsste jeder erschossen werden, der Fakten zu diesen Gerüchten in Erfahrung bringt.

◉ Fünf Euro in die Schlechte-Wortspiel-Kasse. Aber mal ehrlich: Ich gehe jede Wette ein, dass es da noch diverse Stockwerke nach unten geht, immerhin hat der BIS und der BND davor echt viel Zeit gehabt fröhlich zu buddeln. Und ein Bekannter meines Vaters hat mir erzählt, dass vor und während der Eurokriege da wohl auch eine Menge Kipplaster rein und raus gefahren sein sollen, nachts und auf Schleichwegen versteht sich.
◉ Hattrick

### Sonderverwaltungszone Großried

Durch die A95 sehr effizient von diesem Idyll aus Medien und Sicherheit getrennt, liegt die Sonderverwaltungszone Großried, ein weiteres Armutszentrum Münchens. Auch wenn die Zustände bei weitem nicht so extrem sind wie in Hasenbergl oder Perlach, gehört man schon deutlich zu den sozialen Absteigern, wenn man gezwungen ist, in diesen Plattenbausiedlungen Quartier zu nehmen. Es ist daher kaum verwunderlich, dass sich die Zustände in den letzten Jahren nicht grade verbessert haben. Außerdem hat sich in Kleinhadern, einem Stadtteil von Großried, direkt an der Autobahn ein recht großer Straßenstrich angesiedelt. Nicht wirklich überraschend, oder?

◉ Die Stadtplaner im Rathaus macht diese Sache ziemlich kirre, aber sie wissen auch nicht, wohin sie mit den ganzen Leuten sonst sollen. Man kann ja schlecht mal eben 100000 Menschen umsiedeln, nur weil einem ihre Anwesenheit nicht passt. Okay, man kann, aber die Kosten wären mehr als astronomisch. Also hält man lieber ein wenig den Daumen drauf, damit die Situation nicht völlig entgleist, und spielt weiter im Planungsamt fröhlich heile Welt.
◉ Bismark

Dazwischen liegt eher ungünstig und mit einem hohen Zaun umgeben das Universitätsklinikum Hadern mit Wohnheimen für Medizinstudenten, Schwesternschülerinnen usw. Nach einem Sterilisationsskandal letztes Jahr (ein Gynäkologe sterilisierte bei Routinebehandlungen heimlich und ohne Zustimmung Orkinnen und Trollinnen aus Neuried und Kleinhadern) hat der vorher schon nicht sonderlich gute Ruf des Klinikums weiter gelitten, aber immerhin konnten die Schwarzen Sheriffs einen deshalb aufkeimenden Aufstand unter den Anwohnern halbwegs wieder eindämmen. An die Uniklinik angegliedert ist übrigens auch eine BuMoNa-Filiale.

**Laim**

Laim ist definitiv der am dünnsten besiedelte Stadtteil Münchens. Das liegt nicht an großen Parkflächen oder grünen Wäldern, sondern schlichtweg daran, dass Bavaria fast den kompletten Stadtteil aufgekauft, umzäunt und zum Spielfeld für diverse Urban-Brawl-Turniere erklärt hat. Hier schlagen sich die Münchner Asphalt Cowboys regelmäßig die Köpfe mit anderen Teams ein, und entsprechend liegt das Viertel die restliche Zeit außerhalb der Spielzeit in einem Dornröschenschlaf.

**Sendling und Sendling-Westpark**

Würde man Arges dabei denken, könnte man behaupten, dass Renraku grade dabei ist, sich nach und nach Sendling einzuverleiben. Natürlich denken Konzerne nicht in Territorien, aber angesichts der immer stärker werdenden Präsenz von Renraku und deren Tochter Eurosoft in Sendling hat es ein wenig den Eindruck, als hätte der Münchner Renraku-Boss Karl Stadt einmal über das Viertel geleckt.

**Pasing, Aubing und Allach-Untermenzing**

Grade Aubing und Allach leiden etwas unter dem negativen Image von Dachau, aber ansonsten bieten diese Viertel günstige Mietwohnungen, Einkaufsmöglichkeiten und Büroraum für Lohnsklaven und den übrig gebliebenen Mittelstand. Besonders in Pasing kann man viele Mitarbeiter der Draco Foundation antreffen, und in Allach hat BMW mehrere Straßenzüge an Werkswohnungen erworben. Da besonders Allach-Untermenzing immer mal wieder an astralen Besuchen aus Dachau leidet, hat hier PSI Aid ihre Münchner Filiale angesiedelt. Das nennt man mal Kundennähe.

**Nymphenburg**

Von Pasing aus kommt man über die Bahngleise nach Norden hinweg quasi direkt in den Hort eines toten Drachen. Schon 2032 ging Schloss Nymphenburg inklusive der umgebenden Parkanlagen in den Besitz von Dunkelzahn über, und nach seinem recht überraschenden Tod vor dem Watergate Hotel in Washington ist nun die Draco Foundation der neue Eigentümer. Die wiederum nutzt das Anwesen als Kongresszentrum für allerlei Symposien, Festakte und andere Veranstaltungen und verfügt hier außerdem über einige Verwaltungseinrichtungen. Seit Jahren steht der Münchner Filiale der Draco Foundation übrigens Natalia Wolkova vor, die angeblich Kontakte zu ihren Landsleuten in Hamburg und anderen Vorymetropolen Europas hat. Im östlichen Teil von Nymphenburg, abseits vom Schlosspark, sind diverse liberale Künstler, Autoren und Maler untergekommen, die versuchen bei der Draco Foundation Stipendien und Anerkennung abzugreifen.

» Neben Renraku und BMW ist der Draco-Komplex das größte Anwesen eines Großkonzerns (wenn man die Foundation so nennen kann) in München. Ich habe keine Ahnung, ob das Schuppenvieh aus Amiland irgendetwas Bestimmtes damit bezwecken wollte, aber vielleicht bin ich zu altmodisch, um das nur für einen Zufall zu halten.

» Roter Oktober

**Neuhausen-Nymphenburg**

Nach ausgiebigsten Neubaumaßnahmen der Gottlieb Hoch- und Tiefbau GmbH sind hier mehrere große Bürokomplexe und ein riesiges Einkaufszentrum mit dem schönen Namen „Einkaufsparadies“ entstanden. Aufgrund der üblichen Fehlkalkulationen stehen zurzeit aber gut zwei Drittel des Büroraums leer, aber immerhin läuft das Einkaufsparadies so halbwegs, auch wenn wohl nicht wirklich paradiesische Zustände für die Ladenpächter herrschen.

**Moosach**

Als nächstes Opfer hat sich Baulöwe Gottlieb Moosach ausgesucht. Nach seinen hochtrabenden Plänen wird der Westfriedhof verlegt, die Nachbarschaft entmietet und dann eine große Wohnlandschaft für wohlbetuchte und hart arbeitende Münchner Bürger hoch gezogen. Wie man sich denken kann, sind die Anwohner nicht wirklich davon begeistert, auch wenn die Immobilienpreise spätestens seit der Bildung der Sonderverwaltungszone Hasenbergl im Sturzflug sind. So wie es aussieht, formiert sich erster Widerstand gegen Gottliebs Abrisspläne, zumindest unter den lebenden Bewohnern.

## IM MITTLEREN RING

**Schwabing-West**

Schwabing gilt zu Recht als Studentenstadt, da sich im Süden Schwabings die Ludwig-Maximilians-Universität befindet, weshalb hier natürlich auch allerlei Bistros, Restaurants, Second-Hand-Boutiquen und andere auf den Bedarf von Studenten ausgerichtete Geschäfte verbreitet sind. Wer sich abends amüsieren will ohne gleich überteuerte Cocktails bezahlen zu müssen oder irgendwelche Nutten aufgedrängt zu bekommen, kann hier auch nette Bars und Kneipen finden.

» Um die Uni herum hat sich übrigens eine recht motivierte Szene aus Altlinken und Neoanarchisten gebildet, die sich bisher aber größtenteils mit Cafehausgesprächen und dem einen oder anderen sozialterroristischen Anschlag begnügt hat. Aus ihren Reihen kommt auch Errico Ancona, ein Sänger und Musiker, der einen erstaunlich guten Zugang zu den Ghettokids in den SVZs hat.

» Roter Oktober

**Haidhausen und Maxvorstadt**

Die beiden Viertel zeichnen sich eigentlich nur durch teure Altbauwohnungen und das übliche Gemisch aus Läden, Kneipen und Restaurants aus. Ganz normale Wohngegenden halt.

**Schwanthaler Höhe**

Als Multikulti-Viertel Münchens berühmt zieht die Schwanthaler Höhe seit Jahrzehnten Musiker und Künstler aus der ganzen Welt an und viele Gaststudenten der Universität finden hier einen Ort, an dem sie ihr Heimweh vergessen können. Seit einigen Jahren machen sich aber auch reiche Yuppies und die ewig mit dem Trend schwimmende Schickeria breit, was dem Image des Viertels aber bisher noch keinen allzu großen Schaden zugefügt hat, dafür aber die Mieten nach oben treibt. Hier sind so ziemlich alle Rassen, Metatypen, Völker und Religionen willkommen, so lange sie sich – oh Wunder – an die bayrischen Spielregeln halten, also adrett aussehen, Steuern bezahlen, folkloristisch ansprechend sind und schön den Ball flach halten.

**Ludwigsvorstadt und Isarvorstadt**

Ein Wort: Oktoberfest. Aus allen Teilen der Welt, besonders aus Japan und der UCAS, schlagen auf der Theresienwiese jedes Jahr aufs Neue bier- und weißwurstgeile Touristen auf, um sich das Geld beim Fressen, Saufen und in Fahrgeschäften aus der Tasche ziehen zu lassen. Eine Riesengaudi, wie man hier zu sagen pflegt, besonders eine Gaudi für die verschiedenen Zeltwirte und Fahrgeschäftbetreiber, die nicht nur den Stadtsäckel, sondern auch ihren eigenen fleißig füllen können.

Da die Wiesn schon immer ein Anziehungspunkt für Verrückte aller Art war und immer noch ist, gilt für die Schwarzen Sheriffs während des Festes oberste Alarmbereitschaft, auch wenn sie im Normalbetrieb entgegen ihrer Gewohnheiten eher vorsichtig, will heißen nur mit Taser und Knüppel, gegen Störenfriede vorgehen. Sie haben aber neben diversen Überwachungsdrohnen auch schwereres Gerät in der Hinterhand, sollte tatsächlich etwas passieren.

## IM INNEREN RING

Grüß Gott in der Altstadt Münchens! Im alten Festungsring ist alles, was man als Teil der Schickeria oder als braver Tourist sucht. Hier finden sich die Frauenkirche, unter Münchnern auch „Salz und Pfeffer“ genannt, der Viktualienmarkt, die berühmten „Fünf Höfe“, das Hofbräuhaus und hunderte von Boutiquen der aktuellen Modedesigner, Souvenirläden, Kunstgalerien und Juweliere, adrett aneinander gereiht als Perlenkette der Eitelkeiten in einer einzigen, großen Fußgängerzone. Wessen Ebbie überzulaufen droht, muss einfach nur über die Maximilianstraße schlendern und kann zwischen anderen Promis und Neureichen innerhalb weniger Stunden mehr Geld für Klamotten, Schuhe und Handtaschen verjubeln als ein durchschnittlicher Verwaltungsangestellter in seinem ganzen Leben verdienen kann. Außerdem wird man mit Kultur förmlich beworfen, ob von Museen, Theatern oder Musicals. Natürlich ist in der gesamten Innenstadt ein aktives PAN Pflicht und die Schwarzen Sheriffs haben mittlerweile ein sehr gutes Auge dafür, wer Tourist ist, wer zur Schickeria gehört und wer hier eigentlich überhaupt nichts verloren hat.

DATENEMPFANG ...

# WIRTSCHAFT AUF BAYRISCH

gepostet von Exul

Der österreichische Schriftsteller Robert Musil, der vor etwa 150 Jahren lebte, hat einmal gesagt: „Es gibt zwei von Grund auf verschiedene Arten berühmter Leute: Solche, die man kennt, und solche, die man kennen soll."

Ich glaube, es gibt kaum einen Ausspruch, der die Münchner Szene besser beschreibt, denn ich kenne die Münchner und ihre Seele von Kindesbeinen an. Lassen Sie sich also von einem alten Münchner etwas darüber erzählen, wie man diesseits des Weißwurstäquators Politik und Wirtschaft betreibt.

» So ein verbitterter alter Mann. Vor einem Jahr wickelte Exul noch für diverse graue Eminenzen Aufträge ab, bis der Fehlschlag eines von ihm geplanten Jobs auf ihn zurückfiel. Fragt mich nicht nach Einzelheiten, aber offenbar gab es mehrere Parteien, die daran interessiert waren, seinen Ruf zu ruinieren. Das hier ist wohl seine Art, mit dem munich-way-of-life abzurechnen.
» Zwieblblootz

## DU BIST, WEN DU KENNST

Der Bayer an sich und somit auch der Münchner (obwohl sich beide Gruppen mitunter vehement voneinander abgrenzen wollen) hat eine ausgeprägte Vorliebe für Geselligkeit. Jawohl, gute alte deutsche Geselligkeit, nicht das, was ihr Kids im Neon Mandarin um drei Uhr morgens findet. In diesen Kreisen spielt sich alles in Vereinen, Verbänden, Clubs und Interessengemeinschaften ab. Für einen Münchner ist es ganz normal, Mitglied in diversen Vereinen zu sein, die sich verschiedenen Sportarten, der Bewahrung von Traditionen, der Organisation von Festen oder sogar der Durchsetzung bestimmter Ziele verschrieben haben. Diese Vereinsmeierei wird in der Wirtschaft weitergeführt. Entscheidungen und Geschäftsabschlüsse werden informell im Club oder Verein unter Freunden besprochen, und die Großkopferten haben alle ihre persönlichen Netzwerke, in denen jeder jeden kennt.

» Diese Vereine fungieren quasi wie ein zweites soziales Netz – und die Maschen sind dermaßen dicht, dass zwar keiner hindurch fallen kann, dafür aber auch nur sehr schwer jemand hineinkommt. Das gilt natürlich nur für besser betuchte Münchner. In Perlach oder Großried sind die sozialen Zustände viel zu zerrüttet, um offizielle Formen wie Vereine oder Verbände überhaupt zu bilden. Familienersatz heißt hier Straßengang, nicht Trachtenverein, auch wenn die Regeln manchmal recht ähnlich sind.
» Catwalk

### WEISS-BLAUER FILZ

Der Münchner Plex hat bereits in den späten 40er Jahren – nach dem Fall der Hunggarten-Regierung – begonnen, sich vom Rest des Landes Bayern zu isolieren. Nach den Drohungen, die Extraterritorialität der ansässigen Konzerne aufzuheben, legten die Politiker eine 180-Grad-Wende hin und arbeiteten enger mit den Konzernen, vor allem BMW und der IFMU, zusammen. Die Konzernherrschaft wurde in München jedoch letztlich erst durch die Verlegung von Renrakus europäischer Zentrale hierher zementiert.

Der Münchner Stadtrat in seiner heutigen Konstellation ist eine chaotische Ansammlung verschiedenster Lobbyisten, die sich durch geschicktes Taktieren und Beziehungen in ihren Ratssessel manövriert haben. Neben den Vertretern der großen Parteien BVP, ESP, USPD und LDFP sitzen Abgesandte verschiedener Konzerne (darunter BMW, Renraku und NeoNET) und parteilose Experten auf den Gebieten Wirtschaft, Recht und Finanzen im Stadtrat, wobei man bei vielen von ihnen spekulieren kann, bei wem sie die Hand aufhalten oder wer an ihren Fäden zieht.

Oberbürgermeister von München ist derzeit Josef Heinemeier, der gemeinsam mit Simon Ludovic als Doppelspitze die bayrische USPD geleitet hatte und dem aus dem Amt geschiedenen Maximilian Zierl 2066 nachgefolgt war. Zum Frust seiner Genossen wird der gutmütige Bürgermeister von den Münchnern meist aber nur belächelt, und auch in den Medien wird er oft zur Zielscheibe von Spott und Satire, weil er angeblich keine Ahnung von den Ränkespielen der Ratsmitglieder und keine Kontrolle über den Stadtrat hat.

**USPD**
Die Zeiten, als die Unabhängigen Sozialisten gemeinsam mit der ESP den Stadtrat beherrschten, sind vorbei, doch sie bilden immer noch die größte Fraktion, da sie mit ihrem bürgernahen, sozialen und ökologischen Programm in der Münchner Bevölkerung die größte Akzeptanz erfahren. Obwohl sich die USPD unter dem Vorsitz von Simon Ludovic, einem Ork, der sich nach eigener Aussage aus der Unterschicht nach oben gearbeitet hat, oft den Vorwurf der Profillosigkeit und des Opportunismus gefallen lassen musste, hält sie die anderen Parteien mit ihren gegensätzlichen Ansichten zusammen. Gerade in der Zeit nach dem Crash konnte die USPD einiges an Boden gutmachen.

**BVP**
Die Bayrische Volkspartei gehört genauso zu Bayern wie das weiß-blaue Banner, doch während sie auf Landesebene in der Politik stets den Ton angab, bekam sie im Münchner Stadtrat wegen ihrer konservativen Politik kein Bein auf den Boden. Gegen den massenkompatiblen Neosozialismus der USPD konnte die BVP lange Zeit nicht ankommen, was sich jedoch bei den Kommunalwahlen 2068 änderte, als Anikka Beloit als Spitzenkandidatin für die Bayrische Volkspartei antrat. Die redegewandte Geschäftsfrau konnte sowohl bei den Ur-Münchnern punkten als auch den Zugereisten die Ziele ihrer Partei näher bringen.

**LDFP**
Die Liberaldemokraten stehen für Wirtschaftsliberalismus. Sie engagieren sich für stärkere Zusammenarbeit mit den Konzernen und sind – zumindest in Fragen der inneren Sicherheit und der Migrantenpolitik – weitgehend mit der BVP konform. Die Schattenseite dieser Politik ist die Demontage des letzten bisschen Sozialsystems zugunsten der Wirtschaft. Auch die LDFP und ihr Fraktionschef Dirk-Christian Barth haben stark von der Wiederaufbaustimmung nach dem Crash profitiert und sich zu einem integralen Bestandteil des Stadtrats gemacht.

Barth hat seine Finger bei allen größeren Konzernen in München drin und ist der König der Amigos. Er hat zum Beispiel auch das Bauressort für seine Partei und vor allem für seinen Parteifreund David Ungerer durchgesetzt, der im letzten Jahr so viele Baugenehmigungen an Firmen ausgestellt hat wie in den fünf Jahren zuvor zusammen.
M-Sider

Barth hat außerdem eine Affäre mit der Schauspielerin Fabienne Dubois, die gerade die Goldene Kamera für ihren Auftritt in „System Failure" gewonnen hat. Sie ist zwar nur vier Jahre jünger als seine Ehefrau Tanja, aber angeblich ziemlich gelenkig.
Catwalk

Seit dem Crash von ´64 bleiben die Stimmanteile der Parteien relativ konstant; es werden meist nur ein paar Prozentpunkte hin- und her geschoben. Die Bürger scheinen mit dem Wirtschaftswachstum in der Region und dem beständigen Aufwärtstrend zufrieden zu sein, und dies schlägt sich auch in den Wahlergebnissen nieder. Andererseits kann es auch gut sein, dass die verschiedenen Münchner Konzerne, also im Endeffekt SK, Renraku und NeoNET, mithelfen, die Angelegenheit in der Waage zu halten. Krieg mag gut fürs Geschäft sein, Frieden ist es aber auch.

DATENEMPFANG ...

[Profil bereitgestellt von Flitter (Frankfurt)]

### ANIKKA BELOIT
Die Geschichte der Beloits beginnt mit der Gründung des Saeder-Krupp-Imperiums durch den Aufkauf der Saeder-Munitionswerke und Thyssen-Krupps durch den BMW-Exec Michel Beloit. Nach Michels Tod übernahm seine Witwe Wilhelmina Graff-Beloit die Konzernleitung, doch schon 2037 schnappte Lofwyr ihr den Megakonzern weg, da er heimlich Aktienmehrheiten angehäuft hatte. 2050 reiste Mina nach Jahren des Krieges gegen den Drachen zum Zürich-Orbital ins Exil, wo sie Anfang 2063 starb. Ihr Sohn Dietrich Beloit war Mitglied des Aufsichtsrates von Proteus und kam bei einem Unfall auf der Raumstation Treffpunkt ums Leben, sodass Anikka nun die letzte der Beloits ist. Sie hat früh gelernt, auf eigenen Beinen zu stehen, da ihr älterer Bruder eher von der Familie begünstigt wurde, doch nach dem Tod ihrer Mutter erhielt sie das beträchtliche Erbe der Beloits. Bisher gibt es zwar keine Anzeichen dafür, dass sie den Krieg ihrer Mutter fortführen will, aber ihre finanzielle und politische Macht hat in den letzten Jahren ständig zugenommen.

## DIE MEGAS VON MÜNCHEN
von A-Hörnchen

Okay, Chummers, jetzt heißt es anschnallen und zurücklehnen, jetzt geht's einmal quer durch die Münchner Konzernszene. Ich zeige euch die wichtigsten ansässigen Konzerne und Kleinfirmen sowie die Leute, die hinter den Schreibtischen sitzen. Für eventuell aufkommende Übelkeit übernehme ich keine Haftung!

# SANDY – ERSTER AKT

Sie sagt, sie heißt Sandy, aber das ist nur ein Etikett, mit der sie die Konzernwelt versehen hat. In diesen Tagen ist sie kaum mehr als eine von Milliarden krepierenden Krabben, die versucht, aus ihrem stinkenden Eimer in die vermeintlich strahlende Welt aus Glas, Stahl und Marmor empor zu kriechen und dabei doch immer wieder von den anderen in den Dreck zurückgezogen wird. Aber wer weiß?! Vielleicht haben die anderen ja wirklich Recht, und ich bin bereits geblendet von meinem eigenen Zynismus und zu hoch gesteckten Zielen. Ich muss sicher gehen, dass ich noch auf dem richtigen Weg und nicht inzwischen zu einem der falschen Propheten geworden bin, die ich bekämpfe. Ich werde Sandy, oder Sandra Wagner, wie sie wirklich heißt, im Auge behalten und sehen, ob ihr der korrupte Sumpf blutsaugender Konzerne eine Chance lässt oder ob er sie verschlingen wird, wie ich es erwarte. Ergeht es Sandy schlecht, werden sie leiden. Ergeht es ihr gut ... darüber werde ich mir erst Gedanken machen müssen, wenn es passiert. Sie wird der Finger am Abzug sein – die Zunge an der Waage der Gerechtigkeit!

Im Aufzug zur Personalabteilung, in dem wir uns zufällig begegnen, spricht sie mich an, während sie mich aus ihren naiven, blauen Augen offen und verletzlich anschaut. Ihr PAN schleudert mir unverblümt alle Informationen entgegen und macht mich mit ihr bekannt. Würde sie nicht plappern wie ein Talkjunkie auf NovaCoke, wäre sie nur ein weiteres Zahnrad in der Maschinerie der Konzernmafia und mir wahrscheinlich nicht einmal aufgefallen. Sie trägt ein Kostüm, das man mit viel Wohlwollen noch als Geschäftskleidung bezeichnen könnte. Da sie es aber anscheinend gezielt eine Nummer zu klein gekauft hat, um mehr zu zeigen als zu verbergen, hat sie sich wohl dazu entschieden, ihr Fleisch zu Markte zu tragen und sich den Wölfen zum Fraß vorzuwerfen.

„Entschuldigen Sie, wenn ich Sie anspreche, aber wollen Sie sich auch um die Stelle als Bavaria-Trainee bewerben?"

Ich schaue sie unbeirrt an, während sie weiter plappert, als gäbe es kein Morgen.

„Meine Eltern und ich waren ja erst total happy, als ich die Einladung zum Assessment-Marathon bekommen habe. Wissen Sie, was die da mit uns vorhaben?"

Natürlich weiß ich es. Ihr PAN hat mir aufgedrängt, dass sie aus Garmisch kommt und ihren Abschluss auf einer der wenig renommierten staatlichen Hochschulen gemacht hat. Sie ist also die Quotenbewerberin, die man für die Imagekampagne einlädt, sie den Medien präsentiert, um sie dann in der Gosse verrotten zu lassen.

„Ich bin ja so aufgeregt. Die müssen mich einfach nehmen. Wissen Sie, ich bin Jahrgangsbeste und ich würde einfach alles für diese Chance geben."

Oh ja, das wird sie ganz sicher. Der chromblitzende Aufzug hält in der Etage der Personalabteilung, spuckt uns förmlich in den Empfangsbereich, in dem schon etliche Sandys stehen, die ebenfalls darauf warten, verspeist zu werden. Einen kurzen Moment wird Sandy blass und zittrig, als sie sich der zahllosen Konkurrenz bewusst wird. Dann lächelt sie.

„Wissen Sie was? Ich hab doch nichts zu verlieren! Was soll mir denn schlimmstenfalls passieren? Ich fahr wieder nach Garmisch und arbeite in der Spedition meines Vaters. So habe ich wenigstens eine Chance, in München Karriere zu machen."

Ich bin mir nicht ganz sicher, ob sie mir das erzählt oder eher sich selbst. Nachdem ich alles erledigt habe und meine Botschaft in den Nachrichtenhost implantiert ist, schaue ich noch einmal nach, wie es ihr ergangen ist. Ich finde sie schließlich etwas derangiert in der Kantine, wo sie auf dem harten Plastik einer Besucherbank hockt und in ihren kalten Kaffee starrt. Als sie mich entdeckt, lächelt sie kurz.

„Ach, Sie sind's. Das war vielleicht ein Tag."

Wortlos hole ich ihr einen frischen Kaffee, nehme mein Taschentuch, schaue mir dabei zu, wie ich ihr das verschmierte Make-up von den Wangen wische.

„Oh, danke. Ich habe vorhin wohl etwas Kajal ins Auge bekommen." Sie erzählt, wie ihr mit Bedauern mitgeteilt wurde, dass die Stelle als Trainee zur Vorstandssekretärin anderweitig vergeben sei, und während sie noch auf einem der Designersessel im Vorzimmer gesessen habe, sei der Personalleiter kurz herausgekommen.

„Regelrecht entdeckt hat er mich. Irgendwie unheimlich, wissen Sie? Auf jeden Fall hat er mich in sein Büro eingeladen und wir haben uns lange unterhalten. Über meinen Abschluss und woher ich komme und was meine Qualifikationen sind."

Eine Laufmasche, ihre nur halbherzig gerichtete Frisur und die geröteten Augen verraten mehr über das Gespräch als ihr Gerede. Er habe ihr dann letztendlich eine Stellung in seiner eigenen Castingagentur angeboten. „Erstmal zur Probe und als Praktikum versteht sich. Wer weiß, vielleicht finde ich da ja sogar eine richtige Filmrolle und muss nicht als Sekretärin versauern. Meine Eltern flippen aus, wenn sie hören, dass ich zum Film komme!"

*Der Moloch der Konzernwelt hat ein weiteres Opfer in seine Fänge genommen und saugt ihr langsam aber mit unmenschlicher Präzision das Leben aus den Adern. Wie hatte sie vorhin gesagt?* Wissen Sie, ich bin Jahrgangsbeste und ich würde einfach alles für diese Chance geben. *Viel hat sie heute schon geben müssen und wenn ich Recht behalte wird es dabei nicht bleiben.*

Stunden danach schlendere ich durch die Straßen Münchens und denke über Sandy nach. Ein Leben für ein Leben! Bald werde ich die Fehde beginnen, für all die Sandys, all die Opfer. Der Anfang ist gemacht und München soll das Schlachtfeld sein, auf dem entweder ich oder der faulige Körper des Kapitals verrotten werden. Ich fühle mich gut, als ich später die Drähte mit dem Zünder verbinde, die bald als Werkzeuge in meinem Krieg dienen sollen.

Ein Leben für ein Leben!

## RENRAKU EUROPA

Die erste Station unserer Rundfahrt, und schon hat unser Zug Verspätung. Die Zeiten, als Renraku durch die Verlegung ihrer Europazentrale nach München für hängende Kinnladen sorgte, sind lange vorbei. Seitdem geht es mit dem angeschlagenen europäischen Ableger der japanischen Erfolgsgeschichte ziemlich bergab. Nach dem Arkologie-Desaster und dem Verlust des Düsseldorfer Hauptquartiers an Novatech – woran ein gewisser Richard Villiers nicht ganz unschuldig war – sah Karl Stadt in einem Neuanfang in München eine Chance für eine Konsolidierung. Doch während in München alles back to the roots ging und man keinen Gedanken an die WMI von Transys Neuronet und Erika verschwendete, versuchte drüben in Amiland der neue Präsident von Renraku Amerika, Sherman Huang, einen großen Batzen von Novatech Inc. bei dessen Börsengang in seine dürren Finger zu bekommen. Was passierte? Winternight grillte die Matrix, Huang war pleite und Renrakus Sararimänner mussten sich einen neuen Arsch zum Reinkriechen suchen – den von Harry Nakada.

Für Karl Stadt war das alles relativ unerheblich, doch der Crash hätte ihn kaum härter treffen können, denn Renraku verpasste die Gelegenheit, auf den WMI-Zug aufzuspringen und hinkt selbst jetzt nach sechs Jahren noch der Entwicklung hinterher. Die Expansionspläne Richtung Süd- und Osteuropa sind vorerst auf Eis gelegt; stattdessen sollen die unbeschädigten Zweige des Computerkonzerns (Hardware und Datenspeicherung sowie Sicherheitssoftware) wieder gestärkt werden. München bleibt also in erster Linie die Schaltzentrale für die europäischen Standorte, produziert durch einige Tochtergesellschaften aber auch vor Ort.

» Karl Stadt hat vor einiger Zeit ein paar „interne Umstrukturierungen" vorgenommen. Diverse Manager mussten ihren Hut nehmen, während Stadt sich dafür krisenerfahrene Wirtschaftswissenschaftler und Analysten ins Boot geholt hat, die bisher zwar nicht für den Megakon gearbeitet hatten, dafür aber auf Karls persönlicher Buddylist standen.
» Corpshark

» Stadt genießt großes Vertrauen von oben, auch wenn einige seiner Entscheidungen unkonventionell sind. In München müssen Quereinsteiger bei Renraku eben nicht den Fahneneid schwören, um dazuzugehören. Die Identität der Mitglieder des Beraterstabs ist bisher noch geheim, aber es gibt schon diverse Gerüchte, dass sich Geheimdienstagenten und Industriespione darunter befinden. Das riecht nach Arbeit.
» Kia

Renraku hat in München aber immer noch die Zügel in der Hand, denn zwei wichtige Organe der Stadt befinden sich unter der Kontrolle des Megakons: Die Schwarzen Sheriffs und das öffentliche Personen-Nahverkehrssystem. Besonders ärgerlich ist es für Renraku andererseits, dass S-K die öffentlichen Netze im Plex reinstalliert hat und NeoNET fast alle Privatkunden bedient. Im Moment schwirren eine Menge Späher im Münchner Gitter herum, die nach Lücken in Sicherheitssystemen und nach illegalen Vorteilen suchen, die sich Lofwyr verschafft hat.

» Die Systematik, die Gründlichkeit, mit der sie vorgehen, ist bemerkenswert. Sie scheinen nach etwas ganz Speziellem zu suchen ...
» Dodekahedron

Die S-K-Sicherheitshacker lassen sich das natürlich nicht gefallen, und während sich die Konzerne medienwirksam die Hände zum Wiederaufbau des Münchner Gitters reichen, kämpfen ihre Hacker hinter den Kulissen um jeden virtuellen Meter Boden. Das ist für mich die einzig logische Schlussfolgerung, wenn ich mir die sich häufenden Meldungen von Verletzungen bei Renraku- und S-K-Matrixexperten durch „Feedback-Übertragungsfehler" und „VR-Fehlfunktionen" ansehe.

Die wichtigste Person bei Renraku ist natürlich „der Alte", wie Renraku Europas Geschäftsführer Karl Stadt manchmal genannt wird. Immerhin hat er die 60 bereits überschritten. Stadt ist krisenerprobt und genießt das Image eines wohlwollenden alten Mannes, der sowohl der Firma als auch der Stadt verpflichtet ist. So macht er auf Vorstandssitzungen genauso wie in bayrischer Tracht auf Volksfesten eine gute Figur. Natürlich reichen diese Attribute nicht aus, um einen Konzern zu leiten. Stadt ist auch skrupelloser Geschäftsmann, der ohne mit der Wimper zu zucken die Eliminierung ganzer Firmenzweige unterschreibt.

» Und Todesurteile, wenn es sein muss. Nein, fragt nicht, ich habe keine Beweise.
» Ivan

Karl Stadt spricht ohne Linguasoft fließend Englisch, Japanisch, Kantonesisch, Russisch und Italienisch, was nicht unwesentlich zu seiner Beförderung auf den Chefsessel in München beigetragen hat. Er ist zudem ein fähiger Diplomat, wenn es um die Erschließung neuer Märkte und das Knüpfen neuer Geschäftsbeziehungen geht. Über seine Familie dringen dabei nur Gerüchte an die Öffentlichkeit. So studiert seine Tochter Alexandra angeblich in China Betriebswirtschaft, um in Papas Fußstapfen zu treten, während sein ältester Sohn Kevin nichts mit der Firma zu tun haben will und auf einem Selbstfindungstrip in Australien ist.

Seit einigen Jahren trifft Herr Stadt angeblich kaum noch eine Entscheidung ohne die Beratung seiner Assistentin **Martina Kaleistos**, die früher Verkaufsleiterin bei Securitech International war. Warum sie so wichtig für ihn ist, und wie sie an diesen Posten kam, ist unbekannt, da sie sich fast nur innerhalb der Renraku-Anlagen aufhält und in der Münchner Szene kaum präsent ist.

» Oh doch. Die gute Kaleistos ist mehrfach initiierte Adeptin und hat sich auf kognitive und soziale Fähigkeiten spezialisiert. Sie kann Situationen blitzschnell analysieren, Entscheidungen treffen und dann die richtigen Leute auf subtile Weise davon überzeugen, dass ihre Meinung die richtige ist.
» Enigma

## EUROSOFT AG

Schon immer genoss die Renraku-Tochter einen ausgezeichneten Ruf im Bereich Steuerungssoftware und Expertensysteme, doch erst nach dem Crash konnte die Eurosoft AG ihr ganzes Potenzial entfalten. Während sich Transys-Erika und Saeder-Krupp auf die Reinstallation der Matrix-Hardware verlegten, kümmerten sich Horden von Eurosoft-Programmierern um die Vernetzung von Haushaltsgeräten, Fahrzeugen, Drohnen und anderer Elektronik mit der neuen drahtlosen Matrix.

» Eurosoft tritt mit ausdrücklicher Billigung der Konzernleitung immer unabhängiger auf. Der Name Renraku weckt im

Kontext mit Expertensystemen oder semiautonomen Programmen immer noch böse Erinnerungen, aber Eurosoft ist für viele ein unbeschriebenes Blatt.
● Corpshark

Die Büros und Softwareschmieden sind im Stadtteil Sendling beheimatet, und zwar in guter Nachbarschaft, denn Mutterkonzern Renraku lässt hier viele seiner Angestellten in konzerneigenen Apartments wohnen, natürlich unter den wachsamen Augen der Schwarzen Sheriffs.

Besonders gefragt waren die Dienste von Eurosoft beim Wiederaufbau des ÖPNV. Inzwischen liegt die Koordination von U- und S-Bahnen und Niederflurbussen in der Hand dreier Knowbots, die sich stets gegenseitig kontrollieren, um Fehler zu vermeiden. Außerdem gilt das System als praktisch unhackbar, denn wer will sich schon mit einem SK anlegen, geschweige denn mit dreien?

● Ich habe einen Kontakt bei Eurosoft, und der hat mir von Gerüchten erzählt, dass im Code der drei SKs Teile von den sterblichen Überresten einer KI verbacken sind. Klingt fast so, als hätten die Deus' fragmentierte Leiche gefleddert, was mir echt eine tierische Gänsehaut macht.
● Zeitgeist

Werfen wir mal einen Blick in die Chefetage. Während sich Shikei Nakatomi zurzeit fast schon verdächtig bedeckt hält, rückt sein Neffe **Shin Nakatomi** immer mehr ins Rampenlicht. Shin, ehemals Leiter von Fuchi Deutschland, wechselte im Konzernkrieg wie Shikei die Seiten und ging zu Renraku, wo er eine leitende Position bei der Eurosoft AG erhielt und sich als fähige Führungskraft erwies. Anfangs noch ein Fremdkörper in München, hat Shin sich mittlerweile zu einem wahren Publikumsliebling gemausert: Nach neuesten Umfragen halten 76 Prozent der Münchner ihn für „einen von ihnen".

● Shin sieht mit seinen dunklen Knopfaugen und dem Dauergrinsen wie der typische Knuddel-Japaner aus. Er macht alles mit: Brauhäuser einweihen, mit Faschingsmaske herumrennen – das ganze Programm. Hinter den Kulissen ist er aber bloß eine Marionette von Shikei. Shin hat seinem Onkel viel zu verdanken und Blut ist dicker als Wasser, deshalb hat Shikei ihn frühzeitig auf einen Posten manövriert, von dem aus er eine gute Aussicht auf den Stuhl von Karl Stadt hat.
● Kia

## DIE SCHWARZEN SHERIFFS

Ja, traurig, aber wahr: Die SS … ääh, ich meine die Jungs in Schwarz, die so gerne Orks verprügeln … also die Schwarzen Sheriffs gehören offiziell Renraku. Das Ganze ist eine tragische Geschichte, aber sie zeigt, dass der Crash Renraku nicht nur geschadet hat.

Aufgrund seiner Beinahepleite beim Crash hat Aurel Westmann, der Hauptanteilseigner der Sheriffs, Renraku seine Aktien angeboten mit der Bedingung, weiterhin Geschäftsführer zu bleiben und so seine verbliebenen Schäfchen zu retten.

Renraku willigte ein, kaufte seine Anteile zu einem Spottpreis und war nun im Besitz von 54 Prozent der Sheriffs. Als der Deal publik wurde, war die öffentliche Empörung groß, es gab Demonstrationen, Politikwissenschaftler äußerten Befürchtungen über einen Polizeistaat München und auch die anderen Konzerne, allen voran Novatech und Dallmayr, ebenfalls Teilhaber der Schwarzen Sheriffs, schrien Zeter und Mordio.

● Renrakus PR-Kampagne, um die Imageschäden zu begrenzen, war nicht gerade billig. Es kam ihnen sehr gelegen, dass etwa zur gleichen Zeit der FBV im Groß-Frankfurter Plex die Kontrolle über den Sternschutz, den Deutschen Sicherheitsdienst und ProSecuritas übernahm und große Reden über „die Verantwortung der Macht" schwang.
● Flitter

● Verantwortung ist doch ein Fremdwort für die Kons. Zeig mir einen Konzern, der Macht angehäuft hat, und ich zeige dir einen, der sie missbraucht!
● Anne Archiste

Die Schwarzen Sheriffs haben im ganzen Münchner Plex die Polizeigewalt inne und sind wie gewöhnliche Länderpolizei strukturiert. Sie besitzen Einheiten der Schutz-, Bereitschafts- und Kriminalpolizei sowie eine Sondereinsatztruppe, die sich die „Schwarzen Marshalls" nennt und die mit erstklassiger Cyber- und Bioware, Magie und all den anderen Spielsachen aufwarten kann.

● Seitdem Renraku am Ruder sitzt, haben sich die alten Zuständigkeitsstreitigkeiten mit dem LKA Bayern und der Landespolizei noch verstärkt. Man befürchtet, dass die Schwarzen Sheriffs zu selektiv arbeiten und bei allem, was sie tun, nur der Nutzen für den Mutterkonzern im Vordergrund steht.
● M-Sider

● Nachdem A-Hörnchen es ja schon kurz angedeutet hat, sollte man vielleicht auch mal von der Berufspraxis der Sheriffs reden. Nach dem Motto „Jetzt erst recht" sind sie in letzter Zeit immer öfter auch in den Sonderverwaltungszonen unterwegs, natürlich zur „rigorosen Verbrechensaufklärung und -bekämpfung". Wenn ihr mich fragt, wird da rigoros geknüppelt. Die Zahlen sagen zumindest, dass die Aufklärungsrate der von Metamenschen begangenen Verbrechen im Münchner Plex seit der Renraku-Übernahme um 27 Prozent gestiegen ist. Da möge sich jeder seinen Teil denken.
● Antifa

## BAVARIA (NEONET)

Der ADL-Marktführer bei Trideo- und SimSinn-Produktionen ist seit dem Börsengang von Novatech und dessen Fusion mit den europäischen Matrixriesen Erika und Transys Neuronet wieder im Gespräch. Anfang der 60er Jahre feierten die Studios, eine der wenigen ADL-Niederlassungen des nordamerikanischen Megakons, große Erfolge mit der Produktion der Karl-Kombatmage-Serien und dreier Kinofilme.

● Die Schauspieler können einem fast Leid tun. Vor zwei Wochen kam ich berufsbedingt nach Nürnberg zur Charity-Convention „Tridstars für Kids". Fragt bloß nicht wieso. Jedenfalls war Joe Venski da, Karl Kombatmage himself. Sah richtig blass und heruntergekommen aus, paffte eine Zigarette nach der anderen und hat die ganze Zeit so übertrieben gegrinst. Ich hatte eher den Eindruck, als ob ihm zum Heulen zumute wäre.
● Zwieblblootz

Für das kommende Jahrzehnt haben die Studios, noch immer unter der Leitung von Natascha Kleinschmidt, jede Menge Großprojekte geplant. Dabei spielt die Einbindung der Augmented Reality eine große Rolle. So steht für den Spätherbst 2070 ein interaktives Schauspiel mit dem Arbeitstitel „Der Marshall“ über ein Sondereinsatzkommando der Schwarzen Sheriffs auf dem Drehplan, bei dem sich Zuschauer als Statisten per AR-Link einklinken oder Video- und SimSinn-Spuren aus mehreren Perspektiven empfangen können. Gerüchteweise befindet sich auch ein dreiteiliges Filmepos über die Eurokriege in der Mache, das 2072 in die Kinos kommen und den Titel „Ein Tag im Mai“ tragen soll.

» Mein Favorit für die Hauptrolle heißt Mahmud Belugi, besser bekannt als „Sammy Samurai“. Vor einiger Zeit haben wir noch auf der Party von Fritz Köller (Bayerns große Stürmerhoffnung) ein paar Drinks zusammen gekippt, und als ich neulich bei seinem Agenten anrief, hieß es nur, er sei für ein paar Wochen in Polen, geschäftlich. Die Bavaria-Pressemitteilungen besagen, dass „Ein Tag im Mai“ an Originalschauplätzen gedreht werden soll, und da in Polen wieder einigermaßen Ruhe eingekehrt ist ...
» Brandkind

Nun, da die Geschäfte der Bavaria wieder auf Hochtouren laufen und sich auch der Mutterkonzern NeoNET in Grünwald ganz in der Nähe der Studios niedergelassen hat, haben sich auch einige wohlhabende Privatkunden, darunter mehrere lokale Firmen, wegen der Installation firmeneigener Drahtlosnetze an NeoNET gewandt. Es ist nicht so, dass man Saeder-Krupp respektive Aetherlink, dem Provider der öffentlichen Gitter, kein Vertrauen schenkt, aber wenn es um das Know-how geht, hat NeoNET immer noch die Nase vorn, schließlich waren diese Jungs von Anfang an bei der Wireless-Matrix-Forschung dabei.

» Dass Novatech die Fusionsverhandlungen erst aufnahm, als Transys-Erika bereits mit dem Aufbau der neuen Technologie begonnen hatte, interessiert natürlich niemanden. Es geht wie immer nur um den guten Namen. Novatech hat durch Rich Villiers den Ruf eines Survivors bekommen, und auch Transys und Erika waren schon vor dem Crash große Namen in Europa. Mit der gebündelten Kraft aller drei traut man ihnen jetzt einiges zu.
» Corpshark

Natürlich gefällt weder S-K noch Renraku, dass sich NeoNET in München breit macht, schließlich dürften die Herren von Renraku nicht vergessen haben, dass sie 2060 von ihrer damaligen ADL-Geschäftsführerin Mariko Wabanati an Novatech verraten wurden. So kommt das Gemeinschaftsprojekt von Renraku und NeoNET, die Vernetzung des U-Bahnsystems, auch nur schleppend voran. Schuld ist das Kompetenzgerangel unter den Execs – Renraku will sich einfach nicht zu sehr in die Karten sehen lassen.

Von der anderen Seite gibt es Probleme mit Aetherlink, Saeder-Krupps neuem AR-Superstar, der seine Claims überall in Europa abgesteckt hat. NeoNET bedient die Nischen, in die Aetherlink bisher nicht vorgedrungen ist, und hat sich damit sehr unbeliebt gemacht. Momentan versuchen S-K-Anwälte mit fadenscheinigen Anschuldigungen bestimmte Projekte NeoNETs zu verhindern, indem sie etwa behaupten, der Konkurrent halte sich nicht an die Protokolle der Universellen Matrix-Konferenzen. Ganz von der Hand zu weisen sind die Vorwürfe nicht, denn NeoNET hatte immer wieder Schwierigkeiten aufgrund von „Inkompatibilitäten“ und „Schnittstellenproblemen“.

» Wer jetzt aber glaubt, S-K und Renraku zögen bei NeoNET an einem Strang, der irrt sich gewaltig. Renraku betrachtet die neue Matrix-(Omni)-Präsenz von S-K ebenfalls als Bedrohung und fürchtet Spionageaktivitäten von Saeder-Krupp-Hackern

im Münchner Gitter. Im Moment heißt es noch jeder gegen jeden, aber sollten sich jemals zwei der drei Parteien zusammentun, sieht es für den Dritten schlecht aus. Aber die Fronten sind verhärtet, und alle drei Konzerne sind so tief in München verwurzelt, dass es fast unmöglich ist, einen von ihnen zu Fall zu bringen.
➋ Corpshark

➋ Glaubt mir, das ist mehr als nur ein kleiner Interessenkonflikt und er wird auf die Münchner Art ausgefochten, also richtig schmutzig. Mein Team und ich haben in den letzten zwei Monaten sage und schreibe fünf Aufträge bekommen, bei denen es um die Diskreditierung von Renraku-Execs ging. Wenn unsere Zielperson keinen wirklichen Dreck am Stecken hatte, mussten wir ihr eben irgendetwas unterschieben: Betrügereien, Unterschlagungen, Insidergeschäfte usw. Hier triffst du einen Konzern eben viel mehr, wenn sich die Execs untereinander nicht mehr trauen können.
➋ Zwieblblootz

➋ Habt ihr gewusst, dass die Selbstmordrate unter leitenden Renraku-Angestellten bei 8 Prozent liegt? Für viele ist das der einzige Ausweg, wenn sie für ihren Mutterkonzern zu einer Belastung geworden sind. Gruselig.
➋ Catwalk

**Natascha Kleinschmidt** ist seit fast 15 Jahren die Geschäftsführerin der Bavaria-Film- und SimSinn-Studios in München. Sie ist eine Karrierefrau, die für ihren Aufstieg über einige Leichen gegangen ist.

➋ Sie kennt die Tricks und Intrigen der Aufsteiger und kann sich deshalb auch so gut dagegen verteidigen. Es gab unzählige Versuche von Neulingen, sie vom Thron zu stoßen, doch bisher scheiterten alle. Es scheint so, als bekäme Frau Kleinschmidt umso mehr Rückhalt aus der Firma, je länger sie sich auf dem Chefposten behaupten kann.
➋ Flitter

Die Geschäftsführerin, deren Alter aufgrund diverser Schönheits-OPs unbestimmbar geworden ist, aber ungefähr bei Anfang 50 liegen müsste, spielt der Öffentlichkeit mit einem treusorgenden Mann und Vater sowie zwei Söhnen eine heile Familie vor. Doch dahinter sieht es – wie so oft – ganz anders aus: Ihr Mann Erich, der mit dem Erfolg seiner Frau nie ganz zurecht gekommen ist, soll sich mit zahlreichen Geliebten in Münchner Edel-Clubs vergnügen, während der eine Sohn David sich der Nobelgang „Checkmates“ angeschlossen hat und seine Nächte damit verbringt, Verkehrsdrohnen zu Klump zu schlagen und Passanten anzupöbeln.

## BMW (SAEDER-KRUPP)

Das Gehirn des verdammt noch mal größten Konzerns der Welt mag sich im fernen Essen befinden, aber sein Herz schlägt immer noch hier, im BMW-Stammwerk. Es ist lange her, seit Michel Beloit von der BMW-Basis aus das Saeder-Krupp-Imperium gründete, das dann völlig überraschend von Lofwyr übernommen wurde.

Ähnlich wie Renraku besitzt S-K hier seine Schaltzentrale für den Süden der ADL, von der aus die BMW-Produktionsstätten in Ingolstadt, Landshut, Regensburg oder Leipzig gesteuert werden. Für den Hauptsitz sind die Neuheiten – alternative Antriebssysteme, neue Verkleidungsstoffe etc. – reserviert, die direkt im Milbertshofener Werk und der angeschlossenen, streng bewachten Teststrecke entwickelt und erprobt werden.

➋ Angeblich wird in Milbertshofen gerade ein neuer Mittelklasse-Sportwagen getestet. Fotos des Schätzchens sind mehr wert als Aurora Teleam nackt am Pool – natürlich nur, wenn ihr jemanden kennt, der sie euch abkauft.
➋ Brandkind

Nach dem VITAS-Ausbruch von 2061 und der anschließenden unautorisierten Reinigungsaktion von Renraku, bei der der ehemalige Olympiapark komplett niedergebrannt wurde, entschloss sich BMW vor einigen Jahren, den Schandfleck in Münchens Herz zu tilgen und nebenbei seinen Wirkungsbereich um ein gutes Stück zu erweitern. Nun dröhnen in Riesenfeld und im Olympiapark wieder die Baudrohnen und stampfen einen Gebäudekomplex nach dem anderen aus dem Boden, darunter auch mehrere Wohnviertel, die ausschließlich für BMW- und S-K-Angestellte vorgesehen sind.

Die Geschäfte führt momentan einer der jüngsten Manager, die BMW jemals hatte – der 36-jährige **Klaus Basoski**, ein ehrgeiziger und aufstrebender Mann, der sich von der Leipziger Niederlassung aus nach oben in die Chefetage arbeitete. Basoski ist der klassische Lebemann: Unverheiratet, jede Woche eine neue Frau an der Seite und fast jedes Wochenende eine Privatparty in seiner Villa, dazu Yachten im Mittelmeer. Bekannt ist Basoski außerdem durch seine Leidenschaft für Ausgrabungsstücke aus dem vorderasiatischen Raum; hin und wieder erhält das Apep Konsortium über Basoskis Geschäftsfreund Konstantin van der Mer von der Kanzlei Stark, Theissen und Van der Mer eine Finanzspritze.

➋ Man munkelt, Basoski sei über zehn Ecken mit dem pomoryanischen Haus Sarentin verwandt und dort in Ungnade gefallen, weshalb er sich die Spitzohren kürzen ließ und seine Herkunft nun verleugnet. Man könnte darüber fantasieren, dass Elfen bei Lofwyr nicht besonders hoch im Kurs stehen. Fest steht, dass Basoski ein ganz übler Opportunist ist, der mehr als einmal die Rolltreppe der Karriereleiter vorgezogen hat.
➋ Stout

## AETHERLINK

BMW mag für S-K in München bedeutend sein, aber richtig interessant wird es erst durch das zweite Standbein: Aetherlink. Nach dem Crash hatte die aus Saeder-Krupps großen Matrix-Providern Europas – Hermes Eurocom, Ruhr-DataFax und Spheretech – gegründete Tochterfirma angekündigt, die Ballungszentren der ADL so schnell wie möglich mit der neuen AR-Technologie zu versorgen. Nach Hamburg und Rhein-Ruhr war München der dritte Megaplex, dem diese Ehre widerfuhr, und so zog schon 2065 im Zuge des Mammut-Bauprojektes, das BMW auf dem ehemaligen Olympiapark durchführt, eine Delegation Aetherlinks in München ein, um die Bedingungen zu prüfen und dem Konzern schnell ein Gesicht in der Stadt zu geben. Dank der guten Zusammenarbeit mit BMW, die unter anderem die Bereitstellung von Gebäuden und Firmenwagen umfasst, läuft die Reinstallation auf Hochtouren.

In der Anfangszeit hatte Aetherlink mit großen Schwierigkeiten zu kämpfen – Systemabstürze, Datenfehler und in zwei Fällen sogar tödliches Biofeedback ließen das Vertrauen der Einheimischen in den Neuling dahinschmelzen, doch mittlerweile kann der Großteil Münchens die Vorzüge der drahtlosen Technologie genießen.

➋ Die Fehler bei Aetherlink gehen zu achtzig Prozent auf Shadowruns zurück, die von NeoNET in Auftrag gegeben wur-

den. Die Väter der WiFi-Technologie wollten sich S-K nicht kampflos geschlagen geben und zettelten einen digitalen Kleinkrieg an. Mittlerweile hat sich wohl NeoNET damit arrangiert, Privatkunden zu bedienen und die Lücken auszufüllen, die Aetherlink gelassen hat, aber ich traue dem Braten nicht. Was NeoNETs Runner bei Aetherlink abgezogen haben, ist nur mit der Hilfe eines Maulwurfs möglich, und ich glaube, dieser Maulwurf sitzt dort noch immer.
» Flitter

» Ich hätte da auch schon einen Kandidaten für Flitters Maulwurf: Carsten Brenner, stellvertretender Leiter der Abteilung Matrixsicherheit bei Aetherlink München. Er kommt von Ruhr-DataFax und spielt trotz seiner treuen Dienste schon seit über zehn Jahren die zweite Geige – ein perfektes Motiv, um zum Verräter zu werden.
» Corpshark

» Wenn Brenner bereits so weit ist, dass er seinen Konzern verraten würde, um eine leitende Position zu besetzen, in der er wirklich das Sagen hat, könnte er zum Zünglein an der Waage werden, sollte es zwischen S-K, Renraku und NeoNET zum offenen Schlagabtausch kommen.
» Lazarus

# DE KLOANE

Glaubt nicht, mit den drei Schwergewichten wäre unsere Tour am Ende. München ist eine vielfältige Stadt voller Nischenbetriebe, die auf fast jedem Gebiet ihre hauseigene Traditionsfirma besitzt. Ein paar der örtlichen Läden habe ich in einer unsortierten Übersicht zusammengestellt. Nicht alle davon sind potenzielle Arbeitgeber, aber wir wissen ja, in München hängt alles irgendwie zusammen.

## FC BAYERN MÜNCHEN

In München ist die Sportwelt nach Meinung vieler Einheimischer noch in Ordnung, denn hier haben neuere Sportarten wie Stadtkrieg und Hoverball König Fußball noch nicht vom Thron gestoßen. Beide Münchner Traditionsvereine spielen in der Südallianz-Liga, einer der fünf Fußball-Oberligen der ADL, ganz oben mit, doch wirtschaftlich betrachtet haben es nur die „Roten“, der FC Bayern München, geschafft. Die AG hat auch im Geschäftsjahr 2069 unter Leitung des Vorstandsvorsitzenden **Frank Leon Schubert** ordentliche Gewinne eingefahren, die nach Einbrüchen in den 30ern und 60ern wieder auf das Niveau der vor Selbstsicherheit strotzenden 1990er Jahre gestiegen sind.

Schubert, der die Bayern in der Saison 58/59 noch an die Spitze der Südallianz und zur ADL-Meisterschale gekickt hatte, hat sein Talent, taktisch zu agieren, anscheinend perfekt vom Rasen in den Vorstandssaal übertragen. Besonders Karl Stadt soll einen Narren an ihm gefressen haben. Letzterem gehört im Franz-Beckenbauer-Stadion sogar eine Ehrenloge, die nicht selten auch für geschäftliche Treffen genutzt wird.

## FRANZINGER FASHION

München ist auch die Stadt der Mode und Haute Couture. Über vierzig kleinere Designer haben sich im Plex angesiedelt, angeführt vom Modeimperium Franzinger Fashion. Das traditionsreiche Unternehmen beschäftigt etwa vierzig Angestellte und stellt sowohl Maßanfertigungen für den Herrn und die Dame als auch eigene Kollektionen her, die auf den Laufstegen von Mailand, New York und Paris wiederzufinden sind. Mitbegründerin und derzeitige Inhaberin des Modehauses ist die in Salzburg geborene **Katharina Franzinger**. Die Mittfünfzigerin hat ihren Ehemann bei einem Autounfall während des Crashs von ´64 verloren und ist seitdem eine verbitterte Witwe; da sie kinderlos geblieben ist, ist das Modeimperium ihr Ein und Alles geworden. Ihre Angestellten haben ihr den Spitznamen „Grauer Drache“ gegeben, weil sie einfach Mitarbeiter wegen unbedeutender Fehler feuert, wenn ihr mal wieder der Kragen platzt.

» Frau Franzinger lässt sich öfter von meist unbekannten wechselnden Männern zu Bällen und anderen Feierlichkeiten begleiten – ihrer Aussage nach „gute Freunde“, aber ihr wisst ja, was man über reife Frauen so hört.
» Catwalk

Frau Franzinger ist unter anderem dank ihrer Kontakte zu einigen Finanziers noch im Geschäft, die ihr großzügige Kredite gewähren. Damit konnte sie sich über die zahlreiche Konkurrenz in München hinwegsetzen und sogar einige Mitbewerber aufkaufen. Mittlerweile hat Franzinger Fashion 8 Filialen im Münchner Plex, fünf davon alleine in der Altstadt.

## GOTTLIEB BAU GMBH

Die Schwabinger Gottlieb Bau GmbH kann sich damit rühmen, in den letzten Jahren die meisten Bauaufträge – sowohl öffentliche Ausschreibungen als auch Aufträge von Privatleuten und Konzernen – bekommen zu haben. Der WiFi-Boom führte zur Renovierung und zum Neubau vieler Gebäude, deren Besitzer eine lückenlose Abschirmung gegen das Ausspionieren drahtloser Netzwerke wünschten.

Der Chef des Unternehmens ist der King Kong unter den Schlipsträgern: **Moritz Gottlieb**, ein Ork, der gutes Essen und Trinken liebt, was man ihm auch ansieht. Er lässt so gut wie keinen öffentlichen Anlass aus, bei dem die prominenten Gäste gratis verköstigt werden. Bis auf seine engsten Vertrauten, zu denen übrigens auch der Leiter des Bauamts, David Ungerer gehört, weiß jedoch niemand, wie alt er wirklich ist.

» Memento mori, wie es so schön heißt. Moritz lacht zwar viel und laut, aber insgeheim fürchtet er den Sensenmann. Er steht eigentlich schon kurz vor dem Ende seines Orklebens und hat sich vor kurzem seiner zweiten Leonisationssitzung unterzogen, um weiter durchzuhalten.
» M-Sider

» Wenn ihr Baupläne von neueren Gebäuden in München braucht – ich kenne jemanden in der Planungsabteilung seiner Firma. Kostet allerdings eine Kleinigkeit.
» Brandkind

## DALLMAYR

Im Feinkostgeschäft ist der Dallmayr-Konzern, dessen Stammhaus seit nunmehr 370 Jahren mitten im Herzen Münchens in der Dienerstraße liegt, die unangefochtene Nummer eins im gesamten Süden der ADL, Österreich und der Schweiz. Der Konzern rühmt sich damit, die edelsten (und vor allem echtesten) Lebensmittel herzustellen oder zu importieren, die man in ganz Europa findet: Kaffee aus Amazonien, Schweizer Edelschokolade oder französische Weine – wenn sich die oberen Zehntausend etwas gönnen, stammt es meist aus dem Hause Dallmayr. Mit dem Erwerb von Feinkost Käfer (vor Jahrzehnten noch der schärfste Konkurrent Dallmayrs) ist die Firma durch Cafes und Catering überall in München vertreten und von den Feierlichkeiten und Partys Münchens nicht mehr wegzudenken; gutes Dallmayr-Essen gehört hier einfach zum guten Umgang.

> Dallmayr verfügt über ein Logistik-Netzwerk enormen Ausmaßes und stellt Lieferpersonal oftmals nur zeitlich befristet ein. Man muss nur einen Nebenjob bei ihnen annehmen und bekommt Zugang zu den angesagtesten Partys im ganzen Plex – ganz gleich, ob man nun geschäftlich oder privat dorthin möchte. Dafür checken sie ihre Hilfskräfte vorher aber auch ordentlich durch.
> Zwieblblootz

Hauptanteilseigner von Dallmayr ist der Drache **Nebelherr**. In dessen Abwesenheit hat die Geschäftsführerin **Ursula Mosel** das Ruder in die Hand genommen. Vor kurzem konnte man die stets in die neueste Armanté-Mode gekleidete Frau Mosel beim Händeschütteln mit dem italienischen Weingroßhändler Antonio Bodini aus Florenz beobachten – eine neue Geschäftsbeziehung, mit der Dallmayr die Toskana und die benachbarten Weinanbaugebiete Emilia Romagna und Ligurien (GeMiTo) erreichen will.

## OKTOBERFEST-ORGANISATIONSKOMITEE

Eine weitere feste Institution im Münchner Konzernkarussell – obwohl selbst kein richtiger Konzern – ist das OK, das Oktoberfest-Organisationskomitee, das jedes Jahr aufs Neue für den reibungslosen Ablauf des größten Volksfestes der Welt sorgt.

> Früher hieß das Komitee offiziell KOOF – Konsortium zur Organisation des Oktoberfestes. Nach einigen Planungsfehlern und dem Anschlag bei der Eröffnung im Jahr ´49 rollte eine massive Medienkampagne an, die sich den nicht sehr originellen Schlachtruf „KOOF ist doof!" auserkoren hatte. Es rollten Köpfe und das Konsortium wurde neu organisiert. Heute machen sie selbst Werbung mit dem Slogan „Oktoberfest – alles OK!"
> M-Sider

Das Komitee besteht aus Vertretern der Stadt, der Sicherheitskräfte (die Schwarzen Sheriffs und damit Renraku) und der Schausteller, die gemeinsam das Konzept für das Oktoberfest erarbeiten, damit sowohl die Sicherheit der Besucher als auch deren ständige Versorgung mit Getränken, Gegrilltem und allem, was das Herz des Wiesn-Besuchers begehrt, gewährleistet ist.

## PAULANER BRAUEREI GMBH

Der Hauptgetränkelieferant des Oktoberfests spielt im OK eine Schlüsselrolle. Das Brauereiimperium Paulaner hat den Crash fast unbeschadet hinter sich gebracht und schickt sich an, einen neuen Exportrekord aufzustellen. Experten führen den Erfolg der Brauerei-GmbH vor allem auf die Neuerungen in der Brautechnik zurück. Spätestens seit 2038, als mit der Gründung des Süddeutschen Bundes das Deutsche Reinheitsgebot kippte, hatten die Bierbrauer die Freiheit, auch unkonventionelle Zusätze und Verfahren anzuwenden. So gelang es ihnen mit Hilfe von Gen- und Nanotechnologie, den Prozess des Mälzens (die Malzherstellung) auf einen einzigen Tag zu reduzieren; außerdem erzielten sie mit genetisch gezüchteten Erdbeer- und Zitronen-Hopfen-Hybriden völlig neue Geschmackserlebnisse. Auch wenn der Konzern dabei nicht um den einen oder anderen Skandal herumkam – Anfang der 50er-Jahre etwa wurden giftige Nebenprodukte im Bier nachgewiesen und der Konzern musste Schmerzensgelder in Millionenhöhe zahlen – ist das Vertrauen der Bürger in ihr Bier ungebrochen, und Paulaner wird stets in einem Atemzug mit Traditionsläden wie BMW und dem FC Bayern genannt.

> Jeder, der auf der Wiesn seine Maß trinkt, trinkt ein Paulaner-Bier. Das Oktoberfest ist für sie der perfekte Anlass, um neue Geschmacksrichtungen zu testen und das Trinkverhalten der Bürger zu studieren.
> Zwieblblootz

Der Paulaner Brauerei GmbH gehören nicht nur sämtliche großen Biermarken Bayerns und Frankens, seit einigen Jahren unternimmt das Imperium auch Vorstöße in Richtung Norden und Westen. Ihr gehören nicht nur einige tschechische Pilsener-Marken, das Unternehmen steht nach eigenen Angaben auch in Übernahmeverhandlungen mit Gilden Kölsch und Dom Kölsch aus Rhein-Ruhr.

## MÜNCHENER RÜCK VERSICHERUNGSGRUPPE

Weltweit einer der größten Rückversicherer ist die Münchener Rück, die unter anderem Niederlassungen in den UCAS, CAS, Hongkong und sogar Aztlan unterhält. Als Rückversicherer übernimmt die Munich Re Group (so die internationale Bezeichnung) Deckung für Gruppen von Einzelrisiken mit gemeinsamen Merkmalen von den Erstversicherern, fungiert also wie eine „Versicherung für Versicherungen". Am häufigsten kommt die Rückversicherung bei besonderen Objekten wie Ölbohrplattformen und sogar Satelliten zum Tragen, die gegen Naturkatastrophen u.ä. versichert werden.

> Und Naturkatastrophen können einem Rückversicherer so richtig den Tag versauen. Die 2060er-Jahre haben viele Rückversicherer an den Rand des Ruins gebracht. Man denke nur an den Ausbruch des Ring of Fire, die magischen Phänomene nach dem Jahr des Kometen und nicht zuletzt an den Crash von `64. Dass es die Munich Re überhaupt noch gibt, zeigt, wie stark sie ist.
> M-Sider

Interessanterweise gehört die Munich Re Group zum Frankfurter Bankenverein, womit der Finanzgigant vom Main auch hier im Süden einige Fäden ziehen kann. Chef der Versicherungsgruppe ist der Schweizer Finanzexperte **Dr. Florian Horbach**, der den Konzern aus der Krise des Crashs in die 2070er manövrieren konnte, wofür ihm Vorstand und Aktionäre ewig dankbar sind. Der überdurchschnittlich große Mann mit der leisen Stimme läuft präzise wie ein Schweizer Uhrwerk; alles, was er macht, macht er ganz genau und akkurat, fast schon unheimlich. Horbach soll ein enges Verhältnis zum mittlerweile verschiedenen Drachen Nachtmeister und nun zu dessen Nachfolgerin Monika Stüeler-Waffenschmidt pflegen.

> Als ich zusammen mit meinem Chummer Toni T einen Auftrag für einen Schmidt der Munich Re übernahm, bei dem es darum ging, ein paar Terroristen aufzuspüren, die die Versicherung teuer zu stehen gekommen wären, gab es danach Unstimmigkeiten bei der Bezahlung. Toni rastete aus und brüllte Schmidt an. Der telefonierte kurz, und wenig später erhielten wir Besuch von Horbach persönlich. Der Mann verursachte bei mir eine Gänsehaut. Während er leise mit uns sprach, zog er auf einmal eine Waffe und verpasste Toni eine Kugel in den Kopf. Dann verhandelte er weiter mit mir, als wäre nichts geschehen. Ich war so perplex, ich habe ihn nur angestarrt.
> Brandkind

## ANWALTSKANZLEI STARK, THEISSEN UND VAN DER MER

Heutzutage arbeiten die meisten Anwälte in den Rechtsabteilungen der Konzerne, um dort für ein sicheres Einkommen an vorderster juristischer Front zu kämpfen. Die selbstständigen Anwälte sind seltener geworden, denn ihr Geschäft ist riskanter, aber häufig auch profitabler. Als eine der angesehensten und altehrwürdigsten Kanzleien Münchens darf die Kanzlei Stark, Theissen und Van der Mer aus dem Nobelstadtteil Bogenhausen gelten, die bald ihr 40-jähriges Bestehen feiern wird. Nicht nur für Absolventen der Münchner Ludwig-Maximilian-Universität bedeutet eine Anstellung bei ST&M den Ritterschlag – die Anwälte hier sind dafür bekannt, besonders gewissenhaft und gleichzeitig gewissenlos zu sein.

DATENEMPFANG ...

Zu den Aktivposten der Kanzlei gehören übrigens auch einige Privatdetektive und Personenschützer, denn ST&M werben damit, dass sie ihren Klienten viel mehr als nur rechtlichen Beistand bieten: Persönlicher Schutz und intensive Nachforschungen parallel zu den polizeilichen Ermittlungen stehen auf dem Programm.

Die drei Gründer der Kanzlei sind allesamt erfahrene Juristen und Geschäftsleute, die mittlerweile so sehr in andere Projekte investieren, dass sie kaum noch in München präsent sind, geschweige denn noch selbst Fälle übernehmen. Allein Dr. herm. mag. Konstantin van der Mer, ein Experte für Magierecht, der aus Amsterdam stammt und jahrelang an der Neuen Universität Erfurt dozierte, ist des Öfteren in München anzutreffen. Dem hünenhaften Mann kann in puncto Eloquenz kaum jemand das Wasser reichen. Er versteht es, sein Gegenüber mit geradezu sokratischer Taktik zu verunsichern und einzuschüchtern.

» Mit allen dreien stimmt etwas nicht, wobei Dr. van der Mer noch der harmloseste ist. Die beiden anderen sind wirklich sinistre Gestalten, die nur selten in der Öffentlichkeit auftauchen und die meiste Zeit mit den Auslandsgeschäften und sonstigen Beteiligungen der Kanzlei befasst sind. Von Stark weiß ich ziemlich sicher, dass er ein Elf ist, und in Theissens Adern soll noch ganz anderes Blut fließen.
» Corpshark

Eines der erwähnten Projekte der Kanzlei ist das Apep Konsortium, ein Geflecht aus Unternehmen, die gemeinsam archäologische Forschung betreiben und dessen Teilhaber Stark, Theissen und Van der Mer sind, was auch der Grund dafür ist, warum die Gründer so oft im Ausland sind.

» Beteiligung an einem archäologischen Konsortium? Die Firmenchefs so gut wie unbekannt? Der Sitz in Bogenhausen, wo jede Menge verrückte High-Society-Typen herumlaufen? Was sind das für Leute?
» Flitter

» Von den Bogenhausenern erfährt man es jedenfalls nicht. Praktisch seit der Gründung der Kanzlei hält sich jedoch hartnäckig das Gerücht, dass die Anwälte für erwachte Wesen arbeiten, die oft schon durch ihre Existenz mehrere Gesetze übertreten, von ihren ... Angewohnheiten ganz zu schweigen. Ich habe keine Ahnung, wie viele Ghule und Vampire in der Münchner Schickeria zu Hause sind, aber zumindest von einem weiß ich, dass er die Dienste eines Leichenentsorgungsteams in Anspruch genommen hat, dessen Kontoeingänge ich bis zu ST&M zurückverfolgen konnte. Die Seele dieser Stadt ist so schwarz, es würde mich nicht erstaunen, wenn es sogar Anwälte für Vampire gäbe. Blutsauger für Blutsauger, sozusagen.
» M-Sider

## M-AIRPORT GMBH

Die Betreibergesellschaft des Münchner Franz-Josef-Strauß-Flughafens in Freising lebt nicht nur von der Abwicklung des internationalen Flugverkehrs, sondern ist auch für sämtliche angeschlossenen Tätigkeiten zuständig, etwa für Gastronomie, Wasser- und Abfallwirtschaft, Ausrichtung von Tagungen und vieles mehr. Die GmbH ist ein Joint Venture mehrerer Münchner Konzerne, darunter auch Renraku, das die Logistikabteilung übernommen hat und BMW, das für die Technik im gesamten Flughafenbereich zuständig ist. Dank der Beteiligungen der Großkonzerne genießt das Flughafengelände Extraterritorialitätsrecht; die Sicherheit liegt in den Händen der Schwarzen Sheriffs, die eigens eine Sondertruppe (die „Schwarzen Adler“) dafür abgestellt haben.

Mittlerweile macht sich das Alter des Flughafens jedoch bemerkbar, und die M-Airport GmbH hat für das vierte Quartal 2070 angekündigt, das Gelände mitsamt allen Gebäuden Stück für Stück zu sanieren, weshalb der Flugverkehr natürlich teilweise eingeschränkt werden muss.

» Während solcher Umbauarbeiten ist die Sicherheit für gewöhnlich weniger dicht als sonst, da bietet sich bestimmt die eine oder andere Gelegenheit, Güter oder Personen auf das Gelände zu den Privathangars oder sogar zu den großen Maschinen zu schmuggeln. Ich könnte da was klarmachen.
» Brandkind

# A STÜCKERL HEILE WELT

geposted von XTC

Willkommen in München! Willkommen in der Stadt der Reichen und der Schönen, willkommen in der wunderbaren neuen Welt der multimedialen Unterhaltung! Nie waren die Dekadenzen skurriler, die Bacchanalien ausschweifender, die Skandale echauffierender, niemals Tragödien tragischer und Komödien komischer – und ganz sicher nirgendwo anders die geifernde Maske des hämischen Schaulustigen scheinheiliger als hier, in der Medienmetropole des Südens! In dieser Stadt wirst du heute mit aller Hingabe verehrt und morgen mit derselben Inbrunst von jedem Straßenkehrer und von jedem verdammten Cop angespien, und das alles unter dem Nimbus der kleinbürgerlichen Rechtschaffenheit. So war es im letzten Jahrtausend, so ist es in diesem und, ganz ehrlich, Aibo, ich glaube nicht, dass sich im nächsten daran irgendetwas ändern wird. So ist München eben.

Schon immer waren die Münchner stolz darauf, das Medienzentrum des Südens zu sein. Sie sind stolz auf ihre SimSinn-Studios, stolz auf ihre kleinen regionalen Sendestationen, stolz auf ihre inzwischen längst bankrotten Verlage und auf ihre kleinen, privaten Tridsender. Heute wie gestern stehen Trids und Sims im Mittelpunkt des Geschehens der Großprovinz, und der mediensüchtige Münchner giert nach dem neuesten Klatsch und Tratsch, nach den jüngsten Sternchen und den bittersten Abstürzen der Saison und bekommt selbstverständlich das Programm, das er sich wünscht – und das er verdient ...

## AUGMENTED LIFE – TRID JEDERZEIT UND ÜBERALL

Kaum zu glauben, dass es irgendwann mal anders war. Dass es eine Zeit gab, in der das mediale Angebot nicht völlig auf deine Bedürfnisse zugeschnitten war, sobald du deinen Trid oder deine AR eingeschaltet hast. Heute kommuniziert dein PAN mit dem medialen Netzwerk, deine Interessen werden gecheckt, ausführlich registriert, was du dir an Filmen und Shows reingezogen, was du wo für welchen Preis in welcher Edition eingekauft hast und wo dein Blick im Kaufhaus ein bisschen länger hängen geblieben ist. Entsprechend wird ein Programm für dich ganz höchstpersönlich zusammengeschnippelt, penibel aus dem riesigen, unübersichtlichen Angebot an Produkten und Produktionen rausgefiltert, was optimal zu dir und deinen Interessen passt. Dafür gibt's inzwischen sogar ´nen eigenen Wirtschaftszweig, viele emsige kleine Dienstleister, die den ganzen Tag nichts anderes tun, als dein Rundum-Wohlfühl- und Informationspäckchen zu schnüren und die dafür sorgen, dass du exakt die Informationen bekommst, die du haben willst – und noch drei Dutzend mehr. Dafür kassieren sie von jeder Firma, die sie ins Päckchen schnüren, eine feine Provision. Die Commercials sind selbstredend ebenfalls perfekt auf dein Userprofil abgestimmt, sie laufen parallel zum Film am Rande deiner Wahrnehmung und sind doch dauerpräsent. An ihrer Perfektionierung wird unaufhörlich gearbeitet, denn was sich von der Dauerberieselung abheben will, muss schon ein echter Eye-Catcher sein.

# SANDY – ZWEITER AKT

*Natürlich bemerkt mich niemand, als ich den Wagen mit den Putzutensilien durch den Gang der so genannten Castingagentur schiebe. Wieder einmal hilft mir die Unsichtbarkeit der Domestiken, als ich den Rechner anzapfe und dabei die Gelegenheit nutze, einen Blick auf Sandy zu werfen. Sie trägt eines dieser 20 Euro Kleider, die vorzugeben versuchen, von Mortimer zu sein, und hat mal wieder deutlich zu viel Make-up aufgetragen. Seit 4 Wochen gibt sie hier die aufstrebende Assistentin der Geschäftsleitung, zuständig für den Kaffee und sonstige Annehmlichkeiten ihres Mentors, dabei stets bemüht, bloß nicht unangenehm aufzufallen. Heute scheint sie sich besonders herausgeputzt zu haben. Aufgeregt läuft sie in der Küche auf und ab, während sie darauf wartet, dass der Kaffee fertig wird. Es ist nur allzu deutlich, wie sehr sie darauf aus ist, so schnell wie möglich wieder im Konferenzraum zu sein, um nichts zu verpassen. Durch die nur angelehnte Glastür lauscht sie den Worten ihres Gönners, der gerade einen heftigen Disput mit seinem derzeit angesagtesten Klienten ausfechtet. Und wieder einmal bemüht sich ein gewöhnlicher, wichtigtuerischer Speichellecker, den sichtlich erregten Rocker zu besänftigen und davon abzuhalten, einfach rauszustürmen. Sandy bemüht sich, einen Spagat zwischen Auffallen und nicht in die Schusslinie geraten zu schaffen.*

*„... am Arsch. Ich brauch dich nicht. Jeder verfickte Agent der Stadt würde seine rasierten Eier dafür geben, mir in den Hintern kriechen zu dürfen!"*

*Die reine Panik steht in Sandys Augen, als der Schockrocker auf den Flur stürmt und ihr dabei das Tablett aus den Händen rempelt. Der Speichellecker steigt über die Scherben aufklaubende Sandy, während er beschwichtigend mit seinen schwitzigen Händen gestikuliert.*

*„Reg dich doch nicht so auf, Mann. Das lässt sich doch alles regeln."*

*Ich reiche der kriechenden Sandy, die viel zu nah an der Hysterie ist, um mich zu erkennen, einen Aufnehmer, den sie ohne aufzusehen entgegen nimmt. Irgendwie hat es der Speichellecker in der Zwischenzeit geschafft, sich zwischen Elvis und den Ausgang zu manövrieren.*

*„Hör zu, Mann! Du musst einfach mal wieder Dampf ablassen. Richtig entspannen, SoKa? Du hattest einfach zuviel Stress in letzter Zeit."*

*Elvis Blick folgt dem des Speichelleckers zu Sandys Hinterteil. „Vielleicht hast du Recht."*

*Sandy liest wie in Trance ihre Scherben auf und blendet dabei völlig aus, wie sie gerade von ihrem vorgeblichen Gönner verschachert wird. Den Blick auf Sandy gerichtet, schafft Elvis sich mit einer gedankenverlorenen Handbewegung Platz in seiner sichtlich enger werdenden Hose. Kumpelhaft legt der Speichellecker Elvis den Arm um die Schultern*

*„Kannste ausnahmsweise sogar behalten. Ist sozusagen ein Geschenk unter Spezln!"*

*Das hämische Blitzen, das Elvis übers Gesicht huscht, besiegelt das Geschäft. Scheinbar beschäftigt, leere ich den Mülleimer der Kaffeeküche. Zielsicher wie ein Gebrauchtwagenhändler bei einem guten Deal stolziert der Speichellecker zu seiner Ware: „Ach Sandy, lass doch mal. Das macht schon die Putze weg." Mit schmeichlerischem Tonfall beginnt er, sein Opfer ins Netz zu ziehen. „Spatzl, heute scheint echt dein Tag zu sein. Das könnte die Chance deines Lebens werden."*

*Sandy erhebt sich unsicher und schaut aus ihren unendlich naiven blauen Augen zu ihrem Scharfrichter auf.*

*„Er ist heute echt scheiße drauf und du musst mir jetzt echt aus dem Drek helfen."*

*Ein Hauch von Hoffnung breitet sich in ihrem fragenden Gesicht aus.*

*„Unternimm was mit ihm, macht euch einen schönen Abend. Er hat morgen einen verdammt wichtigen Dreh und du musst einfach dafür sorgen, dass er hier morgen motiviert und gut gelaunt auftaucht."*

*Sie nickt zögerlich.*

*„Ich wusste, dass ich mich auf dich verlassen kann. Du wirst mich bestimmt nicht enttäuschen. Hey, da kann was ganz Großes draus werden. Vielleicht springt sogar eine Rolle für dich raus."*

*Sandy wirft Elvis einen entzückten Blick zu und spürt nicht die Schlinge, die sich um ihren Hals zuzieht.*

*„Hier ein Checkstick, Süße, mach was draus!"*

*Mit fahrigen Bewegungen zupft sie sich ihr Kleid zurecht und stöckelt bemüht lasziv in ihr Verderben. Zittrig fährt sie sich durch ihr Haar.*

*„Hi. Ich bin Sandy", schleicht es ihr über die Lippen. Erhaben wie ein Raubtier über seiner Beute steht Elvis da. „Natürlich."*

*„Viel Spaß euch beiden. Wir sehen uns dann Morgen beim Dreh." Mit einer eindringlichen Handbewegung schiebt der Speichellecker Sandy in Elvis Krallen und die beiden Richtung Ausgang. Als ich meinen Putzwagen durch die Tür schiebe, sehe ich das zufriedene Lächeln in der Fratze des Execs.*

*Stunden danach schlendere ich durch die Straßen Münchens und denke über Sandy nach. So wie ihr heute Nacht ein weiteres Stück aus der Seele gerissen wird, werden auch die anderen bluten müssen, und ich schreibe ein weiteres Kapitel in der Chronik meines Krieges. Ich fühle mich gut, als ich später auf dem Dach der Shoppingmall liege, einen anderen Speichellecker im Visier.*

*Ein Leben für ein Leben!*

● Hochbezahlte Medienwissenschaftler forschen unermüdlich daran, wie man die hochbegehrte Aufmerksamkeit des Consumers im Zeitalter der Reizüberflutung noch aktivieren kann. Die Habituationsschwelle liegt nun mal inzwischen extrem hoch. Eine Zeitlang war das Thema „Subliminale Beeinflussung" ganz groß, Texte und Bilder, die kurz unterhalb der Wahrnehmungsschwelle eingeblendet wurden und angeblich dem Unterbewusstsein befehlen sollten, bestimmte Produkte zu kaufen. Aktueller Forschungstrend ist allerdings eher das Experimentieren mit bestimmten Tönen und Farben, die das Gehirn a priori reagieren lassen sollen, egal ob du willst oder nicht, ob du hinschaust oder eben auch nicht, evolutionär bedingt und über das limbische System gesteuert. Und all die wunderbare Forschung nur, damit ein paar bescheuerte Werbespots Beachtung finden.
● Galore

Du willst wissen, wo die Hauptdarstellerin ihre Tasche her hat? Bitte schön, hier sind alle Läden in deiner Umgebung, die sie führen, sämtliche Modelle und die Preise dazu. Oder findest du ihre Titten toll? Na, hier ist ihr Chirurg oder ein adäquates Angebot aus anderen Kliniken, gleich mit entsprechenden Simulationen an deinem Body in verschiedenen Körbchengrößen und mit an dein Einkommen angepassten Finanzierungsplänen. Willst du wissen, was deine Freunde schauen, damit ihr morgen über die gleichen Filme quatschen könnt? Kein Problem, ihr seid übers Netzwerk verlinkt, über das ihr natürlich auch chatten könnt. Logisch, dass du den Film auch sofort bewerten oder checken kannst, wie deine Buddys ihn finden.

Dass du dir Filme, Soaps, Nachrichten oder was immer du eben gerade geil findest, jederzeit und überall über dein PAN in der AR reinziehen kannst, ist ja schon lange Standard. In der U-Bahn zum Beispiel oder wenn du irgendwo auf deinen Freund wartest, der sich wieder mal neue Schuhe kaufen muss – zieh gepflegt die AR-Brille auf und du kriegst ganz nebenbei mit, wie der letzte Vierstundenkrimi ausgeht.

Übrigens hat BMW angeblich mal versucht, die Frequenzen bestimmter Sender zu stören, damit ihre Jungs und Mädels in der unteren Etage sich während der Arbeit nix reinziehen können. Würde sie angeblich ablenken. Gab ´nen monstermäßigen Aufstand – und das mit Recht. Man stelle sich nur vor: Deine Lieblings-DailySoap läuft, in Echtzeit logisch, und nach vier Stunden Date kommen die beiden Hauptdarsteller endlich zur Sache ... oder das letzte Urban Brawl Spiel geht in die spannende 7. Stunde, die Spieler sind fertig, total am Ende und bluten wie die Schweine, jetzt heißt es alles oder nichts – und plötzlich sollst du abschalten? Dabei läuft das alles doch nebenbei, am Rande deines Gesichtsfeldes, wen lenkt das denn schon noch ab? Du wirfst ab und zu einen Blick drauf, bleibst informiert und die Arbeit groovt nebenher mit. Das haben schließlich auch die BMW-Fuzzis eingesehen und die Sache sein lassen. Außerdem haben die Sender wohl auch die Newsticker gestört, die sich die Jungs aus der Chefetage in ihr Standardprogramm integriert haben und die durch die Störsender nicht mehr reinkamen. Dumm gelaufen, Jungs!

● Das ist auch der Grund, warum die Schwarzen Sheriffs echt angepisst sind, wenn sie dir hinterher jagen. Solange du ihnen keinen Grund gibst, können sie weiter dem Spiel folgen oder in irgendeinem virtuellen Tittenheft blättern. Wirst du aber so auffällig, dass du ihnen keine andere Wahl lässt, als aus dem AR-Modus zu gehen, um deine SIN zu checken, und sie verpassen damit den entscheidenden Ball oder die heißeste Szene ihrer Lieblingssoap in der Liveübertragung ... na ja, wer wäre da nicht angenervt.
● Komtur

Zuhause haben die meisten Folkx Tridapparate, die astreine Quali liefern, in der Regel mit SimSinn-Anschluss fürs XXL-Entertainment mit allen Sinnen. Du kannst dir zu deinem virtuellen Haustier also ganz gepflegt den virtuellen Star aus deiner Lieblingsserie runterladen, der auf Wunsch für dich auch auf allen Vieren kriecht und bellt. Dazu gibt's einen eigens komponierten Soundtrack, der aus der Serie sein könnte, und sogar das Essen dazu ist mit einem Klick bestellt – und das passende Wetter gibt's als Download gratis dazu. Also nix wie rein in den AR-Anzug und du bist mittendrin, mit Haut und Haar und jedem deiner transmitterüberschwemmten Neuronen. Und wenn dir der Anzug zu umständlich ist, besorg dir ein Trodennetz mit Sim-Modul, kostet gerade mal 150 Tacken (plus Kommlink, aber da nimm einfach dein eigenes) und du kriegst den Full-Surround-Input für all deine Sinne zum Schnäppchenpreis. Supergeil, oder etwa nicht?

● Ein überraschendes Revival erlebt übrigens seit letztem Jahr in München das „Kino". Es wurde zur In-Beschäftigung für die Schickeria und die, die es gern sein würden. Die Bussi-Gesellschaft trifft sich und hört die filmthematisch passende Live-Musik, isst die filmthematisch arrangierten Schnittchen, amüsiert sich über die zum Film passenden Darbietungen wie Modenschauen oder Körperkunst und schließlich sieht man gemeinsam einen Film, im Sommer auch gerne unter freiem Himmel und natürlich ohne allzu viel Technik. Oder, angeblich besonders bei Konzernern beliebt: Man spielt den Film nach, mit perfekt gestylten Kostümen und Frisuren, jagt die gleichen Bösewichte und kommt sich dabei unglaublich kreativ und retro vor – die spinnen, die Schickis!
● Luna

Wenn du meinst, das sind doch alles nervige Programme mit denen du da interagierst, strunzdumm und viel zu schnell langweilig – kein Prob! Es gibt spezielle Anbieter, wie z.B. DESIRE, die dir echte Menschen zu deinen Programmen anbieten. Wie das funzt? Total easy, wie einfach alles in der AR:

Du lädst deinen Serienheld, Superstar oder mit wem auch immer du deinen Feierabend verbringen möchtest in die AR hoch – und schwupps springt ein Schauspieler, der auf Abruf bereit steht, in deinen virtuellen Charakter und erfüllt ihn, basierend auf vorher definiertem Nutzerprofil und Rollenvorlage, mit interaktivem Leben. Kein statisches Programm, nein, ein echter Mensch steckt in deinem Programm und ist nur dazu da, dir maximalen Spaß zu bieten. Dekadent, was? Kostet natürlich ´ne Ecke, aber wenn du genug Kohle hast, kannst du dir deine komplette eigene Serie nach Hause holen. Und wenn du entsprechend zahlst, muss sich dein Schauspieler den ganzen Tag für dich bereithalten und brav warten, bis du Lust hast, mit ihm zu spielen.

● Schöne neue Welt, außer wie immer für die, die mittendrin stecken. Ich hab ´ne Zeitlang als AR-Schauspieler gejobbt und kann euch sagen, das ist ein ultrahartes Geschäft. DESIRE und Konsorten fragen zwar nicht nach deiner Vita, ein echter Vorteil für Chummer wie dich und mich. Dafür bezahlen sie ihre Leute ziemlich schlecht. Es ist ein Knochenjob, manche Schauspieler beleben bis zu drei Charaktere gleichzeitig und schieben infolgedessen 18-Stunden-Schichten. Das führt zu einem großen Haufen ausgebrannter und drogenabhängiger Schauspielerkollegen. Interessant wird die Geschichte übrigens auch, wenn dein Customer seinem virtuellen Freund – also dir! – Dinge anvertraut, die dieser nicht wissen sollte. Da kriegst du es manchmal mit der Angst zu tun, bei dem Gedanken, jemand könnte rauskriegen, was du weißt. Oder wenn es um mehr geht als ein bisschen Reden: Eine ganz neue Art von Cybersex ist das, nicht mehr nur rein virtuell, weil da ein Mensch am anderen Ende sitzt, den du dafür bezahlst. Und der nicht so ganz weiß, ob das, wofür er sich gerade hergegeben hat, real für ihn ist oder nicht. Immerhin ist sein Körper ja eigentlich unberührt ... Kein Wunder, dass die meisten Kollegen mit dem Koksen angefangen haben. Kann ein gefährliches Spielfeld werden, für beide Seiten.

Eine Geschichte, mit der übrigens speziell DESIRE Probleme hatte, sind virtuelle Stalker. Angelika Schwarz, der Serienstar aus „Von guten Mächten", hat mal als Werbung für DESIRE erzählt, welche Charaktere sie sich in die AR hochlädt. Ein Stalker, der hinter ihr her war, hat sich daraufhin bei DESIRE eingeschlichen und das Profil übernommen, das sie bevorzugt hochgeladen hat. Aufgeflogen ist die Sache, als er aus den Handlungsvorgaben gefallen ist, sprich, angefangen hat, sie in der AR zu bedrängen und zu verfolgen. Aber bis dahin hat sie schön regelmäßig mit einem durchgeknallten Psychopathen zu Abend gegessen.

» SnowWT

» Und es gibt noch eine andere Kehrseite dieser funkelnden Medaille: Warum sich mit der bösen Realität herumschlagen, wenn ich mir ein Universum kreieren kann, in dem ich die Sonne bin? Wo ich mir keine Zurückweisungen hole, nicht versage und all die emotionale Zuwendung bekomme, die ich mir wünsche? Die Folge ist eine Bindung an die virtuelle Person, sie wird als echter Partner akzeptiert, der Auswurfschock ins reale Leben wenn irgendwie möglich vermieden, bis sich schließlich ein totaler Rückzug aus dem sozialen Lebensumfeld und ein psychisches Abhängigkeitsverhältnis einstellt. Die Dunkelziffer der Individuen, die in ein solches Loch fallen, ist unglaublich hoch, und man wird leider erst auf sie aufmerksam, wenn sie Amok laufen, weil jemand ihrem unsichtbaren Hund auf die Pfote getreten oder ihrer heiß geliebten Mutter in der U-Bahn den Platz weggenommen hat. Aber über die, die irgendwann halbverwest in ihrer Wohnung gefunden werden, weil sich im Leben da draußen niemand mehr für sie interessiert, spricht niemand mehr. Sozialdarwinismus der untersten Stufe.

» Galore

## HOT IN TRIDEO – SIMSINN-STERNCHEN UND DIE SCHICKERIA

Geposted by Verona

Hallihallohallöle! So, ihr wollt also wissen, wer gerade angesagt ist in München City? Kein Problem, ich werde euch mal updaten, dann könnt ihr euch auf jeder In-Party sorglos sehen lassen und müsst keine Angst bekommen, wenn euch jemand anspricht. Das ist ganz schön wichtig, zu wissen, wer noch state-of-the-art ist und mit wem man sich besser nicht mehr sehen lassen sollte. Landet ihr hier einen Fauxpas, kann das die gesellschaftliche Karriere ganz schnell beenden. Das fängt damit an, dass ihr zu den wirklich wichtigen Events nicht mehr eingeladen werdet, und endet damit, dass ihr bei den Banken die

DATENEMPFANG ...

### DER GLÄSERNE MENSCH (VIRGIN PRODUCTIONS)

Wer hat sich nicht schon mal gewünscht, jemand anderes zu sein? Zu fühlen, wie es ist, Astronaut zu sein oder Medienstar, Cop oder Chirurg in der Notaufnahme? Ein Mann, der wissen will wie es ist, Frau zu sein? Ein Zwerg, der lieber Troll wäre? Und wünschen wir uns nicht manchmal alle, die Welt durch Kinderaugen zu sehen?

Der Gläserne Mensch ermöglicht es, in eine fremde Welt zu fliehen – in einen fremden Menschen! Aus einer Palette von Personen unterschiedlicher Rasse, Geschlechts, Alters, gesellschaftlicher Schicht und Berufsstatus kann die Person gewählt werden, in die man schlüpfen möchte und der ein Sim-Modul implantiert wurde. Und los geht es, mit der Reise ins andere Ich. Eine Show, die das Leben spielt. Für manche eine böse Show, denn wie wir alle wissen: Das Leben ist nicht nett! Es interessiert sich leider keine Sau für das perfekte Leben eines Politikers oder das langweilige Dasein einer Konzerntippse. Die meistgewählten Profile – und nebenbei auch die, für die man eine Menge Kohle extra zahlt, damit sie freigeschaltet werden – sind die BTL-Süchtigen, die zugekoksten Serienbienen, der prügelnde Orkpapa, die devote Trollpunkerin und der kleine Straßenstricher. Und wenn man weiß, wen man fragen muss, wird aus dem kalten Sim ganz schnell ein heißes und dann kriegt man die volle Dröhnung eines verpfuschten Lebens ab. Muss für einen spießigen Konzerner, der das Wort „Dreck" nur aus dem Lexikon kennt, ein unglaubliches Erlebnis sein.

### SURPRISE: CYBERROULETTE & SURPRISE: ANGSTHASEN (VIRGIN PRODUCTIONS)

Surprise ist ein interaktives Unterhaltungskonzept, das die beiden Shows Cyberroulette und Surprise featured.

Das Konzept von Cyberroulette ist so einfach, dass man es fast plump nennen könnte – aber erfolgreich: Nichts ahnende Passanten werden von Moderatorin Anastasia (übrigens ehemalige Amazone im SimSinn-Klassiker Armalion) angesprochen und müssen sich spontan entscheiden, ob sie den sofortigen Einsatz eines Cyberimplantates wollen oder nicht. Wenn ja, geht es sofort in die Klinik, wo Operation und Aufwachen des Patienten genau dokumentiert werden. Der Clou an der Sache: Die Teilnehmer wissen nicht, welches Cyberimplantat sie erhalten. Die Zuschauer können unter drei Implantaten abstimmen und damit bestimmen, was dem ahnungslosen Patienten implantiert wird. Tja, die Show ist ein bisschen in Verruf geraten, weil angeblich Stammzellen- und Cyberpiraten auf den Zug aufgesprungen sind, die Leute angequatscht, ausgenommen und irgendwo liegen gelassen haben.

Surprise: Angsthasen ist eher etwas für hartgesottene Teilnehmer und Zuschauer. Wieder spricht Moderatorin Anastasia einen Passanten an, es locken 10.000 Euro. Nimmt er teil, wird der Passant narkotisiert und findet sich nach dem Aufwachen in einer unangenehmen Situation wieder, die er überstehen muss. Die Zuschauer können bestimmen, ob dem Teilnehmer geholfen wird und wann er seine Aufgabe gelöst hat. Es gibt Gerüchte, dass die Votings gefälscht werden und die Teilnehmer nicht rausgelassen werden, weil ihre verzweifelte Situation die Einschaltquoten steigen lässt. Einmal eingewilligt, muss die Aufgabe nämlich durchgezogen werden, Aufgeben wird nicht akzeptiert. Und die Aufgaben sind nicht ohne: Wenn ein Vegetarier wochenlang mit einem verwesten Stück Fleisch eingesperrt ist, bis er es schließlich halb wahnsinnig runterwürgt, oder jemand in einen Metallsarg eingesperrt wird und sich die Finger blutig kratzt ... Na, über Geschmack lässt sich bekanntlich streiten!

Kreditwürdigkeit verliert. Glaubt mir, Chummis, das ist kein Spaß.

Wenn ihr mal guckt, wer gerade zu den Superpromis der Medienszene gehört, ist das ja immer so ein bisschen wie dieses Henne-Ei-Ding, ihr wisst schon ... Sind die Stars mit den Politikern zusammen, weil sie Stars sind? Oder sind sie Stars, weil sie mit Politikern oder anderen Gurus zusammen sind? Sind sie auf den wichtigen Partys, weil sie berühmt sind? Oder sind sie berühmt, weil sie auf den wichtigen Partys sind? Na, ich weiß nur, dass die Schönen und die Mächtigen (und die schön mächtig Reichen) immer irgendwie zusammenhängen: Wo die einen sind, sind auch die anderen zu finden.

Sodele, jetzt lasst mich mal nachdenken, wer ist denn gerade total angesagt aus der Medienbranche? Spontan würde mir **Electra van Heysen** einfallen, die Managerin von Virgin Productions. Das liegt sicher auch daran, dass diese Frau einfach ein echter Hingucker ist und sie stets von einem wahren Blitzlichtgewitter begleitet wird. Sie sieht fantastisch aus, trägt immer die beste und aufregendste Couture – und zwar nur in weiß! Van Heysen perfektioniert den Smalltalk in neuen Dimensionen und jeder reißt sich darum, seine Party mit ihr zu schmücken, denn wenn sie erscheint, wird der Event mit Sicherheit ein gesellschaftlicher Volltreffer.

Neben van Heysen ist natürlich auch immer noch Kultikone **Euphemia Leon** angesagt. Das Unternehmerehepaar Leon gehörte zur Münchner Medienszene wie das Weißbier zum Oktoberfest, und seit dem Flugzeugabsturz ihrer Eltern hat Euphemia nach einer kurzen Trauerzeit deren Erbe angetreten und ist nun ebenfalls auf jeder wirklich guten Party zu finden.

Shooting Star of the Year ist zweifelsohne die Annika-Darstellerin aus „System Failure“ **Fabienne Dubois**. Die dunkeläugige Halbfranzösin ist von mozART entdeckt worden und Vorzeigepüppchen der Agentur. Angeblich die reine Unschuld vom Lande. Ich möchte wetten, dass die von Steinmeyer nicht wegen ihrer Unschuld engagiert wurde ... Angeblich können sich die Dubois und **Tanja Barth**, in „Von guten Mächten“ die Tochter der Haushälterin, nicht ausstehen und zicken sich an, sobald sie aufeinander treffen. Weil die Dubois der Barth den Mann ausgespannt hat, vermute ich, und weil System Failure die guten Mächte aus dem Rennen geschlagen hat.

Dabei kann sich die Barth nicht beklagen, denn sie ist inzwischen mit Asphaltcowboys-Scout **Sepp Hellrich** zusammen. Ein echtes Tier von einem Mann, groß, breit und behaart – das personifizierte Testosteron. Und von den Dopinggerüchten glaube ich übrigens kein Wort!

Der Prozess des Jahres erwartet uns sicherlich, wenn der Klage von Starmodell **Bianca Lehr** stattgegeben wird: Sie will laut eigenen Aussagen Modezar **Prometheus** verklagen, weil dieser sie angeblich bei einer seiner legendären Privatschauen (pikanterweise von mozART ausgerichtet) mit vorgehaltener Waffe gezwungen hat, Koks vom Anus eines Trolls einzunehmen. Prometheus, das enfant terrible der Münchner Modeszene, ist für seine Skandale bekannt. Er vertritt die Ansicht, alles könne einen Körper bekleiden, sei es Farbe, Kunststoff, Pelz oder Metall, und dass es nebenbei auch keine Regeln geben dürfe, was bedeckt und was unbedeckt bleiben müsse. Bei seiner letzten umstrittenen Modeschau jagte Prometheus seine Jungs und Mädels bei eisiger Kälte teilweise splitternackt über den Laufsteg. Einige hatten dabei diverse Gliedmaße und Genitalien mit Seilen abgeschnürt oder in Metallspangen geklemmt und stöhnten vor Schmerzen. Andere Models waren mit Blut beschmiert und in Hundegeschirre gespannt, mussten auf allen Vieren über den Laufsteg kriechen und dabei schwere Pelzumhänge und -mäntel zwischen den Zähnen vor sich her tragen, während der Meister Prometheus die Peitsche schwang. Manch einer wirft da zu Recht die Frage auf, was das noch mit Mode oder Kunst zu tun hat.

## GROSSKOPFERTE UND ´NEIGSCHMECKTE – SCHWARZE MEDIEN UND DER FILZ

Geposted by XTC

Ja, die Münchner stehen eben auf ihre Stars und Sternchen und auf all das Geschwätz drum herum. Auf der anderen Seite kenne ich keine andere Stadt, in der es soviel fucking Zensur und Absprachen gibt, was gesendet wird und was nicht. Reißt sich zum Beispiel in Hamburg die DeMeKo um jeden Skandal, und bitte möglichst dreckig, denn das bringt Quote, wird im Millionenkaff München ein Großteil der echten Hammergeschichten nie gesendet! Es gibt genaue Absprachen zwischen den Politikern und ihren Gschpusis auf der einen und den Sendern auf der anderen Seite, was rausgeht ans Volk und was nicht. Bloß nicht zu viel Staub aufwirbeln, das ist nicht gut fürs Geschäft. Kein lokaler Sender bringt Berichte von der schwarzen Liste. Da halten Politiker, Mafia, Produktionsfirmen und Sender wie Pech und Schwefel zusammen. Klar haben ein paar kleinere Sender schon versucht, das zu ihrem Vorteil zu nutzen. Senden wir den Skandal doch trotzdem, haben die sich gedacht, dann gibt's ihn nur bei uns zu sehen. Unsere Einschaltquoten werden in unglaubliche Höhen steigen. Das hatten sich die Jungs so gedacht. Kurze Zeit später saßen sie bis zum Hals in Verleumdungsklagen, irgendwelche Freaks hatten ihre komplette Sendeeinrichtung zerschlagen und ihnen mächtig die Fresse poliert. Manche hatten mehr Glück und haben einfach keine Interviews mehr bekommen, oder die Sendelizenz wurde ihnen entzogen. Is´ nun mal nicht gut, wenn du meinst, du bist cleverer als der Filz ...

» Oft wandern die Berichte in den privaten Giftschrank des Senders und werden aufbewahrt für den Fall, dass man diese Leichen zur „Selbstverteidigung“ braucht. Oder für den Fall, dass der Stern einer früher einflussreichen Person sinkt. Dann kann mit pikanten Details noch mal richtig nachgetreten werden. Ja, der Inhalt dieser Giftschränke ist für viele Fraktionen interessant.
» Wiesn-Troll

Dass gerade die Münchner auf die neuesten AR-Trends abfahren, ist kein Wunder, schließlich sitzt NeoNET, das AR-Powerhaus, in München und alle state-of-the-art-Produktionsbetriebe sind ebenfalls im Mediapark Riem vor Ort. Klar gibt's ein paar wenige Themen, die sogar heute noch tabu und damit rar und teuer zu bekommen sind, vor allem heiße Sims über Sodomie, Pädo- oder Nekrophilie, manche Metaporns und Snuffs. Doch selbst dafür gibt es – natürlich! – eine Lösung: Anonymisierte Downloads über gechippte, also mit gefälschter SIN versehene, Zweit-Kommlinks machen es möglich. Oder die richtigen Kontakte anrufen, die dir einfach alles besorgen können. In München, das weiß von den In-Leuten jeder, sind die Djorovics die richtige Adresse für solche Schätzchen. Also ist das Gefährlichste an der Sache eigentlich, dass dein

Lover das kleine, illegale Geheimnis unter deinem Kopfkissen entdecken könnte ...

Ein anderes Thema, über das natürlich niemand spricht, von dem aber jeder in der Szene weiß, sind die lustigen kleinen Freunde, die das Leben eines Stars ein bisschen angenehmer machen. Hey, manchmal ist die Welt scheiße, schwarzweiß und fade, vor allem wenn du 14 Stunden vor der Kamera stehst, dein Regisseur dich zur Minna macht, du nachts zur nächsten In-Party und am nächsten Morgen mit zwei Stunden Schlaf wieder raus musst. Oder du dein nächstes Drehbuch morgen abgeben musst und deine müden Hirnwindungen keine verdammte Idee mehr fabrizieren. Oder etwa, gütige Götter, du ein Kilo zugenommen hast. Aber kein Problem, wir kriegen die Welt schon wieder farbig! Mit ein paar wohldosierten Amphetaminen lässt sich jeder noch so lange Tag überstehen. Hast du dich nie gefragt, wie diese fahrigen, blutjungen Models ihre Haut-und-Knochen-Figur behalten? Betameth ist ihr Geheimrezept, das sie untereinander weiter reichen. Keinen Hunger mehr, und der Metabolismus wird angekurbelt, bis er Höchstleistungen bringt. Auf Dauer fallen dir vielleicht die Zähne aus oder du holst dir eine Infektion nach der anderen, aber heute ist heute und da spielt das keine Rolle. Morgen bist du ja vielleicht reich. Und die Jungs und Mädels, die für die Soaps ein Drehbuch nach dem nächsten fabrizieren, am Fließband „kreativ" sind? Wenn dein Gehirn ausgepowert ist, dann booste es eben wieder auf, am besten mit Red Mescaline, das dich x-fach besser hypet als Peyote es je könnten. Die farbigsten Bilder, die kreativsten Ideen und endlich die Einsicht, wie diese bescheuerte Welt funktioniert – bei Red Mescaline all inclusive! Na, und wo lernt man seine Freunde kennen? Auf Partys natürlich. Die du übrigens am besten und lässigsten mit Novacoke durchtanzt. Und die du mit einer abgefahrenen Chill out Trance beendest, state-of-the-art-like mittels einer Dosis Zen, das dich in unbekannte psychedelische Weiten katapultiert. Also frag dich nicht länger, warum bei den Medienstars auch die Stars der Syndikate stets zu finden sind. Bekanntester unter ihnen ist wohl Apollon Djorovic und seine Freunde, die sicher nicht nur wegen ihrer Vorliebe für guten Champagner auf jeder Party zu finden sind.

## WENNS SCHEE MACHT ... – TRAUMFABRIKEN IN MÜNCHEN

Meine Oma hat immer gesagt: Wer mit den großen Hunden pinkeln will, muss das Bein hoch kriegen. Und was will ich euch damit sagen? Hinter dem glänzendsten Star, der schönsten Story und der perfektesten AR sitzen die Folkx, die das Ding anleiern und mit der Nummer mächtig Reibach machen. München ist die Traumfabrik des Südens, die Maschinerie, die die schönsten Geschichten erfindet – und damit die dicke Kohle absahnt. Und der Kampf, der mit einem schmierig-scheinheiligen Lächeln auf den aufgespritzten Lippen um deine Aufmerksamkeit ausgetragen wird, ist ein harter, glaub mir das Aibo ...

### Medienpark München-Riem

Herz der Münchner Medienbranche ist der Medienpark München-Riem. Der alte Flughafen im Osten der Stadt wurde bereits Mitte des letzten Jahrtausends stillgelegt. Nachdem das Gelände einige Jahre lang brach lag und von Independent-Künstlern aller Art besetzt worden war, wurde es Anfang dieses Jahrtausends mit zahlreichen Finanzspritzen der Stadt München in ein damals hochmodernes Messegelände umgebaut, dessen Infrastruktur nichts zu wünschen übrig ließ. Einkaufsarkaden, Wohneinheiten und Grünanlagen wurden im südlichen Teil angesiedelt, während riesige Messegebäude, Lagerhallen und Bürogebäude im übrigen Areal errichtet wurden. Namhafte Firmen aus der Medienbranche zogen alsbald auf das neue, komplett sanierte Gelände um und sorgten für eine fruchtbare, städtisch geförderte Expansion.

» Na ja, so ganz freiwillig war das damals nicht. Die Stadt hat mit der Streichung von Subventionen und der Anhebung der

DATENEMPFANG ...

## WAS WURDE EIGENTLICH AUS ... KARL KOMBATMAGE

Eine der erfolgreichsten Serien der 60er, die die Bavaria Film Studios in der ganzen ADL und darüber hinaus bekannt gemacht hat, ist zweifelsfrei die Geschichte des Straßenmagiers Karl Kombatmage und seiner Gang, die mit zahlreichen Runs die Helden der Schattenszene wurden.

Der Kassenschlager wurde nach 10 Staffeln abgesetzt, die folgenden fünf Filme konnten an den Erfolg der Serie leider nicht anknüpfen. Es folgten drei Spin-Offs: „Lost in Astral Space" mit Sally Schamanin und „Ritschi Rigger – allein gegen den Rest der Welt", die jedoch mangels Quote bald eingestellt wurden. Allein der dritte Spin-Off „Street Rage" mit Sammy-Samurai-Darsteller Mahmud Belugi fand bei den Zuschauern Gnade.

Joe Venski hat den Absprung von seinem Serien-Alter Ego nicht geschafft. Egal welche Rollen er angenommen hat – Venski wird für seine Fans für alle Zeit Karl Kombatmage sein. So tingelt er über Conventions, lässt sich für billig Geld anheuern zum Autogramme geben und hat angeblich üble Steuerschulden und einen Prozess wegen Sex mit Minderjährigen am Hals. Manche Leute behaupten, dass er bisweilen unplanmäßig in seine Rolle verfällt und wie Karl Kombatmage spricht. Von Denny Decker gibt's auch nicht wirklich gute Neuigkeiten: Der gute Silvio Partone ist angeblich BTL-süchtig und hat bei den Vory Schulden gemacht, weshalb er mittlerweile für jeden Quatsch seinen Kopf hinhält, ob nun für Auftritte bei Baumarkteröffnungen oder als Pornodarsteller. Ritschie Rigger dagegen ist völlig untergetaucht, die einen munkeln wegen einer besonders aufdringlichen Stalkerin, andere vermuten, er sei inzwischen tatsächlich in der Schattenszene aktiv und bereits verschiedentlich mit anderen Runnern gesehen worden. Von Tobi-Troll Kevin Winzacker ist bekannt, dass er in München einen Club namens „Nightshadows" aufgemacht hat, der ganz gut läuft, angeblich ein Runnertreff. In jedem Fall lohnt sich der Besuch für alle KKM-Nostalgiker, die sich an ausgestellten Requisiten aus der Serie erfreuen können.

Gewerbe- und Grundsteuer gedroht. Da blieb vielen Kleinunternehmen gar nichts anderes übrig, als nach Riem zu gehen.
» Besserwisser

Der Park wuchs im Lauf der Zeit mehr und mehr und verleibte sich bald den Stadtteil Riem ein, da sich immer weitere Produktionsstätten, Marketing- und Investmentfirmen dort einkauften. Die Stadt München verkaufte nach und nach ihre Anteile an Investoren, um an Geld zu kommen. Teile des Parks fanden solvente Finanziers, andere nicht. Deshalb sind heute weite Teile des Parks hochmodernisiert und gepflegt, während in anderen Bereichen, besonders im Nordosten des Parks, verkommene und halbzerfallene Lagerhäuser und Büroräume zu finden sind. Die Wohnanlagen sind übrigens längst von den Mitarbeitern der zahllosen Firmen bevölkert, werden aber auch an Fremde vermietet, die hier anonym bleiben können. Niemand stellt in Riem viele Fragen, denn jeder ist mit seinen eigenen Geschäften beschäftigt. Es gibt keine Gegend, wo es gleichermaßen wahrscheinlich ist, dem Superstar aus dem neusten Trid-Schinken über den Weg zu laufen wie einem runtergekommenen Aibo, der aus der Plastiktüte lebt. Aber Künstler nennen sie sich vermutlich beide.

Ja, der Medienpark floriert. Zahlreiche junge Firmen hoffen auf ihre Marktlücke, produzieren in Windeseile und unter minimalen Kosten Sendungen für den Golf-, den Kleintierzüchter- und den Cyberfetischchannel. Jede Subsparte will bedient werden und soll Gelegenheit bekommen, die Last der drückenden Euros loszuwerden.

Nur das denkmalgeschützte Towergebäude sowie die Wappenhalle (ehemaliges Terminalgebäude) erinnern heute noch an den alten Flughafen. Diese Wahrzeichen München-Riems wurden von Virgin Productions aufgekauft und bilden den Hauptsitz der solventen jungen Firma.

### NeoNET Bavaria SimSinn-Studios

Seit Jahrzehnten DER Begriff für München und Medien sind ohne Zweifel die NeoNET Bavaria SimSinn-Studios. Die Bavaria Studios, als einziges größeres Medienunternehmen nicht im Media Park Riem sondern im Südosten der Stadt gelegen, produzieren auf dem vier Quadratkilometer großen Gelände einen Kassenschlager nach dem anderen.

Seit gut zwei Jahren hat das überaus erfolgreiche Unternehmen beschlossen, sein Repertoire zu erweitern und zusätzlich zur SimSinn-Produktion auch ins Sendergeschäft einzusteigen. NeoNET Bavaria kaufte einen seit Jahrzehnten existierenden Sender, dem die Münchner unerbittlich die Treue halten und der neben urbayrischen Heimatfilmen und Volksmusik auf Politmagazine, bayernfreundliche Staatspropaganda und das Zelebrieren einer Heile-Welt-Utopie spezialisiert ist: Den altbewährten Bayerischen Rundfunk mit seinem Hauptquartier in Unterföhring.

Dazu kam es, als die Deutschen Sendeanstalten sich als Folge des Crashs von ´64 entschlossen, den Großteil der Regionalsender abzustoßen oder zu schließen. Diese drohten, zu Eurogräbern zu werden, und ihre technische Aufrüstung hätte immense Kosten verschlungen. Eine Entscheidung, die den Freistaat Bayern nicht gerade glücklich machte, verlor er doch sein geliebtes, ganz privates Sprachrohr. Also fragte die Regierung mehrfach bei MTC nach, ob es denn nicht möglich wäre, wieder in den Sender zu investieren, doch MTC lehnte wegen zu geringer Rentabilitätsaussichten ab. Schließlich sprang NeoNET Bavaria ein, richtig erkennend, dass der Vorzeigesender der Münchner Lokalpatrioten eine gute Basis für eine neue Tridgruppe bilden würde, die in erster Linie dazu dienen sollte, Bavariaprodukte zu featuren. Der Bayerische Rundfunk, dem zwei weitere lokale Senderschnäppchen in den NeoNET-Einkaufswagen folgten, ist heute Teil von BAVARIA TRID, mittlerweile eine der meistgesehenen Sendergruppen der Region, denn die Münchner sind nun mal Traditionalisten und pflegen ihre Scheuklappenmentalität am liebsten mit der deftigen Hausmannskost des Regionaltrids. Dass die Jungs von Bavaria sich damit nicht nur Freunde gemacht haben, ist klar. Besonders Mitsuhama, zu deren Mediensparte die Deutschen Sendeanstalten gehören, sieht das unerwartete Florieren des Bayerischen Rundfunks vermutlich ziemlich unentspannt. Und auch die DeMeKo beobachtet unter Garantie den kleinen, aber zumindest in München recht erfolgreichen, Sender im Süden mit Argusaugen ...

Ein weiterer genialer Coup war der Erwerb des Stadtteils München-Laim. Der relativ kleine Stadtteil bestand größtenteils aus verschachtelten Wohnkomplexen, die zu weiten Teilen Eigentum zweier großer Münchner Stiftungen waren. Als diese Pleite gingen, schlug Bavaria-NeoNET zu und kaufte fast einen ganzen Stadtteil für ´nen Appel und ´n Ei. Die übrigen Besitzer wurden mit entsprechenden „Abfindungen" ausbezahlt oder gingen „freiwillig". Der von teils zerfallenen, teils leer stehenden Hochhäusern und Unterführungen dominierte Stadtteil wurde eingemauert und umzäunt und wird nun dauerhaft als Urban-Brawl-Gelände genutzt. Die alte U-Bahn-Station, die heruntergekommenen Hochhäuser, die verwahrlosten Straßenfluchten – ein perfektes Gebiet für den Häuserkampf. Das Gelände ist groß genug, um verschiedene Zonen mit unterschiedlichen Schwierigkeitsleveln zu ermöglichen, die auch baulich immer wieder verändert werden, um den Thrill des Spiels zu erhalten. Aufgrund stationär angebrachter Kameras und zahlreicher Drohnen bietet sich eine exzellente Übertragungsqualität. Seither hat ein wahres Urban-Brawl-Fieber die sportwütigen Münchner ergriffen, die Vermarktung läuft auf Hochtouren und die Einschaltquoten sprengen alle Grenzen, vor allem für die Spiele der Oberligisten 2060 München mit Medienstar Sepp Hellrich oder der Bavarian Bayonets.

» Ja ja, die Laimer hat´s böse erwischt, keine Lobby und einen übermächtigen Gegner im Rücken. Also sind die meisten für ein paar Euros oder mit der Knarre im Rücken abgewandert. Aber eben nicht alle. Ein paar wackere Kämpfer lassen sich nicht vertreiben, halten die Stellung, sabotieren die Spiele und warten auf den Tag der Rache. Sie sammeln alles, was sie an Waffen und Elektronik von den Mannschaften erbeuten können, ohne dass es auffällt, und bunkern es in geheimen Verstecken, wo sie daran herum basteln. Einen Teil verkaufen sie dann, einen anderen Teil behalten sie für sich. Irgendwann wird´s in München-Laim einen großen Knall geben.
» Revoluzzer

» Und wer das sicher ebenfalls nicht witzig findet, sind die Jungs von der DeMeKo. Schließlich ist Urban Brawl so etwas wie deren heilige Kuh. Fragt sich sowieso jeder, warum die DeMeKo-Häuptlinge noch immer nicht eingeschritten sind und NeoNET mächtig eines auf die Mütze gegeben haben, von wegen, in fremden Revieren wildern und mal eben einen eigenen Sender gründen. Unter Insidern laufen schon die Wetten, ob die DeMeKo abwartet, was die Jungs im Süden da so treiben. Ob sie, wenn es funktioniert, das ganze Ding einfach komplett übernehmen, oder ob sie es zertreten, wenn sie genug gesehen haben. Na, mit Sicherheit wird das alles noch ein Nachspiel haben. Und damit meine ich nicht den nächsten Häuserkampf.
» SnowWT

Neben den boomenden Sportübertragungsrechten gibt es einen weiteren Trend, der die Trids dieser Tage überflutet: Schmachtschinken und Frauenfilme. Mit „Dornenreich" und „Aus dem Tagebuch einer Sekretärin" gelang es Bavaria genau im richtigen Moment, den Zahn der Zeit zu treffen. Zu den erfolgreichen Filmen wurden direkt im Anschluss die entsprechenden Serien produziert, und parallel laufen die Dreharbeiten zu den Fortsetzungsfilmen.

Die Köpfe, die mehr als erfolgreich den Markt im Blick haben, sind ein neues Dreierteam im Management, das NeoNET Bavaria ganz nach vorne bringen will: **Carl Röschinger**, studierter Medienwissenschaftler und ehemaliger DeMeKo-Mitarbeiter, war einer der Hauptinitiatoren von BAVARIA TRID. Die blutjunge **Guiseppina Valcenta** sorgt dafür, dass die Interessen der weiblichen Zuschauer, Hauptzielgruppe von Bavaria, nicht zu kurz kommen. Die Italienerin kaufte den Quotenrenner „Dornenreich", der zeitgleich zahlreichen anderen Sendern angeboten worden war, für wenig Geld ein und bescherte NeoNET Bavaria damit Rekordgewinne. Der dritte im Team, **Svenik Seibert**, hält sich meist im Hintergrund, und über seine Funktion wird viel spekuliert. Angeblich ist er der Mann, der die Verträge macht, doch nix genaues weiß man nicht, wie der Münchner zu sagen pflegt ...

» Seibert hat zumindest in den Schatten den Ruf, der Mann fürs Grobe zu sein. Und angeblich heuert er auch mal ein oder zwei Teams an, wenn es mit den Verträgen nicht so klappt oder die Vertragspartner renitent werden.
» Komtur

Doch selbst Bavaria muss sich warm anziehen, denn junge, aufstrebende Produktionsfirmen stürmen den Markt und kämpfen sich mit spitzen Ellbogen ins vordere Feld des medialen Entertainments. Die meisten Newcomer halten sich erst mal bedeckt und backen kleine Brötchen, aber es gibt auch Ausnahmen. Musterknabe und Vorzeigebeispiel für eine solche Karriere ist Virgin, die allerdings einen großen Bruder hat, der ihr sehr hilfreich unter die Arme greift.

**Virgin Productions**

Den südlichsten und größten Teil des ehemaligen Flughafengeländes Riem, inklusive Towergebäude und Wappenhalle, besitzt inzwischen eine Firma, deren innovative Produktionen gerade die Medienlandschaft revolutionieren: Virgin Productions. Das noch junge Unternehmen, an dem angeblich zu einem nicht geringen Teil die DeMeKo beteiligt ist, zeichnet sich durch besonders fantasievolle neue Produkte, eine aggressive Marketingstrategie und effektive Marktforschung aus. Die Führungsetage

von Virgin besteht ausschließlich aus Frauen, die das Unternehmen mit harter Hand an die Spitze treiben. Die Firmenfarbe Virgin-Weiß ist allgegenwärtig und ein genialer Marketingschachzug, der jetzt schon einen einmaligen Erkennungswert hat. Man(n) stelle sich vor: Du kommst zu einer Konferenz über Projektbudgetierung und da sitzen diese drei brutal gut aussehenden Frauen am Tisch, alle in hautengen weißen Lack gekleidet. Wen wundert es, dass die Verhandlungen meist im Sinne von Virgin ausgehen?

• Angeblich sind die Virgin-Weiber alle Mitglieder eines speziellen Wicca-Zirkels, stimmt das?
• Verona

• Ich habe gehört, die gehören zu so einem Feministinnen-Club, SIE oder so ähnlich.
• Luna

• Und ich habe gehört, dass irgendjemand größere Summen Geld in die Firma investiert und Anteile kauft bis zum Abwinken. Vielleicht plant ja irgendwer schon eine Übernahme und es hat ein Ende mit der Frauenpower?
• Komtur

Virgin hat mit neuen und innovativen Konzepten wie „Der gläserne Mensch“ und „SURPRISE!“ den interaktiven Gameshowmarkt revolutioniert und nebenbei mit der Verfilmung des Matrixcrashs den erfolgreichsten Schinken des Jahres gedreht, ist also auf dem besten Weg, sich einen festen Platz auf dem hart umkämpften Medienmarkt zu sichern. Interessanteste Persönlichkeit und Aushängeschild der Firma ist sicherlich Public-Relations-Managerin Electra van Heysen. Die hochgewachsene Elfe mit den kurzgeschorenen, weißblonden Haaren, der zimtbraunen Haut und den stechenden violetten Augen, stets in virginweißen Lack gekleidet, ist Stargast jeder Party und vertritt die Firmeninteressen mit einem charmanten Lächeln und beeindruckender Eloquenz.

**Wettstein Inc.**

Wettstein Inc. ist ein weiteres Beispiel für eine Karriere, wie sie kleinen Konzernkindern als Gute-Nacht-Geschichte erzählt wird. Thomas Wettstein hat seine kleine, aber effiziente Firma mit strategischer Weitsicht in eine Sparte gesetzt, mit der er sich gerade ADL-weit einen Namen macht: spektakuläre „Live-Dokumentationen“. Grausamste Schlägereien, Verstümmelungen und Vergewaltigungen, detailliert und in Nahaufnahmen dokumentiert – alles unter dem Mäntelchen der „objektiven Berichterstattung“ und mit tadelnd erhobenem Zeigefinger.

Tatsächlich produziert Wettstein Inc. Tridsendungen dieses Stils am Fließband, zeigt Dinge, die echt niemand sehen sollte, ohne sofort einzuschreiten, und keiner

Das ist heiß, das ist neu, das ist der absolute Hammer! Nur für euch, ganz frisch und absolut hipp, das Ergebnis des jährlichen Top Votings! Hier sind sie, eure Superstars, eure Highlights, eure Trendsetter 2070, hier sind …

## MÜNCHENS TOP OF THE POP 2070
### RUBRIK „SIMSINN“ (FILME)

Mit Kurzkommentaren unseres SimSinn-Experten Wenzeslaus Köhler
– unter freundlicher Genehmigung von Cinematrix Cooperated –

### 1. SYSTEM FAILURE
### (VIRGIN PRODUCTIONS)

Der lang erwartete Film über den großen Matrixcrash 2064 ist der Renner der Saison. Die dramatischen Hintergründe um den Zusammenbruch der Matrix, verknüpft durch die tragische Liebesgeschichte des Sicherheitsdeckers Marvin und der Konzernerin Annika, gespielt von einer atemberaubenden Fabienne Dubois, wurden mit einem unglaublichen Budget verfilmt. Der Film bietet ein Feuerwerk an Spezialeffekten und lässt niemanden, der ihn gesehen hat, unberührt. Kritiker wehren sich gegen die Kommerzialisierung des Ereignisses, das Existenzen ruiniert und Leben vernichtet, ja, die virtuelle Welt aus ihren Angeln gehoben hat. Doch ihr Ruf verhallt ungehört: Schon jetzt ist der Historienschinken eine der erfolgreichsten Produktionen aller Zeiten!

### 2. DORNENREICH
### (NEONET BAVARIA)

Die autobiographische Geschichte des ehemaligen SimSinn-Stars Lyra Walts, die nach dem Überfall eines Stalkers ihr Leben ändert und nach Indien geht, wo sie sich für arme Kinder aufopfert, schließlich einen reichen Maharadscha heiratet und an einer Blutkrankheit in jungen Jahren stirbt. Ein bildgewaltiger Film, der berührt und unter die Haut geht.

### 3. BRENNENDER ASPHALT
### (NEONET BAVARIA)

Der aus Karl Kombatmage bekannte Sammy Samurai in seinem ersten eigenen Kinofilm. Zusammen mit seinem Sohn Syrus und der charmanten Otaku Lady Ophelia rächen sie den Mord an Sammys Frau und kommen dabei einer gemeinen Bande von Rassisten auf die Spur, die einen Anschlag auf das Oktoberfest plant. Actionszenen vom Feinsten, ausgeklügelte Spezialeffekte, viel nackte Haut und nicht zuletzt ein brillanter Sammy Samurai boosten den Film zum spannenden Kassenschlager.

### 4. VON GUTEN MÄCHTEN
### (KIRCHE WESTFALEN IN KOOPERATION MIT TRIDERTAINMENT (MEDIASIM))

Der von der westfälischen Kirche produziert Film erzählt die angeblich wahre Geschichte um einen katholischen Pfarrer, dessen Haushälterin und ihrer Familie, die ihr kleines Dorf vor der Zerstörung durch eine Trollgang bewahren. Für ein paar Stunden vermittelt der Film das Versprechen, dass es doch noch ein gutes Ende gibt und irgendwo eine behagliche, heile Welt auf uns wartet. Ein schöner Gedanke.

### 5. AUS DEM TAGEBUCH EINER SEKRETÄRIN
### (NEONET BAVARIA)

Die Geschichte einer Elfe, die als hässliches Entlein in einem Kleinkonzern anfängt, nach langem Leidensweg schließlich schön und erfolgreich wird, einen leitenden Angestellten der AG Chemie heiratet und sich mit ihm zusammen für die Rettung einer Familie bedrohter Schwäne einsetzt. Herzzerreißend und voll märchenhafter Romantik trifft dieser Film mitten ins Herz!

DATENEMPFANG ...

macht was dagegen. Ganz schön pervers. Ich könnte mir gut vorstellen, dass diese „Dokus" forciert sind, sprich die Leute um Wettstein dafür sorgen, dass zumindest niemand eingreift, außer es passt ins Konzept.

» Außerdem arbeitet Wettstein zurzeit an einem Vertrag mit BuMoNa. Er schickt mit den Rettungsteams Kameraleute mit, dafür gibt's Prozente für BuMoNa.
» Wiesn-Troll

Und dann sind da noch die offiziell verbotenen Geschichten. Snuff-Videos und Metamenschenpornos der schlimmsten Art. Die sind in Zusammenhang mit Wettstein Inc auch schon aufgetaucht, aber natürlich kann da niemand was beweisen.

**Aphrodite Enterprises**

Von den Geschichte um die wunderbare Medienwelt der Traumfabrik München will ich euch aber auch eine der eher skurrileren nicht unterschlagen: Aphrodite Enterprises, ein Unternehmen, das so gar keine Berechtigung hat, am Markt zu existieren. Geschäftsführerin ist Aphrodite Polantjev, ehemaliges Model und abgelegte Muse des Modezars Prometheus, die mit ihren zahlreichen Affären mit männlichen wie weiblichen Stars aus Politik und Jetset immer wieder für Klatsch und Tratsch in der Münchner Bussi-Gesellschaft sorgt. Wen auch immer sie gerade beglücken mag, die Frage, die sich jeder Münchner stellt, ist: Woher kommt das Geld für die unglaublich schlechten Produktionen ihrer Firma Aphrodite Enterprises? Für all die Schönheitsclubs, Reisesendungen und Promi-Talkrunden, die es doch schon tausendmal gab und die so uninteressant wie ein geruchloser Trollfurz sind? Aphrodite moderiert einen Großteil ihrer Shows selbst – leider muss man sagen, denn was auch immer ihre Qualitäten sind, reden gehört nicht dazu.

» Ich habe läuten hören, Aphrodite Enterprises sei nur ein Scheinunternehmen, eine Fassade der Mafia, vermutlich für BTL-Produktion oder Geldwäsche im großen Stil. Mal ehrlich Leute, das ist wirklich zu schlecht um echt zu sein!
» Zwieblblootz

» Also ich hab gehört, das Ganze sei von Nebelherr finanziert und Aphrodite sei eines seiner Augen. So eine durchgeknallte Tussi wäre jedenfalls die perfekte Tarnung!
» Luna

**Bookingagentur mozART**

Der Name mozART ist spätestens seit der Organisation einer angeblich legendären Releaseparty in der Renraku Arkologie, die die Agentur vorletztes Jahr veranstaltet hat, aus dem Münchner Szeneleben nicht mehr wegzudenken.

Die Bookingagentur, die ihren Sitz im Osten des Medienparks hat, organisiert Großevents in und um München, Partys, Festivals, Konzerte und Messen und hat angeblich auch bei der Oktoberfestorganisation inzwischen maßgeblich die Finger im Spiel. Clever war dabei, dass mozART einen Deal mit dem Dallmayr Partyservice eingegangen ist und sich so den Support eines der Münchner Großkonzerne gesichert hat.

Wer in München zum Star werden will, hat über mozART die besten Möglichkeiten. Die Agentur jährlich verpflichtet Unmengen neuer Schauspieler, unter anderem für Gläserner Mensch und Surprise, findet immer neue und unverbrauchte Gesichter für Filme aller Art und arbeitet den zahlreichen Produktionsfirmen in München-Riem direkt zu. Geschäftsführer Josef Steinmeyer, ein gut aussehender Charismat Ende 40, wählt seine Künstler sehr sorgfältig und mit dem nötigen Instinkt für Medienpräsenz aus. Seine regelmäßigen Castings sind heiß begehrt, und die zukünftigen Sternchen reißen sich um seine Aufmerksamkeit.

» Angeblich besorgt mozART für alle möglichen und unmöglichen Gelegenheiten Frischfleisch vom Land, sofern das Geld stimmt. Die Frage ist, wo er diese willigen Schönheiten alle her nimmt? Es gibt Gerüchte, er hätte zu den Vory sehr gute Kontakte, die ihm schöne Mädchen und junge Knaben billig besorgen und über die Grenze schmuggeln würden. Und er versorgt im Gegenzug seine Künstler mit lustigen Drogen, auch wenn diese anfangs gar nicht gebraucht oder gewünscht werden.
» SnowWT

# REICH UND SCHÖN

gepostet von Undercover Decker

## DER JETSET MÜNCHENS

Die Münchner Schickeria ... ein schwieriges Thema. Zur Schickeria gehört jeder und niemand. Es gibt keine Clubkarte, keinen Mitgliedsausweis, aber eigentlich weiß jeder ziemlich genau, wer dazu gehört und wer hier nichts zu suchen hat. Nicht, weil man es den Leuten an der Nase ansehen kann, sondern weil man sich kennt. Wer reich ist und es zeigt, wer berühmt ist oder zumindest dafür gehalten wird, wer sich in der Szene der Reichen und Schönen Münchens einen gewissen Ruf erarbeitet hat, der gehört dazu. „Erarbeitet" meine ich übrigens wörtlich. Wer für ein paar Monate aus der Szene verschwindet, ist so gut wie vergessen, denn es gibt mehr als genug, die nachrücken können und wollen, und selbst wenn sich die Leutchen an dein Gesicht erinnern, wollen sie dich nicht kennen, denn wer will schon jemanden kennen, der so unwichtig ist, dass er einfach so verschwinden kann? Ja, das ist Snobismus pur, aber auch das gehört zur Schickeria Münchens dazu.

➋ Um zu verstehen, was hier im reichen Kern Münchens geschieht, muss man sich in die Situation der Leute im Jetset hinein denken. Ihr Tagesablauf ist voll gestopft mit persönlichen Fitnesstrainern, Friseurterminen, Autogrammstunden, Fotoshootings, Werbeaufnahmen, Studioterminen und so fort. Sie leben in einer Blase aus selbst geschaffenem oder von irgendwelchen Managern erzeugtem Stress. Jetzt kann man sich natürlich fragen: Warum lassen sie es dann nicht? Die Frage ist nicht ganz unberechtigt. Aber was passiert denn, wenn sie den ganzen Kram weglassen? Sie sind nicht mehr topfit, nicht mehr en vogue, sie fallen nicht auf, werden vom Publikum nicht gesehen, und zu guter Letzt verdienen sie genau deshalb kein Geld mehr. Werbeverträge, Verpflichtungen, Studioaufnahmen und am Ende die Popularität zerplatzen wie Seifenblasen. Denn sie haben sich als Gesamtkunstwerk an die Öffentlichkeit verkauft, mit Haut und Haar. Kein Privatleben, keine Freunde, auf die man sich wirklich verlassen kann, kein „ich geh eben in die Eisdiele". Die Welt voller aufdringlicher Fans, irrer Stalker, ständig Druck ausübender Manager, Paparazzi, die mit Drohnen auch den letzten Winkel ihres Lebens auszuspähen versuchen, und darüber das große Damoklesschwert aller Stars und Sternchen: Das Vergessen.

Nichts fürchten sie mehr, als vergessen zu werden. Gehasst, okay, aber vergessen, das bedeutet Ruin, finanzieller wie persönlicher. Keine Werbeeinnahmen mehr, keine Bewunderer, keine Partys. Popularität und Reichtum sind eine Droge, und ohne den täglichen Schuss vergehen die, die davon einmal gekostet haben, wie welke Blumen. Und dieser Schuss ist jeden Tag bedroht, denn jederzeit könnte irgendein billiger Niemand deinen Platz einnehmen. Wenn du nicht perfekt bist, wirst du ersetzt. Sie leben in einem selbst erschaffenen Goldkäfig, und den teilen sie nur mit Leuten, die ihr Geld oder ihren Arsch wollen, und Opfern wie sie selbst. Kein Wunder, dass sich hier, im Jetset Münchens, so unglaublich viele völlig kaputte Individuen aufhalten und dass Drogen und Ausschweifungen aller Art Alltag sind. Kein Wunder auch, dass nicht nur die Praxen der Schönheitschirurgen, sondern auch die der Therapeuten und Psychologen in Bo-

# SANDY – DRITTER AKT

*Mit einem Tablett voll Champagnergläsern bahne ich mir vorsichtig meinen Weg durch das Haifischbecken des Imperial Ballroom. Bavaria-Trid hat zur Premiere irgendeines Fantasy-Streifens geladen und die abgehalfterte B-Prominenz darf sich für einen Abend die Ehre geben. Auf der Suche nach meinem Kontaktmann fällt mir Sandy förmlich vor die Füße, als sie über den Saum ihres hinreißenden Glitzerfummels stolpert und sich den ein oder anderen hämischen Schulterblick eines Filmsternchens einhandelt. Auf ihrer Schulter prangt ein Branding; Elvis hat ihr also sein Zeichen aufgedrückt, und das ist bei weitem nicht das Einzige, was er hinterlassen hat. Unter dicken Schichten billigen Make-ups verbergen sich nur dürftig die Spuren nächtlicher Exzesse und ausgedehnter Drogenpartys.*

*Ich entferne mich gerade eben weit genug aus ihrem Blickfeld, damit sie mich nicht bemerkt, entscheide mich aber, sie heute Abend zu beobachten, um ein Update über sie zu erhalten. Während sie ziellos durch die Menge charakterloser Pseudoprominenter irrt und ihre Augen Halt suchend von einem zum anderen wandern, wird mir wieder einmal bewusst, wie wenig von Sandy übrig geblieben ist. Die gnadenlosen Mühlen des Konzernlebens haben ihre Würde und Persönlichkeit zernagt und lassen sie wie ein ruderloses Schiff wirken, das jeden Augenblick von den Wellen verschluckt werden könnte. Niemand in diesem Raum, außer mir, interessiert sich noch für sie. Eher wird sie von den Medienmutanten wie ein räudiger Straßenköter betrachtet, für den keiner genug Energie erübrigen will, um ihn endgültig zu entsorgen. Einige beobachten Sandy mit einer perversen, neugierigen Vorfreude, nur darauf wartend, dass sie stolpert und sich noch mehr zur Zielscheibe ihres Spottes macht.*

*Deutlich vor Sandy bemerke ich die kleine Gruppe Society-Schakale im Designerlook, denen beim Betrachten von Sandys verzweifelter Suche nach Aufmerksamkeit wohl der ein oder andere grandiose Plan in den Sinn gekommen ist, wie man diesen ach so langweiligen Abend etwas aufheitern könnte, und wie ein Schwamm saugt sie die gewonnene Aufmerksamkeit in sich auf, als diese sie in die VIP-Lounge einladen.*

*Während ich mich durch die Lounge laviere, um Sandy weiter im Auge behalten zu können, bemerke ich Elvis, der an einer Bar mit irgendeinem aufstrebenden Medienproduzenten ins Gespräch vertieft ist, den Arm um die Taille eines unbedeutenden Starlets, auf deren Schulter das frische Branding als Duftmarke prangt. Neues Spiel, neues Pech.*

*Als ich endlich auf der Galerie ankomme, kann ich Sandy zunächst nicht entdecken, nur die Schakale räkeln sich rund um einen schwarzen Marmortisch in den Kissen einer überdimensionalen Couch. Ein feistes und erwartungsvolles Grinsen hat sich auf ihren chirurgisch maßgeschneiderten Designerfratzen ausgebreitet, als Sandy auf allen Vieren unter dem Tisch hervor kriecht und ihren roten Slip eifrig in ihrer Handtasche verstaut.*

*„Und ihr seid sicher, dass ich das tun soll?", kommt es aus ihrem überschminkten Mund.*

*„Also mir ist das eigentlich egal, weißt du. Könnte deine Karriere halt wieder in Schwung bringen. Aber von mir aus mach doch was du willst." Ein vielleicht zwanzig Jahre alter Sprössling eines Bavariaexecs hat die Initiative ergriffen, während die anderen nur mit Mühe ein Lachen unterdrücken können, was sich aber weit von Sandys Bewusstsein entfernt abspielt. „Ich sag dir, der Typ steht da echt drauf. Keine Ahnung warum, aber er findet benutzte Weiberwäsche einfach geil."*

*Sandy schaut unsicher zu dem leicht deplaziert wirkenden Endsechziger mit Schal und einem Anzug in unauffälligem Schwarz.*

*„Ich weiß nicht. Der Typ soll echt ein Medienscout sein?"*

*„Klar. Einer der wichtigsten hier in München. Aber wie gesagt, mir ist es egal. Klar ist das seltsam, aber er steht halt auf frisch getragene Höschen." Einer der anderen Schakale schiebt Sandy breit grinsend seine Hand zwischen ihre Schenkel, wodurch sie kurz erstarrt, wie das Kaninchen vor der Schlange. „Kannst natürlich auch hier bleiben, wenn du willst. Dann machen wir uns halt einen netten Abend miteinander. Oder Jungs?"*

*Die Heldentat des sich schrecklich männlich vorkommenden Burschen führt bei seinem Rudel zu halbstarkem Beifall, was ihn noch tiefer zulangen lässt.*

*„Nein." Sandy macht einen Schritt zurück „Ihr habt Recht. Wenn sich einem eine Chance bietet, soll man sie auch wahrnehmen."*

*Mit unsicheren Schritten stöckelt Sandy langsam auf den alten Bock zu, dessen Gesicht mir irgendwie bekannt vorkommt, auch wenn ich ihn noch nicht einordnen kann.*

*„Hi, ich bin Sandy", gibt sie zum Besten.*

*„Wie bitte?", entgegnet der Alte. Mit einer Geste aufwallenden Mutes drückt sie ihm ihren verschwitzten Slip in die Hand und schaut ihm mit laszivem Blick ins Gesicht. Der Alte sieht in seine Hand und gibt Sandy ihr Geschenk zurück.*

*„Mein Kind, ich glaube unser Herr hat dich auf seltsame Pfade gelenkt, wenn du auf diese Weise meine Keuschheit herauszufordern versuchst."*

*Nicht nur in meinem, sondern auch in den Resten von Sandys Verstand verschafft sich die Erkenntnis Raum, dass sie gerade Kardinal Dobler ein Geschenk machen wollte. Ihr entsetztes Gesicht versetzt die Meute Schakale in hysterisches Gelächter. Panisch ergreift Sandy die Flucht und ihr Sturz auf der Treppe wird nur von einem Mann im feinen Anzug gebremst.*

*„Nicht so stürmisch, junge Dame, lassen Sie mich Ihnen aufhelfen." Verwirrt von der plötzlich helfenden Hand, lässt Sandy sich von ihrem neuen Helden von der Party geleiten.*

*Stunden danach schlendere ich durch die Straßen Münchens und denke über Sandy nach. Kann es sein? Gibt es einen guten Menschen in Sodom? Ich beschließe, in dieser Nacht den Krieg ruhen zu lassen.*

genhausen wie Pilze aus dem Boden schießen. Die Schickeria ist eine eigene, kleine Welt voller Verrückter. Stellt euch drauf ein oder macht euch auf tiefe Kratzer gefasst.
• Eismann

• Ja, da haben wir alle Mitleid, wie schrecklich schlimm es den armen Reichen in München geht. Da hungern die Arbeitslosen und Armen in Großried, Monte Karnickel und Perlach in Saus und Braus und lassen sich ausgelassen von den SSlern verprügeln, und die armen Jungen und Mädchen müssen in ihren goldenen Käfigen bei Kaviar und Hummerhäppchen leiden. Die Welt ist soooo unfair.
Man sollte diese verwöhnten Wohlstandspsychos mal in eins der überfüllten Plattenbauquartiere stecken, mit acht Leuten in einem Raum, vier Stunden Strom am Tag und fließend Wasser, wenn es regnet. Mal sehen, wie weit sie mit dem, was sie gelernt haben, kommen. Noch schauen die verarmten Massen staunend zu der Glitzerwelt auf und wollen einen Teil davon, aber die Wut und Verzweiflung wird stärker, und ich würde nicht darauf wetten, dass die Klammer mit den zwei S als Gravur den Deckel noch lange auf dem Topf halten kann.
• Roter Oktober

Die Schickeria trifft sich dabei bei Gelegenheiten, die man in zwei Kategorien aufteilen kann: Die öffentlichen und die privaten. Öffentliche sind Preisverleihungen, Showpartys, Pferderennen, Wohltätigkeitsgalas und all das ganze andere Schaulaufen für die ewig promigeile Medienmeute. Private Gelegenheiten finden in den Szeneclubs, in den Country Clubs und den exklusiven Golfvereinen statt. Hier ist man unter sich. Natürlich inszenieren sich die Promis und Reichen trotzdem noch, aber sie entspannen sich mehr, achten nicht ganz so auf die Perfektion, die sie ausstrahlen wollen, und wickeln hier all ihre Geschäfte, Affären und Betrügereien ab. Und man sollte dabei nicht unterschätzen, wer so alles im Münchner Jetset mitmischt. Es kommt zusammen, was definitiv nicht zusammen gehört: Geldadel, Konzernchargen, Mafiosi, Stars und Sternchen der Sport- und Medienmaschinerien, Künstler und Münchner „Originale". Kein Wunder also, dass mehr als nur krumme Geschäfte gemacht werden und sich Bekloppte und Egomanen gegenseitig auf die Zehen treten.

## DIE SHOW DES LEBENS – DIE GROSSEN EVENTS

An öffentlichen Showevents gibt es in München einige, und ich habe mir mal erlaubt, ein paar zusammenzufassen, damit ihr wisst, wo sich eure Stars und Sternchen rumtreiben, damit jeder ihren neuen Hauch von Nichts von Pedro Borkenheim und natürlich den darin steckenden Astralkörper sehen kann.

### DIE WIESN

An was denkt man zuerst, wenn man München hört? Ganz genau. Und auf dem Oktoberfest laufen sich nicht nur jedes Jahr hunderttausende Touristen die Füße platt, um sich zu horrenden Preisen und bei lauter Musik Bier und Haxn in den Wanst zu stopfen und sie auf den Fahrgeschäften gleich wieder von sich zu geben, nein, hier ist auch Schaulaufen angesagt. Alle wichtigeren Medienkonzerne haben auf dem Theresienfeld VIP-Partyzelte gepachtet, um bayrische Gemütlichkeit mit medialer Präsenz zu kombinieren. Natürlich ist für Medienmiezen das kurze Designerdirndl genauso ein Muss wie der Trachten-

### IN

**Lolitastyle:** Jung geht immer, und wer dieses Jahr verführerisch naiv und aufreizend daherkommt, ist auf der sicheren Seite des Trends. Ein bisschen bitchy darf es dabei auch sein.
**Mut zum Weinen:** Machismo war gestern, Gefühl ist wieder in. Weg mit den Schulterpolstern und her mit den Taschentüchern!
**Frankreich:** Französische Küche, französische Angestellte, die französische Sprache, vom Wein ganz zu schweigen. Die Grande Nation ist wieder schwer im Kommen.
**Selbst Fremdsprachen lernen:** Keine Lust, Worte zu benutzen, die man selbst gar nicht kennt? Linguasoft hin oder her, fremde Kulturen lernt man am besten über ihre Sprache kennen.
**Fahrrad fahren:** Bayern ist schön, und wer dabei auch noch etwas für sein Bodyshaping tun will, kann zwei Fliegen mit einer Klappe schlagen. Entdecke Bayern auf die ruhige Art.
**Karibischer Jazz:** Was ist besser als Jazz und Blues aus Havanna, um die Seele baumeln zu lassen?

### OUT

**Corp-Ware:** An unsere Freunde von NeoNet, BMW und Renraku: Tragt eure Streitigkeiten auf den Börsenservern aus, aber nicht in unseren Clubs. Außerdem sind ganz besonders die Klamotten von BMW derart geschmacklos. Wer hat behauptet, dass blauweiß immer und überall gut aussieht?
**Joe Venski-Witze:** Karl Kombatmage ist so schon schlimm dran. Wer den Schaden hat, muss zwar nicht für den Spott sorgen, aber gleich kübelweise ist doch übertrieben.
**Sushi:** Tut mir leid, Renraku, aber Japan ist so was von OUT. Die Sushibars haben die letzten Jahre sowieso Überhand genommen.
**Weltverbesserer:** Verseuchte Strände, Ozonloch, Krieg in Yucatán, wir können es einfach nicht mehr hören. Die Welt ist nicht perfekt, aber sie hat mehr als genug schöne Seiten. Wozu sich einen Kopf um Dinge machen, die man sowieso nicht ändern kann?
**Militarystyle:** Wir sind in München, nicht im Krieg! Wer unbedingt Tarnfleck-Tanktops und olivgrüne Cargohosen tragen will, kann das gerne im Wald tun.
**Pink:** Rosa Plüsch und pinkfarbene Handtaschen, das muss wirklich nicht sein. Wir brauchen nicht noch mehr lebende Barbiepuppen.

anzug, am besten mit Filzhut, für Politiker, Mafiosi und Bonzen (was sich allzu oft in ein und derselben Person vereinigen lässt). Wahre Größe beweisen dabei natürlich NeoNET und Renraku mit ihren Zelten, zumindest was die Quadratmeterzahl angeht. Hier spielen traditionelle bayrische Dicke-Backen-Kombos genauso wie die Newcomer und Stars der einzelnen Medienbetriebe, und zwischen Isarseidl und Schampus, Würstln und Hummer wird fröhlich angebändelt, geprotzt und in Kameras gelächelt.

### TRABRENNBAHN MÜNCHEN-RIEM

Kaum etwas hat mehr Stil als ein Nachmittag auf der Rennbahn. Hier kann man mal eben ein paar zehntausend Euro verzocken und mit einem Glas französischen Rotweins lächelnd darüber parlieren, dass man dann ja doch Glück in der Liebe haben muss. Hier kann man sich, seinen sündhaft teuren, neuen Hut aus Frankreich und vielleicht sogar sein eigenes kleines Gestüt präsentieren und muss nicht einmal weit zu seinem Rolls-Royce laufen. Geldadel verpflichtet nun mal, und daher finden sich an der Rennbahn immer wieder aufs Neue die Reichen und Schönen ein, besonders die aus reichem Hause mit einem Drang zum konservativen Stil, um sich zu präsentieren, sich gepflegt zu langweilen oder dem guten, alten Wettfieber zu frönen.

» Bei den Rennen wird übrigens bei weitem nicht so viel geschoben, wie man meinen könnte. Die Summen, die fließen, sind nichts im Vergleich zu den menschgewordenen Geldbergen, die auf der Tribüne sitzen, von daher scheint man den Ball eher flach zu halten, um den Zuschauern nicht den Spaß zu verderben. Außer natürlich einer der reichen Spinner ist allzu versessen darauf, dass sein Lieblingszossen den ersten Platz macht, dann kann das auch für Leute unseres Metiers ganz lustig werden. Abgesehen davon sind einige der Gäule mehr wert als ein Ganzkörper-Tuning im Bodyshop deines Vertrauens. Man sollte nur vorher schon einen Käufer haben, denn einen großartigen Schwarzmarkt für Rennpferde gibt es nicht.
» Bismark

### DAS BEETHOVEN-JAHR

Der alte Zausel wird dieses Jahr 300 Jahre alt, daher geht die an sich schon klassikverliebte Metropole an der Isar zum musikalischen Großangriff über. Im Opernhaus, in der Philharmonie, als Open Air auf dem Odeonsplatz, als Feuerwerk am 17. Dezember, als Sonderausstellung im Deutschen Museum, Beethoven allerorten, und natürlich mittendrin jeder, der das Geld dafür hat und sich einen gebildeten und kulturinteressierten Anstrich verpassen will. Auch hier wieder Schaulaufen inklusive rotem Teppich und allem Drum und Dran: Abendkleider, Smokings und die allgegenwärtigen Schampusgläser. Ich bin selbst immer wieder erstaunt, wie die Leutchen dieses öde Gedudel über Stunden überstehen, aber für das persönliche Productplacement ist vielen wohl nichts zu blöde.

### DAS GOLDENE KANINCHEN

Wen feiern Medienleute am liebsten? Natürlich sich selbst. Daher wird jedes Jahr im Januar das große Fass aufgemacht, wenn wieder Trideoserien und -filme aus deutscher Produktion im Kongresszentrum in Riem gefeiert werden. Alle sind dabei und hoffen auf einen Preis oder wenigstens ein paar Sekunden medialer Aufmerksamkeit. Für nächstes Jahr stehen ganz weit oben auf der Preisliste „System Failure“ und „Dornenreich“, und damit das Duell David gegen Goliath, Virgin Productions gegen NeoNET. Um ehrlich zu sein, in der Jury will ich nicht sitzen müssen, denn ich wette drauf, dass Electra van Heysen und Svenik Seibert sich hinter den Kulissen bis aufs Blut bekämpfen, um Einfluss auf die Jurymitglieder zu bekommen.

» Die Münchner zelebrieren das Goldene Kaninchen wie die Oscar-Verleihung, auch wenn es vermutlich kaum jemanden annähernd so interessiert wie sie selbst. Klar, die Klatschmagazine stehen am roten Teppich und es wird Productplacement betrieben ohne Ende, aber jedes Jahr kämpft das Karnickel mit dem sinkenden Interesse vom Rest Mediendeutschlands.
» Wiesn-Troll

### KÖNIG FUSSBALL

Natürlich will man auch nicht zu abgehoben wirken, und was ist volksnäher als der Volkssport Numero Uno, König Fußball? Also machen sich die Manager von Renraku, BMW und NeoNET in ihren VIP-Lounges im Franz-Beckenbauer-Stadion breit, wenn Bayern München spielt, schaufeln sich pâte de foie gras, canapes und jarret de porc rôti an boulettes bei choucroute rein und machen ihre schmutzigen Geschäfte vor Ort und nicht in irgendwelchen Büros, bei Geschäftsessen oder auf dem Golfplatz. Mittendrin statt nur dabei ist natürlich Frank Leon Schubert, der Boss von Bayern München, der es sich nicht nehmen lässt, sich hübsch zwischen die Reichen und vor allem die Schönen zu drapieren. Man ist ja unter Freunden ...

» Die VIP-Logen haben eine ganz eigene Infrastruktur. Eigene Aufgänge, eine eigene Großküche, eigene Sicherheitssysteme: Man ist sehr penibel, was die Sicherheit und Zufriedenheit der Kundschaft der High Society angeht. Ist vielleicht auch nicht verwunderlich, dass eine Jahresmiete oft weit über 50.000 Euro liegt, und die ganz großen mit allem Drum und Dran angeblich die eine oder andere Millionen kosten sollen, dafür dann aber all inclusive.
» Hattrick

### DAS TAGESGESCHÄFT

Abgesehen von diesen regelmäßigen Terminen gibt es natürlich noch die Einzelevents, die unter anderem aus Premieren von Filmen oder Matrix- und Trideosendungen, Empfängen, Hochzeiten, Geburtstagsfeiern und anderen Anlässen bestehen. Gerade die letzteren sind aber meist eher privater Natur, und nett gewunken wird nur, solange man noch in Sichtweite der Presse ist. Bei einer der Promihochzeiten oder einem Botschaftsempfang eingeladen zu werden, ist ziemlich knifflig, denn die meisten Leute mit Geld lieben ihre Privatsphäre, besonders wenn sie sie mit genauso (einfluss-)reichen Freunden teilen wollen oder einen Exklusivvertrag mit Bavaria haben. Kein Wunder also, wenn in nach innen dezente und nach außen schlagkräftige Sicherheit ordentlich investiert wird. Andererseits könnte hier ein Ohr an der Wand sehr, sehr lohnend sein ... aber das wäre ein nächtlicher Besuch im Louvre auch, wenn ihr versteht, was ich meine.

Interessant sind außerdem noch Modeschauen. Jetzt fragt man sich sicher: Warum? Aber das hat einen einfachen Grund. Abgesehen von den Laufstegeiereien der „wichtigen“ Modeschöpfer wie Pedro Borkenheim veranstalten noch diverse andere Labels und Firmen Modeschauen, wobei im Publikum eine Mischung aus Künstlern, neureichen Bubis und Mafiosi sitzt, die weniger

DATENEMPFANG ...

**NAME: ERRICO ANCONA**

**Alter:** ca. 30-35
**Metatypus:** Mensch
**Beruf:** Sänger und politischer Aktivist

Wenn etwas die Stadträte Münchens nervös macht, dann Errico Ancona. In seinen Liedern singt er von der Armut und Gewalt in den Slums der ADL, von der menschenverachtenden Gesellschaft und der alles einlullenden Medienmaschinerie, und da er das nicht mit erhobenem Zeigefinger macht und auch nur durch die reinen Fakten anklagt, hat man ihn bisher juristisch nicht mundtot machen können. Schwerer wiegt dabei aber, dass er nicht nur ein gutes Händchen für Musik, Menschen und Rhetorik hat und daher für viele der durch den Crash in die Armut gestürzten Mittelständler und die schon seit Generationen Armen in den SVZ ein Vorbild und Idol ist, sondern sich bisher auch nicht von den verschiedenen Medienkonzernen hat vereinnahmen lassen. Seine Konzerte werden unter der Hand organisiert, seine Songs mischt er selbst ab und lässt sie über diverse Netzwerke verbreiten. Teilweise werden sie durch reine Mundpropaganda über die Matrix verteilt, von Kommlink zu Kommlink, ohne dass jemand auch nur einen müden Euro dafür sehen will. Bisher waren die einzelnen Unruhen in Großried oder Perlach unorganisiert und isoliert, aber es kann gut sein, dass Errico der Katalysator ist, der diese Pulverfässer gleichzeitig hochjagt. Eine Kostprobe hat der Anschlag auf ihn während eines Konzerts geliefert. Die nachfolgenden Ausschreitungen konnten nur in Grenzen gehalten werden, weil Errico überlebt hat und die Menge so gut es eben ging beruhigen konnte.

**Gerüchteküche:** Errico ist bei dem Anschlag umgekommen und wurde wie Ibn Eisa vor Jahren im Nahen Osten von einem Shedim übernommen, der nun daran arbeitet, die verarmten Massen Münchens aufzuhetzen, um sie an einem von ihm gewählten Stichtag zur Schlachtbank zu treiben, damit ihre toten Körper von einer Legion weiterer Shedim besetzt werden können. Errico soll gerüchteweise auch ein Agent von Saeder-Krupp sein, der die Lage in München und anderswo destabilisieren soll, damit Saeder-Krupp in schlimmster Not als Retter der ADL auftreten und weitreichende Konzessionen fordern kann. Vielleicht ist er aber auch ein geläuterter Mitarbeiter Renrakus, der die beständige Kontrolle und Ausbeutung satt hat und sein technisches und soziales Know-how nun zur politischen und sozialen Erneuerung nutzt.

wegen der meist eher spärlichen Klamotten da sind, sondern wegen den Mädels, die drin stecken. Die werden reihenweise in der Provinz rekrutiert und träumen von dem großen Durchbruch als Model, bei dem sie dann mit Geld überhäuft werden. Und oh Wunder, kaum stöckeln sie für Kleingeld über den Laufsteg, ist auch schon ein Sugar Daddy da, der ihnen mit Rat und Tat zur Seite stehen will, um sie ganz groß rauszubringen. Sie müssen dafür nur ganz doll lieb zu ihm sein und vielleicht noch das weiße Pulver probieren, das so schön fröhlich macht. Es sind also eher Mischungen aus Prostitution und Halbwelt-Singlebörse als richtige Modeveranstaltungen. Kein Wunder also, dass sie manchmal sogar in Nachtclubs wie der Havanna Lounge durchgezogen werden.

## WAR DAS GRAD EBEN NICHT ... – CLUBS, SHOPS UND DER GANZE REST

Wo kann man Stars und Sternchen in München am besten sehen, ohne sie vor ihren Villen zu belagern? Genau, mitten im Stadtzentrum Münchens. Hier bist du Mensch, hier darfst du sein, zumindest wenn dein Konto stimmt. Daher dürfte es wohl kaum überraschen, dass hier die meisten Boutiquen, Clubs und Restaurants für unsere armen Reichen stehen. Schaffen wir uns daher einen kleinen Überblick, was man hier für Spezereien finden kann.

### DIE MAXIMILIANSTRASSE

Wo kann eine gelangweilte Hausfrau in einer Stunde mehr Geld ausgeben als der durchschnittliche Lohnsklave in seinem ganzen Leben verdient? Genau, auf der Maximilianstraße, der Flanier- und Einkaufsmeile im Zentrum Münchens. Hier reihen sich Nobelboutiquen, Edeljuweliere, Parfümerien und Schuhgeschäfte aneinander, hier führt man seine Haute Couture spazieren und hier lässt der reiche Papi sein Gör sein Konto plündern im Tausch gegen Schuhe, Taschen und Fummel, die in ihrer Herstellung in irgendwelchen Sweatshops für Franzinger und Co gerade mal ein Hundertstel ihres Ladenpreises gekostet haben, dafür aber durch irgendein Logo geadelt sind. Natürlich treiben sich hier auch eine Menge Touristen aus aller Welt herum und Leute, die sich den Reichtum anderer zumindest mal anschauen wollen. Aber keine Angst, unsere Freunde von den Schwarzen Sheriffs wissen schon, wie sie die Spreu vom Weizen trennen müssen.

### DIE FÜNF HÖFE

Wem die Maximilianstraße zu zugig ist, kann sich auch in den Fünf Höfen verwöhnen lassen, einer aus fünf überdachten und klimatisierten Innenhöfen bestehenden Einkaufspassage mitten im Stadtzentrum. Hier gibt es Läden auch für ausgefallenere Gemüter, teure Restaurants, ein paar Clubs und eine ganze Reihe Kunstgalerien. Auch hier sind die SSler gefragt, und wer sein PAN auslässt, wird schnell mal schief angeschaut. Aber sehen wir doch mal, was es so an erwähnenswerten Lokalitäten gibt:

**Schmitz Katz**

Medienbimbo für Renraku oder NeoNET und fern vom heimischen Köln? In Schmitz Katz gibt es ein Heilmittel für Heimweh. Rheinischer Frohsinn, Kölsch, de Halve Hahn und meterweise Bratwurst, dazu kölsche Mundartmusik bis einem die Ohren bluten. Und Gott bewahre, wenn du an Fasching einen Fuß in den Laden setzt ...

› Und da heißt es, ich sei ein Nörgler. Schmitz Katz ist wirklich ein netter Laden, und ja, Schmitz, dem der Laden gehört, ist tatsächlich Kölner.
› Eismann

**Kunstgalerie Kneiphof**
Zurzeit definitiv der einfachste Weg, möglichst schnell möglichst viel Geld loszuwerden. Über den Tresen des rhetorisch geschickten Chefs gehen gerne mal sechs- bis siebenstellige Beträge für Trideoinstallationen, Plastiken oder das ein oder andere Gemälde. Wenn man in München Stil und Reichtum beweisen will, besorgt man sich hier einen Löffen, Chagall oder Dreher für das Büro oder den Platz über dem Kamin.

» Karl Stadt soll sich hier vor ein paar Wochen einen Picasso gekauft haben für seine Etage in den schwarzen Zwillingen. Alles vom Feinsten für die hohen Herren.
» M-Sider

**Radetzky**
Tja, das ist ein klassischer Szeneclub. Ins Radetzky kommt man als Normalsterblicher nicht rein, denn wenn sich abends um halb elf die Türen öffnen, dann nur für die Leute auf der Gästeliste und für die, die die Türsteher kennen. Du bist kein Star von Bayern München? Du spielst nicht die Hauptrolle in einer Soap? Du hast keine Villa in Bogenhausen und keine Yacht auf dem Starnberger See? Dann schieb deinen fetten Proletenarsch aus dem Bild und sieh zu, dass du Land gewinnst! Einzige Möglichkeit wäre noch, wenn du weiblich, verdammt geil anzuschauen und vorzugsweise modisch und knapp bekleidet bist. Wenn man aber erst mal drin ist, kriegt man dafür Cocktails, Sex und laute Musik, bis der Arzt kommt. Vom Feinsten, und zwar vom Allerfeinsten.

» Der Laden gehört den Djorovics, also sollte man die Rausschmeißer schön nett behandeln. Angeblich sind einige der Hinterzimmer BTL-Dens, aber wer weiß das schon ... und würde es erzählen. Dafür kann man hier ab und an Aphrodite Polantjev, Fritz Köller, Tanja Barth und ihren Lover Sepp Hellrich antreffen.
Apollon Djorovic andererseits wird man höchstens geschäftlich sehen, denn er scheint den Laden zu meiden. Vermutlich fürchtet er, dass seine liebe Familie ihm bei seinen Ausfällen zu schnell auf die Finger klopfen könnte.
» Red Anya

**Zanders' Gesundbrunnen**
Reich kann man werden, schön muss man sein. Tja, Pustekuchen. Wer schön werden will und schon reich ist, der ist bei Roy Zanders perfekt aufgehoben. In seinem kleinen Wellnessparadies gibt es von einem schicken Haarschnitt über Ganzkörpermassagen, Schlammpackungen, Mani- und Pediküre, Schönheitsmasken bis zu Meditationstanks und Klangtherapie alles, was das Wellnessherz begehrt. Nur eins wird man nicht finden: das gute alte Laserskalpell, denn Roy hasst plastische Chirurgie. Zugegeben, an 99 Prozent seiner Kunden wurde bereits fröhlich herumgebastelt, da steht er auch drüber. In seine eigenen vier Wände kommt aber kein Plastischer.

**Multimax**
Wer alte Filme mag, geht in dieses altmodisch eingerichtete Kino. Da Kino sich in Teilen des Jetsets einer seltsamen Beliebtheit erfreut, kann man hier Humphrey Bogart oder Sylvester Stallone auf der Leinwand wiederentdecken. Manchmal findet nach den Filmen noch eine Soiree mit historischem Hintergrund statt, bei denen entsprechende Klamotten und Auftreten natürlich Pflicht sind.

## CAFE KÄFER
Als großes Aushängeschild führt Feinkost Käfer das Cafe in der Edmund-Stoiber-Allee in der Altstadt. Besonders beliebt ist der Laden bei den älteren Semestern, die gerne bei bestem amazonischem Kaffee und Donauwellen oder Schwarzwälder Kirschtorte über die gute, alte Zeit reden oder Zeitung (ja, richtig gedruckt) lesen. Hier wird die alte, heile Welt noch bis zur Perfektion zelebriert, und man kann sicher sein, dass keine der ewig lächelnden Bedienungen in ihren adretten Uniförmchen spitze Ohren oder ein anderes Makel dieser Art trägt.

» Tja, Käfer gehört Dallmayr, Dallmayr gehört Nebelherr, und Nebelherr ist weg ... Eigentlich seltsam, in den letzten zehn Jahren sind alle Drachen aus der gesamten ADL verschwunden, einer nach dem anderen. Der einzige, der noch da ist, ist der Boss persönlich. Irgendwie habe ich das ungute Gefühl, dass da irgendetwas schief läuft. Ob der Love Wyrm die ADL mittlerweile als sein ganz persönliches Territorium ansieht? Hat Nachtmeister deshalb dran glauben müssen? Und was passiert, wenn Goldschnäuzchen der Meinung ist, dass er ab jetzt die Fäden auf seinem kleinen Spielplatz direkt ziehen will?
» Luna

## HOFBRÄUHAUS
Das Hofbräuhaus? What the fuck? Gute Frage, hat eigentlich nichts mit den oberen Zehntausend zu tun, aber was soll's, das bisschen Platz haben wir. Außerdem gehört es erwähnt, wenn es um München geht. Also: Der Laden

DATENEMPFANG ...

### NAME: SEPP HELLRICH
**Alter:** 27
**Metatypus:** Mensch
**Beruf:** Talentscout der Stadtkriegs-Mannschaft Asphaltcowboys München

Sepp Hellrich ist ein Tier von einem Kerl und zurzeit mit der Schauspielerin Tanja Barth liiert. Er ist aggressiv, aufbrausend und cholerisch und neigt zu Gewaltausbrüchen gegenüber Reportern und anderen Leuten, die ihn stören. Er ist häufig im Radetzky anzutreffen und ist ausgesprochen schlecht auf den Geschäftsführer der Künstleragentur mozART, Josef Steinmeyer, zu sprechen.

**Gerüchteküche:** Seine cholerischen Schübe tauchen meist wenige Tage nach wichtigen Spielen für die Cowboys auf. Vermutlich werden sie von Steroiden und anderen Aufputschmitteln ausgelöst, die er vor dem Spiel bekommt. Möglicherweise sind sie aber auch fingiert, und er ist von der PR-Abteilung der Cowboys beauftragt worden, den Bad Guy zu spielen. Angeblich soll die Schauspielerin Jessica Opperts bei der Verleihung des Goldenen Kaninchens letztes Jahr versucht haben, mit ihm ins Bett zu steigen, um Tanja Barth eins auszuwischen. Er war aber eher unwillig und auch nicht physisch in der Lage, mit ihr zu schlafen.

in der Stadtmitte scheint sich in den letzten 200 Jahren nicht großartig verändert zu haben. Bier, Weißwürstl, Leberkäs, Bretzn und Schweinshaxn, alles in einer Atmosphäre, die dem Klischeebild der urbayrischen Volkstümelei entspricht. Lustigerweise sind die einzigen echten Bayern hier einige der Bedienungen und eine Handvoll Statisten, die dem Touristen echtes bayrisches Leben vorspielen.

◉ Ja, ehrlich, die haben ein paar alte Säcke aus Bunnyhill oder sonst wo mit Bayrisch-Sprachsoft verkabelt, in Krachlederne gesteckt und da hingesetzt, damit sie den Abend über Doppelkopf kloppen und alkoholfreies Bier in sich rein kippen, und jeden Samstag Abend um halb zehn fangen sie an, sich bayrisch-zünftig gegenseitig zu vermöbeln. Na ja, besser als ohne Heizung im Plattenbau zu verrecken, vermute ich mal.
◉ Eismann

## HAVANNA LOUNGE

Die Bayern sind schon echte Kulturchauvinisten. Sie jubeln kubanischen Jazz zum totalen Hype hoch, aber wenn es um Kuba selbst geht, spucken sie dir eher vor die Füße, als dass sie ein gutes Wort über die Insel verlieren. Trotzdem, die Havanna Lounge im Stadtzentrum strahlt schon sehr professionell das Flair Kubas aus, mit Palmen, Blues, Rum, braungebrannten Bedienungen und extradicken Zigarren. Hier kann man im gepflegten Ambiente die Seele baumeln lassen, ohne sich mit Gesindel rumschlagen zu müssen, denn die Türsteher sortieren hier fast so streng wie im Radetzky.

◉ Typische Besucher sind unter anderem Guiseppina Valcenta, Fabienne Dubois und Mahmud Belugi. Und soll ich euch was sagen? Zwischen unserem Ex-Sammy und der scharfen Braut von Bavaria hat es ganz gehörig gefunkt, da wett ich drauf.
◉ Wiesn-Troll

DATENEMPFANG ...

### NAME: DR. PHIL. ISAAK ROSENBERG

**Alter:** 52
**Metatypus:** Zwerg
**Beruf:** Drehbuchautor

Wenn in Szenekreisen vom „alten Jud" gesprochen wird, ist meistens von Isaak Rosenberg die Rede. Er wohnt in Waldtrudering, schreibt für Bavaria und andere Produktionsfirmen Scripts und Drehbücher und zeichnet auch für „Dornenreich" verantwortlich.

**Gerüchteküche:**
Rosenberg soll Mitglied der Adam-Weishaupt-Loge sein und mit Carl Röschinger herumkumpeln, der die Finanzierung von „Dornenreich" zu einem guten Teil übernommen haben soll. Seine Möglichkeiten als Drehbuchautor nutzt er, um fragwürdiges Gedankengut der Illuminaten unterschwellig in die Handlungen und Dialoge der Film- und Seriencharaktere einzubauen.

## ANDERSRUM

Die Bayern sind aber nicht nur Kulturchauvinisten, sie sind natürlich auch tolerant ... also ... sie geben ab und an gerne vor, es zu sein. Daher sagt auch niemand etwas gegen die sicher bekannteste Schwulenbar Münchens. Zwar gilt für so manchen Hardliner Homosexualität immer noch als genetischer Defekt, Sünde und/oder Teufelswerk, trotzdem trifft sich in diesem Schuppen auf der Schwanthaler Höhe der schwule Teil Münchens in dezentem Ambiente.

◉ Hier treiben sich ab und an Sascha Heinemeier, der Sohnemann vom Oberbürgermeister, und unser großer Modezar Prometheus herum, wobei letzterer wohl gern junges Fleisch von beiden Ufern mag, den Laden aber fast immer alleine wieder verlässt. Jeden Donnerstag ist übrigens Fetischabend, und ich würde euch raten, den dritten Donnerstag im Monat zu meiden, da ist nämlich Golden Shower Day.
◉ Wiesn-Troll

## AZRAEL

Unter dem Haus der Kunst an der Prinzregentenstraße findet man den dunklen, bösen Teil Münchens. SM, Cyberfetisch, Lack und Chrom, hier ist alles erlaubt. Der Schuppen wird von Mistress Selina mit einer samtweichen und einer stahlharten Hand geführt. Soweit ich weiß, sollen hier besonders einige wichtige Herren aus den Schwarzen Zwillingen sehr, sehr unartig gewesen sein. Aber Spaß beiseite: Auch wenn die High Society Münchens den Cybertrend konsequent ignoriert, findet er natürlich seine Anhänger. Außerdem soll Selina mit dem Hamburger Empire in mehr als nur nahem Kontakt stehen, und ab und an soll die Königin der Körperkunst selbst Hof im Azrael halten.

◉ Das Azrael ist ein schönes Beispiel, wie´s in München gehen kann. Einstmals Kellerkneipe unter dem Haus der Kunst, dann totale Szenedisko, dann Chillout-Lounge, danach thailändische Cocktailbar, dann wieder Club und jetzt eben Azrael.
◉ Luna

◉ Hier fehlt noch die Wäscherei Von Stebut in Maxvorstadt. Denn ich wette eins zu dreiundachtzig, dass sich dahinter ein absoluter Edelpuff verbirgt. So viel Mühe, wie die sich geben, damit nicht auffällt, dass sich ein Geldsack nach dem anderen die Klinke in die Hand drückt, kann das nur eins für mich bedeuten: Bunraku, Barbie-Bordell, Puppenstube, nennt es wie ihr wollt. Für Geld kriegt man hier alles, und alles wird auch verlangt.
◉ M-Sider

Natürlich gibt es auch außerhalb des Zentrums genug Möglichkeiten, eine Menge Geld zu lassen oder wenigstens Leuten dabei zuzuschauen, wie sie ihres auf den Kopf hauen.

## KUNSTPARK NORD

Gar nicht weit weg vom Franz-Beckenbauer-Stadion liegt der Kunstpark Nord, der große Amüsier- und Spaßpark mit allem Drum und Dran. Auf diesem Gelände stehen Diskos, Clubs und Restaurants dicht gedrängt, und man bekommt so ziemlich alles geboten, vom Tabledance-Strip-Schuppen über Karaokebars und Eventclubs bis zu schnöden Zappeldissen. Gut, die meisten Leute sind Lohnsklaven und Schmock mit ein wenig Kleingeld über, aber manchmal, ganz selten, fährt hier auch mal ein Neu-

### NAME: SANDRA UND MATTHIAS SCHWARZ

**Alter:** 62 und 68
**Metatypus:** Mensch
**Beruf:** Moderatoren und Musiker

Die Eltern der Schauspielerin Angelika Schwarz (unter anderem in „Von guten Mächten" zu sehen) sind seit Jahren die führenden Moderatoren für den Bayerischen Rundfunk, wenn es um Volkstheater und Volksmusik geht. Bayrische Tradition, bayrischer Dialekt und bayrisches Brauchtum werden von den beiden in Sendungen wie „Oktoberfest Live", „Wir in Bayern" oder „Zuhaus" gepflegt, und auch sonst sind sie ganz vorne mit dabei, wenn es in München und ganz Bayern ans volkstümliche Feiern geht. Dabei pflegen sie ein erzkonservatives Saubermannimage inklusive hübschem Holzhäuschen in Trudering.

**Gerüchteküche:** Wir haben es echt versucht. Ehrlich. Es gibt nichts. Matze lässt sich nicht von kleinen Jungen Gummiwürste in den Hintern stecken, Sandra bescheißt ihren Mann nicht, keine Drogen, keine linken Touren, nix. Herr Schwarz soll mal die Steuer beschissen haben, aber wer tut das nicht?

DATENEMPFANG ...

reicher nach dem Fußball mit seinem Benz vor, um auf dicke Hose zu machen. Die meisten der Schuppen zahlen ihre Prozente an die Vory, auch wenn die Schwarzen Sheriffs natürlich was anderes behaupten. Dafür gab es auch seit Jahren keinen Fall von „Feuerentwicklung durch Kurzschluss" mehr.

#### MONSTROSEUM

Nichts gegen sinnlose Gewalt, Machismo und muskelbepackte Möchtegern-Gladiatoren, die sich gegenseitig die Fresse polieren, echt nicht, aber dieses Antik-Ambiente, das dieser finstere Laden im nördlichen Perlach ausstrahlt, geht so gar nicht. Im Monstroseum schlagen sich Straßenschläger und Profis ab und an in einer kleinen Arena mit archaischen Waffen gegenseitig den Schädel ein oder versuchen in den meisten Fällen ihr Glück gegen allerlei Critterviehzeug, das Domitian, seines Zeichens Betreiber und Moderator dieses Etablissements, auf welchen Wegen auch immer auftreiben kann. Natürlich ist das alles rein sportlich zu sehen und Verletzungen oder Todesfälle sind reine Sportunfälle, deren finanzielle Kompensation vertraglich ausgeschlossen ist. Und weil Gewalt so eine feine Sache ist und das Monstroseum einen so schön halblegalen, verruchten Eindruck macht, drücken sich hier immer wieder mehr oder weniger Großkopferte herum, kippen teure Alkoholika in sich rein, verwetten Unsummen und lassen es sich gut gehen, während andere für sie bluten. Und manchmal verschwinden sie auch mit wem oder was auch immer in die gediegenen Separees. Ja, Domitian bietet seinen Kunden was fürs weiß gewaschene Geld.

» Wenn ich Apollon Djorovic suchen würde, würde ich genau hier anfangen. Der Laden ist genau nach seinem Geschmack. Das gilt übrigens auch für Rodrigo, der zu einer der lokalen Größen bei den Schiebern gehört.
» Skudrinka

» Domitian sucht übrigens immer Freiwillige, wenn ihr versteht, was ich meine. Soll ein nettes Sümmchen geben, wenn man eine gute Show liefert. Außerdem schickt er manchmal Leute los, die ihm irgendwas an Viehzeug besorgen sollen, ob aus Zoos, der Kanalisation oder Transsylvanien.
» Red Anya

## DIE REICHEN UND DIE SCHÖNEN – DAS WHO IS WHO

Tja, nun wissen wir, wo sie wohnen, wo sie essen, wo sie einkaufen und wo sie leben, die Trendsetter Münchens, aber wer gehört überhaupt dazu, zu dieser handverlesenen Schar der Schickeria?

Die Grundregeln dafür sind einfach: Du hast ein paar Millionen auf der hohen Kante, eine Menge Langeweile und hängst gerne in exklusiven Clubs ab? Du verdienst dein Geld mit deinem Gesicht, deiner Stimme oder deinem Knackarsch und wirst dafür von einem der großen Münchner Medienlabels bezahlt und gemanagt? Du verkaufst den Schönen und Reichen irgendeinen nutzlosen Kram, ob Kunst, Klamotten oder Frisuren, und fällst dabei am besten noch durch exzentrisches Zeug auf, weshalb dich die versammelte Mannschaft aus Bonzen und Medienmarionetten kennt? Tja, dann musst du wohl dazugehören. Aufzuzählen, wer hier alles mit wem ins Bett steigt und wer wen so überhaupt nicht leiden kann, wäre vergebene Liebesmüh und würde den Rahmen sprengen, daher sollten ein paar Beispiele wohl reichen, um einfach mal ein Gefühl dafür zu bekommen, was hier so alles abgeht.

Greifen wir uns einfach mal jemanden raus: Josef Steinmeyer zum Beispiel. Der führt erfolgreich die Künstleragentur mozART und versorgt Serien mit Schauspielern. So weit, so gut. Natürlich gehört so jemand aber auch zum Jetset Münchens, und neben seinem Beruf gibt es auch sein Privatleben, das aber so gar nicht privat ist. Herr Steinmeyer ist nämlich nicht nur, zumindest offiziell, glücklich verheiratet, sondern lässt, gerüchtemäßig versteht sich, seine Besetzungscouch nicht kalt werden. Nachgesagt werden ihm Affären unter anderem mit Jessica Opperts, die wir alle sicher als nervende Kindfrau

DATENEMPFANG ...

## NAME: KARDINAL FRANZ XAVER DOBLER

**Alter:** 68
**Metatypus:** Mensch
**Beruf:** Erzbischof der Erzdiözese München und Freising

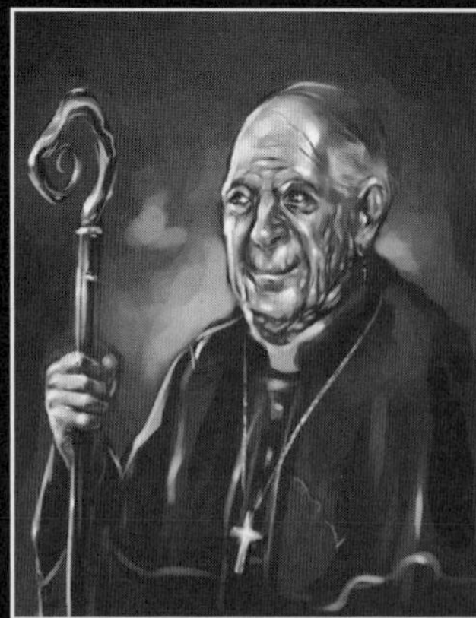

Kardinal Dobler ist für seinen Einsatz für soziale Projekte bekannt und hat sein Gesicht unter anderem dem „Projekt für eine freie Jugend" geliehen, bei dem Jugendliche weg vom Medienkonsum und zurück zu alten Werten und zum einfacheren Leben geführt werden sollen. Das Projekt betreut dabei mehrere Bauernhöfe außerhalb Münchens, in denen die Jugendlichen Kameradschaft, Glauben und eigener Hände Arbeit schätzen lernen sollen. Dobler hat die krisengeschwächte katholische Kirche in München wieder populär gemacht und stellt sich als netter Onkel von nebenan dar.

**Gerüchteküche:** Auf den Höfen des Projektes werden Kinder aus zerrütteten Familien wie Arbeitssklaven gehalten und durch sozialen Druck und Gehirnwäsche zu strammen Katholiken umerzogen. Dobler unterstützte die frühzeitige Entlassung von Rolf Arentz, der wegen Kindesmissbrauchs einsaß und nach Doblers Dafürhalten als geläuterter Christ die Haftanstalt wieder verlassen konnte. Zwei Monate später brachte Dobler einen viel diskutierten Aufsatz mit dem Titel „Die Sünde in uns – Sexuelle Desorientierung in theologischer Sicht" heraus, der sich besonders mit Pädophilie beschäftigte. Drei Wochen später wurde Rolf Arentz tot in seiner Wohnung aufgefunden. Als offizielle Todesursache wurde Herzinfarkt aufgrund eines Herzfehlers festgestellt.

Ophelia aus „Brennender Asphalt" kennen, Fabienne Dubois, unter anderem in „System Failure" zu sehen, und zu guter Letzt mit Tanja Barth, was die Sache natürlich um einiges spannender macht, denn Barth und Dubois können sich seit „Von guten Mächten" auf den Tod nicht ausstehen.

> Außerdem hab ich gehört, dass Steini nicht nur ein Faible für Frauen hat. Er soll auch schon abendliche „Sonderbesprechungen" mit Niklas Südermann, dem kleinen Blonden aus „Aus dem Tagebuch einer Sekretärin", gehabt haben. Und ich hoffe, dass die Gerüchte über die Besetzung von „Der beste Freund des Menschen" nur eben das sind.
> Wiesn-Troll

Auch wenn seine Nachbarn in Waldtrudering schon einmal die Sheriffs wegen häuslicher Gewalt und Ruhestörung gerufen haben, hat Steinmeyers Frau Natascha, die übrigens bis vor drei Jahren mit Carl Röschinger von NeoNET liiert war, bisher öffentlich immer den Ball flach gehalten. Einige behaupten, Steinmeyer würde sie einfach derart verprügeln, dass sie sich nichts mehr traut, aber ich habe läuten hören, dass sie ihn erpresst und finanziell aussaugt und die Scheidung nur wegen des Ehevertrages nicht einreicht, dafür aber fröhlich mit ihrem Bodyguard rummacht. Dumm natürlich auch, dass Tanja Barths neuer Lover, Sepp Hellrich, sofort auf 180 ist, wenn er Steinmeyer auch nur von Weitem sieht.

So, und nun wird's kompliziert: Steinmeyers Sohn Kevin sitzt seit Monaten in der Klapse in Haar, weil er auf einer Party von Bildhauer Bernhardt Dreher durchgedreht ist und um sich geballert hat. Und warum? Weil er auf BTLs vom Feinsten hängen geblieben ist. Die wiederum hat er vermutlich von Jessica Opperts, denn so wie es aussieht, war da der Sohn in den Fußstapfen seines Vaters unterwegs. „Ophelia" wiederum hat nicht nur im Film einen Hang zu „technischen Spielereien" und hat diese vermutlich entweder direkt von Apollon Djorovic oder zumindest von einem über ihn vermittelten Handlanger, der natürlich noch diverse andere Reiche und Schöne beliefert. Seit aber der Sichelmond bei Steinmeyers zu Besuch war und die halbe Bude auf den Kopf gestellt hat, sieht die Welt ganz anders aus, denn der liebe Steinmeyer hat sich kurz darauf ein paar Anwälte besorgt, deren Spezialgebiet Scheidungsrecht ist. Dummerweise gibt es gleichzeitig Gerüchte, dass Opperts schwanger sein könnte, womit sie sowohl den alten wie den jungen Steinmeyer auf dem falschen Fuß erwischt. Frauen können schon ganz schöne Schweine sein. Kein Wunder, dass Sohnemann sich bei solchen Verhältnissen Happy-Sunshine-Freunde aus der Dose zu Besuch einlädt.

> Ich glaube, ich krieg Hirnbluten. Da ist ja jeder mit jedem zugange.
> Labskaus

Na, das war doch schon mal fein, oder? Jetzt mal was komplexeres:

DATENEMPFANG ...

## NAME: THOMAS WETTSTEIN

**Alter:** 37
**Metatypus:** Elf
**Beruf:** Eigentümer und Geschäftsführer von Wettstein Inc.

Während Wettstein sein Geld mit dem Schmerz und dem Leid anderer (und mit dem Voyeurismus der Massen) verdient, ist er als Privatmann fast schon widerlich auf Gesundheit und Natur bedacht. Er ist Vegetarier, raucht und trinkt nicht, bewohnt eine adrette Villa in Starnberg und spielt den Kinder und Blümchen liebenden Zurück-zur-Natur-Elfen. Als Teil der Medienbranche ist er zwar regelmäßig zu Gast auf Matinees und Pressegalas, wirkt dabei aber immer wie ein Zuschauer, der die Nase über seine Umgebung rümpft.

**Gerüchteküche:** Da in seinen Gewaltdokumentationen niemals Elfen die Opfer darstellen, lässt sich vermuten, dass er hier seine rassistischen Gewaltphantasien auslebt. Vielleicht möchte er damit den Zuschauern auch suggerieren, dass Elfen zu rein oder zu stark sind, um Opfer sein zu können.

Bringen wir mal den Fraktionschef der LDFP in München, Dirk-Christian Barth, ins Spiel. Der ist nicht nur der Onkel von Tanja Barth, sondern hatte auch mal ein kleines Techtelmechtel mit Fabienne Dubois, aber das ist kalter Kaffee. Viel interessanter ist, dass er Mitglied im Trachtenverein Concordia Neutrudering ist, übrigens genauso wie Shin Nakatomi, dem einer seiner japanischen Berater gesagt haben muss, dass man in Bayern mit den Fischen schwimmen und den ganzen Traditionsmist mitmachen soll. Damit macht er sich zwar immer zum Deppen, aber die Jungs und Mädels von Concordia lieben ihn dafür. Leider liebt unser Shin auch Mädels, besonders wenn sie dafür eigentlich noch zu jung sind. Dass er die Tochter eines Vereinskameraden abgefüllt und über sie drüber gerutscht sein soll, davon will bei Concordia Neutrudering natürlich niemand was wissen. Und obwohl sich die junge Dame nach Monaten einen Anwalt genommen hat, lustigerweise von Stark, Theissen und Van der Mer, deren Spezialgebiete eigentlich woanders liegen, verlief die Sache schnell im Sande. Reiner Zufall natürlich, dass Robert Starks Yacht „Cassandra“ in Starnberg direkt neben der „Rosi II“ von Joschua Frings vertäut ist, dem stellvertretenden Fraktionschef der LDFP. Vielleicht lag es aber auch einfach daran, dass sich kein Mitglied des Vereins Concordia zu einer Aussage jenseits von „Kein Kommentar“ oder „Shin? Ein echter Freund!“ hinreißen ließ. Zwei Wochen später hat sich Tobias Sandler, ein guter Freund und Vereinskamerad Tanjas, dann eine Kugel durch den Kopf gejagt, was natürlich überhaupt nichts mit den Geschehnissen im Verein zu tun hat, und schon gar nicht damit, dass hier Klüngel vor Familie oder Recht gestellt wurde. Genauso wie es nur an einem rein ererbten Leiden liegt, dass Tanja mit Depressionen in die Klinik von Haar eingeliefert wurde und jetzt mit Kevin Steinmeyer zusammen Tüten kleben darf. Aber was den Klüngel angeht, wird das noch viel interessanter, denn Barths Golfkumpel Moritz Gottlieb hat eine Woche vor Einstellung des Verfahrens einen schicken Auftrag zum Ausbau der Sendemasten für Eurosofts Kontrollsystem für den öffentlichen Nahverkehr bekommen. Man kann natürlich behaupten, dass das nicht wirklich überrascht, denn Moritz und Dirk sind dicke Freunde (ja, auch im übertragenen Sinne) und Moritz macht Dirk und seiner Familie gerne Geschenke. Aber nicht nur die Genehmigung ging recht fix, sondern auch die Annahme des Angebotes der Gottlieb Bau GmbH durch Eurosoft, was wiederum auch daran liegen mag, dass im dafür zuständigen Ausschuss des Bauamtes seit diesen Tagen ein Herr Hageneier sitzt, der mehrere Monate zur Weiterbildung in der Fritz-Heisener-Akademie in Böblingen verbracht hat, die wiederum über zwei Ecken Renraku gehört und von einem alten Bekannten Shins aus Fuchi-Tagen geleitet wird. Jetzt fragt man sich natürlich, warum Dirk Shins Kumpel in den Ausschuss des Bauamtes holt, wo Shin IHM doch eigentlich einen Gefallen schuldet. Aber das trifft das Konzept unserer Kumpanen-Seilschaften nicht. Es geht hier nicht nur um Schiebereien, die genau gegeneinander aufgerechnet werden, nein, man ist Bayer oder zumindest Beutebayer wie Shin, und daher hilft man sich unter Freunden, und wenn mal ein Gefallen übrig bleibt, dann festigt das nur das Band untereinander. Na ja, macht die Mafia ja auch nicht anders. Erst ein paar Gefallen tun und später dann fragen, ob man nicht noch ein bisschen Platz im Keller hat. Tja, so sind sie, die Bayern: Tolerant, auch ihren asiatischen Mitbürgern gegenüber und auch wenn's dabei über Leichen geht.

» Dieses Spiel kann man übrigens fast beliebig weiterführen. Da jeder hier mit jedem unter einer Decke steckt und alle Freundschaften, Liebschaften, Kungeleien und Feindschaften hier ausgelebt und -gefochten werden, könnte man wohl Jahre damit verbringen, den ganzen Kram zu dokumentieren. Es ist kein Wunder, dass Euphemia Leon mit ihren Jungs und Mädels so gute Geschäfte macht.
» Eismann

Solche Geschichten, nett aufbereitet und mit reißerischer Musik untermalt, wären eigentlich ein klasse Fressen für die Medien und führten zu einem Aufschrei der Empörung, oder zumindest ein paar Minuten Beitrag in den jeweiligen Klatschsendungen. Aber so funktioniert das nicht. Erstens gehören eben diese Leute, die solche Sendungen fabrizieren, oder zumindest deren Chefs, auch zu unserem großen, sich so sehr liebenden Freundeskreis. Das heißt, wenn ein Reporter mit einer riesigen Beule in seiner Hose zu seinem Chef marschiert, weil er rausgefunden hat, dass David Ungerer die Büro- und Wohnkomplexe von BMW auf dem ehemaligen Gelände des Olympiaparks genehmigt hat, obwohl dort doch eigentlich eine große Naherholungsfläche geplant war, und zwar, weil sein Kumpel Klaus Basoski überhaupt nichts dagegen hat, dass sich Ungerer gerne mal in einem gewissen Etablissement über der Wäscherei Von Stebut vergnügt, dann wird sein Redakteur ihm die Sache wegnehmen, ihn loben und erstmal zwei Wochen in Urlaub schicken … und die Story im Giftschrank wegsperren, man könnte sie ja noch mal gebrauchen.

DATENEMPFANG ...

## NAME: LEOPOLD VEIGL ALIAS PROMETHEUS

**Alter:** 49
**Metatypus:** Mensch
**Beruf:** Modeschöpfer

Schon erstaunlich, wie eine derart schlecht gekleidete, mürrische und rüde Person zu einem der bekanntesten Modedesignern Münchens werden konnte, aber vielleicht liegt genau hier sein Geheimnis. Er hält sich für einen Künstler und sein Leben und Handeln für ein Gesamtkunstwerk. Mit dem Kredo der Ästhetik des Schrecklichen traktiert er dabei seine Models mit immer kruderen „Schöpfungen“, vielleicht auch als Strafe dafür, dass sie ihn hässlich und abstoßend finden, wer weiß das schon.

**Gerüchteküche:** Prometheus ist eigentlich nur ein Sadist und nutzt den Deckmantel der Mode dafür, gut aussehende junge Frauen zu erniedrigen, vorzuführen und dann mit ihrem Auftritt andere zu schockieren.

Außerdem finanziert er Aphrodite Enterprises, um sich das Schweigen von Aphrodite Polantjev zu erkaufen, die bei einem Schäferstündchen entdeckt hat, dass Veigl als junger Kerl am Massaker am Dnjepr beteiligt war, bei dem tausende Einwohner beim Staudamm am Dnjepr bei einem Giftgasangriff grausam ums Leben kamen.

DATENEMPFANG ...

## NAME: TAMARA GLAS

**Alter:** Mitte 30
**Metatypus:** Mensch
**Beruf:** Personality Trainer

Bei Fragen des Benimms ist man bei Tamara Glas auf der sicheren Seite. Sie wurde schon von einigen Münchner Promis als persönliche Trainerin angestellt, um das sichere Auftreten mit Stil, Eleganz und Charme zu erlernen. Rhetorik gehört hier genauso dazu wie Tischmanieren, Fitness, Modegeschmack und persönliches Auftreten. Allein was Angaben über ihr Alter angeht, ist Fräulein Glas nicht sehr hilfsbereit.

**Gerüchteküche:** Sie soll für einige Wochen die Personality Trainerin von Jenny Stadt, der als recht störrisch bekannten Tochter von Karl Stadt, gewesen sein, und soll sie dabei mit allerlei Gemeinheiten traktiert und gedemütigt haben, um sie zu brechen und dann ein angesehenes Mitglied der High Society aus ihr zu formen. Andererseits soll sie mehr als nur eine gute Freundin von Electra van Heysen sein und schon einige Nächte mit ihr auf einem Anwesen außerhalb Münchens verbracht haben.

● Übrigens ein ganz simpler Trick, wie man das der Öffentlichkeit servieren kann. Zuerst sprechen sich BMW und die Bürokraten der Stadt ab, dass BMW da ein paar Büroklötze hinsetzen will. Dann verkündet BMW öffentlich, dass sie auf das neu erworbene Gelände eine Großlackiererei stellen wollen, woraufhin medienwirksam die Stadtverordneten den weißen Ritter spielen und Grünanlagen und Sportplätze fordern, um die Bevölkerung vor der Umweltverschmutzung und die Risiken durch die Lackiererei zu schützen. BMW wiederum lässt sich dann auf eine „Wohn- und Bürolandschaft" runterhandeln, der Konzern bekommt, was er will, und die Stadträte sind die Helden der Nation.
● Flitter

Und warum? Erstens weil er vielleicht auch ab und an in der Wäscherei vorbeischaut, weil seine Tochter ins gleiche Internat geht wie der Sohn von Ungerer oder weil sie sich sonst wie ganz doll lieb haben. Und zweitens: einen Amigo in München verärgern bedeutet, dass man allen auf die Füße tritt. Dann kann der Herr Chefredakteur noch so gut an seinem Stuhl festkleben, notfalls schmeißt man ihn noch auf dem Ding pappend in den Starnberger See.

Die Filz-Medaille hat somit zwei Seiten: Bist du Teil davon, geht es dir gut, und niemand von deinen Freunden wird dir schaden. Bist du gegen sie, dann kriegst du es mit allen zu tun. Mafia halt.

● Das sollte man relativieren. Die Leute lieben Klatsch und Tratsch, und den kriegen sie auch Tag für Tag. Aber was sie da erhalten, ist zu einem guten Teil erfunden, und das, was wahr ist, ist nächste Woche wieder vergessen oder etwas, was man in Fachkreisen „Softnews" nennt. Informationen, die keinen Nährwert haben und eigentlich beliebig sind: Wer heiratet wen, wer hat eine Ehekrise oder eine schreckliche Krankheit, Schicksalsschläge, Scheidungskriege usw. Über den ganzen Dreck hinter den Kulissen wird brav geschwiegen. Die einzige, die dagegen massiv verstoßen hat, war Euphemia Leon, aber der Schickeriakrieg ist schon gut zehn Jahre her, und seitdem ist die Dame gefürchtet wie keine andere, wobei auch sie sich an einige wenige Grundregeln gehalten hat. Sie hat nämlich nichts aufgewirbelt, was wirklich teuer war. Keine der großen Schiebereien, Bestechungsspielchen usw. Privaten Dreck, ja, aber nichts, womit sie wirklich wichtigen Leuten auf die Schuhe getreten ist.
● Catwalk

● Oh ja. Kennt einer noch das Duo Heidi und Franzerl? Nachdem Franzerl der lieben Euphemia auf die Schuhe gestiegen war, musste Heidi Obermayr feststellen, dass der liebe Franz nicht nur ihr Duopartner ist, sondern auch der Liebhaber ihres Sohnes. Oder der ehemals so bekannte Psychologe und Psioniker Dr. Stocker, der öffentlich behauptet hat, dass Euphemia durch den Tod ihrer Eltern traumatisiert wurde und sich nur zur Kompensation ins Rampenlicht geschoben hat. Was stand zwei Tage später in allen Zeitungen? Der gute Mann habe seine Patienten unter Hypnose ausgehorcht und mit Insidergeschäften ordentlich Geld gemacht, und noch dazu zwei seiner Patientinnen irgendwelche kruden sexuellen Neigungen eingeimpft, die sie dann an ihm ausleben sollten. Nun ist er nicht nur aus dem Bernauer Kreis geflogen, sondern sitzt für die Nummer noch die nächsten fünf Jahre ein. Das ist doch mal ein Haifischbecken.
● M-Sider

# VON WÖLFEN UND RATTEN

gepostet von Undermunch

## DIE KEHRSEITE DER MEDAILLE

München – der schillernde Orden an der Brust unseres schönen bayrischen Staates. So glänzend und strahlend die Oberseite der Medaille an der Isar ist, wenn sich die Schickeria mit ihren Luxuslimousinen, den Designeranzügen und dem edlen Schmuck selbst beweihräuchert, genauso dreckig ist die Medaillenunterseite. Wo viel Geld fließt, wo Reich und Arm aufeinander prallen, wo die Oberklasse sich in Exzessen ergehen und die Unterklasse in Träume flüchten will, wo das Medienbusiness blüht und Staatsgrenzen nicht weit entfernt sind, da hat auch das organisierte Verbrechen seine Wurzeln geschlagen. Bezahlter Sex für die oberen Zehntausend, Menschen- und Waffenhandel aus den umtosten Balkanstaaten, Schutzgelderpressung und Edeldrogen – die illegalen Erwerbsquellen schlängeln sich wie Aale unter der glitzernden Wasseroberfläche Münchens. Allen voran aber sind BTLs das große Geschäft, und der BTL-Handel und die Produktion, und damit das größte Stück der Münchner Unterwelt, hat nur einen Namen: Djorovic.

### EIN BESSERES LEBEN

BTLs sind die Geißel der modernen Konsumgesellschaft. Die extrem suchterzeugenden Better-Than-Life-Programme, Simsinn-Aufnahmen ohne Intensitätskontrolle, können einen schon nach einmaligem Gebrauch in einen Teufelskreis hineinmanövrieren. Dabei zieht sich die Suchtszene vom obdachlosen Chiphead bis hin zum namhaften Medienstar. Keiner ist vor BTLs sicher, und so ist die Herstellung und der Vertrieb dieser virtuellen Droge ein riesiges Geschäft, das den Markt an pharmazeutischen Drogen mittlerweile übertrumpft hat.

Im Gegensatz zu Kokain oder Novacoke bedarf es aber bei BTLs immer wieder einer anderen Rezeptur, denn man will schließlich nicht andauernd den gleichen Streifen einwerfen. Zudem gehen die Geschmäcker sehr auseinander: Der eine steht auf Porno-Dreamchips, der nächste zieht sich lieber einen Aggression-Moodchip rein, und der dritte will unbedingt mal mittels Tripchip ausprobieren, wie es sich anfühlt, wenn man alles mit zehnfacher Intensität wahrnimmt. Tatsächlich gibt es auch noch extrem abartige Geschmacksrichtungen – Snuffchips zum Beispiel, bei denen man den Tod eines anderen erleben kann. Dies alles will produziert und vertrieben werden, und dafür braucht man ein gutes und straff organisiertes Netz – zumindest wenn man es im großen Stil betreiben möchte. München ist eine der europäischen Hauptstädte für die BTL-Produktion und beliefert nicht nur die übrige ADL, sondern auch das benachbarte Ausland. Tatsächlich bleibt ein guter Batzen der Produktionen direkt in der Stadt, denn zwischen Medienfirmen und neuer AR-Gesellschaft hat sich eine steigende Anzahl gieriger Abnehmer für das teure Produkt gefunden. So wird in München nicht nur das Produzieren, sondern auch das Konsumieren groß geschrieben.

**BTL-Studios**

Die Produktion in München läuft fast nur über mobile Aufnahmestudios: Ein Elektrodennetz, die richtige Tunertechnik zur Entkopplung der aufgezeichneten Simsinn-Signale, jemanden, der sich

DATENEMPFANG ...

## TEIL DES BERICHTES DER MORDKOMMISSION SCHWARZE SHERIFFS IIXP 19/09/69

Auszug einer Textnachricht vom Münchner Plex nach Pfarrkirchen, gefunden im Kommlink einer Toten. Bei der Obduktion wurden die Folgen mehrerer Vergewaltigungen durch homo sapiens ingentis festgestellt sowie Fesselspuren an den Extremitäten und Würgemale am Hals. Todesursache waren Hirntraumata durch Einwirkung eines stumpfen Gegenstandes auf die Schädelbasis.

Hi Mama, hi Daddy,
tut mir leid, dass ich mich so lange nicht gemeldet habe, aber hier ist es schon anders als in Pfarrkirchen. Ich versuche immer noch Kontakt zu einigen Studios zu bekommen, und es läuft ganz gut. Vielleicht könnt ihr mir noch ein bisschen Geld schicken? Derzeit wohne ich mit einer Freundin, die ich hier kennen gelernt habe, in einem kleinen Apartment am Rande des Sprawls. Meine Mitbewohnerin heißt Susa und ist, glaube ich, Kroatin. Sie redet nicht so viel. Meistens schaut sie sich Chips an – sie hat ein paar tolle Quellen, um an ganz ungewöhnliche Aufnahmen zu kommen. Manchmal mache ich mir ein bisschen Sorgen um sie, weil sie echt kaum noch was anderes macht, als Chips zu schauen. Ein paar habe ich auch mal angeschaut, aber ich muss sie nicht haben, versteht ihr? Wenn ich keinen Bock auf Chips habe, geh ich auch mal raus. Susa meinte neulich, sie kennt welche, die solche Chips produzieren und einem dafür Geld geben. Vielleicht komm ich so näher an die Studios dran. Und Geld kann man ja immer gebrauchen. Könnt ihr mir noch ein wenig was schicken? Ich brauch doch was, damit ich an die Studios komme. Dann hör ich auch mit den Chips auf, wisst ihr. Ich hab euch lieb.

auskennt und die richtigen Intensitätsspitzen nach oben dreht – schon kann man einen BTL-Trip produzieren.

Letztendlich will man aber Qualitätsware und daher braucht man Aufnahmeräume, in denen man gepflegt produzieren kann. Diese Aufnahmeräume sind über ganz München verteilt und wechseln je nach Bedarf ihren Standort. Meistens sind es kleinere angemietete Apartments, hin und wieder auch Ferienhäuser oder ähnliches.

In den kleinen Studios kann man eine Menge machen – selbst Südsee-Chips und ähnliches sind ohne weiteres in vier Betonwänden zu produzieren, die moderne Technik macht es möglich. Künstlicher Südseewind, Meeresbrandung aus der Dose – einige Dinge fühlen sich immer gleich an, und so kann man schon mal aufgenommene Sinneseindrücke durchaus mit künstlichen Landschaften zusammenrühren und immer wieder neue Hintergründe für die Chips mixen.

• Es gibt allerdings auch Kundschaft, die noch auf echte Sachen steht. Klar, richtig erkennen, was künstlich und was real ist, kann man kaum noch. Aber alleine das Wissen macht unter Umständen einen besonderen Kick aus. Solche Chips sind natürlich teurer und man muss schauen, dass man nicht übers Ohr gehauen wird.
• Flitter

**Outdoor-Aufnahmen**

Alle BTLs kann man dann aber doch nicht in der Wohnung produzieren. Entweder man will etwas ganz Spezielles einfangen oder es ist einfach zeit- und kostengünstiger, direkt auf der Straße zu drehen. Tatsächlich lässt sich ein Elektrodennetz ohne weiteres unter jeder Mütze verstecken, wenn man es eh nicht schon implantiert hat. So braucht es nur den Simsinn-Ingenieur, der in sicherer Entfernung den Mitschnitt macht und die Signale bearbeitet. Hin und wieder werden auch mal Aufnahmen ins Ausland verlegt, wobei solche Chips dann meistens auch von ausländischen Produzenten kommen.

• Ich erinnere mich an den Vulkanausbruch-Chip, bei dem man zusehen konnte, wie Vieh verbrannte und Menschen in der Lava umgekommen sind. Das war schon ganz schön herb und garantiert eine einmalige Sache! So was steigert den Preis einer Aufnahme mindestens um das 10-fache.
• Luna

**Das Personal**

Wenn man erstmal einen Ort für einen Dreh gefunden hat, sollte man sich Gedanken machen, was man überhaupt präsentieren will. Mindestens der Hauptdarsteller, dessen Sinneseindrücke aufgenommen werden, sollte real sein – zumindest für Dreamchips, die eine echte Handlung haben. Tatsächlich werden Mood- und Tripchips mittlerweile gerne einfach digital zusammengebastelt und komplett virtuell erzeugt. Die guten alten Dreamchips brauchen aber immer noch einen Darsteller.

Hat man sich entschieden, was man aufnehmen will, werden die üblichen Verdächtigen heranzitiert. Junge Frauen, die dringend Geld brauchen, Männer, die erpresst werden, gut bezahlte BTL-Stars ... wie man an geeignetes Personal kommt, kann sehr unterschiedlich gelöst werden.

• Erste Regel bei BTL-Produktionen: Keine BTL-Abhängigen als Aufnahmequelle. Die Chipheads können massakriert, durchgevögelt, gejagt oder auf den Mond geschossen werden, aber sie werden nicht als Aufnahmesubjekt verdrahtet. Das liegt daran, dass ihre neuralen Verbindungen schon so abgestumpft sind, dass die Aufnahmequalität extrem darunter leidet. Man erkennt die Aufnahme eines BTL-Süchtigen sofort.
• Lohengrin

• Viele Aufnahmen entstehen in echten Gefahrensituationen. Jeder Runner, der sich zusätzlich ein paar Kröten verdienen will, kann sich ein Netz aufziehen und seinen nächsten Run mitschneiden. Dann sollte er allerdings aufpassen, dass er entweder wirklich aufgeregt dabei ist, oder dass etwas schief geht, sonst fehlt der Kick.
• Betonmade

• Und am nächsten Tag darfst Du Dich gleich einsargen, weil der Konzern Dich über die Aufnahme, die dann auf der Straße ihre Runden macht, sofort dran bekommt. Meinst du, die Jungs aus der Produktion machen sich die Arbeit, die Köpfe deiner Kollegen rauszuschneiden? Und selbst wenn, irgendwas Verräterisches findet sich auf jeder Aufnahme. Ich hatte sogar mal einen Run, bei dem wir über eine BTL-Aufnahme ein anderes Team aufspüren und ihnen ihr Diebesgut wieder wegnehmen sollten. Nur Anfänger, total Bescheuerte oder Geldgeile schneiden ihre Runs mit!
• Zwieblblootz

Zusätzlich bedarf es noch mindestens eines Technikers, der die Ausrüstung überwacht und vielleicht noch eines Designers, der mit dem Computer und dem Mischpult die virtuellen Elemente in die Aufnahme einspielt.

# SANDY – VIERTER AKT

*Nach kurzem Widerstand öffnet sich das Schloss mit leisem Klicken und gewährt mir Einlass in eine Lagerhalle, die auf den ersten Blick irgendeiner Im- und Exportfirma gehören könnte. Aber wenn ich eines in dieser verrottenden Stadt weiß, dann ist es, niemals dem Offensichtlichen zu trauen. Ich hatte lange nichts mehr von Sandy gehört oder gesehen und die Frage, ob sie wirklich einen wohlmeinenden Retter gefunden hatte, verlangte in mir nach Klärung. Ich musste in Erfahrung bringen, wer ihr Retter ist, und war im Laufe meiner Recherche auf den Namen Djorovic gestoßen. Wie sagt man so schön: Sandy war vom Regen in die Traufe geraten und Zethos Djorovic wortwörtlich in die Hände gefallen. Die Lagerhalle gehörte über zwanzig Ecken irgendwie dem Clan, und die Tatsache, dass sie zwar einen immensen Stromverbrauch hat, aber offensichtlich seit Tagen schon von keinem Lieferanten mehr angefahren worden war, hatte meinen Argwohn geweckt. Ich sollte mich von meiner Wissbegierde aber nicht zu weit von meinen eigentlichen Zielen abtreiben lassen, und wenn ich Sandy heute Nacht nicht finden kann, werde ich wohl oder übel anerkennen müssen, dass sie das Ende ihres Weges erreicht hat. Ein Weg ohne Happy End, dieser Weg würde die Antwort auf die bohrende Frage nach Sodoms gutem Menschen sein. Das Dunkel der Halle umfängt mich mit einer Wolke aus menschlichen Ausdünstungen und Desinfektionsmitteln, als ich den ersten Raum betrete und mir in der matten Helligkeit meines Restlichtverstärkers einen Überblick verschaffe. Meine Augen bleiben an einer ehemals weißen Gummischürze haften, die neben einem Waschbecken an der Wand hängt und die sonstige Sauberkeit des weiß gekachelten Umkleideraumes Lügen straft. In dem Gebäude ist es völlig still und niemand scheint hier zu sein, also nehme ich die Einladung an und bahne mir meinen Weg immer tiefer in Zethos Hölle hinein. Auf meinem Streifzug durch die kranke Geisteswelt des Mafiasprösslings betrachte ich das Arrangement bizarrer Einrichtungsgegenstände in der nächsten Kammer. In der Mitte des mit Metallplatten verkleideten Raumes ist ein schwerer Stuhl fest am Boden verschraubt. Jemand hat ihn an den Armlehnen, den Stuhlbeinen und der Rückenlehne mit stabilen Gurten aus schmutzig braunem Leder versehen und den Boden um ihn herum mit Plastikplanen abgedeckt. Direkt über dem Stuhl hängt ein niedriger Halogenstrahler von der schwarzen Decke, der, wenn er eingeschaltet ist, für den Nutzer dieser Sitzgelegenheit jenseits des unmittelbaren Lampenscheins alles im Dunkeln verschwinden lässt. In einer der Ecken steht etwas, das, wenn mich nicht alles täuscht, wie ein BTL-Hochleistungsrecorder aussieht. Als Letztes in dieser Requisitenkammer des Grauens eröffnet sich mir an einer Wand etwas, was für den unbedarften Betrachter eine Werkbank sein könnte, auch wenn es auf den zweiten Blick etwas verwundern mag, dass sich hier Bohrmaschinen, Lötlampen, Silikonschläuche und Skalpelle ein trautes Stelldichein geben. Direkt gegenüber dem Stuhl ist eine Kamera angebracht, die meinen Blick zwischen diesen beiden Utensilien hin und her wandern lässt. Einige gedankenverlorene Augenblicke später zwinge ich mich dazu, meinem ursprünglichen Projekt Sandy wieder meine Aufmerksamkeit zu widmen, und mache mich weiter auf die Suche. Ein Geräusch von der Eingangstür lässt mich aufhorchen und nur Sekundenbruchteile später mit dem Dunkel einer Kammer mit Putzutensilien verschmelzen. Zwei männliche Stimmen, die ich erst verstehe, als ich meine kroatische Linguasoft aktiviere, bewegen sich durch Zethos persönliches Horrorkabinett.*

*„Ich bekomme jedes Mal eine Gänsehaut, wenn ich hier rein muss!“*

*„Stell dich nicht so an. Wir sollen doch bloß den Schlampen ihr Futter bringen und nicht Filmstars werden.“*

*„Hör bloß auf. Musstest du jemals dabei zuschauen?“*

*„Nö.“*

*„Sei froh, Mann! Das vergisst man nicht so schnell. Einmal hat Zetho …“*

*„Halt einfach die Fresse, Mann. Wir bringen diese Scheiß-Pizza nach unten und dann verpissen wir uns wieder. So lange kannst du deine Klappe halten, oder?“*

*„Ja, ja. Reg dich ab, Mann!“*

*Die beiden Männer gehen über eine Treppe in einen unter der Halle liegenden Keller und kommen nur kurze Zeit später wieder herauf, um dann schweigend den Ort des Geschehens zu verlassen. Ich warte noch eine Minute länger als nötig in der Dunkelheit, dann lasse ich meine Ares Predator zurück ins Körbchen. Die Tür zum Keller ist schnell gefunden und langsam und vorsichtig suche ich mir Stufe für Stufe meinen Weg in das Kellerloch. Eine Duftmischung aus Exkrementen, Blut und Pizza schlägt mir entgegen und lässt mich nachträglich den Entschluss bereuen, der Einladung zum Essen vor ein paar Stunden nachgekommen zu sein. In dem kleinen Flur am Fuße der Treppe sind drei massive Stahltüren mit kleinen Sehschlitzen, durch die der Gestank in den Flur zu dringen scheint. Ich versuche möglichst durch den Mund zu atmen und leuchte mit meiner Taschenlampe durch den Türschlitz zu meiner rechten. Das, was von Sandy übrig ist, hält sich schützend die Hand vor die Augen und kriecht auf die Tür zu.*

*„Seid ihr zurückgekommen, um mich hier raus zu lassen? Kommt schon. Euer Boss hat mir doch schon lange die Fahrkarte nach Hause versprochen. Ich mache auch alles was ihr wollt! Echt!“ Dann lässt sie sich jammernd und leise vor sich hin brabbelnd zu Boden sinken und rollt sich zu einem atmenden Stück Mensch zusammen.*

*Stunden danach schlendere ich durch die Straßen Münchens und denke über Sandy nach. Die guten Menschen haben Sodom schon lange verlassen und letzten Endes haben Kapital und Konzerne Sandy zu dem gemacht, was da unten vor sich hin vegetiert. Jemand anderes sollte einmal auf dem Stuhl Probe sitzen.*

*Ein Leben für ein Leben.*

Das allerdings kann man auch hinterher beim Abmischen machen.

Zu guter Letzt braucht es noch eine Absicherung. Keiner in der Branche verliert gerne sein Equipment, weil er die Schwarzen Sheriffs nicht kommen gehört hat. Perimeterabsicherung gehört zum guten Ton und wird akribisch betrieben. Wenn ihr an irgendeinem unscheinbaren Haus plötzlich für das Viertel unüblich viele Schlägertypen herumlungern seht, die die Augen aufhalten, dann könnt ihr sicher sein, dass gerade irgendwo irgendwas aufgenommen wird.

» Die meisten Crews, die BTLs aufnehmen, sind übrigens freischaffend. Klar arbeiten sie alle für die Djorovics, aber sie werden für einen Streifen beauftragt, bekommen Geld und wenn nötig Ressourcen, und dann haben sie für die Produktion einigermaßen freie Hand. Das ist sicherer, als wenn die Djorovics alles über sich laufen lassen, und sie sichern sich damit die Dienste einiger exzentrischer BTL-Regisseure, die ihre Aufnahmen als Kunst ansehen und nicht als süchtigmachenden Dreck!
» Flitter

**Nachproduktion und Vertrieb**
Ist der BTL-Clip fertig, geht er kurz in die Nachproduktion. Diese übernehmen echte Profis in den Diensten der Familie, die noch mal alles überprüfen und regulieren – meistens in versteckten kleinen Studios, in denen auch die Massenproduktion einsetzt. Sie fertigen eine Masterkopie des Chips an, packen auf die Daten den Kopierschutz und die Löschfunktion nach einmaliger Verwendung drauf und starten dann die Serienproduktion. Je nach Chipart liegt so eine Produktionslinie bei Minimum 1000 Chips – die Skala ist nach oben offen.

Die Chips werden verpackt, ein Teil kommt über das Verteilernetz der Djorovics direkt wieder in den Münchner Sprawl und der Rest wird an Großabnehmer aus dem In- und Ausland vertickt.

» Die Masterkopie kommt danach übrigens ins Archiv, man könnte ja vielleicht noch Teile des Clips neu verwenden. Irgendwo hier in München muss demnach eine riesige BTL-Bibliothek gelagert sein, in der tausende von unterschiedlichen Clips aufbewahrt werden. Das Ding muss ein Vermögen wert sein, und ich wette, unter dem ganzen Zeug gibt es auch das ein oder andere „Zeitdokument", das für Konzerne oder die Schwarzen Sheriffs interessant sein könnte. Zumindest wenn da tatsächlich Idioten ihre echten Verbrechen mitschneiden – denn nicht alles, was aufgenommen wird, kommt auch auf den freien Markt.
» Brandkind

Die Großkunden treffen sich meistens mit den Verkäufern standesgemäß in irgendwelchen Hotels oder anderen Etablissements, die direkt unter Kontrolle der Djorovics stehen. Dann wechseln große Koffer und viel Geld den Besitzer und der Deal ist perfekt. Die Familie verkauft fast ausschließlich die Chips und kaum Masterkopien, obwohl sich die eigentlich viel einfacher verticken lassen. Beim Kauf einer Masterkopie zahlt der Käufer in der VR und lädt sich dann den Trip einfach von einer sicheren und anonymen VR-Quelle herunter. Er muss ihn dann noch selbst bearbeiten und den Kopierschutz draufziehen, aber dafür kann er ihn so oft vervielfältigen, wie er will. Daher sind Masterkopien exorbitant teurer als ein Koffer voller BTL-Chips.

Die Chips, die in das interne Münchner Netz gelangen, werden an Zwischenhändler verkauft, die damit ihre Kundschaft bedienen.

» Viele der Zwischenhändler werden von den Djorovics genaustens überprüft und an der kurzen Leine gehalten. Neue Gesichter werden vorher penibel unter die Lupe genommen.
» Jacko

Nach dem Crash gibt es im Vertrieb noch eine weitere Verfahrensweise. Einzelne BTL-Programme werden so modifiziert, dass sie in einer bestimmten Anzahl kopiert oder heruntergeladen werden können. Diese Multisessions werden ebenfalls als Chips an Dealer verkauft, die auf die neue WiFi-Technik umgestiegen sind und ihre Kundschaft per BTL-Download beliefern.

**Endkundschaft**
Wie kommt nun der Konsument an seine Dosis BTLs heran? Natürlich über den Dealer seines Vertrauens. Die Straßenkundschaft steht meistens noch auf gute alte Chips. Mittlerweile ist ganz München auf die moderneren „Direkt-Input"-Chips umgestiegen. Die älteren „Dreamdeck"-Chips werden kaum noch produziert.

Der Straßenchiphead geht also zu seinem Dealer an der Ecke oder in ein von einer Gang überwachtes Gebäude, gibt seine letzten Euros ab und bekommt dafür ein paar Minuten Glückseligkeit verkauft. Vom Geld nimmt der Dealer sich seinen Teil und legt den Rest zurück, damit er sich neue Ware bei den Djorovics erkaufen kann. Viele dieser Straßendealer sind selbst süchtig und finanzieren sich mit dem Geschäft ihre Sucht. Sie haben ein bisschen mehr Zeit gewonnen, ehe sie tot auf der Straße liegen, weil sie immerhin noch ein Dach über dem Kopf und eine sichere Einnahmequelle haben.

» Manche sagen, die Djorovics bevorzugen sogar Dealer, die selbst süchtig sind, weil die ein gesteigertes Interesse haben, sich nicht erwischen zu lassen. Bei den Cops gibt's nämlich keine BTLs, und kalter Entzug ist echt harter Stoff. BTLs machen nicht nur psychisch abhängig (das ist schon schlimm genug bei den Dingern), sie machen tatsächlich auch physisch abhängig durch die Hormonausschüttungen des Körpers während der Trips.
» Kôkinsei

Für echte Straßenchipheads ist es allerdings nur eine Frage der Zeit, bis sie total abstürzen und von einem der Trips nicht mehr runterkommen – und dann entweder verhungern, dehydrieren, Selbstmord begehen oder von den Sheriffs nach einem Amoklauf über den Haufen geknallt werden.

Konsumenten aus dem Mittelstand oder noch besseren Kreisen können sich ein besseres Leben leisten. Sie bestellen bei ihrem Hausdealer und bekommen die BTLs dann geliefert oder kaufen sie in gängigen Partyzonen bei dem Dealer ihres Vertrauens. Je gehobener der Konsument, desto wahrscheinlicher ist auch, dass der Deal über BTL-Downloads erfolgt. Bei Insiderpartys gibt es immer wieder jemanden, der ein gesichertes Kommlink mitschleppt, über das er an Leute BTLs verkauft, die sich bei ihm codiert über AR melden.

Ganz neu in Mode gekommen sind die BTL-Dens, abgeleitet vom englischen Begriff der Opiumhöhle. Ein BTL-Den besteht aus einer größeren Räumlichkeit, meistens irgendwo versteckt in einem Hinterhof oder im

DATENEMPFANG ...

## AMOKLAUF AUF KÜNSTLERPARTY

### [MÜNCHNER PFEIL]

**München** – In den gestrigen Abendstunden kam es auf einer Vernissage des Bildhauers Bernhardt Dreher in der Galerie ArtWork zu einer blutigen Schießerei. Einer der Gäste aus der Münchner High Society zog mitten in der Eröffnungsansprache des Künstlers eine Pistole und schoss laut Zeugenaussagen wild um sich. Dabei verletzte er nicht nur sich selbst, sondern auch vier der geladenen Gäste, die mit schweren Schusswunden von BuMoNa geborgen werden mussten. Ein mitalarmiertes BuMoNa-Einsatzteam war es auch, das mit Hilfe der eintreffenden Schwarzen Sheriffs den Schützen in seinem Amoklauf mit einem Rettungsschuss stoppen konnte. Bei dem Gast soll es sich angeblich um Kevin Steinmeyer, den Sohn von Josef Steinmeyer, dem Geschäftsführer der bekannten Münchner Künstleragentur mozART, handeln. Weiteren Auskünften der Schwarzen Sheriffs zufolge war bei der Tat ein so genannter Moodchip mit dem Namen Black Passion im Spiel. Das BTL-Programm des Chips erzeugt unkontrollierbare Aggressionen beim Anwender und ist schon bei zwei weiteren Straftaten als Auslöser im Verdacht.

Hinterzimmer eines Clubs, wo der BTL-Konsument sich hinlegen kann und sich per Kommlink in ein Hausnetzwerk einklinkt. Von dort kann er dann in aller Ruhe den Trip seiner Wahl herunterspielen und direkt erleben. Die Dens sind gut geschützt und werden von außen überwacht, falls die Schwarzen Sheriffs mal vorbeischauen. Das ist aber eigentlich kaum nötig, denn ein BTL-Den ist schneller abgebaut, als die Sheriffs „Halleluja" sagen können – Hauptverteilerkommlink abschalten, Netzwerk herunterfahren und schon ist alles, was übrig bleibt, ein paar echt arme Schweine, die auf die übelste Art aus ihrem Trip geworfen wurden.

» BTL-Dens werden gerne vom Mittelstand und von der High Society besucht, da man in den Separees unter sich ist und einen beim Konsum keiner stören kann. Klar gibt es auch einige Straßen-Dens, aber die sind selten.
» Flitter

» Moment mal, die schalten das Netz einfach ab, obwohl die Leute alle noch im Trip hängen? Au backe, da möchte ich aber nicht Junkie sein. Bei so einem Auswurf bist du ja direkt auf kaltem Entzug. Gerade noch poppst du eine Südseeschönheit und plötzlich wirst du von zwei Schwarzen Sheriffs verhauen.
» Global Player

**Produktbandbreite**

Die Bandbreite der produzierten und konsumierten BTLs ist enorm. Einstiegsdroge ist fast immer ein ganz normaler und lediglich übersteuerter Simsinn-Chip, der das Erlebnis eines anderen wesentlich intensiver als normal wiedergibt. Ist man erst einmal auf den Geschmack solcher übersteuerten Eindrücke gekommen, dann entwickeln sich die Ausrichtungen sehr verschieden. Dreamchips, Moodchips, Tripchips werden in allen Variationen auf den Markt gebracht. Sehr beliebt sind Porno- und Gewaltdreamchips, aber auch Aggressions- (mit Namen wie Black Passion oder Isarblut) und Trance-Moodchips (wie zum Beispiel SunnyDream oder St. Andreas) sind stark im Kommen. Letztendlich zählt für die Produktion die Nachfrage auf der Straße – alles was gewünscht wird und wofür jemand bezahlt, wird auch produziert.

Das Problem mit BTLs ist die Desensibilisierung für die erfahrenen Sinneseindrücke. BTLs werden daher in verschiedenen Stärken übersteuert, damit auch eingefleischte BTL-Konsumenten auf dem Trip bleiben. Allerdings betrifft diese Abstumpfung auch die Art der Sinneseindrücke, nicht nur ihre Stärke. Viele Personen, die mit Action-Dreamchips anfangen, schrauben sich langsam über Verbrecher- und Gewaltchips hin zu extremen Varianten wie Vergewaltigungen, Folterszenen und Snuff. Dabei ist es auch nicht unüblich, wenn man sich nicht für die Rolle des Täters, sondern für die Rolle des Opfers interessiert.

» Hört sich pervers an, ist aber so. Wenn Du langsam in der BTL-Spirale immer mehr abstumpfst, dann ist Dir irgendwann einfach alles zu „normal". Ich kenne Chipheads, die nur noch auf den Trip kommen, wenn sie mitfühlen, wie sie gerade als kleine Elfe von mehreren Trollen vergewaltigt werden – das sind die einzigen Emotionen, die sie noch berühren. Ich brauche wohl nicht zu erwähnen, wie fertig und gefühlstot solche Leute im wahren Leben sind. Andere sind lieber auf der Täterseite und wollen sich an der Machtphantasie ergötzen.
» Rasputin

» Letzteres ist allerdings schwer zu produzieren. Gewaltopfer sind immer in höchster emotionaler Anspannung, so was bekommt man leicht hin. Nimmt man aber einen Darsteller, der jemanden foltert oder vergewaltigt, dann macht er das wegen des Geldes und man bekommt kaum die gewünschte Emotion aufs Band. Daher sind solche Chips meistens Importware mit echten Szenen aus Kriegsgebieten oder ähnlichem. Oder aber man zahlt wirklich kranken Psychopathen ihren Spaß, um ihnen als Gegenleistung dafür ein Aufnahmegerät anzulegen.
» Flitter

» Legendäres Beispiel war die Mordserie an Teenagern vor zwei Jahren. Insgesamt acht Jungen und Mädchen wurden von einem Geisteskranken nach Diskobesuchen brutal misshandelt und dann langsam erdrosselt. Die Sheriffs sind dem Psychopathen auf die Spur gekommen, weil nach einiger Zeit plötzlich diverse BTLs kursierten, die einerseits Aufnahmen der Opfer und andererseits des Täters waren. Die Wahnsinnigen haben die Teenies entführt, ihnen Netze aufgeklebt und sie an die ebenfalls verdrahtete Bestie verfüttert! Der Ermittlungsbeamte, der sich die Dinger angeschaut hat, um Hinweise zu finden, musste danach in psychiatrische Behandlung – obwohl er einen Filter benutzt hat!
» Zwieblblootz

» Aber nicht die Schwarzen Sheriffs haben den Spinner erwischt. Der Hauptverdächtige wurde eines schönen Morgens mausetot aus der Isar gefischt, genau wie zwei Datentechniker und zwei Ganger. Vermutlich haben die Djorovics entweder Spuren beseitigt oder aber Konkurrenz ausgeschaltet.
» Landezone

Etwas ganz besonderes sind Designerchips. In München wohnen einige sehr reiche Leute, die es sich leisten können, maßgeschneiderte Programme zu bestellen. Tatsächlich handelt es sich bei diesen Bestellungen oftmals gar nicht um BTLs, sondern um reine Simsinn-Produktionen mit extrem verbotenem Inhalt. Viele dieser Upperclass-Konsumenten haben nämlich einen ekligen Geschmack, sind aber nicht so bescheuert, sich deswegen die Birne in Raten rösten zu lassen.

Designerware kann alles sein. Die eigene Tochter beim One-Night-Stand mit einem Unbekannten, ein Troll, der einen Obdachlosen mit einem Baseballschläger verprügelt, Soldaten bei Feuergefechten in den Wüstenkriegen ... alles hat seinen Preis, und wie hoch der ist, sagen dir Djorovic und Co.

◉ Manches Zeug ist einfach nur skurril, wie der Clip für einen Moslem von einem Mann, der Schweinefleisch isst – nur damit der mal weiß, wie es schmeckt, ohne gegen das Gebot Allahs zu verstoßen. Andere sind echt krank, zum Beispiel die Aufnahme eines Typen, der langsam in einen Hundekäfig gesenkt wird und von den Beinen an aufgefressen wird – und zwar aus Sicht eines der Hunde!
◉ Ouzo

**Personafix**

Ein ganz eigenes Thema sind Personafix-Chips. Die BTLs, die Simsinn- und Talentsoft-Technologie verbinden, modifizieren Erinnerungen und Verhaltensmuster nach bestimmten Persönlichkeitsschemata. Man wird also jemand anderes und nimmt dessen Persönlichkeit an, solange der Chip aktiviert ist. Während der Chip aktiv ist, bekommt man die eigene Veränderung auch nicht mit, man kann sich allerdings danach sehr wohl daran erinnern, wie man sich verhalten hat. Demzufolge liegt der Einsatzbereich eher bei „Spielzeugen" von reichen Perversen oder Bunraku-Studiobesuchern und weniger bei BTL-Süchtigen selbst.

Die Produktion der Chips ist deutlich aufwendiger, weil man eine längere Aufnahmezeit braucht, um danach ein Profil zu erstellen. Außerdem bedarf es einer genaueren Studie über Verhalten, Psychologie und Fähigkeiten der betreffenden Person, um sie so gut wie möglich kopieren zu können. Hier kommen also nicht nur professionelle Techniker ins Spiel, sondern meistens auch ein oder zwei Psychologen, die sich auf so was spezialisiert haben.

Je nachdem, wie genau man es haben will, braucht man tatsächlich die betreffende Person, um sie zu studieren und ihr eine Zeitlang ein Simnetz zu verpassen. Das ist bei alltäglichen Leuten kein Problem – den Polizisten von nebenan, die typische Krankenschwester oder den kleinen Stricherjungen kann man sozusagen von der Stange anfertigen. Schwieriger wird es, wenn jemand zum Beispiel Maria Mercurial sein soll. Größere Stars, an die man nicht herankommt oder die schon tot sind, werden einfach simuliert. Typische Charakterzüge werden herausgefiltert und zusammengebastelt, bis ein deutlicher Wiedererkennungswert vorhanden ist. Bei anderen Stars kommt man mit Geld und Erpressung weiter. Bedroht man die Familie oder erwischt man sie in einer diffamierenden Situation, sind sehr viele zu spontaner Zusammenarbeit bereit.

◉ Da kommen wir ins Spiel. Die Djorovics heuern häufiger jemanden an, um im Dreck zu wühlen oder bekannte Persönlichkeiten in solche Situationen zu bringen. Da danach für eine Weile das Aufnahmenetz getragen werden muss, werden die gleichen Runner meistens noch als „Personenschützer" mitgeliefert, die aufpassen, dass der Erpresste keine Zicken macht oder das Material plötzlich verschwindet. Und keine Sorge wegen eurer Gesichter – bei Personafix wird der Aufnahme nur das Verhaltensmuster entnommen, nicht das wirklich Gesehene.
◉ Boomstick

Bei berühmten Stars stimmt das Aussehen der Chip-Person nicht automatisch und wird daher oft durch Chirurgie angepasst.

Personafix-Programme werden hauptsächlich an Bunraku-Bordelle verkauft, bei denen diese Chips bei den Angestellten je nach Kundenwunsch zur Anwendung kommen. Die Djorovics und einige andere Parteien betreiben mindestens drei dieser Etablissements in München, die natürlich höchst illegal sind.

Einige Personafix-Programme sind aber auch Spielzeug für Möchtegern-Stars, Wunschpotentaten oder andere gut betuchte Personen mit sehr merkwürdigem Geschmack.

DATENEMPFANG ...

## SKANDAL – BORKENHEIMS MODEL URINIERT IN DER ÖFFENTLICHKEIT [MÜNCHNER ABENDPOST]

**München** – Ein Skandal ereignete sich heute Mittag vor den Neuen Münchner Arkaden. Das neue Model Ivana des Nürnberger Modedesigners Pedro Borkenheim, der mit seinem Label schon seit längerer Zeit in München residiert, urinierte in aller Öffentlichkeit gegen eine Straßenlaterne. Dass Ivana dabei auf allen vieren kroch und zur Verrichtung des Geschäftes nur ihr Bein hob und nicht einmal die Hose öffnete, erregte bei den Zuschauern nur noch mehr Unverständnis. „Ich war schockiert", berichtet eine Augenzeugin. „Ich konnte es gar nicht glauben und dachte erst, es wäre so eine neue Performance. Die Frau kam aus der Limousine gesprungen, nachdem der Chauffeur ihr die Tür öffnete, und begann an irgendwelchen Beinen herumzuschnüffeln. Und dann pinkelte sie gegen die Laterne, ehe Herr Borkenheim sie wieder ins Auto zerren konnte. Ich glaube, sie hat den armen Mann dabei sogar gebissen."

Eine Untersuchung des Vorfalls von Seiten der Stadt wird es voraussichtlich nicht geben, so der Sprecher der Staatsanwaltschaft München-Mitte. „Frau Ivana wird eine Anzeige wegen Erregung öffentlichen Ärgernisses bekommen, ansonsten hat sie sich mit diesem Spektakel wohl schon genug bestraft", versicherte ein lächelnder Oberstaatsanwalt Gernot Müller der Abendpost. Tatsächlich wurde aus Insiderkreisen bekannt, dass Ivana während des Malheurs anscheinend ein so genannter Personafix-Chip eingesteckt und sie kurzzeitig eine Deutsche Dogge war. Es bleibt abzuwarten, ob die neuste Kollektion aus dem Hause Borkenheim auch Hundemode umfasst.

**Sicherung und Konkurrenz**

Wie ich schon erwähnte, hat eine Familie das BTL-Geschäft in München fest in der Hand: die Djorovics. Der Familienclan kroatischer Abstammung zählt sich zur türkischen Maffiya und ist damit Mitglied der Alta Commissione – und gehört, wohlgemerkt, nicht zu den Vory. Die Djorovics, allen voran Athena, sorgen dafür, dass der Status Quo in München erhalten bleibt, und sie setzen dafür jedes Mittel ein, das ihrer Sache dient. Der BTL-Markt in München ist daher wenig umkämpft, keiner wagt sich an das aufgebaute Produktions- und Verteilerimperium heran – außer vor zwei Jahren die Vory. Die Einmischung in das Geschäft geschah, als die Vory v Zakone versuchten, sich einen neuen Markt zu erschließen. Die Münchner

Organizatsi ist eine Gruppe aus einem Zusammenschluss der Gargari- und der Prager Cherkezov-Vory, operiert inzwischen aber größtenteils autark. Sie überschütteten den Markt mit Billigproduktionen aus dem Balkan – echt mieses Zeug mit einigen wirklich abschreckenden Inhalten. Das taten sie allerdings nicht lange, denn als sie die Aufmerksamkeit der Djorovics erregt hatten, war es mit der Schwemme auch schon wieder vorbei.

◉ Die Djorovics mobilisierten ein paar ihrer eigenen Schlägertrupps, engagierten ein paar Runnerteams und schlugen dann zeitgleich an mehreren Punkten zu. Die Vory hatten sich ziemlich sicher gefühlt, weil die Kroaten so lange nichts unternommen hatten, aber Athena Djorovic hatte den Schlag einfach nur lange und sehr genau geplant. In einer Nacht wurden mehrere Zellen der Vory ausradiert und die meisten der kollaborierenden Straßendealer umgelegt. Zethos Djorovic selbst soll den damaligen Vor vor seinen Männern bestialisch hingerichtet haben – ihn und seine gesamte Familie. Danach war erstmal Ruhe im Karton.
◉ Jacko

◉ Merkwürdigerweise fangen sie seit ein oder zwei Monaten erneut an, als wäre ihnen das damals keine Lehre gewesen! Es ist nur eine Frage der Zeit, bis Athena wieder ausflippt.
◉ Landezone

Die Djorovics schalten Konkurrenz schnell aus, das ist ihre Marktstrategie. Zudem haben sie sich schon so tief in ihren Käse gefressen, dass sie kaum mehr aus München herauszubekommen sind und haben Mitkonkurrenten schon in den letzten Jahrzehnten ohne Gnade aus dem Geschäft und meistens auch aus dem Leben geschossen. Sie sichern sich mit sozialen Kontakten, Bestechungsgeldern, Erpressungen und Drohungen sehr geschickt ab – und zwar auf hoher Ebene genauso wie auf Straßenniveau. Kein BTL-Dealer kommt in dieser Stadt an den Kroaten vorbei und jeder konsumierte Chip ist zumindest einmal durch die Hände der Familie gewandert.

◉ Dieses unglaubliche Monopol bedarf eines erheblichen Aufwandes. Man nimmt an, dass in der Stadtregierung, bei den Sheriffs und in den Medienkreisen eine ganze Menge namhafter Gestalten auf die eine oder andere Art und Weise den Djorovics zuarbeiten. Manche freiwillig, manche unfreiwillig, andere ohne es zu wissen. Wann immer dieser Mitarbeiterpool ergänzt werden muss, greift die Familie gerne auf außerregionale Kräfte zurück, um ihre Interessen durchzusetzen oder neue Mitarbeiter „anzuwerben". Bei den Kroaten kann man mehr verdienen, wenn man nicht aus München kommt.
◉ Flitter

◉ Ein Beispiel: Wir hatten neulich einen unschönen Auftrag, bei dem wir einen jungen Mann gegen seinen Willen in eine der BTL-Dens gebracht haben. Einen Tag später war der arme Kerl so auf Droge, dass er nur noch gejammert hat. Nach dem, was sie mit ihm da drin gemacht haben, kommt er vermutlich kaum mehr ohne Folgechips aus. Wir haben erst hinterher erfahren, dass der Mann Westmann hieß. Zur Info, Aurel Westmann ist der Geschäftsführer der Schwarzen Sheriffs.
◉ Brandkind

## SCHUTZGELD UND ERPRESSUNG

Während sich die Djorovics auf dem BTL-Markt breit machen, haben sich die Überreste der Vory unter ihrem Vor Balthasar Narekov in den letzten beiden Jahren auf andere Geschäfte verlegt. Sie sind immer noch in der Stadt, und anscheinend gibt es mittlerweile eine Art Gentlemen´s Agreement: Solange die Vory ihre Finger aus allem heraushalten, was die Kroaten interessant finden, dürfen sie machen, was sie wollen.

Demzufolge hat die Organizatsi sich mehr in Straßenkriminalität eingemischt und mittlerweile ein paar der Münchner Gangs in der Tasche. Sie rüsten die Gangs auf, benutzen sie, um Schutzgeld zu erpressen, und arbeiten mit der Schieberin Kolenkova Hand in Hand. Die Vory suchen sich dabei in den von den Sheriffs nicht so kontrollierten Stadtteilen, also hauptsächlich den Sonderverwaltungszonen, Etablissements oder Läden aus und lassen diese bei ihnen profitable Versicherungen gegen Feuer und Vandalismus abschließen. Die Verträge sind dabei so ausgelegt, dass die Vory nie in die Verlegenheit kommen, irgendetwas zahlen zu müssen. Schließen die Läden keine Versicherung ab, geht das ein oder andere in ihrem Laden zu Bruch, oder sie bekommen, bei ganz hartnäckigen Fällen, Besuch vom Feuerteufel.

◉ Das mit den Verträgen machen die Vory nur, um eine plausible Einnahmequelle zu haben. Sie könnten den Ladenbesitzern auch einfach die Fresse polieren und die Kassen leer räumen, aber irgendwie ist das gegen den Stil des neuen Vor, der seit nunmehr zwei Jahren die Fäden in der Hand hält. Einige der größeren Läden haben schon versucht, durch angeheuerte Runner dem Treiben ein Ende zu setzen, was bisher aber nicht funktioniert hat.
◉ Brandkind

Kleinere Kneipen oder Bars sowie illegale Läden werden von den Gangs überwacht und regelmäßig besucht. Bei dieser Kundschaft verzichtet man auf die Versicherungspolicen.

In letzter Zeit wagen sich die Vorys mit dieser Masche auch in andere Kreise. Einige der besseren Clubs wurden von ihnen besucht und sogar einige der aufstrebenden Medienkonzerne. Es ist abzusehen, dass sie, wenn sie so weiter machen, den Djorovics wieder mit Anlauf auf die Füße treten.

◉ Eines der bekanntesten Studios, das die Vorys besucht haben, war Virgin Productions. Angeblich ist einer der Verhandlungsführer der Tschechen zu Electra van Heysen ins Büro gestapft und nach zwanzig Minuten kreidebleich wieder herausgekommen. Da scheint also das letzte Wort noch nicht gesprochen zu sein.
◉ SnowWT

◉ Wenn ihr in der nächsten Zeit Aufträge bekommt, Formate von Virgin Productions zu sabotieren oder aber gegen die Schutzgeldmafia vorzugehen, wisst ihr jeweils, woher es kommt.
◉ Landezone

## MENSCHENHANDEL

Das zweite Standbein der Vory ist der gute alte Menschenhandel. Auf dem Balkan gibt es viel Frischfleisch, das von einem besseren Leben im Westen träumt, und die Schlepper der Vory sind nur zu gerne bereit, diesen Traum zu verwirklichen – auf ihre ganz spezielle Art und Weise. Meistens sind es junge Frauen, die in der Prostitution landen oder für Bunraku-Studios unfreiwillig unters Messer gelegt werden. München mausert sich dabei langsam zu einer Art Zwischenstation für den westeuropäischen Markt. Vom Balkan aus möchte man ungern an der Konkurrenz durch Tschechien vorbei, Polen ist noch zu unsicher und die Schweiz ... na ja, die Schweiz ist die Schweiz. Daher schleusen die Münchner Vory die Menschenware durch Süddeutschland, wobei in München einige so genannte Gästequartiere eingerichtet wurden. Hier werden die Mädchen verteilt, bearbeitet und all das mit ihnen gemacht, was ihren Traum vom Glück garantiert zerplatzen lässt. Die Szene ist nicht groß, aber zumindest für die Vory anscheinend sehr einträglich.

» Und jetzt zählen wir mal zwei und zwei zusammen. Neue Mädchen bedeutet neue Kundschaft für den BTL-Konsum. Zudem bekommt man mit BTLs Menschen sehr schnell gefügig. Für die Bunraku-Bordelle bedarf es außerdem Personafixprogramme, die die Vorys gar nicht herstellen. Irgendwie hört sich das so an, als würde sich da eine Interessensgemeinschaft entwickeln.
» Zwieblblootz

## DROGENSZENE

Natürlich gibt es auch pharmazeutische Drogen in München. Die gängigen Erzeugnisse der chemischen illegalen Industrie sind Partydrogen wie Novacoke oder Trance-Zeugs wie Zen, Red Mescaline und so weiter. Auf der Straße werden wesentlich weniger solcher Drogen konsumiert als BTLs. Die Schwarzen Sheriffs verbuchen das als Erfolg ihrer Antidrogenkampagnen, ich würde eher sagen, dass es in München einfach überdurchschnittlich viele Chipheads gibt und daher die Prozentzahl der anderen Drogensüchtigen nach unten geht.

Auf der Straße wird das übliche Zeug gedealt, wie in jeder anderen Großstadt auch. Man sucht sich einen Anbieter, drückt ihm einen Checkstick in die Hand oder überweist ihm über AR Geld und bekommt dann seinen Druck. Wesentlich höherer Umsatz wird in der Partyszene, der Schickeria und der High Society gemacht. Novacoke, Betameth und Red Mescaline finden viele Abnehmer, und auch Kokain erlebt seinen zweiten Frühling.

Die chemischen Erzeugnisse kommen aus unterschiedlichsten Quellen, kaum etwas wird in München fabriziert, sondern läuft über Häfen wie Hamburg, von Russland über die Tschechei oder übers Mittelmeer durch Österreich. Die Dealerringe sind meistens entweder lokale Gangs oder Einzelpersonen mit guten Kontakten in die Münchner Upperclass. Auf gehobenen Partys findet man daher immer jemanden, der zumindest mit ein paar dieser Substanzen seine „Freunde" bedient, die alle mindestens einen Gefallen bei ihm gut haben. Seit einiger Zeit scheinen die Vory zumindest ein Auge auf die Organisation eines Drogenverteilernetzes geworfen zu haben. Allerdings gehen sie sehr vorsichtig vor, denn: Drogen sind Konkurrenz für BTLs, und die Djorovics können Konkurrenz nicht ausstehen.

» Ich vermute, dass die meisten Gangs, die auf der Straße mit Drogen handeln, zumindest eine Duldungsgebühr an den örtlichen BTL-Dealer bezahlen oder einfach mit beidem handeln, um keinen Unwillen zu erregen. Natürlich kümmern sich die Kroaten nicht um jede Maus, die an einem anderen Käse knabbert – aber riskieren will man auch nichts.
» Landezone

» Die Vory etablieren tatsächlich langsam aber sicher ein Drogenverteilernetz, weil sie sich durch ihre Schutzgeldpolicen und wirtschaftliche Transaktionen in die Nähe der Upperclass gekauft haben und nun versuchen, diese auch mit illegalen Mitteln zu unterwandern. Ein weiterer Punkt, warum es zwischen Vory und Djorovics schwelt. Ein offener Konflikt ist nur eine Frage der Zeit.
» Jacko

## WIRTSCHAFTSKRIMINALITÄT

Natürlich gedeiht in München auch die Wirtschaftskriminalität. Seien es Insidergeschäfte oder ungenehmigte Absprachen, der Markt ist genauso groß wie überall anders. Einige Besonderheiten gibt es allerdings doch. Für den BTL-Handel müssen größere Summen an Euros gewaschen werden, und dafür sind in München einige Anwaltskanzleien zuständig. Kaum einer kennt den Weg dieses Geldes genau, aber hin und wieder hört man mal einen Namen klingen und Eurozahlen, bei denen man höhenkrank wird.

» Wollt ihr einen Namen? Dann sage ich euch einen: Girias. Steffen Girias ist nicht nur der Ex-Mann der bekannten Personality-Trainerin Tamara Glas, sondern auch einer der führenden Drahtzieher hinter sämtlichen Machenschaften, die Geldwäsche oder Investitionen in legale Geschäfte der Djorovic-Familie betreffen. Über seine Anwaltskanzlei laufen Geldkanäle, Verträge und Abkommen, und er ist es auch, der des Öfteren auf Dienstreise ins Ruhrgebiet oder nach Italien fährt. Girias, merkt euch diesen Namen. Wenn er bei einem eurer Aufträge auftaucht, dann seid ihr direkt an den Djorovics und jongliert mit Nitroglycerin.
» Bequerel

Zudem investieren mehrere Quellen massiv auch in legale Geschäfte. Nicht nur die Djorovics schaffen sich damit ein zusätzliches legales Standbein, sondern auch andere Unternehmer sind an Investitionen in der Medienbranche sehr interessiert.

» Stimmt. Es gibt einige Medieninvestoren, die ihr Kapital recht weit streuen und sich nur Projekte aussuchen, die meinungsbildender Natur sind. Angeblich sind das interessierte Konzerne aus dem Ausland oder Mittelsmänner größerer Konzerne, die kleinere Firmen und Studios übernahmereif machen wollen. Tatsächlich weiß ich aber zum Beispiel von Carl Röschinger, dass er nicht nur Mitglied der Münchner Schickeria ist, sondern auch den Bayrischen Illuminaten angehört – der Adam-Weishaupt-Loge. Den Rest überlasse ich eurer Phantasie.
» SnowWT

## SONSTIGES

Dies waren die großen und mittleren HotSpots der Münchner Unterwelt. Sicherlich reicht keine an das BTL-Geschäft heran, aber alle sind zumindest Faktoren, die man als geschäftstüchtiger Shadowrunner nicht aus den Augen lassen sollte. Neben diesen gibt es noch kleinere Dinge, die man nicht darf, die aber Geld bringen.

Prostitution ist zwar schon seit Jahrzehnten erlaubt, die Organisation und das Ludentum werden jedoch immer noch mit kritischen Augen beschaut. Wo welche „Pferdchen" laufen, entscheiden in den seltensten Fällen die Damen vom Milieu, sondern ihre Hintermänner, die sich deswegen kräftig in die Haare bekommen können. In der Prostitution hat jeder ein wenig seine Finger drin und keiner so richtig. Die Vory haben über ihren Handel mit Neuzugängen aus dem Balkan die Nase vorn, aber selbst die Djorovics machen um das Rotlichtgewerbe keinen Bogen, sobald es um Bunraku-Bordelle geht. Zudem gibt es noch ein paar lokale Gangs oder kleinere Organisationen, Olympia zum Beispiel, die sich im ältesten Gewerbe der Welt breit machen. Letztere organisieren sich auf den Straßenstrichen, zahlen aber entweder den Vory Schutzgeld oder den Djorovics Straßengebühren – manchmal auch beides.

Zudem gibt es ein exklusives Luxuscallgirlnetzwerk der gehobenen Preisklasse bei dem – die Schatten seien mein Zeuge – keiner genau weiß, wer dahinter steckt. Einige der Luxusdamen sind freischaffend, das Netzwerk selbst wird aber mit hundertprozentiger Sicherheit von Hintermännern geführt.

» Ich glaube nicht, dass eine der einschlägigen Organisationen da ihre Finger tief drin hat – vielleicht sollte man für weitere Informationen eher Euphemia Leon fragen.
» Landezone

Schmuggel ist in München ebenfalls bekannt, wird aber selten betrieben. Außer ein wenig Rauschgift aus dem Süden oder dem Osten kommt kaum eine Handelsware illegal an die Isar.

» Hast Du eine Ahnung! Die Vory haben Kontakt zu den tschechischen Vory, von denen sie ursprünglich stammen. Diese guten Kanäle nach Prag nutzen sie für Talismanhandel und magische Kinkerlitzchen aller Art. Für sie mag das mehr eine Nebeneinkunft sein, aber für Magier bilden sie eine interessante Bezugsquelle, was Sparkle gar nicht in den Kram passt. Die graben sich gegenseitig die Kanäle ab und scheuen auch nicht davor, Runner einzusetzen, um wertvolle Ladungen der jeweils anderen abzufangen.
» Brig

» Der General sollte hier noch genannt sein, auch wenn er mit seinem Waffenschmuggel auf einer anderen Plattform Erwähnung findet.
» Daisy Fix

Diebstahl gibt es natürlich auch, und da macht der Sichelmond auf sich aufmerksam. Diese kleine aber fest organisierte Truppe hat so eine Art Diebesring etabliert, der regelmäßig Villen und lukrative Einzelobjekte knackt und ausraubt. Merkwürdigerweise sind die Sheriffs hinter dem Sichelmond wesentlich mehr hinterher als hinter den anderen Organisationen.

» Sie bekommen auch mehr Druck. Der Sichelmond bricht in Villen von hochrangigen Persönlichkeiten ein, und die rufen am nächsten Tag aufgebracht in der Führungsetage der Sheriffs an und beschweren sich. Kein Wunder also, wenn der Druck deutlich höher ist als beim BTL-Problem – dem Deutschen war schon immer sein Eigentum heiliger als seine Mitmenschen.
» Mytrael

» Und warum ist der Sichelmond nicht gefasst? Sie gehören zu den türkischen Wölfen, der Maffiya, die wiederum zur Alta Commissione gehört, zu der die Djorovics ebenfalls zählen.
» Jacko

DATENEMPFANG ...

# DIE PARTEIEN IM UNTERGRUND

## DJOROVIC – EIN FAMILIENIMPERIUM

Die Djorovics gehören zur Alta Commissione, der europäischen Mafia. Die Familie kroatischen Ursprungs ist schon sehr lange in München beheimatet und hat in den vergangenen Jahrzehnten nach und nach das gesamte BTL-Geschäft an sich gerissen und hält es nun fest in ihrer Hand. Die Gelder, die die Familie damit verdienen, gehen direkt wieder ins Geschäft oder werden in lukrative, legale Projekte investiert, was den Djorovics nach außen hin den sozialen Kontakt mit den Schönen und Reichen der Isarstadt ermöglicht und ihnen der Steuer gegenüber eine Rechtfertigung für ihre immensen Einkünfte verschafft. Nichtsdestotrotz sind die Djorovics Sicherheitsfanatiker. Bei ihnen wird alles doppelt und dreifach abgesichert, genauestens geplant und vorher noch zweimal kontrolliert. In ihrer Geschäftspolitik sind sie harte Verhandlungsführer und noch härtere Konkurrenten. Keiner hat die Familie gerne gegen sich, denn ihre Methoden sind nicht nur brutal, sondern auch äußerst effektiv. Ein kleiner Dealer schleppt Ware von anderen BTL-Produzenten nach München? Die Djorovics setzen ein Zeichen und hängen ihn an der nächsten Straßenlaterne auf. Jemand vergreift sich an einem der Produktionsstudios? Die Djorovics töten seine Familie. Eine Medienfirma will bei den illegalen Geschäften nicht mitmachen? Die Djorovics verhandeln und ködern mit Geld – und entführen die Tochter des Geschäftsführers.

Trotzdem sind einige Mitglieder der Familie immer wieder auf gesellschaftliche Anlässe eingeladen und treiben sich in der Schickeria herum.

● Warum auch nicht, einige ihrer besten Kunden sind dort zu finden. Und die haben eines gelernt: Kein Djorovic kann es leiden, wenn man von ihm kauft, ihn aber sonst nicht kennen will. Wer mit ihnen handelt, der muss sich auch in ihr Boot setzen und wird sich dann hüten, den Stöpsel aus dem Boden zu ziehen.
● Zwieblblootz

Der Kontakt zu den übrigen Familien im ADL-Gebiet ist in letzter Zeit eher verhalten. Seit dem Tod des Paten Milan Djorovic 2066 kapselt sich die Familie immer mehr von den anderen Mitgliedern der Alta Commissione ab – selbst von ihrer eigenen Organisation, der Maffiya in der Türkei und auf dem Balkan. Die Tendenz sorgt bei anderen Familien, allen voran den Gasperis im Ruhrplex, für Missmut. Zum einen trennt man sich nicht einfach von der Dachorganisation, zum anderen ist München der Hauptlieferant für BTLs und man verliert ungern die Kontrolle über seine Quelle.

● Noch schwerer wiegen in der letzten Zeit die Gerüchte, dass die Djorovics sich langsam aber sicher in Richtung Vory orientieren. Nach der Zerschlagung der Organizatsi vor zwei Jahren bilden sich mit dem neuen Vor anscheinend Interessensgemeinschaften, was den Menschenhandel und die Schutzgelderpressungen bzw. die Investitionen ins Mediengeschäft angeht.
● Landezone

● Nein, da hast du was in den falschen Hals bekommen. Die Vory erlauben sich langsam mehr und mehr und Athena hat schon ein paar Schläge gegen Vory Unternehmungen ausgeführt. Die Djorovics lassen sich von den Vorys nicht in die Suppe spucken und ihre Investitionsobjekte erpressen, genauso wenig wie sie eine Machtausbreitung der Vory auf ihrem Terrain dulden. Wenn die Vory so weiter machen, wird es bald blutig.
● Jacko

● Bald? Neulich in Neuperlach wurde von einem bewaffneten Kommando ein Wohnhaus überfallen und 22 halbnackte Mädchen befreit. Die Mädchen wurden einer Organisation für Menschenrechte überstellt und die Geiselnehmer dabei alle erschossen. Wir haben erst hinterher erfahren, dass die Mädchen nie wieder aufgetaucht sind und dass die Geiselnehmer Tschechen waren ...
● Brandkind

● Dieses Manöver genau wie die Schießerei neulich in den Hinterhöfen von Aubing sind alle fingiert. Man opfert auf beiden Seiten ein paar Fußsoldaten, um die schlafenden Hunde nicht zu wecken, und sitzt dabei schon lange am Verhandlungstisch. Die Djorovics können sich nicht einfach öffentlich von der Maffiya und der Alta Commissione trennen, obwohl sie zu beiden nur noch losen Kontakt halten. Täten sie das, würden sie von den anderen Mitgliedern der Alta Commissione als auch ihrer eigenen Mutter, der Maffiya, in die Zange genommen werden. Und das wäre auch für Athena zuviel.
● Zwieblblootz

Das Imperium der Kroaten ist ein reines Familiengeschäft. Fast alle wichtigen und zentralen Positionen sind entweder mit Familienmitgliedern oder aber eng verbündeten Freunden besetzt. Die Leutnants auf der Straße oder innerhalb der Produktion haben ihre festen Aufgabengebiete und sind streng hierarchisch jemandem der Familie direkt verantwortlich. Der oberste Zirkel besteht nur aus dem engsten Familienkreis. Seit Milan Djorovic 2066 das Zeitliche segnete, wird die gesamte Organisation von seinen fünf Kindern geleitet.

● Der Alte hatte einen kleinen Altertumstick und fuhr volle Kanne auf die griechische Götterwelt ab. Kein Wunder, dass man ihm in seinem hohen Alter nachsagte, komplett größenwahnsinnig zu sein. Man munkelt sogar, dass die Kinder ihn aus dem Weg geräumt hätten, weil er ein Sicherheitsrisiko wurde – soviel zu kroatischer Familienbande. Übrig geblieben sind nur die etwas merkwürdigen Namen, mit denen er seine Kinder gestraft hat.
● Flitter

**Athena Djorovic – die Wölfin**
Athena Djorovic ist der älteste Nachkomme von Milan. Die agile und dynamische Frau Mitte Vierzig ist ein Planungswunder und in ihren Konsequenzen knallhart. Sie gilt als unberührbar, hat schon zwei Ehemänner verschlissen und ist durch und durch Geschäftsfrau. Sie führt das Erbe ihres Vaters mit strenger Hand, und kaum etwas Wichtiges innerhalb der Familie oder dem Geschäft geht an ihr vorbei.

● Der alte Djorovic hat seinem Nachwuchs akribisch alles beigebracht, was man über das Geschäft wissen muss. Richtig zugehört hat aber anscheinend nur Athena. In der einen Hand hat sie ein Skalpell und in der anderen einen Raketenwerfer und je nachdem, welches Problem es gerade zu lösen gilt, setzt sie beides sehr bewusst und überlegt ein. Das Einzige, was ihren Perfektionismus noch übersteigt, ist ihr Verlangen nach noch mehr Einfluss und der Vergrößerung der Familiengeschäfte.
● Jacko

**Apollon Djorovic – das schwarze Schaf**
Der zweitälteste des Clans ist ein kompletter Ausreißer. Apollon hat vom Geschäft so viel Ahnung wie eine Kuh von elektronischer Kriegsführung und besitzt zudem keinerlei Fähigkeit zur Selbstreflexion. Er sieht seine Schwester Athena nur ungern auf „seinem" Stuhl, ist aber zu faul (und viel zu inkompetent), etwas dagegen zu unternehmen. Er liebt es, in der Schickeria aufzutreten und sich mit schönen Frauen zu umgeben, investiert sein Privatvermögen in äußerst fragile Unternehmungen und versteht es auch sonst, seinen Kopf immer wieder in irgendeine Schlinge zu mogeln.

● Es ist kein Einzelfall, dass die Djorovics ein Runnerteam engagieren, um ihren Bruder aus einem windigen Konzerngeschäft herauszubekommen oder Beweise gegen ihn außerhalb von München vernichten lassen. Er ist das deutlich schwächste Glied in der Kette, und Apollon wäre jeder Ansatzpunkt möglicher Feinde. Die Frage dabei ist nur, inwieweit die anderen Geschwister sich dann noch ihrem problematischen Bruder verpflichtet fühlen.
● Rasputin

**Amphion und Zethos Djorovic – Stahl und Feuer**
Die beiden Brüder sind Nummer drei und vier in der Nachfolgehierarchie der Erben, im Geschäft aber die beiden Hände von Athena. Dabei bekleiden die ungleichen zweieiigen Zwillinge unterschiedliche Positionen. Amphion ist der ruhigere der beiden und führt im Namen

Athenas viele Geschäftsverhandlungen auch mit der Alta Commissione. Man munkelt, dass er mit einigen neuen Geschäftsstrategien seiner Schwester nicht besonders glücklich ist und er deutlich der italienischen Familie gewogen bleibt.

Zethos, der kleinere der beiden, ist dagegen eine Art Exekutive in den Schatten der Münchner Welt. Ihn findet man kaum auf Schickeriapartys, sondern eher in Bordellen oder zwielichtigen Clubs, wo er sich auslebt und gleichzeitig die Straßengeschäfte prüft. Außerdem ist er in der Familie der Mann fürs Grobe. Angeblich gehen auf sein Konto mehrere schwere Gewaltverbrechen und Körperverletzungen, aber bisher konnte ihm nie etwas nachgewiesen werden.

» Nicht nur das. Zethos ist am Rande des Kontrollverlustes, wenn ihr mich fragt. Einige der brutalsten BTL-Produktionen mit Gewaltszenen werden von ihm selbst aufgenommen, da er wirklich Spaß an seiner Arbeit hat. Mich würde es nicht wundern, wenn er selbst BTLs zieht – auch wenn ich glaube, dass Athena das nie zulassen würde, wenn sie es wüsste.
» Landezone

**Maia Djorovic – die weiße Weste**

Die letzte im Bund ist die knapp 30jährige Tochter vom alten Djorovic. Sie kennt sehr wohl die Familiengeschäfte, hält sich aber so gut es geht aus ihnen heraus. Sie ist hübsch, hat erfolgreich Wirtschaft und Medienrecht studiert, ist mit einem Münchner Anwalt verheiratet und hat mittlerweile zwei Kinder. Ihre Loyalität zur Familie steht außer Frage, aber sie versucht so weit es geht auf Athena einzuwirken, sich so schnell es geht komplett auf die legalen Geschäfte zu konzentrieren und die BTLs fallen zu lassen. Maia wohnt wie alle anderen Familienangehörigen auf dem Familiensitz am Starnberger See – eine Villa, die von Wachmannschaften fast hermetisch abgeriegelt ist.

» Maia ist zwar das Küken, aber sie hat was im Kopf. Auch wenn ihre Bemühungen bei ihrer Schwester total vergebens sind, so kann sie doch bei einigen Zwischenfällen diplomatisch vermittelnd eingreifen. Viele der Schuldner der Familie wenden sich daher erstmal an sie, bevor sie sich mit Athena, Amphion oder gar Zethos auseinander setzen müssen.
» Jacko

» Auch Maia investiert in legale Geschäfte, und zwar ausschließlich. Mit ihrem Mann zusammen hat sie eine eigene Kanzlei und hat angeblich vor kurzem einen guten Batzen Geld in Virgin Productions gesteckt.
» Flitter

» Maia war während des Crashs 2065 für fast zwei Tage in einer Matrixschleife gefangen und wurde erst geborgen, als man sie in ihrem Studienzimmer in London fand, wo sie zu der Zeit ein Auslandssemester einschob. Gerüchteweise verfügt sie seitdem über merkwürdige Fähigkeiten, die sie aber ungern einsetzt und von denen sie noch unwilliger redet.
» SnowWT

## VORY AN DER ISAR

Die Vory in München gehören als Splittergruppe eigentlich zu den Cherkezov-Vory aus Prag und Krakau, haben sich aber schon längst von diesen abgesetzt und nur noch gute Verbindungen zu ihnen. Nachdem sie vor zwei Jahren fast komplett auslöscht wurden, haben sie mittlerweile unter ihrem neuen Vor Balthasar Narekov wieder

DATENEMPFANG ...

## EIN PAAR DER WICHTIGSTEN GANGS IN MÜNCHEN

### DIE KOSAKEN

**Anführer:** Daniel Narekov alias Der rote Zar

Daniel ist der Cousin von Balthasar Narekov, dem herrschenden Vor, und ein Teil seiner Exekutive. Mit den Kosaken, die sich aus Schlägern und Motorradrowdies aus den schlechteren Stadtteilen Münchens zusammensetzen, behält er die Straßen im Auge und beteiligt sich am Schmuggelgeschäft von Balthasar. Daniel hasst die Djorovics und ist in letzter Zeit durch die Gerüchte über eine Verbrüderung der Vory mit den BTL-Baronen extrem gereizt. Seine Gang ist gut organisiert und in verschiedenen Untergruppen vor allem in den SVZ Großried und Perlach vertreten. Ihre Farbe ist rot, ein eigenes Zeichen haben sie nicht.

### DIE GRIMMS

**Anführer:** Sebastian Wagner alias Belzebub

Die Grimms sind eine Gang in Hasenbergl und Umgebung, die sich hauptsächlich aus Orks und Trollen zusammensetzt. Sie sehen sich als Erben der Kultur des ehemaligen Olympiabezirks und verstehen sich daher sehr gut mit der Olympia-Organisation. Allerdings sind sie bei weitem nicht so gut organisiert und haben mehr Spaß und Krawall im Sinn als geschäftliche Ambitionen. Unter dem Ork Belzebub, der zwei rote Strähnen im Haar hat, machen sie allen, die sie für Rassisten halten, das Leben schwer – und das ist außer ihnen so ziemlich die ganze Welt. Ihr Zeichen ist ein grimmig grinsender Trollkopf.

### EXORNATULUS

**Anführer:** Alpha (Name unbekannt)

Exornatulus ist mehr eine Vereinigung als eine Gang. Ein paar Mal im Monat führen die verwöhnten Blagen aus reichen Häusern ihre pubertären Autojagden, Mutproben oder sogar brutalen Übergriffe auf „Niedergestellte" in den Straßen Münchens durch, sehr zur Freude von Moritz Gottlieb hauptsächlich in Moosach, und fühlen sich danach wie die Könige der Welt. Ihr Markenzeichen sind die schwarzen Sportwagen, die schwarzen Lederkombis mit den schwarzen Sturmhauben (damit sie keiner erkennt) und ihre guten Beziehungen in die Upperclass und zu den Schwarzen Sheriffs. Gerüchteweise betreiben sie auch einen kleinen Drogenring, der Novacoke auf den Partys reicher Jugendlicher und Snobs verkauft. Probleme haben sie zurzeit mit den Grimms, seit ein paar der Exornatulus zwei der Goblinisierten erwischt und zusammengeschlagen haben.

### FOXY

**Anführer:** Friederike Goll alias Sweet

Foxy ist eine Go-Gang, die sich zu einem großen Teil aus Frauen zusammensetzt. Neben Geschäften als Kuriere für die Djorovics haben sie auch ein paar „Pferdchen" auf dem Straßenstrich in Großried laufen – hauptsächlich von den Vory eingeschleppte junge Osteuropäerinnen, die sie ihnen abkaufen und dann abrichten, aber auch ein paar Stricherjungen. Egal wie nett und freundlich die Foxys wirken, sie gelten als gefühlskalt und extrem brutal. Mit eng anliegenden Motorradoutfits und wehenden Tüchern an den Maschinen, im Sommer deutlich spärlicher bekleidet, haben sie einen sehr hohen Wiedererkennungswert. Angeblich machen sie zudem Geschäfte mit den Speeddolls in Hamburg und haben gute Kontakte zur Autoduellisten- und Tunerszene Münchens.

DATENEMPFANG ...

## AUSZUG EINES STATUSBERICHTS DER SCHWARZEN SHERIFFS, ABTEILUNG MATRIXKONTROLLE

Leider konnten wir immer noch nicht eingrenzen, um was es sich bei der Entität namens Bethal handelt. Der Hacker oder das Agentenprogramm, das sich dahinter versteckt, verfügt über eine außergewöhnlich gute Kenntnis der VR und handelt wesentlich schneller als vergleichbare Agenten oder Hackerzugriffe. So weit eine Eingrenzung möglich ist, scheint Bethal allerdings weder Daten zu entwenden noch Netze zu sabotieren, die er infiltriert hat. Vielmehr macht es den Anschein, als suche er etwas.

Mittlerweile wurde Bethal nach Insiderberichten schon zweimal aufgebracht, als er sich bei illegalen BTL-Übertragungen an das Transpondersignal gehängt hat und diese „verkonsumierte". Dabei gehen die benutzten Begrifflichkeiten laut Zeugenaussagen von „er fraß die Datei einfach auf" bis hin zu „er steckte seinen Kopf hinein und wurde dadurch größer". Daraus kann nur geschlossen werden, dass es sich bei Bethal um einen sehr geschickten BTL-Dieb handelt, auch wenn nicht klar ist, wie er sich in abgeschlossene Netzwerke einschleust.

> Oh Mann, davon habe ich auch schon gehört! Ein Freund von mir hat das Vieh sogar gesehen und sich angeblich kurz mit ihm unterhalten. Er hat erzählt, das Wesen würde wie eine sechsbeinige Spinne mit einem Körper aus statischen Verzerrungen aussehen. Als er es ansprach, schrie es ihn an, was er denn bitte wolle, und überflutete ihn mit einer Welle von Simsinnspitzen, worauf der arme Kerl abgehauen ist und sich vollgekotzt hat. Vier Tage hat er nur gezittert und kaum ein Wort rausgebracht. Noch Wochen später hatte er kurze Anfälle und hat plötzlich losgeheult oder hysterisch angefangen zu lachen. Der Arzt meinte hinterher, das wäre kein Auswurfschock, sondern ein kalter BTL-Entzug gewesen. Aber mein Freund hat noch nie BTLs genommen!
>
> Wenn ihr einen guten Rat wollt: Wenn ihr das Vieh seht, dann verpisst euch.
>
> Zeitgeist

Fuß in der Münchner Szene gefasst. Die Vory sind genauso streng gegliedert wie die Djorovics, ihr Aufbau unterscheidet sich kaum, nur ihre Interessensgebiete gehen auseinander. Innerhalb der Struktur der Organizatsi gibt es eine Zelle, die für den Menschenhandel, eine Zelle, die für den magischen Schmuggel und eine, die für die Schutzgeldeinnahmen zuständig ist. Alle drei sprechen sich gegenseitig ab, treffen aber in ihrer Kommandokette erst beim Vor aufeinander.

Die Vory sind bei weitem nicht so gesellschaftlich involviert wie die Djorovics und arbeiten lieber in den Schatten und Hinterhöfen des Plexes.

**Balthasar Narekov – der Bluthund**

Narekov ist ein hünenhafter Tscheche mit wildem schwarzem Bart und schwarzen Haaren. Der Bluthund, wie er von seinen Mitstreitern genannt wird, riecht auf zehn Meilen Entfernung ein gutes Geschäft und verbeißt sich in sein Ziel, komme was da wolle. Man bescheinigt ihm in vielen Dingen eine Ähnlichkeit mit Athena Djorovic, allerdings ist er eher das aufbrausende Temperament und nicht das Auge im Sturm.

Mit seinen guten Beziehungen in den Balkan und nach Prag hat er sich ein sicheres Fundament für seine Geschäfte gegossen, hat mit den Zellen in München einen veritablen Rohbau errichtet und wartet nun anscheinend auf den Innenausbau und ein paar hübsche Anbauten.

### STRASSENORGANISATIONEN

**Der Sichelmond**

Der so genannte Sichelmond hat sich in Form einer Diebesbande breit gemacht, die systematisch Villen und andere lohnenswerte Objekte ausraubt. Die kleine Bande geht dabei sehr geschickt und routiniert vor und scheint über diverse Hintergrundinformationen zu verfügen

> Man munkelt im Verborgenen, der Sichelmond wäre von der türkischen Maffiya nach München gebeten worden, um dort einen Blick auf die Djorovics zu halten. Dass sie trotzdem ihrem lukrativen Nebenerwerb nachgehen, kann man den Berufseinbrechern wohl kaum verübeln. Bis jetzt werden sie sogar von den Kroaten gedeckt – die Frage ist, wie lange noch, wenn sich herausstellt, dass die Djorovics sich wirklich von der Alta Commissione lossagen wollen und damit auch einen Bruch mit ihrer eigenen Maffiya begehen. Wer weiß, wofür in diesem Fall der Sichelmond wirklich in München ist.
>
> Jacko

**Olympia**

Olympia ist eine Straßenorganisation aus hauptsächlich Orks, die sich schon vor Jahrzehnten im Olympischen Dorf gebildet hat. Nach dem Anschlag und der Ausräucherung ihrer Heimstätte hat sich die Organisation über München verteilt. Eigentlich ist es mehr eine Bande, die im Ghetto des Olympiadorfes schon die dortigen Bewohner mit Drogen und Prostitution versorgte. Nun haben sie sich ganz aufs Straßengeschäft verlegt, dealen mit BTLs der Djorovics, haben einen Prostitutionsring laufen und bringen pharmazeutische Drogen in Umlauf.

# SCHATTEN ÜBER MÜNCHEN

gepostet von Tukan

Mein Name ist Tukan und ich bin Runner, zumindest war ich das lange Jahre. Inzwischen hab ich mich fast vollständig zur Ruhe gesetzt und versuche mir mein Cybersyndrom nicht anmerken zu lassen, aber bloß kein falsches Mitleid. Früher oder später kommt ihr auch dahin, und ich für meinen Teil hab zumindest den Absprung geschafft. Nun ja, München hat mich zu dem gemacht, was ich bin, und trotzdem – oh Mann – ich liebe München. Nirgendwo ist es wichtiger, wen man kennt, wer einem einen Gefallen schuldet und wie man seine Kontakte behandelt. Schaut euch nur mal die Schickeria an, dann wisst ihr eigentlich alles. Aber wenn ihr jetzt glaubt, dass das Leben in den Schatten einfacher wäre, dann habt ihr euch echt geschnitten. Ich bin jetzt seit über neun Jahren in München und hab vorher auch in Seattle und Hamburg gearbeitet, aber man wundert sich doch immer wieder. Anders als in anderen Städten kann die Wahl des Schiebers die ganze Karriere bestimmen, und nirgendwo ist es schwieriger, als Preuße einen anständigen Run zu ergattern. Wie ihr sicherlich wisst, sind alle diejenigen Preußen, die keine echten Bayern sind, und sogar normale Bayern haben echt eingeborenen Münchnern gegenüber das Nachsehen. Das heißt nicht, dass sich Qualität in München nicht auch durchsetzen würde, nur dauert es halt länger, wenn man nicht von hier ist.

Damit ihr aber nicht völlig aufgeschmissen seid, wenn ihr nach München kommt, lass ich mich mal dazu herab, mein unschätzbares Wissen mit euch zu teilen. Und anfangen werde ich damit, euch ein Update zu geben, wer hier in der Szene die großen Nummern sind, wen man kennen muss und wie man sich aus Ärger raus hält.

- Ich kenne diesen Tukan. Der war mal ein echt harter Knochen und hat mehr als einen internationalen Run durchgezogen. Schade, dass ihn dann das Cybersyndrom erwischt hat.
- M-Sider

## WHO IS WHO

Noch vor ein paar Jahren war die Welt der Schieber in München in Ordnung. Es gab vier vorherrschende Gestalten, die den Markt für Schattengeschäfte praktisch unter sich aufgeteilt hatten, und das hat wahrscheinlich auch nur deshalb so gut geklappt, weil niemand der vier dem anderen in die Suppe gespuckt hat. Die vier hatten nämlich alle ihre Steckenpferde und jeder hat den anderen einfach machen lassen. Ihr solltet euch das aber nicht so vorstellen, als hätte jeder sein eigenes Stadtviertel. Vielmehr hatten sie den Markt thematisch untereinander aufgeteilt, so dass sich niemand gegenseitig ins Gehege kam.

- Ab und an kommt es mal zu einer Interessensüberschneidung. Seht bloß zu, dass ihr da nicht zwischen alle Stühle geratet. Die haben nicht erst einen Runner am langen Arm verhungern lassen.
- Komtur

Der **General** kümmert sich um den Bereich der Söldner, requiriert Runner für internationale Einsätze und verschiebt Waffen im ganz großen Stil. **Sparkle** vertreibt magische Ausrüstung, und seine Jobs drehen sich fast immer um Mambo-Jambo, sei es nun direkt oder indirekt. **Euphemia Leon** wühlt mit ihren Aufträgen in der schmutzigen Unterwäsche Münchens, und damit meine ich nicht, dass sie ein Reinigungsunternehmen hat. Sie handelt mit Gerüchten, Informationen und Skandalen der Schickeria, wobei sie auch von eben dieser Schickeria immer wieder angeworben wird, um sich um Probleme zu kümmern. Das Haifischbecken von **Nathalia Kolenkova** zu guter Letzt ist die Finanz- und Konzernwelt Münchens. Sabotage, Industriespionage und Extraktionen, wer sich mit diesen oder anderen Aktionen einen Namen machen will, sollte sich einfach an die Kolenkova halten. Ob nun, weil man in den Bereichen der anderen eh zu wenig Einfluss hat oder weil eine offene Auseinandersetzung sich einfach nicht rechnen würde, das Ganze funktioniert. Wäre es nach diesen vier gegangen, dann hätte es so wahrscheinlich bis zum Sankt-Nimmerleins-Tag weitergehen können. Aber selbstverständlich ist das wahre Leben nicht so einfach, wie man sich es manchmal wünscht. Seit einiger Zeit gibt es einen Emporkömmling, der sich **Mr. Wolf** nennt und sich nur sehr langsam aber vorwitzig in das System einfügt. Und ganz ehrlich, eigentlich will ihn niemand lassen.

Zu wissen, auf wessen Party man gerade tanzt, ist in München elementar wichtig, denn wenn man erstmal eine Reihe von Runs für einen Schieber gemacht hat, ist man schneller in einer Schublade, als es einem lieb sein kann. Einerseits bietet einem so etwas ein gewisses Maß an Sicherheit, aber andererseits wird man so auch schon mal in die Lage gebracht, ungewollt Farbe bekennen zu müssen.

Das Ungewöhnlichste an Münchens Runnerszene ist wohl, dass die Schieber hier nicht wie in anderen Städten nur unter einem Pseudonym bekannt sind. Schließlich kommen sie ja nicht aus einem kriminellen Milieu, dem sie entwachsen sind, sondern stammen fast ausnahmslos aus den oberen Schichten der Stadt. Aber schauen wir uns die Sache doch mal etwas genauer an.

## DER GENERAL

Ob der General wirklich einmal seinen Rang zu Recht getragen hat, weiß wohl niemand so genau. Fakt ist aber, dass er als Söldner ein kleines Vermögen gemacht hat, und manche behaupten sogar, dass er in den Balkankriegen einer der besten Versorgungsoffiziere überhaupt gewesen sein soll, und wie es nun mal so ist, ist anscheinend immer ein gutes Stück vom Kuchen bei ihm geblieben.

Ob sich der General für den aktiven Dienst zu alt fühlte, oder ob er gemerkt hat, dass er woanders einen größeren Reibach machen kann, auf jeden Fall hat er sich Ende der 50er Jahre vom Söldnerdienst zurückgezogen. Als gebürtiger Münchner war es nur selbstverständlich, dass er sich hier zur Ruhe gesetzt hat. Aber ein Mann wie der General kann sich wohl nie wirklich ausruhen, denn heute ist er der Kontakt schlechthin für Söldnerjobs im In- und Ausland. Und nicht nur das, er handelt zudem meist im großen Stil mit militärischer Hardware. Kaum ein Rebell auf dieser Welt, der nicht zumindest einmal vom General aus Deutschland gehört hat. Mit seinen hervorragenden Kontakten, die er in seiner Söldnerzeit zu Saeder-Krupp und Heckler&Koch und deren Zwischenhändlern gemacht hat, kann er fast die ganze Palette deutscher Markenware abdecken.

» Echt übel, was für Mengen der Kerl umsetzt. Und dabei vertickt der nicht nur Sturmgewehre und Handgranaten, sondern auch ganze Panzer oder Jets. Angeblich versorgt er seine Söldnerspezln sogar mit chemischen und biologischen Kampfstoffen aus einem Werk in Brandenburg.
» Ivan

Wie gesagt, er handelt im großen Stil. Das heißt, man wendet sich nicht an ihn, um eine Urban Combat zu kaufen, sondern höchstens, um 5000 Stück zu erwerben. Für die kleinen Geschäfte hat der General seinen Trupp aus Hauptleuten, der momentan aus vier oder fünf Leuten bestehen müsste, die Kontakt zur Basis halten und die ersten Anlaufstellen für Geschäfte mit dem General sind. Selbstverständlich ist der General immer wieder bei den üblichen Schickeriatreffs zu finden, auch wenn er dort nur wenig häufiger anzutreffen ist, als es gerade eben nötig ist, um den Anschluss zu halten. Außerdem wirkt er bei den meisten dieser Partys immer ein wenig deplaziert. Viel häufiger findet man ihn beim Golfspiel mit seinen Amigos im exklusiven Golfclub in Riem. Außerdem geht er regelmäßig in die Kirche, ist in der BVP und führt sich wie der perfekte bayrische Gentleman auf.

» Er kultiviert das Bild des braven Bürgers, aber man sollte dabei nicht vergessen, dass er ein skrupelloser Killer ist. Für ihn sind Tote nur Zahlen, egal ob einer oder eine Million. Er verdient sein Geld mit dem Tod anderer, und wenn es den Spruch noch nicht gäbe, dann wäre „Waffen töten keine Menschen, Menschen töten Menschen" sicher von ihm. Also kommt ihm nicht in die Quere, sonst werdet ihr der Einemillionenunderste.
» Eismann

» Außerdem ist der Kerl einer der wichtigsten Köpfe in der Thulebewegung. Er versorgt die Faschisten mit Waffen und Munition, um einen Umsturz durchzuziehen, gegen den Hunggarten und seine Kumpel wie eine Teeparty aussehen.
» Anne Archiste

DATENEMPFANG ...

**NAME: FRANK WEISSMANN**

**AKA:** General
**Alter:** ca. 54
**Metatypus:** Mensch
**Aufenthaltsort:** München-Waldtrudering
**Spezialgebiete:** Militärische Hardware, internationaler Waffenhandel, Söldneroperationen, Einsatz von kleinen Spezialkommandos
**Mittelsmänner:** Rodrigo Hinterseer, Wolfgang Schmidtmann, Petra Wilderer

# SANDY – LETZTER AKT

„Ich bitte Sie. Finden Sie meine Tochter und bringen Sie sie zurück nach Garmisch. 23.000 Euro, das sind unsere gesamten Ersparnisse. Ich wüsste wirklich nicht, wen ich sonst fragen soll.“ Der pure Arroganz ausstrahlende Elf schaute in die flehenden Augen des Mittfünfzigers. Nachdem er gemerkt hatte, wie verzweifelt dieser Vorstadtunternehmer nach seiner verschwundenen Tochter suchte, hatte er auf stur gestellt und ihn so von ursprünglich 10k auf die inzwischen mehr doppelte Menge hoch gehandelt. Nun überlegte er, ob er mehr aus diesem Typen herauspressen könnte oder ob er wirklich am absoluten Limit angekommen war.

„Lass gut sein, Copper! Mehr ziehst du aus dem Job nicht raus“, hörte er die Stimme seines Teammates durch sein Kommlink. Einen Moment noch ließ er das zermürbende Schweigen zwischen sich und dem Schmidt in der Luft hängen, um sich dann schließlich zu erbarmen.

„SoKa. Muss wohl reichen. Ich sag Ihnen gleich, dass wir dafür keinen unnötigen Aufwand betreiben werden. Aber machen Sie sich mal keine Sorgen mehr, wir werden Ihre Sandy schon finden. So oder so.“ Die letzten Worte des Elfen ließen das Blut in den Adern von Sandys Vater gefrieren. Das hier war nicht seine Welt, aber für seine Tochter hatte er seine Beziehungen nach München spielen lassen und war schließlich an eine Frau Kolenkowa geraten, die ihm die Dienste dieser vier Elfen empfohlen hatte. Das was er den Elfen zum Schluss angeboten hatte, waren wirklich seine letzten Ersparnisse. In den letzten Monaten hatte er Sandra immer wieder Geld geschickt, bis dann vor drei Wochen der Kontakt völlig abgebrochen war.

„Sehr gut. Dann gebe ich Ihnen hier meine Kommlinknummer und die Anzahlung von 10.000. Und ich bitte Sie noch mal: Beeilen Sie sich!“

Mit einer professionellen Geste nahm der Elf Geld und Nummer entgegen und ließ es in den Tiefen seines Mantels verschwinden. „Wir melden uns“, erwiderte er knapp, und die vier verließen das Hinterzimmer.

Kurz danach fuhren vier Elfen auf ihren Rennmaschinen durch München, um sich mit Euphemia Leon zu treffen. Laut ihrem Vater hatte sich Sandy zuletzt auf einigen Schickeriapartys herumgetrieben und war dann aus seinen Augen verschwunden. Was treibt sich so ein kleiner Fisch auch bei den Haien rum.

Euphemia, die Königin der Schickeria, residierte heute im Dark Euphoria, einem neuen Club im Kunstpark Nord, der nicht ganz ihrem Geschmack entsprach, weswegen sie sich wohl auch gleich zu einem Gespräch bereit erklärte. Ganz in schwarz und rot gekleidet empfing sie die Elfen in einem der Separees.

„Ihr habt Glück, dass ich heute gute Laune hab. Also, was will die Kolenkowa von mir, dass sie mir ihre neusten Spielgefährten schickt?“

„Hey, wir sind freie Runner in der Stadt. Wir haben jetzt nur zufällig ein paar Runs am Stück für die Kolenkowa gemacht.“

Ein unterkühltes Lächeln umspielte ihren Mund. „Natürlich. Also was wollt ihr?“

Copper versuchte sich seine Unsicherheit nicht anmerken zu lassen, als er ihr von Sandy und ihrem spurlosen Verschwinden vor einigen Wochen berichtete. Tausend Euros und einige Telefonate später offenbarte Euphemia den wartenden Runnern, dass sie zuletzt auf einer drittklassigen Party mit Zethos Djorovic gesehen wurde und inzwischen in einem Apartmenthaus leben solle, das einem Bavariaexec gehört.

„Verdammte Scheiße, es war nie die Rede davon, dass wir es mit der Mafia zu tun bekommen!“ zeterte einer der Elfen Stunden danach vor der Tür zu Sandys Apartment. Die Wohnung lag mitten in Ottobrunn am Rande Münchens, einem Viertel, in dem die Medienkonzerne ihre Lohnsklaven unterbrachten.

„Hör auf zu zicken und mach endlich die Tür auf. Nachher kommt dieser bekiffte Zwerg wieder und ich hab heute keinen Bock, unnötig Leute abzuknallen. Also beeil dich!“ Copper machte zwar auch keinen Hehl aus seinem Unmut, aber bemühte sich zumindest noch um Professionalität. Leise öffnete sich die Tür und schloss sich auch gleich wieder, als die Elfen in Sandys Wohnung verschwanden.

„Meine Fresse, ist das widerlich. Hier stinkt's ja wie innem Barghestgehege.“ Überall in Sandys Unterkunft befanden sich Sedimente von schmutziger Wäsche, halbleeren Fastfood-Verpackungen und anderem undefinierbaren Dreck. Jemand hatte sich schon vor Tagen auf das billige Sofa übergeben und es wohl nicht für nötig erachtet, die Spuren zu beseitigen.

„Hat die hier ein Rudel Junkies zum Übernachten eingeladen, oder was?“

„Jungs, ich denke, ihr solltet euch das hier anschauen“, klang die angewiderte Stimme eines der Elfen aus dem benachbarten Bad. In der Ecke ihrer Dusche saß mit weit geöffneten Augen Sandy, deren ausgemergelter Körper mit Schürfwunden, getrocknetem Blut und ihren eigenen Exkrementen bedeckt war.

„Lebt sie noch?“ fragte Copper angeekelt von der Tür des Badezimmers aus. Ein mit Talismanen behängter Elf machte einige Gesten über Sandys Körper und murmelte dabei unverständliche Worte.

„Körperlich schon, aber in ihrem Geist herrscht Funkstille. Schaut mal, ob ihr nebenan noch ein einigermaßen sauberes Laken findet, dann packen wir das Schätzchen hier ein und gut ist“, sagte er, nachdem er fertig war.

„Was hat sie denn da in der Hand?“

„Hmm. Sieht aus wie ein Zugticket nach Garmisch und ein Brief. Steht die Adresse ihrer Eltern als Absender drauf. Glaub nicht, dass sie das jetzt noch braucht.“

* * *

Die Elfenrunner, die ich beobachte, seit sie das Haus verlassen haben, schauen mich nur kurz an, als sie Sandys Körper an mir vorbei tragen. Keine Sorge Sandy, ich werde dich nicht vergessen. Dein Weg mag vielleicht hier enden, aber meiner fängt gerade erst an.

Ein Leben für ein Leben.

› Das ist Unsinn. Sicherlich hätte er keine Skrupel, zu Thuletreffen zu gehen, wenn er da ein gutes Geschäft wittert, aber dass er einer der Köpfe ist, ist ein Gerücht, das sich zwar schon lange hält, aber trotzdem falsch ist.
› Red Anya

Sein Domizil ist eine stattliche Villa mit ziemlich großem Grundstück, am Stadtrand von München in Waldtrudering. Der oberste seiner Hauptleute ist Rodrigo Hinterseer, ebenfalls ein Balkankriegsveteran, Stadtkriegsveteran und was weiß ich noch für ein Veteran. Er ist der Straßenkontakt des Generals, und wenn ihr mittelfristig mit dem General Geschäfte machen wollt und nicht zufällig ein paar Millionen in der Tasche habt, versucht an Rodrigo zu kommen. Anders als sein Name vermuten lässt, ist er ein waschechter Oberbayer, was es zu einem gewissen Vorteil macht, wenn ihr des Bayrischen mächtig seid. Besonders empfindlich reagiert er übrigens bei dem kleinsten Verdacht, verarscht zu werden. Rodrigo treibt sich gerne bei halblegalen Boxkämpfen im Monstroseum oder beim Pferderennen rum, wo auch die meisten Anwerbungsgespräche mit ihm stattfinden.

› Solltet ihr jemals ein Treffen im Monstroseum haben, dann macht euch auf das Schlimmste gefasst. Völlig durchgeknallte Typen, die für Geld mit Drohnen, Crittern und sonst noch was kämpfen. Hmmm ... wobei ... irgendwie machen Schattenläufer auch nichts anderes ...
› Stout

Wenn man Waffen, Sicherheitskleidung oder sonstige Hardware braucht, kann einem Rodrigo eigentlich immer was zu halbwegs fairen Preisen besorgen. Notfalls kann es dann auch mal was Exotischeres sein.

› Wenn ihr übrigens nicht den doppelten Preis zahlen wollt, dann kommt nicht auf die Idee, Rodrigo vor ein Uhr mittags anzurufen. Der Typ ist passionierter Langschläfer.
› M-Sider

Zwei weitere Hauptleute sind Wolfgang Schmidtmann und Petra Wilderer. Während Schmidtmann, genannt Hooker, in erster Linie die Aufgabe hat, die lokalen Runner im Auge zu behalten und für Jobs anzuwerben und zu briefen, kümmert sich Petra Wilderer, alias Massai, darum, ortsfremde Spezialisten in die Münchner Unterwelt einzuführen und ihnen den Start zumindest ein wenig zu erleichtern. Alle direkten Angestellten des Generals sind übrigens Menschen, was aber nicht heißen soll, dass er Runner ablehnen würde, bloß weil sie Metamenschen sind. Er mag sie halt nur nicht in seiner Nähe haben.

› Ich hab's doch gesagt.
› Anne Archiste

## SPARKLE

Bayern ist selbstverständlich weder magischer noch mundaner als die anderen Allianzländer, und das gilt auch für München. Anfangs haben die Münchner das Erwachen mit ihrer stoischen Art zu nehmen versucht, aber erzählt mal einem Phantom, dass ihr nicht an es glaubt. Nach den ersten magischen Ausbrüchen in Dachau konnte man in München die Magie nicht mehr ignorieren, und an der Uni München wurde eine magische Fakultät aus der Taufe gehoben. Im Schlepptau dieser Fakultät bildeten sich bald magische Burschenschaften und Vereinigungen, und eine der ersten Vereinigungen, die es heute noch gibt, ist Res Magica. Gegründet wurde sie von Prof. Dr. mag. herm. Reinhard Schulte, Dr. mag. herm. Marianne Gerber und Sven Köhler, die auch vor der Gründung schon an diversen Projekten zusammen gearbeitet haben, um Möglichkeiten zur Astralraumreinigung zu erforschen, mit dem Ziel, Orte wie Dachau oder die SOX wieder bewohnbar zu machen. Von Anfang an haben die drei darauf geachtet, nicht nur talentierte, sondern auch reiche Hermetiker in ihre Reihen aufzunehmen. Außerdem haben sie ein Alumnisystem etabliert, das für einen beständigen Cashflow sorgte. Vor einigen Jahren wurde Schulte dann mit allen Ehren emeritiert, was aber nicht der einzige Grund war, warum sich das Zentrum der Gruppe immer weiter vom Unileben entfernte. Es gibt Gerüchte, dass die Gruppe unter ziemlichem Druck der Faustianer stand, und es ist eigentlich schon ein Wunder, dass sie sich überhaupt so lange an der Uni halten konnten. Allerdings soll das nicht heißen, dass jetzt keine Res Magica-Mitglieder mehr an der Uni zu finden wären, nur, dass sie nicht mehr ausschließlich auf die Universität fixiert sind und inzwischen auch Talentscouting außerhalb der geheiligten Mauern betreiben. Die gefundenen Talente sorgten in den letzten zehn Jahren für ziemlich viel frischen Wind, und das erste feste Mitglied der Gruppe mit einem Stipendium, das sozusagen direkt von der Straße kam, war Pascal Heckner, der gerüchteweise vorher zur Runnerszene Münchens gehört haben soll.

› Der Kerl war ein Ass als Runner und ein echtes magisches Wunderkind. Also mich wundert es überhaupt nicht, dass diese Wasserköpfe von Res Magica den Kerl haben wollten. Auf den Straßen Münchens gab es selten einen Besseren.
› Enigma

Heckner war ein deutlicher Zugewinn an Aktiva, und über die Jahre hinweg mauserte sich das Wunderkind, das auf der Straße unter dem Namen Sparkle bekannt wurde, zum Schwarzmarktschieber der Gruppe, egal ob es sich um seltene und kostbare Paraphernalia, ein lang verschollenes Buch oder deutlich exotischere Dinge handelte. Bisher hat er dabei fast nie sein Budget völlig ausreizen müssen, und die Gruppe wird den Teufel tun zu fragen, woher er die Dinge besorgt.

DATENEMPFANG ...

**NAME: PASCAL HECKNER**

**AKA:** Sparkle
**Alter:** ca. 32
**Metatypus:** Mensch
**Aufenthaltsort:** München-Bogenhausen
**Spezialgebiete:** Taliskrämerei, magische Sicherheit, Beschaffung von Paraphernalia
**Mittelsmänner:** nur persönlicher Kontakt

DATENEMPFANG ...

**NAME: EUPHEMIA LEON**

**AKA:** Widow, Netdancer, SchickieQueen
**Alter:** ca. 29
**Metatypus:** Elf
**Aufenthaltsort:** München-Bogenhausen
**Spezialgebiete:** Informationen, Matrixjobs, Skandale, Personenschutz, politische Anschläge
**Mittelsmänner:** RedSurfer, Bavarian-Lenin

› Habt ihr euch eigentlich schon mal gefragt, woher die ganze Kohle stammt und was die dann mit diesem ganzen magischen Firlefanz anfangen? Ihr offizieller Geldfluss ist ziemlich fadenscheinig, und die hehren Ziele von wegen astraler Reinigung nimmt denen kaum wer ab.
› Brandkind

Dementsprechend ist natürlich auch die Reichweite der Jobs, die Heckner vermittelt, erstaunlich groß. Über Extraktionen, Diebstahl von Daten oder Gegenständen bis hin zu Expeditionen in die Urwälder Chiles kann so ziemlich alles dabei sein, wobei die Bezahlung zwar meist überdurchschnittlich ist, man aber eigentlich auch immer sicher sein kann, dass mit dem Job irgendeine Art magischer Bedrohung oder Gegenwehr verbunden ist. Wenn man davor aber nicht zurückschreckt und sich auf die Clique von Res Magica einlässt, kann man den ganz großen Reibach machen.

› Ich hab für Sparkle mal einen Job in der SOX gemacht. Seitdem geh ich bei ihm nicht mehr von leicht verdientem Geld aus. Wir sollten einfach nur ein Buch aus der ehemaligen Hochschule Saarbrücken holen. Hätte einfach sein können, wenn sich da nicht inzwischen irgendwelche bescheuerten, verstrahlten Drachenjünger niedergelassen hätten.
› Püppchen

Basis für Heckners Geschäfte ist sein absolut legales Büro mitten in der Münchner Innenstadt. Auf den ersten Blick sehr unscheinbar hat er sich in einem Bürohaus mit den Ressourcen von Res Magica eine Etage gemietet, die der Sitz der ehrenwerten Firma ParSec-Consulting ist, die sich mit magischer Sicherheit und Ressourcenschutz befasst. Auch mit diesem legalen Zweig hat Heckner, durch seine extrem guten Verbindungen zum Münchner Finanzadel, in den letzten Jahren eine deutlich positive Bilanz vorweisen können und hat unter anderem auch den Zuschlag für ein Sicherheitsgutachten in Zusammenarbeit mit dem bayrischen Landtag bekommen.

Sparkle würde Runner niemals von Dritten anwerben lassen. Alle, die für ihn arbeiten, sind handverlesen und von ihm so gut es eben geht durchleuchtet. Treffen mit Sparkle finden meistens an relativ öffentlichen Plätzen wie Restaurants, Cafés oder im Theater statt, oder wo auch immer er in Ruhe mit den Runnern reden kann.

## EUPHEMIA LEON

München wäre nicht München ohne die Intrigen der Schickeria, und wenn die High Society in Hamburg oder Seattle ein Haifischbecken ist, dann ist sie in München ein ganzes Meer davon – und jeder hat Nasenbluten. Nirgendwo auf der Welt wird man beim kleinsten Zeichen von Schwäche schneller zerfleischt als in München. In dieser Welt von Intrigen und Machtspielchen ist natürlich nichts wichtiger als Informationen über die Fehltritte anderer.

Ob Euphemia in diesem Rudel das größte aller Raubtiere ist oder doch nur ein geschickter Putzerfisch, der von den Raubtieren lebt, ist ziemlich schwer zu sagen. Aber sei es wie es sei, ohne Euphemia Leon wären schon viele der ach so tollen Mitglieder der Schickeria ins offene Messer gelaufen. Als einzige Tochter von Jamie Watts, Talentscout und Headhunter für BMW Deutschland, und Ulrike Leon, Starregisseurin für Bavaria, ist sie schon mit elf in die hohe Gesellschaft eingeführt worden und hat das Leben in der Schickeria von der Pike auf gelernt. Hervorragende Bildung, ein Gesicht wie ein Engel, die richtigen Eltern, und mit 14 war sie bereits der beliebteste Gast auf allen Schickeriapartys. Auch wenn einer Karriere eigentlich nichts mehr im Wege stand, ist es doch bei solchen Kids irgendwie immer das Gleiche. Einerseits verkehrte sie in allerbesten Kreisen und war der Liebling der Schickeria, andererseits rebellierte sie gegen ihre Eltern und fing an, sich in der Anarchoszene von Berlin rumzutreiben. Der ach so brave Leon-Sprössling entsprach also so gar nicht den Vorstellungen ihrer Eltern. So kam, was kommen musste: Internat, Erzieher, Entzugskliniken und das komplette Programm der Zwangsanpassung.

Doch dann kam der tragische Tag ihres Lebens, als im November `56 ihre Eltern mit einem Privatjet über den Alpen abstürzten. Die nächsten zwei Jahre verschwand Euphemia praktisch völlig von der Bildfläche.

› Na ja, so sehr war sie nun auch nicht verschwunden. Sie hing mit den Anarchos ab und hat sogar einige Aktionen mit den antiimperialistischen Zellen durchgezogen. Ich bin mir außerdem sicher, dass sie immer noch ausgeprägte Kontakte hat. Und zwar nicht nur zu den Anarchos, sondern auch zu allen möglichen sonstigen radikalen Gruppen.
› Red Anya

Dann dieser unerwartete Auftritt zur Kaninchenverleihung 2058, bei der Euphemia wie ein Phönix aus der Asche auftauchte, als wäre sie nie weg gewesen.

› Bei dieser Auferstehung muss sie etliche Kontakte zu den Medien aktiviert haben. Die haben sich auf ihre ach so tragische Geschichte gestürzt als wäre sie Buddha persönlich.
› Catwalk

Die inzwischen aufgetauchten neuen Sternchen wollten sich natürlich nicht den Schneid abkaufen lassen und setzten alles daran, Dreck über Euphemia auszugraben, und so begann der so genannte Schickeriakrieg. Aber sie hatten die Rechnung ohne den Wirt gemacht. Noch nie in der Geschichte der Münchner Schickeria wurde in so kurzer Zeit so viel bizarrer, widerlicher und schockierender Dreck über die Stars und Sternchen ausgegraben. Dass Euphemia diesen Dreck ausgekippt hatte, wird man bis heute vergebens in der Presse suchen.

● Dr. med. Penke, der Geheimtipp für Schönheitschirurgie, prahlte in der Presse mit einem Gutachten herum, was alles an Euphemia modifiziert sein sollte. Leider konnte sie das nicht sehr lange tun, weil nur zwei Tage später in der Presse erschien, dass die werte Frau Doktor mit einer Abtreibungsklinik kooperierte und ein kleines Vermögen damit gemacht hatte, dass sie, ohne das Wissen der „Spender", eine bestialisch teure Hautcreme aus Embryonen hergestellt und an diverse Schickeriasternchen verkauft hatte, mit der Erklärung, dass die verjüngende Wirkung durch die Einwirkung der embryonalen Stammzellen einsetzen würde. Tja, das war so was wie alle Neune, weil damit nicht nur die Penke, sondern auch alle Käuferinnen in der Schickeria unten durch waren. Es gibt natürlich noch Dutzende andere „Opfer" von Euphemias Rundumschlag, aber das ist im Abschnitt über den Münchner Jetset besser aufgehoben.
● Catwalk

Heute ist sie so etwas wie das Enfant terrible der Szene und doch wendet man sich an sie, wenn es um Informationen und Intrigen geht, da sie ein gigantisches Netzwerk von Informanten hat und auch eine beträchtliche Anzahl an Schattenläufern. Und das ist nicht alles, was sie am Laufen hat. Sie dealt, natürlich nicht ganz uneigennützig, mit allen erdenklichen Arten von Überwachungselektronik, Infiltrationstechnik und Informationen und beschäftigt ständig eine stattliche Anzahl von Hackern, teils um ihre Armada von Suchagenten, die die Matrix durchforsten, SOTA zu halten, teils um in guter alter Handarbeit schmutzige Wäsche auszugraben.

● Außerdem hält sie ihre Hand über diverse Edelhuren und Luxuscallboys in München. Natürlich steht auf denen nicht ihr Name drauf, denn niemand wäre so blöd, sich Euphemia quasi auszuliefern. Aber wenn man eines der so genannten freien Callgirls nimmt, besteht eine gewisse Wahrscheinlichkeit, dass es auf Euphemias Lohnliste steht. Und wenn man dann den Damen zu dumm kommt, bekommt man weitaus mehr Ärger, als ein stinkiger Zuhälter einem machen könnte.
● Catwalk

Durch ihre Zeit in der Anarchoszene Münchens hat sie immer noch reichlich und gute Kontakte zu aktiven Zellen, und so kann es natürlich auch einmal vorkommen, dass man von Euphemia keine bequemen Überwachungsjobs bekommt, oder nett vom Wohnzimmer aus Infos über einen Schickeriafuzzie ausgraben muss, sondern sich mitten in der anarchistischen Szene Münchens rund um die Universität wiederfindet und einen politischen Anschlag auf eine Schnellimbiss-Kette oder einen Lokalpolitiker ausführen soll, auch wenn Euphemia solche Jobs eher über Mittelsmänner vergibt.

Es gibt eine Reihe von Leuten, durch die man Kontakt mit Euphemia bekommt oder doch zumindest Jobs abkriegen könnte. Die meisten Sachen mit anarchistischem Hintergrund lässt Euphemia über BavarianLenin vermitteln. Leute, lasst euch nicht davon täuschen, dass ihr einen gemütlich wirkenden Troll mit feiner Lodenjacke vor euch habt. Mit BL, wie er von Freunden auch genannt werden darf – und nur von Freunden – habt ihr einen knallharten vercyberten Attentäter vor euch stehen. BL hat keine Probleme damit, Leute, die ihm an den Karren pissen wollen, über die Klinge springen zu lassen, und das sind so einige, wenn man ein Troll in Trachten ist.

Euphemias Matrixkontakt Numero Uno ist RedSurfer, der ursprünglich ein Matrixanarchist von UV-X war, aber mit den Jahren doch immer pragmatischer geworden ist. Zwar hat er seine rote Gesinnung nicht vollständig verloren und hat es auch geschafft, mit dem Matrixcrash von `65 gut zurechtzukommen, aber seit ein paar Jahren hat er sich aus dem direkten politischen Geschäft zurückgezogen und arbeitet jetzt für Euphemia. RedSurfer ist ein Genie in der Programmierung von Agenten und so ´nem Kram und hängt regelmäßig in den einschlägigen Matrixtreffs rum. Ihr werdet ihn unwahrscheinlich direkt zu Gesicht bekommen, sondern seiner AR-Projektion in einem x-beliebigen Laden begegnen und alle Absprachen mit ihm virtuell treffen.

● Und kommt bloß nicht auf die Idee, sein Signal zurückverfolgen zu wollen. Einmal lässt er euch das ja noch mit einem Hinweis auf eure körperliche und geistige Unversehrtheit durchgehen, aber beim zweiten Mal gibt's dann auch meistens richtig einen vor den Latz.
● Sermon

## NATHALIA KOLENKOVA

Wenn einer in München sich in der Konzernwelt auskennt, dann ist es die Kolenkova. Industriespionage, Extraktionen oder Sabotage: die Kolenkova hat für alles die richtigen Leute. Und das wissen die Herren Schmidt der Münchner Konzerne ganz genau. Alle kommen sie zu ihr, weil sie sich auf ihre bedingungslose Verschwiegenheit verlassen können. Wie der Name es schon verrät, ist sie eine Russin. Sie hat gute Verbindungen zu den Vory, die sie allerdings nur nutzt, um eventuell mal ein neues Straßentalent zu finden. Kolenkova bezahlt zuverlässig und pünktlich, was sie zu einem herausragenden Kontakt in der Münchner Szene macht, und wenn das alles wäre, was man über sie sagen könnte, dann wäre sie wohl die perfekte Connection.

Aber wie immer ist auch hier nicht alles so einfach, wie es am Anfang scheinen mag. Wenn ich jetzt sagen würde, dass die Frau einen kleinen Spleen hat, wäre das wohl schamlos untertrieben. Jedes Mal bevor ich mich mit der Kolenkova treffe, muss ich zusehen, dass ich vorher mindestens einen ganzen Eimer Kreide fresse. Echt. Ich habe noch niemanden gesehen, der dermaßen schnell ausrastet, wenn auch nur der leiseste Anschein von Unhöflichkeit in der Luft liegt. Wenn ihr mal zum Darwin-Award nominiert werden wollt, dann geht zur Kolenko-

DATENEMPFANG ...

**NAME: NATHALIA KOLENKOVA**

**AKA:** Die Kolenkova, Diva
**Alter:** unbekannt
**Metatypus:** Mensch
**Aufenthaltsort:** München-Trudering
**Spezialgebiete:** Industriespionage, Extraktionen, Sabotage
**Mittelsmänner:** keine

va, macht eine abfällige Bemerkung über ihre Frisur und fragt sie dann, ob sie in letzter Zeit etwas zugenommen hat. Wenn sie einen besonders schlechten Tag hat, dann reicht es wahrscheinlich schon, wenn man eines ihrer vorübergehenden Fettpölsterchen schräg anschaut. Warum vorübergehend? Nun, sagen wir es mal so: Sie isst gerne. Sehr gerne. Unglaublich gerne. Und das in abartigen Mengen. Allerdings legt sie auch großen Wert darauf, dass sie immer äußerst elegant ist und gut aussieht. Nun könnte man annehmen, dass sie dann ab und an mal weniger essen würde. Aber stattdessen rennt sie alle drei bis vier Monate zum Chirurgen und lässt sich absaugen. Nun ist das Bild, das sich einem bietet, ein deutlich anderes, wenn man sie am Anfang oder am Ende dieses Fettzyklus trifft. Was nicht heißt, dass man ihr weniger Komplimente zu machen hat, wenn sie gerade zwei Zentner wiegt.

DATENEMPFANG ...

**NAME: TORSTEN MEIER**

**AKA:** Mr. Wolf
**Alter:** ca. 26
**Metatypus:** Ork
**Aufenthaltsort:** München-Hasenbergl
**Spezialgebiete:** Hehlerei, Drogenhandel
**Mittelsmänner:** diverse kleine Hehler

• Es ist echt widerlich, wenn man sich dabei erwischt, vor der fetten alten Schachtel zu stehen und einem klar wird, dass man vor zwei Monaten bei ihrem Anblick noch einen Ständer bekommen hat.
• Wiesn-Troll

• Ich würde ihr ja passende Bioware von Shiawase empfehlen, aber angeblich hat sie da eine Überempfindlichkeit. Sie hat wohl mal versucht, sich so was einbauen zu lassen, und hat danach mehrere Tage im Koma gelegen. Immunabstoßung, wenn ihr versteht, was ich meine. Ziemlich üble Sache.
• Doc Hollyday

Komplimente sind sogar elementar wichtig, um gute Jobs zu bekommen. Bei ihren Treffen mit Runnern kommt die Kolenkova immer den Wünschen der Klienten nach und hat überhaupt kein Problem damit, im Designeroutfit in eine Anarchokneipe zu gehen. Allerdings nimmt sie sich dann zwei bis drei Leibwächter mit.

### DIE SAAT DES UNFRIEDENS

So viel zu den alten Hasen. Wie ich ja vorhin schon angedeutet hab, ist seid kurzer Zeit ziemlich viel Bewegung in die Szene gekommen, und der Stein des Anstoßes heißt Torsten Meier, genannt Mr. Wolf. Schon seit einigen Jahren wühlt er in den gesellschaftlichen Kloaken Münchens herum und macht eigentlich alles, womit sich Geld verdienen lässt. Mr. Wolf ist ein echtes Organisationsgenie, und wenn es irgendwas gibt, was du brauchst oder loswerden willst, dann frag Mr. Wolf. Er kauft und vertickt jeden Dreck im ganz großen Stil, was auch der Grund dafür ist, warum ihn die anderen bisher nicht für voll genommen haben. Klar, man hat mitbekommen, dass seine Geschäfte immer weitere Kreise gezogen haben und dass sein Name immer öfter im Zusammenhang mit Hehlerei gefallen ist, aber das waren kleine Fische. Natürlich konnte er mit dem einen oder anderen Angebot einen nicht ganz unbegabten Runner aus den Slums Münchens rekrutieren und mit ihm auch ein paar interessante Jobs an Land ziehen, aber nicht so, dass es gefährlich für die ach so wichtigen Vier werden könnte. Tja, wie heißt es so schön: Hochmut kommt vor dem Fall.

Vor etwa einem Jahr tauchte Mr. Wolf bei einem Treffen des Schieberquartetts im Excelsior auf und hat den anderen erstmal gezeigt, wo der Hammer hängt. Mann, ich wäre echt gerne dabei gewesen. Die Kolenkova soll vor lauter Wut ihren eigenen Bodyguard angeschossen haben, und der General drohte mit ernsthaften Konsequenzen. Gerüchteweise sollen aber Euphemia und Sparkle eingelenkt und seine Partei ergriffen haben. Wie auch immer das genau gelaufen ist und wer mit wem im Vorfeld Deals abgeschlossen hat, jetzt ist er dabei und wird sich wohl auch so schnell nicht mehr vertreiben lassen. Die meisten seiner Runner rekrutiert er aus Gangs, den Syndikaten oder sucht direkt auf der Straße und in Clubs nach Talenten. Einsteiger lockt er meist damit, dass er ihnen einfach Tipps gibt, wo sie „interessante Dinge" abziehen können und bietet ihnen dann auch gleich an, das Zeug für sie zu verticken. Wenn er glaubt, du wärst gut oder zumindest nützlich genug, gibt er dir dann auch die ersten richtigen Aufträge. Und glaub mir, er wird dich wohl oder übel bemerken, da ihm sein großes Netz von Hehlern in ganz München regelmäßig Bericht erstattet. Ob man will oder nicht: Wenn man in München gestohlene Ware verkauft, landet sie fast unweigerlich in den Händen von Wolf.

• Wolf ist ein Ghettokind. Sein Auftreten ist überheblich und strotzt vor Machismo. Er zieht seine Macht über seine Leute durch sein „Harter Mann"-Image. Das ist gleichzeitig seine Stärke und seine Schwäche. Die Vier hätten ihn schon viel früher in seine Schranken weisen müssen, aber wie heißt es so schön: Ein Problem, das sich durch aussitzen lösen lässt, ist kein Problem. Er IST ein Problem.
• Catwalk

## NETZWERKE

Natürlich ist ein kompetenter Schieber nicht alles, was man in der Runnerszene zum Überleben braucht. Wo trifft man sich? Wer flickt einen zusammen, wenn der Run wieder nicht ganz so einfach war wie versprochen? Wer weiß was über wen? Wie war noch mal der Name des korrupten Cops, der für ein paar Kröten mal nicht hinschaut?

All das macht auch in München den Unterschied zwischen einem guten Runner und einem toten Runner aus.

### ERSTE HILFE ODER MECHANIKER?

In München gibt es eine ganze Bank an Docs, die nicht fragen, warum du ein Loch in der Brust hast, wenn du nur richtig bezahlst. Allerdings kann man von den meisten dieser Metzger nur abraten. Gut, manchmal hat man einfach keine andere Wahl, wenn es schnell und billig sein soll. Also arbeite ich mich mal von unten nach oben durch.

**Chop-Chop**
Nur Gott weiß, wo und ob der Typ jemals studiert hat. Chop-Chop hat seine Praxis, wenn man das so nennen will, im Keller eines chinesischen Restaurants in Bunnyhill. Mann, mir wird ganz anders, wenn ich daran denke, wie dieser asiatische Zwerg sich die Finger nur eben an seiner Küchenschürze abwischt, seine Trittleiter nimmt und anfängt, seine Opfer auf einem alten Metalltisch zusammenzuflicken. Wenn es einen allerdings nicht stört, dass man nach einer Behandlung wochenlang Antibiotika schlucken muss, wird hier so billig wie nirgends sonst verarztet.

• Chop-Chop ist ein Champ in chinesischer Medizin. Das mag auch einer der Gründe sein, warum der ein oder andere Magier und Schamane auf seine Dienste schwört.
• Doc Hollyday

**Professor**
Gut, eine Praxis ist was anderes, aber der Professor ist schon eine ganze Sparte besser als die meisten seiner Kollegen. Seine Behandlungsräume hat der Mittvierziger Münchner in Neuperlach. Und tatsächlich achtet er darauf, dass es in seinen Behandlungsräumen hygienisch zugeht. Sicherlich darf man ihn nicht nach Diplomen oder Abschlüssen fragen, aber wenn einen das nicht stört, kann man vom Professor sogar für einen fairen Preis kleinere Cyberimplantate bekommen.

**Dr. Kaiber**
Manchmal fällt für uns hier unten auch was Gutes von oben runter. Und in diesem Fall ist es ein erfahrener Cyberchirurg. Was genau passiert ist, weiß ich nicht genau, aber auf jeden Fall hat der gute Doktor nach dem Crash seinen Job in einer der kleineren Privatkliniken Münchens verloren und klatschte ziemlich hart auf den Asphalt des Lebens. Sicher hat er ein paar Monate gebraucht, um sich anzupassen, aber inzwischen ist er wieder einigermaßen im Geschäft. Er nutzt seine immer noch guten Kontakte zu Münchner Kliniken und nutzt OP-Leerstände aus, um selbst an seinen Patienten Cyberoperationen durchzuführen. Angeblich kann er dabei sogar ab und an auf Betaware zugreifen. Ein neuer Fall für „Pimp my Body!"

**Resi**
Wenn man richtig Kohle auf der Seite hat und unbedingt innerhalb von Stunden wieder einsatzbereit sein muss, ist Resi genau die Richtige. Die Trollschamanin ist wohl eine der Besten im Bereich der wiederherstellenden Magie. Sie beherrscht alle bekannten Heilzauber und hat sogar einige für recht spezielle Bedürfnisse angepasst. Angeblich schafft sie es sogar, schwer vercyberte Blechmonster zu heilen. Allerdings solltet ihr euch darüber bewusst sein, dass ihr für diesen Service mächtig was abdrücken müsst. Außerdem kann die Dame, wie man sich denken kann, mit eher rassistisch orientierten Menschen und Elfen wenig anfangen.

## EHRENWERTE STAATSDIENER

Man glaubt gar nicht, wie oft man es gerade als Schattenläufer mit den Münchner Staatsorganen zu tun bekommt. Es gibt wohl nur wenige Städte, in denen man öfter in eine der so genannten Routinekontrollen geraten kann. Sei es auf der Straße bei einem SIN-Check oder in den eigenen vier Wänden bei einer der Anti-Terror-Aktionen. Diese unangemeldeten Hausdurchsuchungen sind ein Überbleibsel aus der Offline-Zeit. Damals, als keiner die Cops zur Hilfe rufen konnte, selbst wenn er es gewollt hätte, haben die Cops angefangen, in den bekannten Unruheherden Routinedurchsuchungen zu starten. Dabei ziehen die Schwarzen Sheriffs in Sicherheitspanzerung und in mehreren Gruppen von sechs bis acht Mann durch die SVZ von München und kontrollieren wahllos die Wohnungen irgendwelcher Anwohner.

• Heutzutage wird es immer wichtiger, seine Nachbarschaft im Auge zu behalten. Wer weiß, wann sie einem den Arsch retten, weil sie einen rechtzeitig vor den Bullen warnen.
• Wiesn-Troll

Dabei behaupten sie natürlich, dass sie diese Aktionen in allen Stadtteilen durchführen würden, aber ich hab echt noch nie mitbekommen, dass eine Kontrollaktion in Bogenhausen stattgefunden hätte. Bei den ersten dieser Aktionen ist es naturgemäß zu heftigen Auseinandersetzungen gekommen, aber inzwischen hat man sich damit arrangiert. Es gibt ein ziemlich gutes Kommunikationsnetz in den Slums, und so dauert es selten länger als fünf bis zehn Minuten, bis alle wissen, dass wieder eine Anti-Terror-Aktion am Start ist, allerdings ist es auch immer gut, seinen Kontaktbeamten zu kennen.

Inzwischen tragen eigentlich alle Sheriffs Münchens AR-Brillen, mit denen sie sich beständig die SINs von vorübergehenden Passanten anzeigen lassen. Laut Vorschrift müssten sie in bestimmten Stadtteilen, in denen ein aktives PAN Pflicht ist, auch jeden anhalten und kontrollieren, bei dem sie diese Infos nicht bekommen. Nach den SIN-Amnestien der vergangenen Jahre geht die Staatsgewalt wohl davon aus, dass jeder, der keine SIN hat, ein potentieller Attentäter oder vielleicht sogar ein Saupreuss ist. Mit der Zeit ist der Eifer der Sheriffs aber deutlich zurückgegangen, und die meisten Bullen schauen einfach nur weg und sehen zu, dass sie ihr Weißwurst-Frühstück oder ihre nächste Brezel nicht verpassen. Wer will sich für die paar Kröten schon den Tag mit einer Kugel im Bein oder einem Messer am Hals versauen lassen.

• Und das ist auch gesünder so. Anfangs ist es immer wieder vorgekommen, dass die Schwarzen Sheriffs sich durch eine solche SIN-Kontrolle einen Haufen Ärger an den Hals geholt haben, weil sie zufällig eine italienische Gilette auf der Durchreise überprüfen wollten. Das kann einem echt den ganzen Spaß verderben.
• M-Sider

Allerdings sollte man in gewissen Gebieten der Stadt zumindest eine gefakte SIN mit sich rumschleppen, denn kein Sheriff will dafür verantwortlich sein, dass er in der Maximilianstraße „vergessen" hat, einen verrückten Killer zu kontrollieren. Das kann nämlich schneller den Job und den Kopf kosten als man als durchschnittlicher Straßenbulle sein Schmiergeld einstecken kann.

• Apropos Schmiergeld. Ich bin neu in München und hab leider schon ein kleines Problem mit den Sheriffs. Kennt jemand ´nen Namen von ´nem korrupten Bullen?
• Verbena

• Du kommst echt vom Dorf, oder? Alle, und ich meine alle, Bullen in München sind korrupt. Ist halt nur eine Frage des

Preises. Bei Mord oder schwerer Körperverletzung brauchst du es nicht erst zu versuchen, aber wenn einer mal ne Knarre bei dir entdeckt, dann wirst du da mit ein paar Euros sicher wieder rauskommen.
➋ Wiesn-Troll

Nicht erst seitdem dieses Arschloch aus der Haderner Klinik mit seinem Sterilisierungs- und Abtreibungsprogramm seinen Nazifantasien nachkommen wollte, ist die Situation zwischen den SSlern und der Unterschicht zum Zerreißen gespannt. Ich kann mich kaum noch an die Zeiten erinnern, in denen sich die Schwarzen Sheriffs noch mit niedlichen Zweiertrupps nach Bunnyhill getraut haben. Heutzutage besteht eine Streife aus drei bis sechs Sheriffs in Sicherheitspanzerung, und die durchschnittliche Bewaffnung dieser kleinen Einsatzteams besteht aus Schrotknarren und MPs. Und auch wenn die meisten Cops sich lieber erstmal verpissen und auf Nachschub warten, sollte man sich doch nicht leichtfertig mit diesen Irren anlegen.

➋ Ein Kumpel von mir war neulich auf Abziehtour durch seinen Turf als eine Dreier-Patrouille Sheriffs seinen Weg kreuzte. Echt eine beschissene Kombi aus drogenbedingtem Größenwahn meines Kollegen und einem übereifrigen Jungspund von Sheriff. Zum Glück hatte er so viel Novacoke intus, dass er wohl kaum gemerkt hat, wie die Jungs ihm die Arme gebrochen haben.
➋ Sibiria

# GOGOS UND NOGOS

Wenn man gut informiert sein will, sind natürlich nicht nur die Leute wichtig, sondern auch die Orte, an denen man solche Typen treffen kann. Damit ich euch aber nicht nur Namen von angesagten Clubs an den Kopf werfe, habe ich versucht, irgendwie ein bisschen Ordnung reinzubekommen. Also dann.

## BERÜHMTE HINTERZIMMER 100

Es gibt als Runner Gespräche, für die man einfach seine Ruhe haben will. Sei es, dass man sich mit seinem Schieber trifft, um die Details für den nächsten Job auszudealen, oder dass man jemanden für ein paar Stunden unterbringen muss, der andere mit seinen Hilferufen nicht durcheinander bringen soll.

### Ambach

Das Café Ambach gehört Manni Gerber, einem Freak, der früher mal ein ziemlich aktiver Streiter für die anarchistische Bewegung war, und liegt in Schwabing, dem Herzen des studentischen Lebens. Irgendwann ist Manni bei einer Demo ein verirrtes Geschoss in den Kopf gejagt worden, und seitdem sitzt er im Rollstuhl. Die Ärzte haben zwar einiges versucht, aber da ist selbst mit Cyberware nichts mehr zu machen.

Nach etlichen OPs wurde er dann als „austherapiert" entlassen. Aber Manni hat sich ziemlich schnell wieder gefangen und mit der Hilfe seiner Kumpels von damals das Ambach aufgemacht.

Die Scheiben der Ladenfront sind übrigens dermaßen fett mit politischen Plakaten oder Konzertterminen zugepflastert, dass manche sogar behaupten, das Ding wäre kugelsicher. Insgesamt verströmt das Ambach den Charme der Besetzerszene und die Luft ist geschwängert mit politphilosophischen Diskussionen, Dope und Bier.

Im vorderen Teil des Ambach ist ein recht gemütlicher Laden, in dem eigentlich den ganzen Tag die Anarchoszene Münchens abhängt, politische Diskussionen führt und am Abend bei Livekonzerten mächtig abfeiert.

➋ Wobei „die Anarchoszene" schon nicht ganz zutrifft. Hier hängen in den meisten Fällen Studenten rum, die zum linken bis linksextremen Spektrum gehören, aber den ganz harten Kern wird man hier nicht finden, auch wenn sie Kontakt zu den Leuten haben. Die Angst ist zu groß, dass in dem Laden Spitzel von den SSlern, dem BIS oder sonst irgendeinem Verein rumhängen. Wobei Gott dem V-Mann gnädig sei, der hier erwischt wird. Manni hat seine Verkrüppelung nie wirklich überwunden, und er hat viele Freunde.
➋ Roter Oktober

Das Besondere an diesem Laden ist allerdings, dass sich im hinteren Teil ein gut abgeschirmtes Besprechungszimmer mit gut geschütztem WiFi-Knoten befindet, das man bei Manni mieten kann.

➋ Euphemia soll in dem Laden immer mal wieder Anwerbungsgespräche führen. Sie kennt Manni von früher und soll sogar bei seinem „Unfall" dabei gewesen sein. Euphemia hat Manni wohl mit einer großzügigen Spende für den Laden unter die Arme gegriffen. Außerdem hatte Errico Ancona hier angeblich seine ersten Auftritte und schaut heute noch manchmal vorbei. Mann, der spricht einem wirklich aus der Seele.
➋ Anne Archiste

### Excelsior

Wenn man sich im Excelsior mit seinen Connections trifft, hat man's echt geschafft. Ein Separee in diesem Luxushotel in der Altstadt kostet alleine schon ein kleines Vermögen, dafür ist der Service aber auch allererste Sahne. Hinter Marmor, edlen Vorhängen und Messingarmaturen befindet sich nämlich ein ganzes Arsenal von magischen Abschirmungen, abhörsicheren Wandverkleidungen, gekapseltem WiFi und Bodyguards, die auf Befehl mit Hilfe von Cyberware das Gespräch aus ihrer Wahrnehmung filtern.

➋ Aber das ist wirklich nicht das Beste an dem Laden. Hier arbeiten dutzende Hostessen, die einem Topmodel alle Ehre machen würden und nur darauf warten, dir deine Wünsche von den Lippen abzulesen. Wenn man hier allerdings was essen will, sollte man einigermaßen des Französischen mächtig sein, weil man auf dem AR-Menü kein einziges deutsches Wort findet.
➋ Catwalk

➋ Passt aber bloß auf, was für Wünsche ihr äußert, weil die meisten dieser Pferdchen einen ausgeprägten Hang zu diversen Kampfsportarten haben.
➋ Global Player

## GORKY PARK

Das Gorky Park ist ein osteuropäisches Restaurant mitten im Nordpark, fest in der Hand der Vory und ein innenarchitektonischer Alptraum in Rot und Gold. Der offizielle Besitzer von dem Laden heißt Sergej Antonivic, aber ehrlich gesagt glaubt das kein Mensch. Dafür sind Narekov und seine Schergen viel zu oft da, um „nach dem Rechten" zu schauen. Im vorderen Teil des Restaurants geht es recht gediegen zu, und man vergnügt sich bei tschechischer Popmusik und dem besten Wodka der Stadt. Aber wenn man es schafft, durch die Tür mit dem hübschen

Schild privat zu kommen, geht es richtig ab. Hier feiern die Vory ihre berüchtigten Orgien, bei denen schier alles möglich ist. Prostituierte, Sklavenhandel und Kakerlakenwettrennen, bei denen bizarre Summen auf den Gewinner gesetzt werden.

» Die Kolenkova trifft sich hier regelmäßig mit Freunden, ihrem Leibarzt und ihren wichtigeren Runnern. Wenn sie euch hierhin zum Gespräch ruft, habt ihr es geschafft.
» Red Anya

## DARK EUPHORIA

Dieser Club ist einer der neueren im Nordpark und scheint momentan bei der Schickeria ziemlich angesagt zu sein. Das Publikum ist eine wüste Mischung aus Konzernern, Medienvertretern, Filmsternchen und Leuten, die es sich einfach leisten können und die für einen Abend mal in ihr knappes Partyoutfit schlüpfen, um einen auf verrucht zu machen. Um dem ganzen einen gewissen Kick abzuringen, dürfen hier auch ganz normale Menschen und sogar zweifelhafte Gestalten rein. Aber glaubt mir, die ziemlich gut ausgebildete Sicherheit macht schnell jeden Versuch von Ärger zunichte.

Der Laden ist vom Stil her auf Krankenhaus oder Arztpraxis getrimmt, und so verströmen große Teile der Einrichtung eine etwas sterile Atmosphäre. Die Drinks werden in Reagenzgläsern oder Infusionsbeuteln ausgeschenkt, und die Bedienungen laufen in extrem knappen Krankenschwester-Outfits rum.

» In einigen der Hinterzimmer kann man sich sogar noch behandeln lassen, auch wenn diese Behandlungen selbst mit Mühe kaum als medizinisch zu bezeichnen sind. Ich sage nur: anderthalb Liter Kochsalzlösung via Infusion in die Klöten ...
» Sibiria

## NIGHTSHADOWS

Nachdem sich nach dem Aus der KKM-Serie die Darsteller allesamt neue Jobs suchen mussten, hat Tobi Troll alias Kevin Winzacker sich seinen Ruhm zunutze gemacht und in Riem einen Schuppen ganz im Stile von Karl Kombatmage eröffnet. Erstaunlicherweise hält sich der Laden bereits geraume Zeit und ist zu einem Mekka für Seriennostalgiker und Fans geworden, da er bis unter die Decke voll ist mit diversen Devotionalien wie Requisiten und sogar einigen Kulissenstücken. Prunkstück ist die Sammlung der Fireburner, Ritchies Rennsemmel aus der dritten Staffel, die Tobi beim Ausverkauf der Serie in seinen Besitz bringen konnte.

» In München halten sich immer noch hartnäckige Gerüchte, denen zufolge das Nightshadows ein gerne genutzter Runnertreffpunkt sein soll. Mal ehrlich, Leute: So etwas wie Runnertreffpunkte gibt es nicht. Wäre ja auch eine völlig hirnrissige Einladung an die Cops, da regelmäßig vorbeizuschauen und einfach die Hälfte der Gäste immer mal wieder abzufangen. Ergo: Stadtbekannte Runnertreffpunkte? Manche haben echt zuviel Zeit und Phantasie.
» Eismann

## TÍR NA NÓG

Im Norden der Schwanthaler Höhe liegt das Tír na nÓg, ein Irish Pub, das seit einiger Zeit einer der angesagtesten Treffpunkte für Münchens Elfen ist. Eingerahmt von einer glitzernden Eisdiele und einem McHugh´s mitten in Schwabing gibt sich das Pub äußerst rustikal und bodenständig. An der Straßenfront hat Windbreaker, wie sich der Inhaber selber nennt, die alte Fachwerkfassade wieder freilegen und instand setzen lassen, und die Inneneinrichtung besteht aus massiven Holztischen und robusten Bänken. Während tagsüber meist eine Mischung aus Ambience und Chill-Out-Mucke gespielt wird, kann man hier abends regelmäßig Irish-Rockbands bei ihren Auftritten bewundern.

» Das mit dem angesagten Elfentreffpunkt ist allerdings nur noch eine Frage der Zeit, da auch immer mehr Elfenposer von dem Laden angezogen werden, wie Motten vom Licht. Und das nervt natürlich einigermaßen. Windbreaker versucht diesen Trend zwar einigermaßen unter Kontrolle zu halten, aber ich

DATENEMPFANG ...

bin mir nicht sicher, ob ihm das auf Dauer gelingen wird. Seid vorletzter Woche gibt es jetzt jeden Donnerstag einen „Elves only Day", aber ob das den Laden retten wird?
» Umsturz

# BUNTE HUNDE

Selbstverständlich besteht die Runnerszene Münchens nicht nur aus Sheriffs, Schiebern und Straßendocs. Es gibt da eine Menge Stilblüten und Freaks, die sich in good old munich einen Namen gemacht haben. Ob nun die größten Freaks der Welt oder die härtesten Messerklauen, man sollte sie einfach kennen, oder doch zumindest schon mal etwas von ihnen gehört haben.

Hier ein kleines Update.

## BRAINDEAD, STRASSENSAMURAI

Braindead ist ein Freak. Und ich meine Freak. Im Laufe der Jahre hat er fast seinen gesamten Köper durch Chrom und Plastik ersetzen lassen. Ein befreundeter Hermetiker hat einmal gesagt: "Wenn ich im Astralraum ein farbloses Loch sehe, ist es entweder eine Drohne oder Braindead!" Und ich befürchte, er hat recht damit. Der Kerl ist eine der härtesten Messerklauen der Stadt und wird immer dann von den Schiebern gerufen, wenn die Kacke so richtig am Dampfen ist. Wenn Braindead einmal losgelassen ist, wird er seinen Auftrag ausführen, auch wenn das bedeutet, dass er sein Opfer auf einem Berg von Kollateralschäden aufbahren muss. Allerdings weiß man nicht erst seit der guten alten Zeit von Karl Kombatmage, dass jedes Monster seine Schwäche hat, und angeblich macht sich Braindead Sorgen darum, dass er nicht mehr Mensch, sondern Maschine ist. Hätte er sich wohl vorher überlegen müssen.

» Der Kerl hat echt ´nen Schatten. Habt ihr euch schon mal gefragt, warum der Spinner immer eine Mütze trägt? Er bildet sich ein, man hätte sein Gehirn schon längst gegen einen Rechner ausgetauscht, und er hätte damit die Schwelle zur Maschine überschritten.

Also hat er sich seine Schädeldecke durch eine transparente Thermoplast-Platte ersetzen lassen. Jetzt steht er jeden Morgen vor dem Spiegel und vergewissert sich, dass er immer noch Mensch ist. Einfach kaputt.
» Wiesn-Troll

## COCKPIT, INFORMATIONSBROKER

Wenn jemals das Bild von einer Spinne im Netz gestimmt hat, dann hier. Cockpit ist einer dieser Kontakte, die man nur aus der Matrix kennt, und er sammelt Informationen wie andere Mangaheftchen, die er allerdings, gegen eine gewisse Gebühr, auch gerne bereit ist, mit anderen zu teilen. Cockpit könnte eine ganz große Nummer sein, wenn er nur ein bisschen konsequenter wichtige von unwichtigen Informationen trennen würde. Wenn man den Kerl nach Infos fragt, kann man einerseits Glück haben, einen ganz großen Fisch gefangen zu haben, aber andererseits auch etliche Megapulse an Schrott bekommen.

» Ich habe gehört, dass Cockpit eine kindliche KI sein soll, die erstmal nur Infos sammelt, eh sie dann das komplette Münchner Netz übernimmt.
» Sermon

» Natürlich ist er das. Und meine Oma ist die Reinkarnation von Che Guevara.
» Zeitgeist

» Ich hab mal einen Job für Cockpit gemacht und ihn so auch zu Gesicht bekommen. Der Kerl ist eine Frau – wenn man das denn so nennen will – und die unglaublich fetteste Menge Mensch, die ich jemals gesehen habe.
» M-Sider

## HOT ROD

Ihr wollt aus eurer Schüssel die heißeste Rennmaschine Münchens machen lassen? Dann kommt ihr wohl nicht an Hot Rod vorbei, dem wohl besten Mechatroniker, den ich je gesehen hab. Rod hat seine Werkstatt in Bunnyhill, hat Getriebeöl in seinen Adern und atmet Abgase. Wundert euch nicht, wenn ihr zu Rod fahrt und an der Adresse, wo ihr eine Werkstatt vermutet, ein fetter Schrottplatz ist, denn im Herzen dieses Friedhofs für Stahl und Plastik hat sich Rod häuslich eingerichtet. Seine Tuningteile bezieht er aber meist nicht vor Ort, sondern verbaut nur das Edelste, Beste und Schnellste.

» Wenn ihr bei einem Run über Autozubehör stolpert, das so aussieht, als wäre es absolut SOTA, nehmt es unbedingt mit. Rod ist total scharf auf solches Zeug, und wenn es was wirklich Exklusives ist, bezahlt er auch ziemlich krasse Preise.
» Brandkind

# MÜNCHEN NOIR

## EINLEITUNG

Im Mittelpunkt der *München Noir*-Kampagne steht das Duell zwischen Jörg Bruckstädt, einem wichtigen Manager der Bavaria-Filmstudios, und dem neoanarchistischen Top-Terroristen Leon Durruti, der bereits europaweit wegen zweier Anschläge gesucht wird. Die Kampagne soll die Charaktere nicht nur zwischen die Fronten dieser beiden skrupellosen Persönlichkeiten und ihrer Pläne führen, sondern ihnen auch ermöglichen, die verschiedenen Facetten Münchens näher kennen zu lernen.

### VORBEREITUNG DER ABENTEUER

Diese Kampagne wurde für *Shadowrun, Version 4.01D (SR4)* entworfen, und alle Charakter- und Regelinformationen in dieser Kampagne beziehen sich auf die vierte Edition der *Shadowrun*-Regeln. Der *Shadowrun-Spielleiterschirm 4.01D* wird als Hilfsmittel empfohlen, da er alle wichtigen Tabellen zum Nachschlagen enthält.

Darüber hinaus empfehlen wir dem Spielleiter für diese Kampagne folgende Bücher:

- *Brennpunkt: ADL* gibt nicht nur nähere Informationen über das Reaktionsverhalten der privaten wie staatlichen Polizeiorgane, sondern bietet auch Hintergrundinformationen zu den deutschen Neoanarchisten und dem Treiben Leon Durrutis.
- *Systemausfall* bietet weitreichende Informationen zu den Vorgängen von 2064, die zur Zerstörung der alten Matrix und zum Aufbau der neuen WiFi-Matrix geführt haben. Außerdem wird auf die damit verbundenen Vorgänge in der ADL eingegangen und die Entstehung von NeoNET aus der Fusion von Novatech und Transys-Erika näher beleuchtet.

Auch andere Bücher mit fortgeschrittenen Shadowrun-Regeln könnten sich als nützlich erweisen, auch wenn sie bei Drucklegung noch nicht komplett vorliegen. Zu nennen wären unter anderem *Straßenmagie*, sowie die Werke zu Cyberware, WiFi-Matrix und Ausrüstung. Diese Regelwerke können gerade für fortgeschrittene Spieler und Charaktere hilfreich sein, sind aber nicht zwingend notwendig, um diese Kampagne zu leiten.

### ABENTEUERSTRUKTUR

Die Kampagne *München Noir* besteht aus sechs Abenteuern, die gradlinig miteinander verbunden sind und die jeweiligen Ereignisse basierend auf den vorhergehenden Runs fortführen. Im Rahmen der Handlung werden die Runner in den ersten Abenteuern von jeweils dem gleichen Schmidt angeheuert und rutschen so immer weiter in die Auseinandersetzung zwischen den beiden Hauptfiguren, bis sie erkennen müssen, dass ihr Schmidt ganz andere Absichten verfolgt als er vorgibt. Zu guter Letzt geraten sie dann in einen Racheakt von Leon Durruti gegen sie und ihren Schmidt, der sich zu einem Showdown auf dem Oktoberfest steigert.

Alle Abenteuer in diesem Buch sind gleich aufgebaut: Sie beginnen mit dem Abschnitt *Vor dem Shadowrun*. Dieser enthält die Hintergrundinformationen, eine Zusammenfassung der Handlung, eine Zeitleiste der Ereignisse und andere Informationen, die der Spielleiter benötigt, um das Abenteuer in Gang zu bringen.

Am Ende jedes Abenteuers findet sich der Abschnitt *Nach dem Shadowrun.* Dieser enthält sämtliche Informationen, die notwendig sind, um das Abenteuer abzuschließen und offene Punkte zu klären.

Dieser hat folgende wichtige Unterpunkte:

- *Wie geht es weiter?* behandelt die möglichen Folgen des Abenteuers, Fragen der Spieler, künftige Entwicklungen, Ideen für weitere Runs und andere Punkte, die das Abenteuer abschließen oder erklären, warum das Abenteuer zu diesem Zeitpunkt noch nicht endgültig abgeschlossen ist.
- *Vergabe von Karma* bietet Richtlinien für die Vergabe von Karma an die Spielercharaktere, basierend auf ihren Leistungen im Abenteuer.
- *Beinarbeit* fasst alle Informationen zusammen, die von den Spielercharakteren durch eigene Recherchen oder durch ihre Connections aufgedeckt werden können. Die Informationen sind so aufgearbeitet, dass der Spielleiter sie schnell nachschlagen kann.
- *Darsteller* enthält Beschreibungen, Hintergrundinformationen und Spielwerte der wichtigsten Nichtspielercharaktere, die in dem Abenteuer vorkommen.

## SZENEN

Zwischen dem Anfang und dem Ende eines jeden Abenteuers liegen verschiedene Begegnungen und Szenen, von wichtigen Ereignissen der Geschichte bis hin zu besonderen Orten, an denen sich die Spielercharaktere aufhalten. Diese Abschnitte werden Szenen genannt. Szenen fassen den wahrscheinlichen Verlauf einer Begegnung zusammen und enthalten darüber hinaus Hinweise, wie der Spielleiter mit unerwarteten Entwicklungen umgehen kann, zu denen es unweigerlich kommen wird. Jede Szene besteht aus den folgenden Unterabschnitten, die alle Informationen enthalten, die der Spielleiter zum Leiten benötigt.

- *Was ist los, Chummer?* bietet eine kurze Zusammenfassung der Handlung und vermittelt dem Spielleiter in aller Kürze ein Gefühl für die jeweilige Szene.
- *Sag's ihnen ins Gesicht* sollte den Spielern in der Regel laut vorgelesen werden. Dieser Abschnitt beschreibt, was die Charaktere am Beginn der Szene erleben. Der Spielleiter kann die Beschreibung nach eigenem Ermessen verwenden und einbringen, um sie an die jeweilige Gruppe und die spezifischen Umstände anzupassen. Schließlich ist damit zu rechnen, dass die Charaktere durch andere Umstände die Szene anders beginnen als von der Beschreibung vorgegeben. Erfahrene Spielleiter können natürlich auch auf diesen Abschnitt verzichten und die Einleitung der jeweiligen Szene komplett selbst formulieren.
- *Atmosphäre* bietet dem Spielleiter Hinweise für die Atmosphäre und Stimmung sowie Einzelheiten zur Gestaltung einer Szene, damit er sie für die Spieler möglichst lebendig gestalten kann. Dieser Abschnitt weist den Spielleiter auch auf unerwartete Wendungen und mögliche Fallstricke hin, die von den Charakteren nicht entdeckt werden.
- *Hinter den Kulissen* enthält die meisten Informationen über die Szene. Dieser Abschnitt beschreibt für den Spielleiter, was die Nichtspielercharaktere machen, wie sie auf die Handlungen der Spielercharaktere reagieren und so weiter. Er enthält auch Hinweise zu dem Aufbau der Szene, zu den Umweltbedingungen und anderen Eigenschaften des Ortes sowie Karten, Beschreibungen wichtiger Gegenstände etc.
- *Daumenschrauben* gibt dem Spielleiter Hinweise, wie er die Szene für erfahrene Spielercharaktere noch schwieriger gestalten kann, und enthält weitere Tipps, wie er eine Szene aufpeppen kann.
- *Keine Panik* bietet Lösungsvorschläge für mögliche Probleme, mit denen der Spielleiter in einer Szene konfrontiert werden könnte. Auch wenn man unmöglich alle Handlungen der Spieler voraussehen kann, ist dieser Abschnitt dazu gedacht, mögliche Probleme vorherzusehen, und bietet Vorschläge, wie man mit ihnen umgehen kann.

## DIE ABENTEUER LEITEN

Die Aufgabe eines Spielleiters ähnelt mehr einer Kunst als einer Wissenschaft. Jeder Spielleiter bereitet sich auf seine eigene Weise auf ein Abenteuer vor. Folgen Sie also Ihrem eigenen persönlichen Stil, wenn es darum geht, die Abenteuer in diesem Buch vorzubereiten und zu leiten. Tun Sie, was immer Sie für notwendig halten, um Ihren Spielern eine möglichst schöne *Shadowrun*-Kampagne zu bieten. Dieser Abschnitt enthält einige Hinweise zur Vorbereitung der Kampagne (oder anderer *Shadowrun*-Abenteuer), die sich dabei als hilfreich erweisen können.

**Erster Schritt: Das Abenteuer lesen**

Lesen Sie das Abenteuer sorgfältig vom Anfang bis zum Ende durch. Bei einer Kampagne, die aus mehreren Abenteuern besteht, sollten Sie möglichst das ganze Buch lesen, bevor Sie mit dem ersten Abenteuer beginnen. Auf diese Weise erhalten Sie einen vollständigen Überblick über die gesamte Kampagne und erfahren, wie die Ereignisse in den einzelnen Abenteuern miteinander verbunden sind und schließlich zum großen Showdown führen. Verschaffen Sie sich ein Gefühl für die Gesamthandlung und für die Ereignisse in den einzelnen Abenteuern. Auf diese Weise werden Sie nicht von unerwarteten Wendungen überrascht und haben die Handlung jederzeit im Griff.

**Zweiter Schritt: Das Abenteuer anpassen**

Sobald Sie das Abenteuer gelesen haben, oder bereits während des Lesens, werden Sie vielleicht denken, dass bestimmte Teile der Kampagne nicht zu Ihrer persönlichen Vorstellung von *Shadowrun* oder den Charakteren ihrer Spieler passen. Ändern Sie das Abenteuer nach eigenem Ermessen, um es an Ihren Geschmack und den Ihrer Spieler anzupassen. Vergessen Sie dabei aber nicht, dass Änderungen in einem Abenteuer Auswirkungen auf spätere Abenteuer der Kampagne haben können. Achten Sie deshalb darauf, dass alle Änderungen in sich schlüssig sind und bedenken Sie stets die Auswirkungen von Änderungen auf spätere Abenteuer.

**Dritter Schritt: Die Charaktere kennen**

Kopieren Sie die Charakterdatenblätter der Spielercharaktere, um wichtige Informationen schnell nachschlagen zu können. Fertigen Sie auch kurze Notizen über ihre wichtigsten Fähigkeiten, Nachteile, Zauber und ähnliches an. Behalten Sie diese Punkte auch im Hinterkopf, während Sie die Abenteuer lesen und vorbereiten. Wir haben zwar versucht, alle möglichen Handlungen der Spieler vorherzusehen, doch Sie kennen Ihre Charaktere und Spieler besser als wir, weshalb Sie mögliche Reaktionen im Laufe des Abenteuers besser vorhersehen und ihnen entsprechend besser begegnen können. Dies gilt im Übrigen auch für Karmavergabe und Bezahlung. Beides ist in diesem Band auf Anfängercharaktere ausgelegt, und es steht Ihnen natürlich frei, diese an Ihre Spielgruppe anzupassen. Angeraten sei in diesem Kontext außerdem mindestens ein Charakter, der sich grundlegend mit der erweiterten Realität der Matrix auskennt.

**Vierter Schritt: Notizen machen**

Machen Sie Notizen, während Sie die Abenteuer lesen und vorbereiten, um später auf sie zurückgreifen zu können. Besonders nützlich sind Notizen über wichtige Handlungsstränge, die Namen verschiedener Nichtspielercharaktere, mögliche Probleme, Situationen, in denen ein bestimmter Charakter besonders glänzen oder in eine besonders knifflige Situation geraten kann und ähnliche Informationen, die Ihnen dabei helfen, das Abenteuer fließend zu leiten. Notizen sollten Sie auch im Laufe des Abenteuers machen, damit Sie wichtige Entwicklungen in der Handlung nicht vergessen und bei künftigen Abenteuern berücksichtigen können.

**Fünfter Schritt: Nur keine Panik!**

Ein Spielleiter muss viele Dinge beachten. Spielleiter verlieren hin und wieder einmal den Faden oder machen einfach nur einen Fehler. Solche Dinge können passieren, doch Sie sollten sich nichts daraus machen. Niemand ist perfekt, und jeder macht einmal Fehler. Bleiben Sie gelassen und machen Sie dort weiter, wo Sie aufgehört haben. Ihre Spieler werden Verständnis dafür haben und solche Fehler schnell wieder vergessen, sobald es mit dem Abenteuer weitergeht.

### ALLGEMEINE REGELN

Offizielle *Shadowrun*-Abenteuer verwenden die Regeln aus *Shadowrun, Version 4.01D (SR4)* und verschiedenen Quellenbüchern. Standardregeln wie Erfolgsproben, die Verwendung von Edge, Wahrnehmungsproben und andere alltägliche Spielmechanismen aus *SR4* werden in diesem Buch nicht weiter erläutert.

### NICHTSPIELERCHARAKTERE

Nichtspielercharaktere (NSC) sind wesentlicher Bestandteil jedes Abenteuers. Sie sind das (meta)menschliche Element, mit denen sich die Spielercharaktere auseinandersetzen müssen. NSC in diesem Buch werden in den Abschnitten *Darsteller* detailliert beschrieben. Einige von ihnen sind den meisten Charakteren klar unterlegen, einige überlegen, aber die meisten für Auseinandersetzungen vorgesehenen NSC sollten es im Rahmen des Hintergrundes mit einem durchschnittlichen Spielercharakter aufnehmen können, bedürfen allerdings möglicherweise einer gewissen Modifikation, um zu den Charakteren ihrer Spieler zu passen. Dies gilt besonders für erfahrene und mächtigere Gruppen. Die Abenteuer und NSC-Beschreibungen bieten Hinweise für das Anpassen der NSC an die Fähigkeiten der Spielercharaktere in Ihrer Kampagne. Bedenken Sie die jeweiligen Fähigkeiten der Spielercharaktere, wenn Sie die NSC in diesem Buch einschätzen, und modifizieren Sie die Werte entsprechend.

## HINTERGRUND DER KAMPAGNE

Die Hintergründe für *München Noir* finden sich bereits in verschiedenen Publikationen wie *Brennpunkt: ADL* oder *Systemausfall* und finden in dieser Kampagne ihren Höhepunkt. Leon Durruti, der Top-Terrorist in dieser Kampagne, ist hier bereits mehrfach in Erscheinung getreten und gilt spätestens seit *Systemausfall* als gesuchter und gefährlicher Krimineller. Gleichzeitig soll die Kampagne dem Spielleiter die Möglichkeit geben, sowohl Charakteren als auch Spielern München näher zu bringen und die verschiedenen Bereiche der Stadt näher kennen zu lernen.

### DIE KAMPAGNE

Worum aber soll es eigentlich in der Kampagne gehen? Grob zusammen gefasst dreht sich die Geschichte um den neoanarchistischen Terroristen Leon Durruti, der sich in München eingenistet hat, weil er hier besonders nah an der Medienmaschinerie von NeoNET und Renraku sitzt und gleichzeitig der dekadenten Oberschicht Münchens das Leben zur Hölle machen kann. Er hat nach seinem Wirken bei den Sozialterroristen in Berlin in den frühen 2060ern und seinem fehlgeschlagenen Anschlag auf die Essener Saeder-Krupp-Arkologie 2064 gelernt, dass die Menschen nur zuhören, wenn man ihnen medial Perversion und Gewalt präsentiert und darunter seine Botschaft mischt. Zu diesem Zweck hat er eine Reihe zum Teil bestialischer Anschläge in München vorbereitet, die zwar nur relativ wenige Todesopfer fordern, dafür aber durch ihre Brutalität, ihre Perversion und ihre mediale Aufbereitung schockieren sollen. Er nimmt daher seine Anschläge selbst auf, bearbeitet sie, mischt seine Botschaften als Untertitel oder gesprochenen Hintergrundtext darunter und stellt sie dem kleinen Münchner Regionalsender M-live zur Verfügung, von dem er ausgeht, dass er am ehesten für seine Zwecke geeignet ist. Von diesen Plänen bekommt Jörg Bruckstädt, ein leitender Manager bei Bavaria, Wind. Um die enorme Medienwirkung von Durrutis Treiben wirtschaftlich maximal ausschlachten zu können, will er die Werbe- und Verwertungsrechte des Senders übernehmen und Durruti zu weiteren Gräueltaten anstacheln.

An dieser Stelle beginnt die Kampagne:

In *Vier Elfen und ein Todesfall* wirbt Bruckstädt die Charaktere an, um Schmutz über den Eigentümer des Senders, Daniel Kästner, auszugraben. Da er Kästner von Privatdetektiven überwachen lässt, bekommt er mit, dass Kästner Runner angeheuert hat, um entwendete Datenträger wiederzubeschaffen. Ihm ist zwar nicht klar, worum es sich genau handelt, aber er geht davon aus, dass sie für Kästner ausgesprochen wichtig sind. Daher wirbt er seinerseits die Charaktere an, die den Runnern Kästners zuvorkommen sollen. Durch den Einsatz der Charaktere fällt ihm eine alte Trideoaufnahme in die Hände, auf der festgehalten ist, wie Kästner als junger Mann bei Krawallen in Berlin einen Polizisten niederschießt. Kästner, der die Aufnahme aus alter Zeit aus Schuldgefühlen behalten hat, wurde sie von seinem eigenen Sekretär entwendet, der sie an die Vory verkaufen wollte, bei denen er enorme Spielschulden hat. Mit dieser Aufnahme kann Bruckstädt Kästner nun erpressen und unter der Hand

## DOSSIER DURRUTI

**Name:** Petersen
**Vorname:** Johann
**Alias:** Leon Durruti
**Geschlecht:** Männlich
**Metatypus:** Homo sapiens pumilionis
**Geburtsdatum/-ort:** 09.05.2022 / Düsseldorf-Oberkassel
**Wohnort:** Unbekannt
**Familienstand:** Ledig
**Besondere Kennzeichen:** 1,33 m, braunes Haar, grüne Augen, ein Muttermal unter dem rechten Arm
**Direkte Angehörige:**
**Vater:** Konstantin Petersen (geb. 19.11.1996, MT: homo sapiens sapiens, ehem. Leiter der Abteilung für Public Relations AGC Leverkusen)
**Mutter:** Sabrina Petersen, geborene Hildebrandt (geb. 22.03.1998, MT: homo sapiens sapiens, Geschäftsführerin einer Boutique)
**Schwester:** Nina Hammbach, geborene Petersen (geb. 05.07.2020, MT: homo sapiens sapiens)
**Schwester:** Tatjana Petersen (geb. 04.12.2025, MT: homo sapiens nobilis)

Johann Petersen gilt aufgrund einer antisozialen Persönlichkeitsstörung als ausgesprochen gewaltbereit, gefühlskalt und rücksichtslos. Während seine politischen und sozialen Ziele klassische Elemente des Anarchismus enthalten und moralisches Verhalten jedes einzelnen Individuums fordern, sind seine Mittel von Mitleidlosigkeit und massiver Brutalität geprägt. Er ist bemerkenswert intelligent, besitzt eine ausgeprägte Beobachtungsgabe und ist üblicherweise sehr kontrolliert, neigt aber bisweilen zu spontanen Gewaltausbrüchen. Sein in der linken Szene üblicher „Kampfname" setzt sich aus dem Nachnamen des spanischen Anarchisten Buenaventura Durruti und dessen Geburtsort Leon zusammen.
Petersen neigt dazu, sichtbare Aktivitäten wie Anschläge nicht direkt und persönlich durchzuführen, sondern durch Mittelsmänner und technische Hilfsmittel zu wirken. Er besitzt ein profundes Wissen über Chemikalien und Sprengstoffe und hat während seiner Zeit in Berlin vermutlich auch technische und taktische Fähigkeiten erworben.
Er vertritt dabei hehre Ziele wie die Aufhebung der Ausbeutung der Massen durch die Konzerne, die Bekämpfung der rücksichtslosen Umweltverschmutzung, der Korruption aller staatlichen Stellen und der Verdummung und Manipulation des Menschen durch die Medien. Seine Methoden sind dabei aber absolut unmoralisch, rücksichtslos und brutal. Tote sieht er als nötige Opfer, um die Menschen aufzurütteln und zur Revolution zu führen.

**2028-2032:** Besuch der Don-Bosco-Grundschule, Düsseldorf-Oberkassel
**2032-2036:** Besuch des Cecilien-Gymnasiums bis zur achten Klasse
Wegen wiederholter Verhaltensauffälligkeiten (aggressiven Verhaltens gegenüber Mitschülern) Schulausschluss
**2036-2040:** Besuch des Internats Beatenberg in der Schweiz
Wegen subversiver Aktivitäten und Angriff auf eine Lehrkraft Androhung des Schulausschlusses (vermutlich geregelt durch finanzielle Hilfestellung durch den Vater)
**2040:** Abitur am Internat Beatenberg
**2041:** Beginn des BWL-Studiums in Köln, Eintritt in die Studentengruppierung „Die Unabhängigen"
**2042:** Austritt aus der Studentengruppierung „Die Unabhängigen", Eintritt in die Studentengruppierung „Alternative Liste"
**2043:** Austritt aus der Studentengruppierung „Alternative Liste" nach einem Zerwürfnis über die Frage der Mittel bei der Umsetzung politischer Ziele, Abbruch des BWL-Studiums
**2044:** Aufnahme des Philosophiestudiums an der Berliner Universität, Aktivitäten bei AStA und NAP, finanzielle Unterstützung der antiimperialistischen Armee (AIA) und der Grünen Zellen
**2045:** Verfassung der Kampfschrift „Wider den getarnten Kräften"
**2046:** Verfassung der Kampfschriften „Gegen das Kapital", „Freiheitskampf der Welt" und „Der Konzernterror"
**2055:** Beteiligung an den Gefechten mit Konzerntruppen, Einkesselung im Anarchistischen Sektor
**2060:** Beteiligung an dem Ausbruchsversuch vom 02.11.
**März 2063:** Bombenanschlag auf Thomas-Münzer-Internat in Berlin, der 160 Tote fordert, seitdem Aufenthaltsort unbekannt
**Februar 2064:** Versuchtes Attentat mit einer durch mit strahlendem Material versetzten Autobombe auf die Saeder-Krupp-Arkologie in Essen.
**2066:** Versuchte Festnahme in Düsseldorf-Garath. Bei der folgenden Explosion kommen drei Polizisten eines Sondereinsatzkommandos ums Leben.
**2068:** Trotz Großfahndung nach einem anonymen Hinweis kann Durruti aus seinem mutmaßlichen Versteck in Hamburg-Harburg entkommen.
Weiterer Aufenthaltsort unbekannt. Vermutete Unterschlupfe in Nürnberg,, Berlin und im Rhein-Ruhr-Megaplex.

**Aktuelles Kopfgeld** (primär ausgelobt von Saeder-Krupp): 1.500.000 Euro

DATENEMPFANG ...

die Kontrolle über M-live und somit auch über seine Werbeeinnahmen und Verwertungsrechte erlangen.

*Es liegt was in der Luft* schickt die Charaktere im Auftrag Bruckstädts auf die Suche nach Senfgas, damit Bruckstädt es Durruti ohne dessen Wissen indirekt zuspielen kann. Er hofft, Durruti damit zu einem weiteren medienwirksamen Anschlag mit dem Gas anstiften zu können. Die Charaktere führt ihre Suche dabei in die Anarchistenszene Münchens, wo sie auf die Schieberin Euphemia treffen. Gleichzeitig wecken sie durch ihre Aktivitäten das Interesse des Geheimdienstes von Saeder-Krupp, der seit dem Anschlag auf die Arkologie in Essen ein gesteigertes Interesse an Aktivitäten in der deutschen Anarchistenszene hat und einen weiteren Anschlag befürchtet. Um herauszubekommen, wer hinter der ganzen Angelegenheit steckt, und gegebenenfalls Material zur Erpressung der Beteiligten zu erhalten, ermöglichen sie den Diebstahl des Senfgases und verfolgen seine Spur. Nach dem Diebstahl des Senfgases aus einem Depot von SK spielt Bruckstädt Durruti das Gas zu, der sich dann wiederum mit Saeder-Krupp herumschlagen darf.

In *Der Chirurg* sucht Durruti den plastischen Chirurgen Dr. Riefenberg auf, um sein Aussehen ändern zu lassen, nachdem er seine Verfolger von SK um Haaresbreite abschütteln konnte. Um Durrutis neues Aussehen zu erfahren und ihn gleichzeitig unter Druck zu setzen, damit dieser schneller und aggressiver vorgeht, setzt Bruckstädt die Charaktere auf den Chirurgen an, um an alle wichtigen Informationen über Durruti zu kommen. Dumm nur, dass Durruti den Chirurgen als Opfer seiner neuen Anschlagserie auserkoren hat, um diesen Mitwisser unauffällig loszuwerden. Die Charaktere geraten hier wieder zwischen die Fronten.

*Noch einmal mit Gefühl* führt die Charaktere ohne ihr Wissen immer näher an Durruti heran. Bruckstädt will ihn damit weiter unter Druck setzen und zu immer aggressiverem Vorgehen motivieren. Kein Wunder, dass die Sache hier zum ersten Mal eskaliert und die Charaktere erkennen müssen, dass ihr Schmidt sie beständig belügt und sie nur ein billiger Spielball für ihn sind.

In *Die Haie kreisen* werden die Charaktere von einem Journalisten angeheuert, der bei M-live gearbeitet und mitbekommen hat, dass seit einigen Wochen im Sender einiges nicht so läuft wie es laufen sollte. Aufgrund seines beständigen Nachbohrens sah sich Kästner gezwungen, ihn zu entlassen, weswegen er jetzt erst recht herausfinden will, was es mit der Sache auf sich hat. Er bezahlt daher die Runner dafür, herauszufinden, was dort schief läuft und wer Kästner wie unter Druck setzt. Hier stolpern sie durch einen klassischen Bankeinbruch wieder über die Machenschaften Bruckstädts, die der Journalist veröffentlichen lässt.

Zu guter Letzt geraten die Charaktere in *O'zapft is!* in den letzten großen Anschlag Durrutis. Nachdem er durch die Veröffentlichung von Bruckstädts Erpressung erkennen musste, dass er seinen ärgsten Feinden, den großen Medienkonzernen, mit seinen Anschlägen die ganze Zeit in die Tasche gewirtschaftet hat, dreht er durch und beschließt, als Rache Bavaria ihr wichtigstes Kapital zu nehmen, die Gesichter ihrer Stars. Dafür verwendet er das gestohlene Senfgas, um es auf dem Oktoberfest in das VIP-Zelt von Bavaria einzuleiten. Gleichzeitig lässt er die Charaktere über einen Strohmann anheuern, damit sie vor Ort sind und als Täter verdächtigt werden. Hiermit will er nicht nur ein Exempel an Bruckstädt und Bavaria statuieren, sondern auch noch die Charaktere erwischen, die er als bereitwillige Helfershelfer der Konzerne versteht. Um sicherzugehen, versucht er die Runner an Ort und Stelle umzubringen, nachdem er sie im VIP-Zelt hat filmen lassen. Natürlich geht dieser Versuch schief, und es kommt im Chaos des Oktoberfestes zum Showdown zwischen den Runnern und Durruti.

## DIE KAMPAGNE LEITEN

*München Noir* ist als eine Reihe von aufeinander folgenden Abenteuern ausgelegt, die schließlich zum großen Showdown führen, in dem die Runner gegen Durruti antreten. Gleichzeitig können sie verschiedene Orte und soziale Netzwerke Münchens kennen lernen und die Machenschaften Bruckstädts nach und nach aufdecken. Es ist daher wichtig, dass die Spieler die Schlüssigkeit der Geschichte nachvollziehen können, damit die Runs nicht zu unzusammenhängend wirken. Parallel zu den Runs der Kampagne führt Durruti außerdem seine Anschläge durch, die direkt oder indirekt auf die Aktivitäten der Charaktere einwirken. Einerseits reagieren Öffentlichkeit und Sicherheitsdienste wie die Schwarzen Sheriffs auf die Angriffe Durrutis zunehmend nervöser, andererseits werden die Charaktere nebenher immer wieder über die Medien mit den Machenschaften und Forderungen Durrutis konfrontiert und geraten in *Der Chirurg* auch noch direkt in die Schusslinie. Es ist wichtig, den Spielern die Aktivitäten und Ziele Durrutis zu vermitteln, um ihre Motivation, im letzten Abenteuer gegen Durruti vorzugehen, zu verstärken. Sie sollten an dieser Stelle sowohl von der Gier gelenkt sein – immerhin sind 1,5 Millionen Euro

### DOSSIER BRUCKSTÄDT

**Name:** Bruckstädt
**Vorname:** Jörg Peter
**Geschlecht:** Männlich
**Metatypus:** Homo sapiens sapiens
**Geburtsdatum/-ort:** 18.09.2034 / Köln-Weidenpesch
**Wohnort:** Renraku-Platz 1a
**Familienstand:** Ledig
**Besondere Kennzeichen:** 1,87 m, blondes Haar, grüne Augen, eine Narbe am rechten Jochbein
**Direkte Angehörige:**
**Vater:** Harald Bruckstädt (geb. 13.01.1996, verst. 01.01.2042, MT: homo sapiens sapiens, Oberstudienrat am Helmut-Kohl-Gymnasium, Köln-Nippes)
**Mutter:** Nicole Bruckstädt, geborene Meyer (geb. 09.11.1999, MT: homo sapiens sapiens, Hausfrau)
**Bruder:** Joachim Bruckstädt (geb. 28.02.2030, MT: homo sapiens sapiens)

Als geförderter Hochbegabter stehen Jörg Bruckstädt im Verwaltungs- und Mediensektor alle Türen offen. Er ist hochintelligent, rational und erfolgsorientiert, leidet aber unter einer latenten Bindungsschwäche. Aufgrund seiner Herkunft und seines Werdegangs neigt Bruckstädt zur Überheblichkeit und Selbstüberschätzung und zieht es vor, wichtige Vorgänge persönlich zu überwachen. Aufgrund seiner aggressiven Zielstrebigkeit ist es für ihn bisher kein Problem gewesen, in der NeoNET-Tochter Bavaria Studios (ehemals Novatech) Fuß zu fassen, ein eigenes Beziehungsnetzwerk zu etablieren und die Abteilung für besondere Angelegenheiten zu übernehmen, die für Gegenspionage und legale wie illegale Abwerbungsversuche von Mitarbeitern aus Konkurrenzunternehmen zuständig ist. Bruckstädt ist latent rassistisch und neokonservativ, versteht es aber durchaus, entsprechende Impulse zu unterdrücken, wenn er mit Minderheiten interagiert.

**2040-2044:** Besuch der katholischen Grundschule, Köln-Weidenpesch
**2044-2050:** Besuch des Helmut-Kohl-Gymnasiums, Köln-Nippes
Aufgrund einer diagnostizierten Hochbegabung zusätzliche Schulung im Pestalozzi-Hochbegabtenzentrum Köln, Abschluss mit Abitur
**2051:** Beginn des BWL-Studiums in Köln, Eintritt in die Studentengruppierung „Die Unabhängigen"
**2053:** Stellvertretender Leiter des AStA-Beratungsreferats
**2053:** Eintritt in die Studentenverbindung „Corps Marcomannia Breslau"
**2054:** Zwei Auslandssemester an der University of Tokyo
**2056:** Nach Diplom in Betriebswirtschaft Einstellung bei Novatech Europa
**2057:** Parallel hierzu Studiengang für Mediendesign in Köln
**2063:** Versetzung in die Novatech-Filiale in Berlin
**2067:** Versetzung zu Bavaria-München
**2068:** Übernahme der Abteilung Unternehmenskommunikation
**2070:** Übernahme der Abteilung für besondere Angelegenheiten

DATENEMPFANG ...

auf seinen Kopf ausgesetzt – als auch von moralischen Beweggründen und zu guter Letzt von persönlichen Motiven, denn immerhin versucht Durruti hier, den Charakteren das Lebenslicht auszublasen.

Zuletzt sei noch angemerkt, dass den Charakteren innerhalb der Kampagne genügend Kontakte in die Runnerszene und die Unterwelt Münchens zugespielt werden, um auch über *München Noir* hinaus mit den Charakteren in München spielen zu können.

### RUNNER AUS DEM AUSLAND

Zwar spielt *München Noir* in München, aber natürlich können Runner auch aus dem Rest der ADL oder sogar aus Übersee diese Kampagne spielen. Durch die internationalen Kontakte von NeoNET dürfte es Bruckstädt nicht schwer fallen, Talente von außerhalb nach München zu holen, speziell da er ja mehrere Aufträge für die Runner bereithält. Möglicherweise ist ihm dies sogar lieber, da er sonst befürchten müsste, dass unter den Runnern Sympathisanten von Durruti versteckt sein könnten. Gerade die ungewohnte Umgebung Münchens könnte dann einen ganz speziellen Reiz für Spieler und Charaktere ausmachen. Wie schon erwähnt können die Charaktere innerhalb der Kampagne vor Ort genug Münchner Connections kennen lernen, um hier für spätere Abenteuer Wurzeln zu fassen, falls Sie dies wünschen.



# VIER ELFEN UND EIN TODESFALL

DATENEMPFANG ...

### DURRUTIS ANSCHLÄGE – PROLOG UND ERSTER AKT

Um die allgemeine Aufmerksamkeit der Öffentlichkeit der ADL im Allgemeinen und der Münchner im Besonderen zu erringen, hat Durruti bereits mit einem perfiden Anschlag das Kommende angekündigt. Er hat hierzu in der Tradition der Berliner Sozialterroristen den Friedensengel an der Prinzregentenstraße wortwörtlich bluten lassen, indem er die Figur aufgebohrt und mit Schweineblut gefüllt hat, das dann nach und nach aus der Statue heraus- und über die Säule heruntergelaufen ist. Damit erklärt er laut seinem Bekennerschreiben an M-live den Palästen in Bogenhausen und all jenen in München den Krieg, die vom Blut ihrer Lohnsklaven und der Armen der Vorstadtghettos leben, und kündigt weitere, nicht weniger blutige, aber dafür um so opferreichere Anschläge an.

Pünktlich zum Beginn der Kampagne beginnt daher auch Durrutis Anschlagserie, die die Geschehnisse während der verschiedenen Abenteuer begleitet. Das erste eigentliche Attentat hat Durruti hierbei schon einige Zeit geplant. Vor einigen Monaten hat er nämlich Joachim Schröder, einen Teilhaber an Wettstein Inc. (siehe A Stückerl heile Welt, S. 32), entführt und in ein fensterloses Kellerverlies gesperrt. Die Öffentlichkeit hat die Entführung im täglichen Mediengewitter mittlerweile vergessen, aber Durruti war zwischenzeitlich fleißig. Er hat Schröder mit dem Kriegerstamm des MMVV-Virus infiziert, der Menschen langsam in Ghule verwandelt. Diese Verwandlung hat er aufgenommen und wie in einem Dokumentarfilm auf wenige Stunden zusammengeschnitten. Nun, da die Verwandlung zu Ende ist und Schröder durch die Gier nach menschlichem Fleisch am Rande des Wahnsinns steht, schickt er M-live diese Dokumentation zu und sendet ihnen dazu verschlüsselt und über verschiedene Umleitungen eine Liveübertragung der letzten Stunden und unterlegt diese mit Erklärungen, mit wem man es hier zu tun hat, was für üble Schweinereien Schröder so alles auf dem Kerbholz hat und dass er sich nun für alle sichtbar zu dem Monster verwandelt hat, das er vorher bereits innerlich war. Um dies noch zu verdeutlichen und um die Zuschauer weiter zu schocken, stößt er zu guter Letzt Schröders Tochter in sein Kellerverlies, wartet ab, wie Schröder über sie herfällt und verkündet dann, wo sich dieser Kellerraum befindet. Es ist nicht überraschend, dass ganz München live und in Farbe miterleben kann, wie ein Lynchmob kaum eine Minute später den Raum stürmt und Schröder erschlägt.

### VOR DEM SHADOWRUN

Im ersten Run der Kampagne wirbt Jörg Bruckstädt die Charaktere an, da er erfahren hat, dass Daniel Kästner, der Inhaber des Münchner Nachrichtensenders M-live, eine Gruppe Münchner Schattenläufer angeheuert hat. Die Charaktere sollen das Ziel des konkurrierenden Teams herausfinden, sich auf die Suche nach der kompromittierenden Aufnahme von Kästner machen und damit dem anderen Runnerteam zuvorkommen. Das erscheint schnell schwieriger als gedacht, da sie nicht nur die Konkurrenz aus den Münchner Schatten fürchten müssen, sondern auch die Vory, die noch mitmischen.

### HINTERGRUND

Seitdem Leon Durruti angefangen hat, die Aufnahmen seiner Anschläge exklusiv an M-live zu verschicken, hat Jörg Bruckstädt ein Auge auf den kleinen Regionalsender geworfen. Ihm ist schnell klar, dass Durruti sich zu DEM Medienereignis 2070 entwickeln wird und er den maximalen Profit für Bavaria und den maximalen Profilierungsgewinn für sich selbst herausschlagen kann, wenn er ohne Durrutis Mitwissen den Sender übernimmt. Alleine die Werbeeinblendungen vor, während und nach Durrutis Sendungen sind Millionen wert, von den Zweitverwertungsrechten ganz zu schweigen. Da der Eigentümer von M-live, Daniel Kästner, sich jedoch standhaft weigert zu verkaufen oder auch nur bestimmte Senderechte abzutreten, versucht Bruckstädt sein Glück über halb- und illegale Operationen. Er lässt Kästner überwachen und erfährt so sehr schnell, dass der Manager anscheinend Dreck am Stecken hat. Denn dieser hat vor wenigen Stunden ein Runnerteam, bestehend aus vier Elfen aus den Münchner Schatten, angeheuert, um eine alte, ihn ausgesprochen kompromittierende Aufnahme zurück zu holen, die sein Sekretär Frank Grünwald ihm

### ZEITÜBERBLICK

Natürlich neigen Spieler selten dazu, sich an die Zielsetzungen des Abenteuers zu halten, aber wenn nichts schief läuft, sollte der Verlauf des Runs folgendermaßen aussehen:

| | |
|---|---|
| **21:00** | Besprechung mit Schmidt |
| **22:00 bis 01:00** | Suche nach Grünwald |
| **01:00 bis 03:00** | Besuch im Azrael |
| **03:00 bis 05:00** | Besuch beim Metzger |
| **05:00 bis 06:00** | Besuch bei Lapa |
| **06:00 bis 08:00** | Besuch bei Chomjak |

gestohlen hat. Der von ihm angeheuerte Detektiv konnte zwar einen Teil des Gesprächs zwischen Kästner und den Runnern abhören, Bruckstädt weiß aber nicht, wie die Runner vorgehen werden und was genau auf den Aufnahmen eigentlich zu sehen ist.

### DAS ABENTEUER LEITEN

Grundsätzlich ist in diesem Run eine gute, alte Schnitzeljagd angesagt, die von einer Leiche zur nächsten und einmal quer durch die schmutzigeren Ecken Münchens führt. Am Ende wartet dann der Aufeinanderprall mit dem konkurrierenden Runnerteam auf die Charaktere, was durchaus in einen Akt sinnloser Gewalt münden darf. Wichtig ist nur, dass sie die Aufnahme für Bruckstädt bergen und sie sicher zurückbringen. Sie dürfen sich die Aufnahme auch gerne ansehen, nur viel nutzen wird sie ihnen zu diesem Zeitpunkt kaum.

## HANNIBAL IM CHEERS

### WAS IST LOS, CHUMMER?

Die Runner treffen um 21 Uhr einen ihnen unbekannten Schmidt, nämlich Bruckstädt persönlich, in einem Hinterzimmer des Irish Pub Tír na nÓg auf der Schwanthaler Höhe. Er bietet ihnen eine ordentliche Bezahlung und die Aussicht auf weitere Aufträge, wenn sie ihren Job gut machen.

### SAG'S IHNEN INS GESICHT

Es wäre eilig, hat euer Schieber euch gesagt, verdammt eilig. Irgendjemand braucht schnell ein paar Leute von eurem Format, hat er gesagt. Der Laden, in den er euch schickt, ist das Tír na nÓg, ein Irish Pub auf der Schwanthaler Höhe. Die wenigen Besucher an der langen Bar, die meisten davon Elfen, schauen nur kurz hoch als ihr reinkommt, und starren dann weiter gebannt auf einen Trideoschirm, auf dem ein auf einem Stuhl festgeschnallter Mann zu sehen ist.

**Sollten die Runner sich für das Trideo näher interessieren, lesen Sie den folgenden Text vor:**

Der ältere Kerl auf dem Stuhl wirkt ziemlich krank, ist kreidebleich und hat kaum mehr Haare. Als er kurz vor sich hin sabbernd in die Kamera schaut, kann man erkennen, dass er komplett weiße Augen hat. Ein Ghul, so wie es aussieht. In dem durchlaufenden Bilduntertitel kann man lesen, dass es sich um Joachim Schröder handelt und dass das nur der Beginn seiner gerechten Strafe sei, weil er in Zentralasien tausende Menschen auf dem Gewissen haben soll. Irgendwas mit Versicherungsbetrug mit Fähren und Frachtschiffen, so wie es klingt. Es scheint fast so, als würden die Zuschauer darauf warten, dass die Digitalanzeige, die in der rechten unteren Bildecke bei zwei Minuten steht, endlich abgelaufen ist.

**Sollten die Runner die zwei Minuten warten, lesen Sie den folgenden Text vor:**

Als die Uhr abgelaufen ist, wird ein junges Mädchen ins Bild gestoßen. Gleichzeitig lösen sich die Fesseln des sabbernden Kerls mit einem Klicken. Auch wenn man von den nächsten Sekunden nicht viel sehen kann, als er sich auf das Kind stürzt, sprechen die Schreie und die Blutspritzer an der Wand hinter dem Stuhl Bände. Die Kneipenbesucher starren geschockt und gebannt auf das Trideo.

Der Text im Untertitel verlautet trocken „Dieser Keller befindet sich in der Zwingenberger Straße 8. Entscheiden Sie selbst!"

**Sollten die Runner weiter Trideo schauen, lesen Sie den folgenden Text vor:**

Nach gerade mal einer Minute, während das Schreien verstummt und nur noch leises Schmatzen und Knacken zu hören ist, stürmt eine Gruppe Männer in den Raum, bewaffnet mit Baseballschlägern, Radkreuzen und anderen Prügeln, und schlägt auf die Gestalt am Boden ein. Nach einigen Sekunden wird das Bild schwarz und es wird nur folgender Text eingeblendet: „Geld erschafft Monster. Auch in Ihrer Nähe."

Dann wird eine etwas bleiche Nachrichtensprecherin vom Lokalsender M-live eingeblendet, die sichtlich mit der Fassung ringt und dann erklärt, dass diese Liveübertragung dem Sender von dem gesuchten Top-Terroristen Leon Durruti zugesandt wurde.

**Sollten die Runner nach ihrem Schmidt fragen, lesen Sie den folgenden Text vor:**

Nach kurzem Nachfragen deutet euch der Barmann den Weg zu einem Nebenraum.

Hinter der offensichtlich schallisolierten Tür findet ihr an einem rustikal wirkenden Tisch sitzend euren neuen Schmidt vor, einen ruhig wirkenden Mittvierziger in einem neutralen, dunkelblauen Anzug, dem die mit vierblättrigen Kleeblättern und Irlandpostern dekorierten Wände genauso wenig eine Gemütsregung zu entlocken scheinen wie euer Auftreten.

Nachdem ihr eingetreten seid, lächelt er kurz und beginnt das Gespräch:

„Es ist schön, dass Sie kurzfristig kommen konnten. Ich gehe davon aus, dass Sie wissen, warum wir uns hier treffen. Ich bräuchte einige Herrschaften von ihrem Kaliber, um ein paar Dinge wiederzubeschaffen, die einem guten Bekannten von mir abhanden gekommen sind. Jemand hat ihn bestohlen, und ich halte es für unnötig, die Schwarzen Sheriffs mit dieser Aufgabe zu belasten. Ihr Job wäre es, den Dieb ausfindig zu machen, ihm ein Etui mit einigen alten Datenchips abzunehmen, die er mit sich führt, und sich dann wieder mit mir zu treffen. Zu Ihrer Beruhigung kann ich sagen, dass der betreffende Dieb meines Wissens weder Mitarbeiter eines der hiesigen größeren Konzerne ist noch ein Mitglied irgendeiner Gruppierung des organisierten Verbrechens, von daher sollten Sie hier leichtes Spiel haben. Als Bezahlung habe ich an 8.000 Euro pro Person gedacht.

**Sollten die Runner den Job annehmen, lesen Sie den folgenden Text vor:**

Sobald ihr euch bereit erklärt habt, die Arbeit zu übernehmen, scheint sich euer Schmidt ein wenig zu entspannen und verschränkt seine Finger. „Prächtig! Kommen wir zu den Details: Unser Dieb heißt Frank Grünwald und ist ein kleines Licht bei einem der Medienbetriebe hier in der Stadt. Soweit ich weiß, hat er ein Appartement in Unterhaching in der Rosenbergstraße 19. Besuchen Sie ihn und überzeugen Sie ihn, das Etui mit den Datenträgern herauszurücken, notfalls mit dem nötigen Nachdruck. Sie fragen sich sicher, wozu ich dafür Sie brauche. Ich möchte auf Nummer Sicher gehen, und man hat mir versichert, dass Sie professionelle Arbeit leisten, gegebenenfalls auch unter erschwerten Bedingungen. Ich glaube nicht, dass Grünwald aus eigenem Antrieb arbeitet, dafür hat er nicht das Format, daher sollten Sie besser die Augen aufhalten nach den Leuten, die ihn angestiftet haben. Andererseits sollte es kein Problem sein, ihn ausfindig zu machen, wenn Sie sich beeilen. Ach ja, ich muss wohl kaum erwähnen, dass diese Auftragsarbeit sehr eilig ist und vertraulich behandelt werden sollte."

### ATMOSPHÄRE

Durrutis Trideoshow sollte bedrückend und abstoßend erscheinen. Entsprechend sind die anwesenden Gäste deswegen auch reichlich irritiert und werden darüber zu diskutieren anfangen, sobald sie vorbei ist. Die Charaktere können von diesem Zwischenspiel durchaus abgelenkt sein, wenn sie bei Bruckstädt erscheinen.

Jörg Bruckstädt, der hier als Schmidt auftritt, ist in seinem Auftreten professionell und zuvorkommend. Es ist wichtig, dass die Charaktere zumindest ein gewisses Maß an Vertrauen zu ihm fassen, so weit ein Runner einem Schmidt eben trauen kann.

### HINTER DEN KULISSEN

Bruckstädt ist zwar bekannt, dass Kästner ein Runnerteam losgeschickt hat, um die Trideoaufnahme zurückzubekommen, er hält es aber zu diesem Zeitpunkt für besser, die eigentlichen Umstände des Auftrags nebulös zu halten, damit die Charaktere die Verbindung zwischen Kästner und ihm möglichst nicht aufdecken. Daher gibt er sich auch als Vertreter des Bestohlenen aus, den er natürlich nicht namentlich nennen möchte. Er gibt den Charakteren eine Kommlinknummer mit, über die sie ihn erreichen können, und lässt sich gegebenenfalls auf 9000 Euro bei einer Anzahlung von 3000 Euro pro Person hoch handeln. Da das Konkurrenzrunnerteam bereits einige Stunden Vorsprung hat, mahnt er die Runner zur Eile und fragt auch nach einer Kommlinknummer der Charaktere, damit er sich unterwegs nach dem Stand der Dinge erkundigen kann.

### DAUMENSCHRAUBEN

Eigentlich ist es in dieser Szene nicht nötig, zusätzlichen Druck auszuüben, immerhin geht es nur um die klassische Übernahme eines Auftrags. Probleme könnten nur entstehen, wenn die Runner sich gegenüber den Elfen in der Kneipe ungünstig verhalten. Dies darf dann aber den Eindruck der Trideoshow nicht zu sehr stören.

### KEINE PANIK

Der Auftrag ist simpel, die Bezahlung so weit in Ordnung und der Auftraggeber kann den Charakteren einen Namen und einen Wohnort nennen. Sollten die Charaktere nichts besseres zu tun haben, als ihren Schmidt magisch aushorchen zu wollen, zu bedrohen oder ähnliches anzustellen, sollten sie schnell merken, dass er nicht alleine vor Ort ist, sondern zwei größere Geister von der Unterabteilung für magische Special Effects von Bavaria im Schlepptau hat, die im Astralraum auf ihn aufpassen, aber von sich aus nicht gegen die Charaktere vorgehen. Ansonsten kann hier eigentlich nichts schief gehen. Wenn die Charaktere trotzdem partout den Auftrag nicht übernehmen wollen, kann man daran nun mal wenig ändern. Hier wäre es dann nötig, den Aufhänger anders zu verpacken und die Kampagne mit einer anders aussehenden Eröffnung neu zu starten.

Es ist gut möglich, dass die Spieler einen Zusammenhang zwischen der Übertragung und dem Auftrag erwarten. Man kann sie hier durchaus im Unklaren lassen, denn immerhin hat er ja tatsächlich, wenn auch sehr indirekt, damit zu tun. Fragen über Durruti sollten mit Hilfe des Dossiers über ihn relativ leicht zu beantworten sein.

## HOME IMPROVEMENT

### WAS IST LOS, CHUMMER?

Legwork ist angesagt. Wer ist Frank Grünwald, was macht er so, wo ist er zu Hause und wie sieht die Sicherheit seiner Wohnung aus? Ob sie nun einen Zwischenstopp bei seiner Wohnung machen oder direkt auf die Idee kommen, einfach mal sein Kommlink anzupeilen, irgendwann werden sie an den Ort kommen, an dem sich Frank Grünwald befindet.

### SAG'S IHNEN INS GESICHT

Ihr seid dem Signal von Grünwalds Kommlink über mehrere Relaisstationen gefolgt und konntet den Sendebereich auf eine der Großbaustellen auf dem Gelände des alten Olympiaparks einkreisen. Aus irgendwelchen Gründen sendet das Kommlink zwar beständig Positionsanfragen an seinen Provider, scheint jedoch nicht auf Anfragen zu reagieren. Immerhin kann es euch aber zu Grünwald führen. Ihr folgt einer Baustelleneinfahrt bis zu einer frisch gegossenen Betonfläche, die irgendwann einmal ein Mehrfamilienhaus tragen soll. Genau hier muss es sein, genau auf diesem Fundament … oder einen guten Meter unter euch.

### ATMOSPHÄRE

Die Charaktere stehen auf einem Betonfundament, in dem sich ihre Zielperson befindet. Das sollte einerseits bizarr, andererseits aber auch beunruhigend wirken.

### HINTER DEN KULISSEN

Grünwald hat sein kaltes Grab im Fundament des Gebäudes gefunden. Er hat leider den Fehler begangen Lapa, den Geldeintreiber der Vory (siehe *Darsteller*), aufzusuchen, um mit dem gestohlenen Bargeld zumindest einen kleinen Teil seiner Schulden abzubezahlen und dem Daumenbrecher das Trideo zu zeigen, das seiner Meinung nach eine Stange Bares wert ist. Dumm nur, dass Lapa das ganz anders sah und Grünwald in einem Wutausbruch über den Haufen geschossen hat. Nachdem Lapa sich ein wenig beruhigte, hat er Grünwalds Leiche dann auf einer der Baustellen auf dem ehemaligen Olympiaparkgelände entsorgt und ist losgezogen, um zu sehen, was man mit den Chips vielleicht noch anstellen und ob er sie in Bares verwandeln kann.

Was er nicht weiß, ist, dass Grünwald stolzer Besitzer einer Mitsuhama TR-800 Augenkamera ist und seine letzten Sekunden – wenn auch tonlos – gefilmt hat. Diese Aufnahmen ruhen neben den persönlichen Daten immer noch in Grünwalds Kommlink, das durch den Stahlbeton hindurch jedoch etwas gestört sendet. Durch die eindringende Feuchtigkeit ist das Empfangssystem in Mitleidenschaft gezogen worden, weshalb das Kommlink zwar senden, aber nichts mehr empfangen kann. Wenn man an die Leiche und das Kommlink will, wird man an einem Presslufthammer oder anderem schwerem Gerät wohl kaum vorbeikommen.

Zwar hat Grünwald die Chips nicht mehr, die hat Lapa ja eingesteckt, aber dafür geben die Aufnahmen seiner Augenkamera genug Hinweise über seinen Mörder, der wissen muss, wo sich die Chips nun befinden.

### DAUMENSCHRAUBEN

Natürlich kann man sich nicht einfach auf einer Baustelle herumdrücken und mit schwerem Gerät herumhantieren. Da immer mal wieder Material oder Baumaschinen geklaut werden, laufen auf dem Gelände Zweier-Patrouillen vom BMW-Wachschutz Streife, denen eine Gruppe vermummter Gestalten, die ein Loch in ein frisch gegossenes Fundament graben wollen, sicher auffallen dürfte.

## KOMMLINK ORTEN LEICHT GEMACHT

Grünwald benutzt ein Erika Elite Kommlink mit einer Signalstufe von 4, das heißt unter normalen Umständen besitzt das Gerät eine Signalreichweite von einem Kilometer (s. Tabelle *Signalstufen, SR4*, S. 212).

Da das Kommlink Grünwalds eingeschaltet ist, wird die Anwesenheit in der Matrix mittels der Seriennummer die gesamte Zeit über verzeichnet und erzeugt so eine permanente Datenspur (siehe *Die Datenspur*, SR4, S. 215).

Sobald die Charaktere die Nummer von Grünwalds Kommlink haben, müssen sie zunächst mittels einer *Datensuche* dessen Position aufspüren. Dies erfordert eine ausgedehnte Probe Datensuche + Schmöker (20, 3 Minuten). Sowohl der Mindestwurf als auch das Intervall der Probe übersteigen hierbei aufgrund der derzeitigen Position des Kommlinks den sonst üblichen Rahmen. Sobald einmal die Datenspur des Kommlinks lokalisiert ist, lässt sich diese mittels einer Aufspüren-Handlung zu seinem Aufenthaltsort verfolgen. Dies ist eine ausgedehnte Probe auf Computer + Aufspüren (10, 1 Initiativedurchgang). Sobald diese Probe gelungen ist, kann der physische Standort des Kommlinks durch Triangulation auf ca. 50 m genau bestimmt werden. Sobald die Charaktere auf der Baustelle angekommen sind, müssen sie die Position des Kommlinks genauer bestimmen. Hierzu bietet sich ein Radiosignalscanner (siehe *SR4*, S. 325) an.

Mit einem solchen Gerät und einer gelungenen ausgedehnten Probe auf Elektronische Kriegsführung + Gerätestufe (8, 1 Kampfrunde) lässt sich dann auch die genauere Position, will heißen das Betongrab, finden. Haben die Charaktere keinen Radiosignalscanner, können sie dies durch den Einsatz eines anderen geeigneten Kurzstreckenortungsgerätes, das sie mit den Daten von Grünwalds Kommlink füttern, kompensieren. Über die Erfolgsaussichten und Schwierigkeiten muss der Spielleiter dann aufgrund der Situation entscheiden.

### KEINE PANIK

Damit die Charaktere überhaupt zur Baustelle im Olympiapark kommen, müssen sie auf die Idee kommen, das Kommlink anzupeilen. Hierbei kann es hilfreich sein, bei ihrer Beinarbeit über Frank Grünwald auch seine Kommlinknummer zu erwähnen oder darauf hinzuweisen, dass der Kühlschrank in Grünwalds Appartement (übrigens aufgeräumt, aber eher spärlich eingerichtet, halt ein typischer Junggesellenhaushalt) fröhlich den Status seines Inhalts in den Äther bläst. Zur Not kann auch eine ihrer Connections ihnen beiläufig einen Tipp in die richtige Richtung geben, wenn sie beim Nebelstochern nicht so recht vorankommen. Als allerletzten Notanker kann man auch Bruckstädt anrufen lassen, der fragt, wie das Projekt läuft und gegebenenfalls nachhilft, aber dieser Zaunpfahl ist dann schon sehr offensichtlich.

Sollte zur Runnergruppe weder ein Hacker noch ein Technomancer gehören und auch sonst kein Charakter auch nur ansatzweise fähig dazu sein, ein Kommlink im aktiven Modus anzupeilen, wird die ganze Sache natürlich etwas kniffliger. Hier muss man gegebenenfalls auf einen NSC bzw. eine passende Connection zurückgreifen. Die Welt ist von der Matrix abhängig und ähnlich sieht das nun mal auch mit den Charakteren aus.

Um zu guter Letzt Grünwald aus seinem betonierten Grab herauszuholen, brauchen die Charaktere entweder einen Presslufthammer oder anderes Gerät, denn ein direkter Uplink zum Kommlink ist nicht möglich, da es durch eindringende Nässe nicht mehr ganz funktionsfähig ist. Hier dürfen die Spieler ruhig kreativ werden: Werkzeuge gibt es auf der Baustelle genug, und auch magische Möglichkeiten sollte man hier nicht ausschließen. Sie können sich sogar als Bautrupp ausgeben, wenn sie Spaß dran haben. Hauptsache sie bringen die Sache halbwegs unauffällig über die Bühne.

## EIN ZWISCHENSPIEL – IN FARBE

### WAS IST LOS, CHUMMER?

Die Charaktere finden die Aufnahme Grünwalds und somit das, was er in den letzten Sekunden seines Lebens gesehen hat. Das Knobeln kann beginnen.

### SAG'S IHNEN INS GESICHT

Nachdem ihr Grünwalds Leiche ausgebuddelt und aus der schwarzen Plastikplane, in die er eingewickelt war, herausgeschnitten habt, könnt ihr die Daten von seinem Kommlink ziehen. Eine Menge Krempel, den der Bursche auf seinem Kommlink mit sich rumgeschleppt hat. Adresslisten, Musik, ein paar heiße Pornostreifen und eine Videodatei, die bis gerade eben noch aktualisiert wurde. Eine Aufnahme von seiner Augenkamera, so wie es ausschaut. Ihr startet das Video von vorne und seht das verwackelte Bild eines bulligen Orks im schmutzigen Feinripp-Unterhemd, der wütend gestikulierend in die Kamera starrt. Die Aufnahme scheint in einer ziemlich runtergekommenen Küche gemacht worden zu sein. Ein speckiger Kühlschrank, ein paar Küchenregale, ein Tisch, schlechte Neonbeleuchtung. Es ist kein Ton zu hören, aber die Gestik seiner nachtschwarzen Cyberarme sagt mehr als genug aus, von der Predator, die er jetzt zieht, ganz zu schweigen. Das Bild schwenkt von ihm weg, Arme legen sich wie schützend vor das Objektiv, das gleichzeitig das Auge Grünwalds ist, ein heller Lichtblitz, dann kippt das Bild auf die Seite. Einige Minuten passiert nichts, dann erscheint kurz ein schwarzer Turnschuh im Bild, dann wird es dunkel. Er muss Grünwald in die Plane gewickelt haben. In die gleiche Plane, aus der ihr ihn gerade eben erst wieder rausgeschnitten habt.

### ATMOSPHÄRE

Die Charaktere sehen den Tod eines Menschen aus dessen eigenen Augen. Kein schöner Anblick, wie man sich denken kann. Entsprechend sollte auch hier die Atmosphäre gedrückt bleiben.

### HINTER DEN KULISSEN

Bilder sagen mehr als tausend Worte, nur ganz ohne Worte ist das Videomaterial auch nicht gerade leicht auszuwerten. Die Küche ist schmutzig und billig eingerichtet, es ist kein Fenster zu erkennen, durch das man auf den Standort des Raumes schließen könnte, und auch sonst gibt es nichts in dieser Küche, was den Ort näher eingrenzen könnte. Bleibt also noch der Ork. Den Charakteren dürfte Lapa kaum bekannt sein, da er erst vor einigen Monaten aus dem Rhein-Ruhr-Plex nach München gekommen ist und noch nicht lange für die Vory arbeitet, und auch ihre Connections dürften über ihn kaum etwas wissen. Ganz anders aber sieht es mit den Cyberarmen aus. Die sind edle Designerstücke, vermutlich nach Wünschen des Besitzers persönlich angepasst und modifiziert. Bleibt nur die Frage, wen man zu dem Thema fragen kann. Natürlich wären Straßendocs der Anlaufpunkt der Wahl, aber auch sie können nichts Genaueres dazu sagen. Aber jeder, der sich in München mit Cyberware auskennt, kennt auch das Azrael (siehe *Reich und schön*, S. 40), und wie es der Zufall so will, ist die Königin der Cyberfetischszene der ADL persönlich im Club, eine Dame mit dem schönen Namen Alien Queen. Wenn es jemanden gibt, der hier weiterhelfen kann, so zumindest sieht das so ziemlich jeder, den man fragt, dann sie.

### DAUMENSCHRAUBEN

Hier ist knobeln und Beinarbeit angesagt, von daher gibt es hier nicht viel zu tun. Man kann die Charaktere zwar vom Wachdienst aufscheuchen lassen, aber da sie hier ihren Job getan haben, können sie bei Entdeckung einfach türmen.

### KEINE PANIK

Natürlich können Sie die Charaktere auch das Kommlink anzapfen lassen, ohne Grünwald auszugraben, wenn Ihnen das halbkaputte Kommlink zu gestellt erscheint. Das ist völlig okay, darf dann aber mit entsprechenden Proben versüßt werden. Die Runner können mit dem extrahierten Videobild gerne ein wenig durch die Kneipen ziehen und bei ihren Connections Klinken putzen, und der Erfolg muss sich nicht sofort einstellen. Früher oder später aber kann man den Charakteren über diesen Weg den Fingerzeig gen Azrael geben. Sollte dies alles nicht fruchten, kann man zur allergrößten Not auch hier Bruckstädt als Telefonjoker verwenden.

## QUEEN OF KINGS

### WAS IST LOS, CHUMMER?

Die Runner schauen beim Azrael vorbei. Da die Königin hier gerade Hof hält, ist Zutritt leider nur für Mitglieder gestattet, was den Eintritt erheblich erschwert. Wenn die Charaktere aber erst einmal in dem Laden sind, stehen sie Alien Queen und ihrem Hofstaat gegenüber, was gerade für die Schwervercyberten ein ganz besonderes Erlebnis sein kann.

### SAG'S IHNEN INS GESICHT

Die schwervercyberten Rausschmeißer winken <den Charakter mit der schwersten sichtbaren Vercyberung, oder falls nicht vorhanden, den mit dem höchsten Charisma> in den Club.

Nachdem sie dich nach Waffen gefilzt haben, führen sie dich durch eine schwere Türe in den Clubraum, der eher einer Lounge als dem SM-Schuppen aus deiner Vorstellung ähnelt. An einer Bar stehen einige schwervercyberte und mit Bodymodding umgestylte Personen, die fast wie eine Mischung aus Menschen und halborganischen Maschinen wirken, jeder einzelne auf seine Art bizarr. Die beiden Türsteher schieben dich an ihnen vorbei in einen größeren Raum, eine Disco, in denen zu lauter Musik gut drei Dutzend vercyberte Partygänger tanzen. Cyberschwänze, Hörner, auf reine Optik optimierte Dermalverkleidung und organisch designte Cybergliedmaßen, zum Teil sogar komplett vercyberte Gestalten tanzen hier kaum bekleidet, auf eine seltsame Art abstoßend und ästhetisch zugleich. Auf einer Empore liegen zwei Frauen auf Kanapees, umgeben von mehreren Frauen und Männern, die um sie herum auf Kissen liegen und das Treiben im Raum beobachten. Eine der beiden Frauen wirkt fast normal und trägt eine enge schwarze Korsage und einen kurzen Latexrock, dafür wirkt die andere wie aus einem Alptraum entkommen. Dank eines breiten und gut anderthalb Meter langen Schwanzes, organisch wirkender und massiv modifizierter Kid-Stealth-Beine, nachtschwarzer, feucht glänzender Ganzkörperdermalverkleidung und diverser weiterer kosmetischer Modifikationen ähnelt sie nun eher einer Chimäre aus Mensch und Monster. Sie schaut dich aus blauen, geschlitzten Augen an und nickt.

**Wenn die Charaktere ihr Anliegen vorgebracht und/oder die Aufnahme von Lapa gezeigt haben, lesen Sie Folgendes vor:**

Eine vor der Chimäre sitzende junge Frau in einer durchscheinenden Bluse und einem langen geschlitzten Samtrock spricht dich an: „Die Königin kennt diesen Mann nicht, aber sie kennt den Besitzer der Arme. Sie sieht, wer sie diesem Ork gegeben hat. Geh und such nach dem Metzger, der sein Schlachthaus in Martinsried betreibt. Such nach einer Werkstatt. Die Königin wünscht nur eins dafür. Bestrafe den Metzger für seine Tat."

Die Chimäre nickt den beiden Rausschmeißern zu, die dich kommentarlos wieder aus dem Club schieben.

### ATMOSPHÄRE

Der einzelne Charakter, der hier in den Club Azrael gelassen wird, findet sich in einer Subkultur wieder, in der er fremd ist. Hier ist er der Sonderling, der von den anderen angestarrt wird, und entsprechend wird er behandelt. Alien Queen sollte als Herrin über diesen Club und ihre Gäste deutlich zu erkennen sein. Ihr gegenüber sind sie ergeben, auch wenn Mistress Selina, die neben ihr auf dem anderen Kanapee liegt, diesen Club eigentlich leitet. Die „Königin" sollte entsprechend mysteriös und fremdartig erscheinen.

### HINTER DEN KULISSEN

Die schwarzen Cyberarme hat Lapa zwar von einem „Kunden", er hat sie dem Vorbesitzer jedoch nicht aus dem Kofferraum geklaut, sondern ihn umgelegt und seine alten gegen diese „gebrauchten" bei einem Hinterhofchirurgen der Vory austauschen lassen. Da das bedauernswerte Opfer ein guter Bekannter von Mistress Selina, der Betreiberin des Azrael, war, sind sowohl sie als auch Alien Queen interessiert an dem Verbleib dieser Arme. Von Selina über alles Wichtige informiert, nutzt die Königin daher die Gunst der Stunde, um sowohl den Charakteren weiterzuhelfen als auch das Problem „Metzger" ein für alle Mal zu erledigen. Anhand der auf dem Video gut sichtbaren und eher leidlichen „Installation" der Arme kann sie sehr schnell darauf schließen, wer sie installiert hat, und gibt den Charakteren gegen die Gegenleistung einer nicht näher definierten Strafe diese Information weiter. Somit ist der nächste Anlaufpunkt eine Garagenpraxis in Martinsried.

### DAUMENSCHRAUBEN

Das größte Problem ist natürlich, überhaupt erst einmal in den Laden zu kommen. Vor der Tür des Azrael stehen zwei schwer vercyberte Türsteher, deren Umfeld außerdem noch kameraüberwacht ist. Das Azrael selbst ist nach außen AR-gedämpft und mit einem Hüter der Stufe 6 versehen. Da aufgrund des Besuchs der Königin heute nur Zutritt für Mitglieder ist, sollten die Charaktere ihren Grips anstrengen. Mitglied kann man nur werden, wenn zwei Mitglieder für einen bürgen und Mistress Selina Gefallen an dem Neuzugang findet, was etwas schwierig wird, wenn man nicht mal weiß, wer eigentlich in dem Schuppen Mitglied ist. Bestechen fällt bei den Rausschmeißern aus, da sie Selina treu ergeben sind, und Gewalt gibt nur Ärger statt Auskünfte. Man könnte natürlich versuchen, sich magisch hineinzutricksen, zum Beispiel unsichtbar oder durch psychische Manipulationen, aber natürlich wird der Eingang auch durch mehrere Watcher kontrolliert.

### KEINE PANIK

Ehrlichkeit währt am längsten. Ja, man kommt nicht rein, wenn man kein Mitglied ist. Ja, man kann sich weder reinprügeln noch reinmogeln. Man kann aber einfach ehrlich sein, den Türstehern das Bild in die Hand drücken oder aufs PAN überspielen und sie bitten, drinnen mal nachzufragen. Sobald Selina oder Alien Queen das Bild erst einmal gesehen haben, wollen sie auch wissen, wer hinter der Sache steckt.

Sollte einer der Charaktere andererseits wirklich gute Verbindungen zur Cyberfetischszene haben oder zumindest eine passende Connection in die Richtung, zum Beispiel einen schwerstvercyberten Samurai, einen Straßendoc, der auf extremes Bodymodding steht oder ähnliche Gestalten, dann könnte sich zumindest ein offensichtlich vercyberter Charakter über diese Verbindungen eine Probe-Mitgliedschaft besorgen, mit der er immerhin bis zu Selina kommt.

Sollten die Charaktere übrigens die „Bestrafung" nach den Wünschen Selinas ausgeführt haben, kann sie eine durchaus interessante Connection zumindest für offensichtlich vercyberte Charaktere werden. Die Arme will sie jedoch nicht wieder zurückhaben.

## HAUSBESUCH BEI DR. SCHIWAGO

### WAS IST LOS, CHUMMER?

Nachdem Mistress Selina den Charakteren gesagt hat, wer genauer wissen könnte, zu wem die schwarzen Cyberarme gehören, dürfte die nächste Haltestelle der Runner in Martiensried liegen, nämlich bei der Werkstatt und Praxis vom Metzger, einem schmierigen Cyberdoc der Vory, der in einem umgebauten Hinterzimmer einer alten Autowerkstatt operiert.

### SAG'S IHNEN INS GESICHT

Zwischen den maroden Sozialbauten von Martinsried, umgeben von einem heruntergekommenen Parkplatz, liegt in der Dunkelheit der Nacht die Autowerkstatt des Metzgers. Das Gelände ist von einem hohen Maschendrahtzaun umgeben, der von Stacheldraht gekrönt ist. Kein einladender Ort, aber die ganze Umgebung lädt nicht gerade dazu ein, hier seinen Urlaub zu verbringen. Man sieht der Gegend die Armut förmlich an, und die Schlaglöcher, kaputten Straßenlaternen und die wenigen erleuchteten Fenster in den grauen Plattenbauten zeigen deutlich, dass eben diese Armut den Stadtvätern reichlich egal ist.

### ATMOSPHÄRE

Hier sind die Charaktere wieder in ihrem Element. Gerade wenn sie die Werkstatt stürmen wollen, können sie

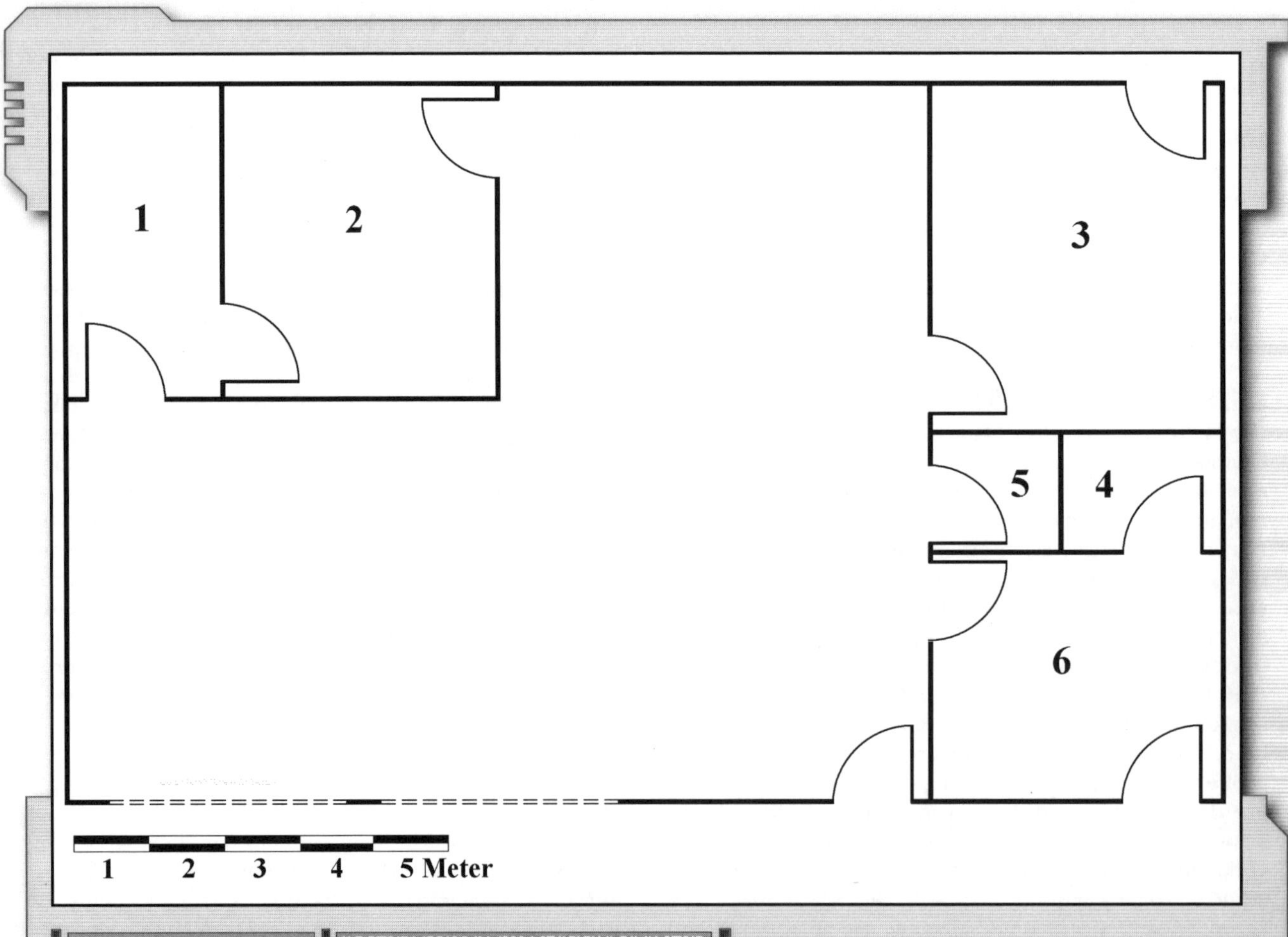

hier Dampf ablassen. Der Metzger und seine Begleiter sind den Runnern hierbei ganz klar unterlegen.

### HINTER DEN KULISSEN

Die Werkstatt des Metzgers befindet sich im entsprechend ausgebauten Hinterzimmer einer Autowerkstatt, auf einem umzäunten und ansonsten recht leeren Gelände in Martinsried. Hier baut er für wenig Geld Cyberware ein, ohne großartig nach der Herkunft zu fragen. Wie man sich denken kann, ist der Metzger nicht alleine in der Autowerkstatt, sondern hat Gesellschaft von einigen Bekannten, typischen Vory-Schlägern. Den Charakteren steht es frei, auf gut Glück in die Werkstatt zu marschieren und den Metzger nach den schwarzen Cyberarmen zu fragen. Sie können aber die ganze Sache auch zu einer Kommandooperation machen und die Werkstatt entweder in der Dunkelheit infiltrieren oder gleich stürmen. Wie man sich denken kann, hält der Metzger nicht viel davon, seine Kunden zu verraten, daher ist hier sowieso entweder Bestechung, Erpressung oder Gewalt angesagt. Außerdem ist da ja auch noch der Wunsch von Alien Queen nach einer angemessenen Strafe für den Metzger. Darauf müssen die Charaktere natürlich nicht eingehen, aber es ist doch nicht ganz unwahrscheinlich, immerhin ist die Königin recht charismatisch und ihr Wohlwollen ausgesprochen praktisch.

Der Metzger weiß noch recht gut, dass Lapa die Cyberarme angeschleppt hat und er sie ihm implantiert hat. Er weiß außerdem, dass Lapa in der Bichlmairstraße in Neuried in einem der großen Plattenbauten wohnt. Dort dürfte es kein Problem sein, die genaue Wohnung ausfindig zu machen. Zu guter Letzt erzählt er den Charakteren vielleicht noch, dass Lapa ein Mann von Chomjak dem Hamster ist, der einen Hehlerladen im blauen Plattenbau an der Geisenbrunner Straße betreibt.

**Legende des Grundrisses**

Die eigentliche Werkstatt wird von zwei Hebebühnen hinter den beiden Rolltoren dominiert. Auf einer befindet sich zurzeit ein Kleinwagen. Es stehen Reifenstapel, Wägelchen mit Werkzeugen und Kisten mit Ersatzteilen herum, alles wirkt schmutzig und heruntergekommen. Die Tür nach draußen ist abgeschlossen und verfügt über ein Magschloss der Stufe 3, die Rolltore sind elektrisch, können aber mit ausreichender Kraft hochgestemmt werden (Stärkeprobe (3))

1) Vorbereitungsraum. Hier finden sich Regale mit sterilen Unterlagen, Operationsbestecken, diversen Medikamenten und verschiedenen, zum Teil eingeschweißten, Cyberwareteilen. Außerdem ein Tisch, ein Waschbecken und das abgeschaltete Kommlink des Metzgers. Ein guter Ort, wenn man den Charakteren hier ein wenig neues Spielzeug zukommen lassen will, auch wenn die Cyberware hier eher billig (Sporne, Cyberaugen usw.) und im besten Falle Alphaware ist. Durch ein Fenster kann man von hier in den OP schauen.
2) OP. Die Wände und der Boden sind gefliest. Hier stehen ein großer Metalltisch und einige elektronische Geräte, eine OP-Lampe hängt von der Decke.
3) Das Lager. Auf mehreren Regalen stapeln sich Ersatzteile, Alufelgen, Werkzeuge und anderer Krempel, den man in einer Werkstatt braucht. Die Tür zur Werkstatt ist offen, die nach draußen verschlossen. Auch hier findet sich ein Magschloss der Stufe 3.
4) Abstellkammer. Hier stapeln sich Kisten mit billiger Autoelektronik, alte Prospekte, Putzgerätschaften usw.
5) Waschraum mit Toilette. Schmutzig, was sonst?
6) Büro. Ein Schreibtisch, mehrere Stühle, Kalender mit halbnackten Frauen an der Wand, herumstehende Kartons mit Elektronik, einige Regale, ein typisches Büro einer heruntergekommenen Autowerkstatt eben.

### DAUMENSCHRAUBEN

Der Metzger ist nicht dumm und fürchtet schon seit einiger Zeit einen Besuch der Mafia, einer geldgeilen Gang oder anderer Gesellen. Entsprechend hat er sich darauf eingestellt. Er lässt die freie Fläche um die Werkstatt herum durch Kameras und Ultraschall-Bewegungsmelder überwachen, und sowohl er als auch seine anwesenden Bekannten sind mit Schrotflinten, Maschinenpistolen und ähnlichem bewaffnet. Im Notfall werden sie sich in der Werkstatt verschanzen und die Vory per Kommlink um Hilfe bitten, die nach zehn Minuten in Form von einem guten Dutzend Gangern anrückt.

### KEINE PANIK

Solange der Metzger die Geschehnisse überlebt, kann man ihn darüber ausquetschen, wem er die Cyberarme eingebaut hat. Und selbst wenn er in einer Auseinandersetzung den Tod findet, kann man in seinem Vorbereitungsraum anhand der OP-Daten erkennen, wer der neue Besitzer der Arme ist. Die Charaktere müssten die Werkstatt schon dem Erdboden gleich machen, um diese Spur zu verlieren.

## TOTE REDEN NICHT

### WAS IST LOS, CHUMMER?

Nach dem Besuch beim Metzger geht es weiter nach Neuried zur Wohnung von Lapa, was nicht allzu weit entfernt ist. Dumm nur, dass bereits andere vor den Charakteren vor Ort waren und mit Lapa nicht wirklich sanft umgesprungen sind.

### SAG'S IHNEN INS GESICHT

Hinter der aufgebrochenen Wohnungstür herrscht Chaos. Jemand hat die kleine Wohnung komplett auf den Kopf gestellt, wobei fraglich ist, was an dem Müll und Schmutz hier vorher schon achtlos herumgelegen hat. Zumindest die Küche der Wohnung kommt euch vage bekannt vor. Schmierig und mit Neonlicht ausgeleuchtet passt sie perfekt zur Videoaufnahme von Grünwald. Der einzige Unterschied ist der gefesselte Ork im Feinrippunterhemd, der mit einem Einschussloch im Schädel halb auf dem Tisch liegt. So wie er aussieht, scheint man ihn ganz gehörig in die Mangel genommen zu haben, bevor man ihm eine Kugel verpasst hat. Der wird wohl nicht mehr reden.

### ATMOSPHÄRE

Schon wieder eine Leiche, und diesmal zumindest scheinbar eine Sackgasse. Das ist frustrierend und soll auch so sein.

### HINTER DEN KULISSEN

Während die Charaktere dabei waren, herauszufinden, wer der Ork ist, der Grünwald erschossen hat, war das von Daniel Kästner angeheuerte Konkurrenzteam nicht untätig. Über ihre Kontakte bei den Vory haben die vier Elfen Lapa nach etwas Hin und Her ausfindig machen können, ihn überwältigt und ausgefragt. Da Lapa nicht sonderlich kooperativ war und noch dazu Elfen auf den Tod nicht ausstehen kann, kann man sich das Ergebnis denken. Die vier haben seine Bude auf den Kopf gestellt, ihn so lange gefoltert, bis er damit rausgerückt ist, was er mit den Chips angestellt hat, und ihm dann eine Kugel verpasst. Leider war Lapa zu gehässig, zu zynisch oder zu schlau, um sich auf diese Weise aushorchen zu lassen, und hat vor seinem Ableben den vieren gegenüber behauptet, er hätte die Chips an den Barkeeper des Andersrum verkauft. Nachdem die vier herausfinden mussten, dass das Andersum eine Schwulenbar im Stadtkern ist und niemand dort Lapa auch nur kennt, müssen sie das Gleiche machen, was die Spieler nun auch tun dürfen. Sie informieren sich über Lapa und erfahren, dass er für einen Kerl namens Chomjak arbeitet, einen schmierigen Hehler in Großried. Das bedeutet aber auch für die Charaktere, dass sie in der Wohnung von Lapa nicht viel herausfinden können.

### DAUMENSCHRAUBEN

Hier kann eigentlich nicht viel passieren. Die Charaktere finden die Tür aufgebrochen vor, Lapa tot am Küchentisch und die Wohnung zerwühlt. Mit Gegenwehr ist hier eigentlich nicht zu rechnen.

### KEINE PANIK

Diese Stelle ist ein wenig knifflig. Auf den ersten Blick enden hier alle Spuren. Natürlich bedarf es schon eines kleinen gedanklichen Sprungs, darüber nachzudenken, an wen Lapa die Chips abgegeben haben könnte, denn so wie die Wohnung aussieht, haben die, die vor den Charakteren hier waren, nicht gefunden, was sie gesucht haben. Sollten die Charaktere nicht selbst darauf kommen und auch keine Beinarbeit in diese Richtung betreiben, um Näheres über Lapa herauszufinden, muss auch hier der Telefonjoker herhalten. Wenn die Charaktere Bruckstädt über die Sackgasse informieren, wird er darauf drängen, dass sie sich darüber informieren sollen, an wen Lapa die Chips verkauft haben könnte. Hier dürfte mit ein wenig Beinarbeit der Name Chomjak dann schnell fallen, sofern die Runner die Info nicht schon vom Metzger bekommen haben.

## EIN HAMSTER IM OK CORRAL

### WAS IST LOS, CHUMMER?

Das große Finale nähert sich, auch wenn die Charaktere davon noch nichts ahnen dürften. Im Hehlerladen von Chomjak kommt es zum großen Showdown, wenn die Charaktere mit dem konkurrierenden Team aufeinander prallen.

### SAG'S IHNEN INS GESICHT

Die achte Etage dieses hässlichen Plattenbauklotzes ist schon eine eigene kleine Welt für sich. In den einzelnen Wohnungen haben sich Läden, Garküchen und kleine Bordelle breit gemacht, und es schlagen euch verschiedenste Gerüche von orientalischen Gewürzen über Putzmittel bis hin zu Urin entgegen. Auf dem langen Hausflur laufen und stehen allerlei zum Teil recht heruntergekommene Gestalten, und die Bewohner zweier Läden scheinen sich ein Lärmduell mit russischer Polka und arabischem Pop zu liefern. Ein seltsamer Ort für einen Basar, aber er scheint zur runtergekommenen Umgebung hier in Großried zu passen wie die Faust aufs Auge.

Der Laden des Hamsters ist nicht schwer zu finden. Die Tür steht offen und die kleine Wohnung ist vollgestellt mit Regalen, die unter der Last von Kisten, Kartons, alten Elektrogeräten und Küchenutensilien zusammenzubrechen drohen. Und tatsächlich, irgendwo hinter den Regalen kann man einen Zwerg in Jeans und T-Shirt erkennen, der gerade an einer Platine lötet.

### ATMOSPHÄRE

Der Plattenbau ist ein echter Basar, und genau so geht es hier zu. Dutzende Leute, die kaufen, verkaufen und feilschen, Gerüche, Geräusche und Händler, die den Charakteren ihre Ware aufschwatzen wollen. Die ganze Sache kippt erst, als das konkurrierende Runnerteam auftaucht. Ab dann ist eine gute, altbekannte Schießerei angesagt.

### HINTER DEN KULISSEN

Chomjak (Hamster) trägt seinen Namen nicht ohne Grund. Er ist nicht nur klein, selbst für einen Zwerg, und recht pausbäckig, er kauft und verkauft außerdem alles von Elektrorasierern über Nachttischlampen, Töpfen und Pfannen bis hin zu gebrauchten Kommlinks und Trideogeräten. Entsprechend sind die Regale seines kleinen Ladens vollgestopft mit allerlei Krempel, Kartons und Elektronikschrott. Chomjak hat die Chips zwar für Kleingeld von Lapa gekauft, hat jedoch keine Ahnung, was genau auf ihnen ist, und hat sie erst einmal zu anderem Zeug in eines der Regale gestopft.

Seinen Laden hat er im achten Stock eines alten Plattenbaus an der Münchner Straße und teilt sich das Stockwerk mit Garküchen, Schuhmachern, Friseuren, Prostituierten und Dealern, die ihre Läden in den engen Wohnungen des Plattenbaus aufgebaut haben. Entsprechend viel Betrieb ist auf dem Flur und entsprechend laut geht es hier zu. Russen, Tschechen, Kroaten, Griechen, Vietnamesen und Leute aus diversen anderen Ecken der Welt handeln, arbeiten und vergnügen sich hier auf engstem Raum.

Kaum eine Minute nach den Runnern erscheinen auch die vier Elfen auf der Schaufläche, gerade als die Runner sich mit Chomjak unterhalten oder sonstwie auseinander setzen. Da die vier wegen des Ausflugs in das Andersrum ziemlich angefressen sind, fackeln sie nicht lange, wenn sie merken, dass Chomjak nicht alleine ist, und holen zum Präventivschlag aus.

### DAUMENSCHRAUBEN

Die vier Elfen sind stinksauer, skrupellos und gefährlich. Um die Sache spannender zu machen, kann man den Jungs durchaus Handgranaten, gebundene Geister und allerlei anderes Spielzeug zugestehen. Kollateralschaden ist für die vier völlig in Ordnung. Außerdem kann man, wie üblich, die Werte und Fähigkeiten der vier an die Größe und Fähigkeiten der Runnergruppe anpassen. Möglicherweise fangen auch einige der Bewohner an, im Chaos um sich zu schießen.

### KEINE PANIK

Es ist das große Geballer angesagt. Die Runner müssen sich mit der Konkurrenz rumschlagen und dabei darauf achten, dass Chomjak sich nicht einfach aus dem Staub macht. Solange er die Schießerei überlebt, kann man ihn ausquetschen, was er mit den Chips angestellt hat. Es sollte kein Problem sein, ihm die Dinger dann abzunehmen. Sollten die Charaktere Chomjak gut behandeln und ihm sogar noch das Fell retten, kann auch er als Connection übernommen werden.

## NACH DEM SHADOWRUN

### WIE GEHT ES WEITER?

Mit den Datenchips hat Bruckstädt Kästner in der Hand. Er erpresst ihn dazu, sowohl die Vergabe von Werbung als auch die kommerzielle Weiterverwertung der Beiträge seines Senders nur noch über die Vermittlungsagentur Bröhning & Partner abwickeln zu lassen, die sehr nah mit Bavaria zusammenarbeitet und an der ganz zufällig Bruckstädt Teilhaber ist. Somit schöpft Bavaria die Gewinne durch Productplacement, Verwertung und Werbung bei M-live ab, und Bruckstädt verdient daran fröhlich mit, während der Sender nur eine eher übersichtliche Summe aus diesem Geschäft erhält. Gleichzeitig bleibt der Sender aber offiziell im Besitz von Kästner, damit Durruti keinen Verdacht schöpft. Da die Einschaltquoten durch das Treiben Durrutis in den Himmel schießen, stehen Bröhning & Partner bald goldene Zeiten ins Haus.

#### TEAM-KARMA

| Situation | Karma |
|---|---|
| Die Runner haben die Chips geborgen | 1 |

#### INDIVIDUELLES KARMA

| Situation | Karma |
|---|---|
| Überleben | 1 |
| Gutes Rollenspiel | 1-2 |
| Mut oder Cleverness | 1 |
| Humor | 1 |
| Die Geschichte vorantreiben | 1 |

## BEINARBEIT

### LAPA

**Angemessene Connection:** Mafia, Vory

| Connection | Datensuche | Ergebnisse |
|---|---|---|
| 0 | 0 | Mhh … ja, ich liebe weiches Leder. |
| 1 | 2 | Ist das nicht so ein Russenschläger? |
| 2 | 4 | Der Kerl ist ein Daumenbrecher von Baltasar Narekov, dem Oberhäuptling der Vory hier. Ein ziemlicher Psychopath, soweit ich gehört habe. Arbeitet nebenher noch für einen kleinen Hehler in Großried. |
| 3 | 8 | Lapa treibt für die Vory Geld ein und jobbt nebenher für Chomjak, einen Hehler in Großried. Er bringt ihm ab und an Zeug, das er seinen „Kunden" abgenommen hat. |

### CHOMJAK

**Angemessene Connection:** Mafia, Vory, Schieber

| Connection | Datensuche | Ergebnisse |
|---|---|---|
| 0 | 0 | Ist das nicht so ein Froschpfeilgift? |
| 1 | 2 | Chomjak, das ist Russisch und bedeutet Hamster. Ist wohl ein kleiner Hehler irgendwo in München. |
| 2 | 4 | Der Hamster hat seinen Laden in Großried in einem Plattenbau an der Münchner Straße. Er handelt mit allem möglichen Kleinkram, halt alles, was die Leute da so verscherbeln wollen. |
| 3 | 8 | Chomjak hat ein paar Vory-Schläger an der Hand, die für ihn manchmal die Drecksarbeit erledigen, wenn ein Kunde nicht zahlen will. Er selbst macht sich bei so was aber nicht die Hände schmutzig. |

### ALIEN QUEEN / AZRAEL

**Angemessene Connection:** Straßendoc, Cyberfetischist, Straßensamurai

| Connection | Datensuche | Ergebnisse |
|---|---|---|
| 0 | 0 | Wird das ein Filmquiz? |
| 1 | 2 | Alien Queen betreibt irgend so einen Fetisch-SM-Schuppen in Hamburg. Das Azrael im Stadtzentrum ist auch so ein Laden. |
| 2 | 4 | Alien Queen wird auch die Königin genannt und leitet das Empire, ihren Cyberfetisch-Club in Hamburg. Sie ist übelst vercybert und kennt sich in dem Bereich echt gut aus. Zurzeit soll sie wohl im Azrael zu Besuch sein. |
| 3 | 8 | Mistress Selina, die das Azrael leitet, ist eine gute Freundin von Alien Queen. Vermutlich haben die beiden sogar was miteinander. |

## DARSTELLER

### DANIEL KÄSTNER

Kästner ist ein typischer enttäuschter Altlinker, der in jungen Jahren bei den anarchistischen Aufständen in Berlin mitgemischt hat, mittlerweile aber einen etwas gesetzteren Lebenswandel führt, auch wenn er seine alten Ideale nie ganz abgelegt hat. Er ist so aufrecht, wie es in der Münchner Medienmaschinerie geht. In seiner wilden Zeit hat er jedoch einige Fehler begangen, die noch heute auf ihm lasten. Unter anderem hat er während der Berliner Krawalle einen Polizisten niedergeschossen, und auch wenn er nie dafür belangt werden konnte, lastet diese Tat wie ein Stein auf seinem Gewissen. Er besitzt eine verwackelte Trideoaufnahme des Mordes, da er damals von einem Freund bei dieser Tat gefilmt wurde. Aufgrund seiner Schuldgefühle sieht er sich nicht in der Lage, sie zu vernichten. Stattdessen bewahrt er sie in einem Safe in seinem Büro auf, quasi als Nemesis aus alten Tagen.

## FRANK GRÜNWALD

Als Zocker hat Grünwald in den letzten Monaten eine Menge Schulden bei den Vory gemacht. Da die Osteuropäer jetzt auch noch mit Lapa einen brutalen Geldeintreiber auf ihn angesetzt haben, kommt er in Zugzwang und vergreift sich am Tresor seines Chefs Kästner. Er weiß nämlich, dass Kästner in seinem Bürosafe Bargeld deponiert hat, mit dem er gewöhnlich seine Informanten bezahlt. Als er dabei auf die alten Aufnahmen Kästners stößt, beschließt er, sie an die Vory zu verkaufen, damit die ihr Geld von Kästner statt von ihm holen können.

## VALENTIN „LAPA" PIKALEW

Pikalew hat sich durch sein brutales Vorgehen bei den Vory als Geldeintreiber innerhalb weniger Monate einen Namen gemacht und ist zurzeit auf Grünwald angesetzt. Außerdem arbeitet er nebenher für einen kleinen Schieber, den man unter dem Namen Chomjak („Hamster") kennt. Der russischstämmige Ork ist gefühlskalt gegenüber anderen, gewalttätig und neigt zu aggressiven Schüben. Seine Markenzeichen sind zwei schwarze Designercyberarme, die er vor einigen Monaten von einem „Kunden" übernommen hat und die seiner Meinung nach sehr gut zu seinem Spitznamen „Lapa" (die Tatze) passen.

## ALIEN QUEEN

Eine der schillerndsten Persönlichkeiten der Cyberfetisch-Szene Hamburgs ist die Königin des Clubs Empire, die Alien Queen, und wie es der Zufall will, stattet sie dem Azrael, einem Fetischclub in der Münchner Innenstadt (siehe *Reich und schön*, S. 40), gerade einen Besuch ab. Ihren Geburtsnamen hat diese Dame schon vor Jahren abgelegt, noch bevor ihre Runnerkarriere begann, und nun hat sie aus ihrer Berufung ihren Beruf gemacht und leitet den angesagtesten Szeneclub Hamburgs. Ihren Straßennamen hat sie sich nicht zufällig durch ihre auffällige Vercyberung verdient, und seitdem sie aus dem Geschäft ist, hat sich dieser Hang zu extremer Körpergestaltung und den damit verbundenen sexuellen Interessen noch gesteigert. Dank eines breiten und gut anderthalb Meter langen Schwanzes, organisch wirkender und massiv modifizierter Kid-Stealth-Beine, schwarzer, feucht glänzender Ganzkörperdermalverkleidung und diverser weiterer kosmetischer Modifikationen ähnelt sie nun eher einer Chimäre aus Mensch und Monster als einer Frau. Aber durch ihr charismatisches Auftreten und ihr verstörendes, wenn auch faszinierendes Äußeres lenkt sie nicht nur die Geschicke ihres Privatclubs, sondern kultiviert auch Kontakte bis weit in die ADL-weite Cyberfetischgemeinde hinein. Sie ist kontrolliert, berechnend und kann durch subtile Manipulationen und psychologische Tricks mehr erreichen, als die meisten anderen mit Druck und Gewalt.

**Copper, der Anführer**

| K | G | R | S | C | I | L | W | EDG | ESS | INI | ID | ZM | P |
|---|---|---|---|---|---|---|---|---|---|---|---|---|---|
| 4 | 5(6) | 4(5) | 3(5) | 5 | 4 | 3 | 3 | 3 | 3,325 | 8(9) | 1(2) | 10 | 7/7 |

**Fertigkeiten:** Klettern 2, Erste Hilfe 1, Gebräuche 3 (Straße +2), Verhandlung 3, Computer 2, Feuerwaffen-Fertigkeitengruppe 3, Infiltration 2 (Stadt +2), Nahkampf-Fertigkeitengruppe 3, Ausweichen 4, Wahrnehmung 3
**Cyber-/Bioware:** Datenbuchse, Blitzkompensation (Augenmodifikation), Smartlink (Augenmodifikation), Interner Lufttank, Reflexbooster 1 (Alphaware), Tastverbindung, Muskelstraffung 1, Muskelverstärkung 2, Orthoskin 1
**Ausrüstung:** Transsys Avalon Kommlink mit Novatech Navi Betriebssystem, Ruger Super Warhawk (mit Explosivgeschossen geladen und 20 Schuss zum Nachladen), Ruger 100 (Standardmunition, 10 Schuss zum Nachladen), Urban Explorer Overall (6/6), Automatischer Dietrich 4, 3 Paar Handschellen
**Anmerkungen:** Restlichtverstärkung

**Horatio, der Hermetiker**

| K | G | R | S | C | I | L | W | M | EDG | ESS | INI | ID | ZM | P |
|---|---|---|---|---|---|---|---|---|---|---|---|---|---|---|
| 3 | 4 | 4 | 2 | 5 | 4 | 4 | 5 | 4 | 4 | 6 | 8 | 1 | 10 | 6/6 |

**Astrale Initiative/ID:** 8/3
**Fertigkeiten:** Akrobatik 3, Beschwören-Fertigkeitengruppe 3, Gebräuche 2 (Straße +2), Pistolen 3, Beschatten 3 (Verfolgen +2), Hexerei-Fertigkeitengruppe 4, Wahrnehmung 4, Askennen 3, Astralkampf 3
**Zaubersprüche:** Heilen, Verbesserte Unsichtbarkeit, Blitzstrahl, Betäubungsball, Feinde aufspüren, Wahrheit analysieren
**Ausrüstung:** Novatech Airware Kommlink mit Iris Orb-Betriebssystem, Colt Manhunter (Standardmunition, 1 Reserveladestreifen), Urban Explorer Overall (6/6)
**Anmerkungen:** Restlichtverstärkung

**Simon, der Samurai**

| K | G | R | S | C | I | L | W | EDG | ESS | INI | ID | ZM | P |
|---|---|---|---|---|---|---|---|---|---|---|---|---|---|
| 5(6) | 4(5) | 4(6) | 4(5) | 4 | 3 | 2 | 3 | 2 | 1,75 | 7(9) | 1(3) | 11 | 8/8 |

**Fertigkeiten:** Athletik-Fertigkeitengruppe 4, Erste Hilfe 2 (Kampfverletzungen +2), Computer 1, Gebräuche 2 (Söldner +2), Pistolen 2, Schnellfeuerwaffen 4 (Maschinenpistolen +2), Infiltration 1, Verkleiden 2, Nahkampf-Fertigkeitengruppe 3, Wurfwaffen 1 (Granaten +2), Waffenbau 1, Ausweichen 4, Wahrnehmung 3
**Cyber-/Bioware:** Cyberaugen 2 (Augen-Recorder, Blitzkompensation, Bildverbindung, Restlichtverstärkung, Smartlink, Infrarotsicht), Plastik-Kompositknochen, Reflexbooster 2, Tastverbindung, Muskelstraffung 1, Muskelverstärkung 1, Schmerzeditor
**Ausrüstung:** Erika Elite Kommlink mit Iris Orb Betriebssystem, Überlebensmesser, Ares Predator (Explosivgeschosse, 3 Reserveladestreifen), Ingram Smartgun (Standardmunition, 5 Reserveladestreifen), je 3 Betäubungs-, Spreng- und Rauchgranaten, urbaner Tarnanzug mit Helm (8/8), Magschlossknacker 3, 3 Paar Handschellen

**Screw, Techniker**

| K | G | R | S | C | I | L | W | EDG | ESS | INI | ID | ZM | P |
|---|---|---|---|---|---|---|---|---|---|---|---|---|---|
| 3 | 4 | 4 | 2 | 4 | 4 | 5 | 3 | 3 | 5,4 | 8 | 1 | 10 | 6/4 |

**VR-Initiative/ID/ZM:** 10/3/10
**Fertigkeiten:** Laufen 1, Cracken-Fertigkeitengruppe 2, Gebräuche 3, Elektronik-Fertigkeitengruppe 3, Gewehre 1 (Schrotflinten +2), Fahrzeugmechanik 1, Hardware 2 (Kommlinks +2), Waffenloser Kampf 2, Bodenfahrzeuge 2, Läufer 1 (Vierbeiner +2), Waffenbau 1 (Fahrzeugwaffen +2), Geschütze 2, Wahrnehmung 2
**Cyber-/Bioware:** Datenbuchse, Riggerkontrolle
**Ausrüstung:** Selbstgebautes Kommlink (System 5, Firewall 5, Prozessor 5, Signal 4, diverse Software nach Wahl mit Stufen 2-4), Elektronik- und Hardware-Werkzeugkiste (im Van), Remington 990 (16 Schuss Standardmunition und 16 Flechettegeschosse), Panzerweste (6/4)
**Anmerkungen:** Restlichtverstärkung

## CHOMJAK

Chomjak oder auf Deutsch „der Hamster" ist ein typischer kleiner Hehler, der mit allem handelt, was er auftreiben kann. Er ist ein Zwerg, relativ schmächtig, technikverliebt und ein verbissener Handelspartner. Seinen Laden hat er

im achten Stock eines Plattenbaus in Großried, und hier hat er allerlei Elektronikkram, Küchengeräte und so weiter angehäuft, die er repariert und an den Mann zu bringen versucht. Außerdem kauft er natürlich alle mögliche geklaute Elektronik, die die BTL-Junkies aus Großried anschleppen, um ihren nächsten Trip ins Wunderland zu finanzieren.
Er kennt den Vory-Schläger Lapa ganz gut und kauft ab und an von ihm das, was der den Schuldnern der Vory als „Anzahlung" abgeknöpft hat.

### DIE VIER ELFEN

**Chopper, der Anführer**
Copper gehörte bei Siemens zum Werkschutz, bis sie ihre Forschungseinrichtung in Perlach geschlossen haben. Nun ist er – da seine psychologischen Gutachten nicht so gut aussahen, als dass er woanders noch groß eine Chance gehabt hätte – mit etwas unter der Hand abgegriffener Ware in die Schatten abgetaucht.

**Horatio, der Hermetiker**
Der ehemalige Kollege Coppers war Sicherheitsmagier bei Siemens. Für die Aussicht auf schnelles Geld folgte er seinem Schichtleiter in den Untergrund, besonders da ihm aufgrund fragwürdiger Privatgeschäfte bereits in mehreren anderen Anstellungen gekündigt wurde. Im Grunde genommen ist er gierig und geizig, hat sich jedoch weit genug unter Kontrolle, um im Alltag klarzukommen.

**Simon, der Samurai**
Seine Vergangenheit ist selbst seinen Kameraden unbekannt, die nur wissen, dass er, bevor er in München auftauchte, im Polen-Konflikt als Söldner kämpfte. Er ist gebürtiger Kroate mit deutscher Mutter und hat sich deshalb nach dem Ende des Polenkonflikts nach München abgesetzt.

**Screw, Techniker**
Screw ist ein Münchner durch und durch und noch vergleichsweise jung (Anfang 20). Er wurde vor gut einem Jahr von Copper aufgegabelt und hat sich mittlerweile eine ganze Reihe Fertigkeiten in einer Art Eigenstudium beigebracht. Er operiert am liebsten vom einigermaßen sicheren Van des Teams aus, würde jedoch zur Not sein Leben riskieren (wenn auch nicht stumpf opfern), um seine „Beschützer" zu retten. Er kann die Kommunikation der Charaktere stören, ihre Geräte hacken, sein Team mit kleinen Drohnen unterstützen oder zur größter Not im Treppenhaus die Charaktere beim Weg raus von hinten über den Haufen schießen.

Die Gruppe fährt einen VW CarryOn Van (Werte wie GMC Bulldog Step-Van) in einem verrosteten Rot, im hinteren Bereich des Fahrzeugs ist ein kleiner Bereich für den Techniker abgeteilt. Hier lagern auch bis zu einem halben Dutzend kleinere Läufer- oder Bodendrohnen mit einer bunten Palette an niedrigstufigen Sensorpaketen oder leichten Waffen (maximal bis Gewehrgröße) nach Gusto des Spielleiters.

## ES LIEGT WAS IN DER LUFT

### VOR DEM SHADOWRUN

Nachdem im ersten Teil der Kampagne die Vorraussetzungen geschaffen worden sind, rückt nun Leon Durruti deutlich näher an die Charaktere heran. Nicht, dass irgendjemand außer Bruckstädt das merken würde, aber alle Beteiligten werden jetzt immer mehr in diese große Intrige verstrickt. In diesem Kapitel wird Bruckstädt die Charaktere dazu benutzen, um Durruti auf die Idee eines Attentates mit Giftgas zu bringen, und nicht nur das, sie sollen ihm diese Waffen auch noch in die Hände spielen.

Ein zweiter Punkt dieses Abenteuers ist es, die Runner mit zwei wichtigen Persönlichkeiten Münchens bekannt zu machen, den beiden Topschiebern Euphemia Leon und Frank Weissmann, die im ersten Teil des Buches näher beschrieben werden.

### HINTERGRUND

Bruckstädt ist klar, dass er mit der geheimen Übernahme von M-Live einen der wahrscheinlich größten Coups seiner Karriere gelandet hat, und das will er natürlich gehörig ausschlachten. Allerdings fehlt da noch das letzte Sahnehäubchen, etwas, das die Aufmerksamkeit über München und Bayern hinaus sichern wird, ein wirklich spektakuläres Attentat. Sein Entschluss steht daher fest: Über zwei Wochen hinweg platziert er über Bavaria immer wieder Statements in der Presse, dass es nur eine Frage der Zeit sei, bis Durruti wieder eine Möglichkeit hat, an flächenwirksame Kampfstoffe zu gelangen und diese dann auch gnadenlos einsetzen wird. Er will damit Durruti reizen und ihm langsam die Idee zu einem solchen Attentat unterschieben. Um den Kampfstoff Durruti in die Hände zu spielen, benötigt er aber die Runner, da er das schlecht selbst tun kann. Er gibt daher den Auftrag zum Diebstahl von zwei Kanistern Senfgas. Um auch wirklich sicher zu gehen, dass Durruti von der Möglichkeit, an Senfgas zu kommen, hört, lässt Bruckstädt die Runner erstmal aufgrund falscher Hinweise in der Anarchoszene Münchens suchen. Und tatsächlich wird es Durruti zugetragen, dass sich ein paar neue Gesichter in der Szene nach chemischen Kampfstoffen umhören. Doch nicht nur Durruti bekommt diese Information, sondern auch Euphemia Leon (siehe *Schatten über München*, S.61), die daraufhin die Runner zu einem Gespräch bittet, schließlich kann niemand ein Interesse daran haben, dass die anarchistische Szene in Verbindung mit Massenvernichtungswaffen gebracht wird. Euphemia bedroht die Runner zwar nicht, aber sie macht deutlich, dass sie ein großes Interesse daran hat, dass diese so schnell wie möglich an einem anderen Ort suchen. Die Anschläge von Leon Durruti machen das Leben der Anarchos momentan schon schwer genug, da braucht man nicht auch noch ein paar verrückte Nachahmer. Vielen Anarchisten geht die Art von Durrutis Kampf nämlich deutlich zu weit. Also gibt Euphemia nicht nur den Tipp, dass Frank Weissmann, der General (siehe *Schatten über München*, S.58), wohl der Einzige in München ist, der so einen Deal einleiten, bzw. die Informationen haben könnte, wo solches Gas zu finden sei. Gegen ein kleines Entgelt vermittelt sie sogar einen direkten Kontakt zum General und arrangiert ein Treffen.

Das Treffen mit dem General findet im Münchner Golfclub Belvedere statt, wo die extrem strengen Sicherheitsprozeduren die Runner dazu zwingen, sich Weissmann vollkommen unbewaffnet zu stellen. Der General vermutet Durruti hinter den Charakteren und verkauft die Information an Saeder-Krupp, damit diese ihm eine Falle stellen können. Saeder-Krupp beschließt, einige Kanister mit Senfgas in einem unwichtigen Depot in Aubing zu positionieren und diese unauffällig mit Sendern auszustatten. Vom General dort hin geschickt brechen die Runner dort ein. Die Kräfte von Saeder-Krupp beobachten die Runner bei dem Bruch selbstverständlich auf Schritt und Tritt, leisten ihnen aber kaum Widerstand. Womit allerdings keiner rechnen konnte, ist, dass in der gleichen Nacht eine Gang der Vory in die Lagerhalle eindringt und damit für reichlich Chaos sorgt. Bruckstädt hat inzwischen einen Spitzel in Durrutis engsten Kreis einschleusen können, der dem Attentäter von der Möglichkeit, an Senfgas zu kommen, berichtet und ohne das Wissen der Charaktere zwischen ihm und den Runnern als Mittelsmann fungiert.

Am Ende dieses Kampagnenabschnittes haben die Runner dann nicht nur dafür gesorgt, dass Durruti auf die Idee eines Attentats mit Senfgas gekommen ist, sondern haben ihm das Gas ohne es zu ahnen sogar in die Hände gespielt. Überschattet werden die Ereignisse dieses Kampagnenteils durch die neuste Anschlagsserie von Leon Durruti. In bedeutungsschwangeren Videobotschaften hat er angekündigt, jeden Tag fünf Konsumenten von Produkten bestimmter Konzerne zu töten, als Zeichen dafür, dass man mit dem Kauf dieser Produkte die unmenschlichen Arbeitsbedingungen und die Ausbeutung in den Herstellerländern unterstützt. Der Käufer soll laut Durruti das gleiche Risiko für Leib und Leben tragen wie die Arbeiter in den Sweatshops dieser Welt. Um die Konsumenten die gleiche Hilflosigkeit spüren zu lassen, wie es die Arbeiter der Konzerne empfinden müssen, kündigt er aber vorher nicht an, welchen Konzern er jeweils im Visier hat.

### DAS ABENTEUER LEITEN

Bei diesem Kampagnenteil handelt es sich um einen eher sozialen und weniger kampflastigen Run. Es gilt sich in die politisch aktive Szene Münchens einzuschleichen und dort nach Informationen zu suchen. Von der Atmosphäre her sollte deutlich werden, dass wegen Durrutis anhaltenden Anschlägen in der ganzen Stadt eine extrem hektische und paranoide Stimmung herrscht. Es kommt leicht zu Übergriffen seitens der Schwarzen Sheriffs und wenn man es nicht unbedingt muss, vermeidet man, sich an großen und belebten Plätzen aufzuhalten.

## SPUREN VON GIFT

### WAS IST LOS, CHUMMER?

Die Runner werden von dem Schmidt, für den sie schon den letzten Job erledigt haben, ins edle Descartes bestellt. Dort bekommen sie eine erfunden Geschichte aufgetischt und sollen zwei Kanister Senfgas besorgen, die angeblich irgendwo in München in den falschen Händen sind. Als erste mögliche Anlaufstelle werden die Anarchisten genannt, aber vielleicht sei das Senfgas auch woanders.

### SAG'S IHNEN INS GESICHT

Wie ein dichtes Leichentuch legt sich eine Mischung aus Panik und Hilflosigkeit über München und hat in den letzten Tagen das öffentliche Leben Münchens fast vollständig zum Erliegen gebracht. Der Psychopath Durruti hat vor drei Tagen damit angefangen, jeden Tag wahllos fünf Leute umzubringen. Seit heute Morgen weiß die Öffentlichkeit aber, dass es nicht so ganz wahllos war, wie es schien. Er nennt es „Die Wochen des Boykotts". Da kaufen sich irgendwelche Leute einen beschissenen Soyriegel und eine Stunde später sind sie Futter für die Fische, weil Durruti sich dazu entschieden hat, dass heute keiner Produkte von WestFood kaufen soll und dieser bepisste Soyriegel von dem Lebensmittelkonzern hergestellt wurde. Drei Tag wusste keiner so genau, worum es geht, aber dann kam heute Morgen diese verbrämte Trideobotschaft und heute ist Renraku-Tag. Ab jetzt haben die Leute also eine Chance, dem Sensenmann auszuweichen. Er ist zwar ein Spinner, aber er spielt mit den Medien wie auf einer Harfe.

Erschrocken fährst du zusammen, als dich ein Werbejingle von Jiggle-Pop dazu auffordert, ans Telefon zu gehen. Der Spamfilter sollte wohl dringend mal ein Update bekommen. Es ist dein Schieber, der dir ein Treffen mit dem Schmidt vom letzten Run anbietet. Gute Bezahlung, und er hatte euch nicht beschissen. Könnte also doch noch ein guter Tag werden. Schmidt will sich mit euch im Descartes im Kunstpark Nord treffen. Laut dem Matrixeintrag soll es ziemlich gutes Essen geben und sie machen Werbung damit, dass sie für die Sicherheit ihrer Gäste alle Renrakuprodukte von der Karte genommen haben.

**Lesen Sie den nächsten Abschnitt vor, wenn die Runner im Descarte ankommen.**

„Sie haben reserviert? Ah, auf den Namen Schmidt. Selbstverständlich. Gleich dort hinten in unserer besten Privacy-Area!" Das Leben ist eine Aneinanderreihung von Wiederholungen. Schmidt wartet schon auf euch. Irgendwie sieht er ein bisschen gestresst aus, auch wenn er das gleiche professionelle Lächeln im Gesicht trägt wie beim letzten Mal.

„Schön, dass Sie alle kommen konnten. Es freut mich, dass ich noch einmal auf Ihr Team zugreifen kann. Ich muss sagen, dass ich beim letzten Mal außerordentlich zufrieden mit Ihnen war, trotz der unvorhergesehenen Ereignisse. Aber kommen wir doch gleich zur Sache. Ich möchte Sie bitten, für mich zwei Kanister mit einer recht brisanten Flüssigkeit zu organisieren. Ich befürchte, dass sich die Kanister in Händen befinden, die damit großen Schaden anrichten könnten. Und selbst wenn diese Leute die Kanister noch nicht haben sollten, so sind sie doch kurz davor und ich will ihnen unbedingt zuvor kommen. Bei der Flüssigkeit handelt es sich um Senfgas, das sich möglicherweise schon im Besitz von Münchner Anarchisten befindet oder zumindest irgendwo in München eingelagert wurde und im Visier dieser Leute ist. Entsprechend sollten Sie in den anarchistischen Kreisen an die Informationen kommen, wo es sich zurzeit befindet und wem es gehört. Ich bin mir über die Brisanz des Auftrags bewusst und biete Ihnen darum auch eine Entlohnung von 15000 pro Person, wobei Sie 5k sofort bekommen würden und den Rest bei der Übergabe. Und machen Sie sich keine Sorgen, das Zeug ist nicht flüchtig, die einzige Gefahr besteht, wenn man es fein zerstäubt oder direkt auf die Haut bekommt."

### ATMOSPHÄRE

Bruckstädt versucht nach wie vor, den Eindruck eines fairen und kompetenten Auftraggebers zu machen. Er braucht die Runner noch und ist sich darüber klar, dass Durruti mit seiner Paranoia schwer zu überlisten sein wird. Deshalb nutzt er die verbreitete Panik in der Stadt vor einem Anschlag mit Massenvernichtungswaffen als Anlass und Erklärung für den Run.

## HINTER DEN KULISSEN

Schmidt ist nicht bereit, über die Gesamtsumme der Bezahlung zu diskutieren. Allerdings ist er bereit, die Summe der Anzahlung auf 10.000 Euro anzuheben. Er hat keine Ahnung, ob und wo man in München Senfgas besorgen kann. Er hat den Hinweis mit der anarchistischen Szene nur deshalb gegeben, damit Durruti möglichst von dem Senfgas hört und so bestenfalls selber auf die Idee kommt, Senfgas für einen Anschlag zu nutzen. Allerdings nennt er den Runnern das Ambach als großen und wichtigsten Anarchotreff im Plex und geht davon aus, dass man dort sehr gute Kontakte schließen kann.

Auf Senfgas fiel die Wahl, weil es innerhalb kürzester Zeit verheerende Hautschäden auslöst und somit sehr beeindruckende Kamerabilder liefert. Das sollte ein hinreichendes Lockmittel für Durruti darstellen.

## DAUMENSCHRAUBEN

Abgesehen von einem naserümpfenden Oberkellner dürften die Charaktere hier keine Probleme erwarten, so lange sie sich nicht allzu daneben benehmen.

## KEINE PANIK

Sollten die Runner selber aus der anarchistischen Szene kommen oder Skrupel zeigen, den Job zu übernehmen, wird Schmidt ihnen klar machen, wie verheerend nicht nur für die Opfer die Folgen eines solchen Anschlages wären, sondern dass es nach einem Anschlag mit chemischen Kampfmitteln seitens der Anarchos danach wohl auch zu den schlimmsten Polizeiaktion kommen würde, die München jemals erlebt hat. Er spielt hierbei quasi den Good Guy, der die Sache bereinigen will. Natürlich stellt sich hierbei die Frage, warum er das Gas selbst haben will und nicht von den Charakteren vernichten lässt. Hierauf könnte er antworten, dass er einige Leute an der Hand hat, die sich mit der sachgerechten Vernichtung von chemischen Kampfstoffen auskennen. Er möchte außerdem die offiziellen Stellen nicht eingeschaltet wissen, weil er glaubt, dass sie von korrupten Elementen unterwandert sind, die nur darauf warten, dass die Münchner Anarchisten mit Massenvernichtungswaffen herum spielen, um die Sonderverwaltungszonen dem Erdboden gleich zu machen.

# IM HERZEN DES CHAOS

## WAS IST LOS, CHUMMER?

Nachdem die Runner sicherlich die eine oder andere Connection um Rat gefragt haben, werden sie irgendwann im Ambach (*Schatten über München*, S.65) landen, um ihre Fühler auszustrecken. Dort wird ihnen aber schnell klar werden, dass die Münchner Anarchoszene momentan alles andere als kontaktfreudig ist und es wohl deutlich mehr als ein paar nette Worte brauchen wird, um ihr Vertrauen zu gewinnen.

## SAG'S IHNEN INS GESICHT

Das Ambach versprüht bereits von außen den Charme einer Self-Made-Kneipe. Es gibt zwar immer noch eine breite vergitterte Fensterfront, aber die ist dermaßen mit politischen Plakaten und Konzertankündigungen voll gepflastert, dass man nur noch an ganz wenigen Stellen ins Innere blicken kann. Als ihr das Ambach betretet, schlägt euch eine Wolke aus Dope, Bier und tief schürfenden politischen Diskussionen entgegen. Die meisten der Gäste scheinen Studenten zu sein, die euch zwar betrachten, aber keine Anstalten machen, sich mit euch über andere Dinge als den üblichen politischen Antikonzernwust zu unterhalten. Hinter der Theke sitzt Manni in seinem Rollstuhl und versucht einem Gast zu begründen, warum Leon Durruti mit seinen Zielen gar nicht mal so falsch liegt, aber mit seinen Mitteln deutlich übers Ziel hinausschießt.

## ATMOSPHÄRE

Die Stimmung in der anarchistischen Szene Münchens ist extrem angespannt. Immer wieder kommt es zu Razzien seitens der Schwarzen Sheriffs und jeder Fremde wird erst einmal für einen V-Mann gehalten. Die Runner müssen hier sehr vorsichtig vorgehen und versuchen das Vertrauen der richtigen Leute zu gewinnen. Hier können Zufallskontrollen durch die Polizei, misstrauische Informanten und alles andere auftauchen, was eine Atmosphäre der Angst und Unsicherheit ausmacht.

## HINTER DEN KULISSEN

Manni wird wohl einer der wenigen in diesem Laden sein, den man überhaupt in ein Gespräch verwickeln kann, wobei aber klar sein sollte, dass man keinen der meist studentischen Gäste einfach so auf Senfgas ansprechen sollte. In dieser Szene gibt es wohl viele Wege, wie die Runner vorgehen könnten und es würde wohl zu weit führen und vermutlich auch vergebens sein zu versuchen, hier alle Möglichkeiten aufzuzählen. Daher nur zwei mögliche Wege zur Erläuterung: Zum einen könnten die Runner versuchen, über gefakte Lebensläufe den Anschein einer anarchistischen Vergangenheit vorzutäuschen, um so zum wirklich harten Kern der Bewegung Zutritt zu bekommen. Eine weitere Möglichkeit ist selbstverständlich auch die gute alte Bestechung oder Bedrohung einzelner Gäste des Ambach, wobei man das tunlichst nicht in der Kneipe selbst tun sollte. Allerdings wird keiner der Versuche dazu führen, an Senfgas oder an Informationen über selbiges zu kommen, da schlichtweg niemand welche hat. Sobald die Runner irgendjemandem gegenüber das Senfgas oder auch nur chemische Kampfstoffe generell erwähnen, wird diese Information auf direktem Wege zu Euphemia Leon geraten, die daraufhin großes Interesse an einem Gespräch mit den Runnern haben wird.

## DAUMENSCHRAUBEN

Wenn Sie für ihre Spieler bereits zu diesem Zeitpunkt des Runs etwas handfeste Action wollen, haben Sie die Möglichkeit, dass die Runner den Anarchos ihre Vertrauenswürdigkeit beweisen müssen. Die Anarchisten bestehen dann darauf, dass die Runner einen Anschlag mit anarchistischem Hintergrund durchführen müssen, wie zum Beispiel ein Stinkbombenanschlag mitten in einer Konzernarkologie oder noch radikalere, aber unblutige Beweise. Nur so meinen die Anarchos sicher gehen zu können, dass es sich nicht um V-Leute handelt. Ansonsten kann man den Runnern hier mit pseudo-intellektuellem politischem Geschwätz das Leben schwer machen und sie von einem Cafehausgespräch zum nächsten scheuchen.

## SAG'S IHNEN INS GESICHT

Seid Tagen beißt ihr euch die Zähne an diesen durchgeknallten Studenten aus, die euch mit ihrem politischen Geschwätz inzwischen gehörig auf die Nerven gehen, so dass ihr schon fast so weit seid, die Szene hinter euch zu lassen und an anderen Orten nach dem Zeug zu suchen, als einer dieser Typen an euren Tisch kommt: „Wenn ihr immer noch nach dem Zeug sucht, dann seid heute Abend um elf hinter dem Ambach! Euphemia will ein paar Worte mit euch wechseln. Und macht ja keinen Drek, SoKa?“

### HINTER DEN KULISSEN

Durch die Fragen der Runner in der Szene hat Euphemia Leon von ihnen gehört und will sich ein Bild von den Charakteren machen, ganz davon abgesehen, dass für ihren Geschmack momentan die Szene Münchens schon Zielscheibe genug ist und sie verhindern will, dass ein paar Idioten den Bullen den Vorwand liefern „hart durchzugreifen“. Sie hat sich vorgenommen zu erfahren, was die Runner genau wollen, um dann eine Möglichkeit zu finden, die Runner los zu werden. Zu dem Treffen wird sie sich ein paar Bodyguards mitnehmen. Je nachdem, wie sich die Runner bisher präsentiert haben, wird dieser Begleitschutz dezenter oder stärker ausfallen.

### KEINE PANIK

Möglicherweise möchten die Runner der Einladung nicht folgen. In solchen Fällen geht es als Spielleiter darum, erst einmal Geduld zu bewahren. Im besten Falle merken die Runner irgendwann, dass das die einzige Spur ist, die sie noch verfolgen können, und versuchen es mit einem Treffen. Wenn die Runner aber partout nicht zu einem Treffen erscheinen wollen, wird Euphemia die Runner selbst kontaktieren und ihnen klar machen, dass es sich um keine Bitte im eigentlichen Sinne handelt.

## TREFFEN MIT DER CHEFIN

### WAS IST LOS, CHUMMER?

Das Treffen mit Euphemia findet in einem der tausendfach vorhandenen Hinterhöfe statt, in dem die Anwohner der Häuser und das Ambach ihren Müll lagern, der auch als einziges so etwas wie Deckung bieten könnte. Sie wird den Charakteren hier eine Alternative zur Anarchoszene als Quelle für das Gas anbieten.

### SAG'S IHNEN INS GESICHT

Gut vorbereitet betretet ihr den schwach beleuchteten Hinterhof des Ambachs und werdet vom widerlichen Gestank des verrottenden Mülls in Empfang genommen. Ihr lasst euren erfahrenen Blick auf der Suche nach Deckung oder Hinterhalten durch den Hof schweifen und in euch macht sich die Erkenntnis breit, dass dieser Hof zwar nur äußerst mangelhafte Deckungsmöglichkeiten bietet, aber sich, wenn ihr erst einmal drinnen seid, perfekt für einen Hinterhalt eignen würde. Kaum dass sich die gewohnte Paranoia in euch breit gemacht hat, hört ihr von der Einfahrt her das satte Geräusch eines deutlich übermotorisierten Vans. Nur kurz blenden euch die Scheinwerfer, als sie auch schon erlöschen und fünf Personen aus dem Auto steigen. Schließlich löst sich die elegante Gestalt einer Elfe aus der Gruppe und macht ein paar Schritte auf euch zu. Das muss Euphemia sein, die ihr bisher zwar nur aus den Klatschkolumnen der Boulevardpresse kennt, von der aber die Schattenwelt Münchens weiß, dass man mit ihr keine Spielchen treiben sollte.

### ATMOSPHÄRE

Euphemia ist ein Profi. Sie wird nicht lange Spielchen spielen und die Runner ohne Umschweife nach allem fragen, was sie wissen will. Die Runner sollen sich in dem Hinterhof ruhig etwas in die Ecke gedrängt fühlen. Den Runnern sollte klar sein, dass Euphemia hier absolut überlegen ist und eine körperliche Auseinandersetzung eigentlich nur mit dem Tod der Runner enden würde.

### HINTER DEN KULISSEN

Wenn es nach Euphemia geht, wird das Treffen mit den Runnern eher ruhig verlaufen. Es gibt keinerlei Spielchen wie das Untersuchen nach Waffen oder unnötiges Aufblasen, um den anderen zu beeindrucken. Allerdings ist sie natürlich auch nicht unvorsichtig und so können die Runner mit einer Intuition + Wahrnehmung (4) Probe einen Schützen an einem der oberen Fenster entdecken. Euphemia wird die Runner nach einer freundlichen Begrüßung erstmal fragen, warum genau sie in der Anarchoszene nach Senfgas suchen, und sie wird deutlich machen, wie wenig sie oder andere Leute davon halten, dass jemand in Erwägung zieht, chemische Kampfstoffe in München einzusetzen. Vor allen Dingen, wenn dieser Einsatz mit der „politisch aktiven Szene“ Münchens in Verbindung gebracht werden könnte. Gleichgültig, ob die Runner glaubwürdig versichern, dass sie nichts dergleichen planen oder nicht, will Euphemia die Runner so schnell wie möglich los werden und wird ihnen einen Kontakt zu einem internationalen Waffenschieber anbieten, der entweder selbst über solche Ressourcen verfügt oder sie womöglich besorgen könnte – und das Ganze zu der lächerlichen Gebühr von 2.000 Euro. Wenn die Runner auf diesen Deal eingehen, sagt sie ihnen zu, in den nächsten ein bis zwei Tagen einen Kontakt zum General herzustellen. Da die Charaktere ja eigentlich Senfgas suchen, das entweder in den Händen der Anarchos oder zumindest irgendwo in München ist, wird sie ihnen erklären, dass niemand in der anarchistischen Szene Münchens, die sie recht gut kennt, über solche Mittel verfügt, besagter Waffenschieber aber wissen dürfte, ob und wenn, wo in München so etwas zu finden ist.

### KEINE PANIK

Es ist es natürlich möglich, dass die Runner bei dem Treffen Ärger provozieren und eine Schießerei oder ähnlichen Blödsinn beginnen. In diesem Fall werden Euphemias Bodyguards die Runner beschäftigen, während sie selbst erst einmal das Weite suchen wird, und obwohl es die Bodyguard nicht darauf anlegen werden, die Runner letal zu verletzen, wird es den Runner doch in den nächsten Wochen und Monaten deutlich werden, wie schlecht es für die Karriere ist, einen der wichtigsten Schieber der Stadt anzugreifen.

Sollten Sie das Gefühl haben, dass Ihre Spieler niemals für eine solche Information wie den Kontakt zu einem Waffenschieber bezahlen würden, könnte Euphemia die Information natürlich auch unbezahlt abgeben. Euphemia verfügt über ausreichend Menschenkenntnis, um die Situation abschätzen zu können, und schließlich ist sie in erster Linie daran interessiert, die Runner auf eine andere Spur zu lenken, um sie los zu werden.

Möglicherweise beharren die Runner darauf, trotzdem weiter in der Anarchoszene zu suchen. In diesem Fall können Sie sie daran erinnern, dass der Schmidt sich selber nicht sicher war, ob sich das Gas wirklich in deren Hände befindet oder nicht doch woanders ist.

## TREFFEN AUF DEM GREEN

### WAS IST LOS, CHUMMER?

Die Runner treffen sich nach Vermittlung von Euphemia mit dem General auf dem Golfplatz Belvedere in Garching. Der General erläutert ihnen hier, wo sie Senfgas in München finden könnten.

## SAG'S IHNEN INS GESICHT

Während ihr noch überlegt, wie ihr weiter machen sollt, wenn der Kontakt nicht zustande kommen sollte, bekommt ihr eine Textnachricht von einem gewissen Rodrigo. Der General will euch tatsächlich treffen und zwar heute Nachmittag um drei in seinem Golfclub Belvedere in Garching. Eine kurze Recherche in der Matrix fördert zu Tage, dass es sich um einen kleinen aber feinen Golfclub mit beeindruckender Sicherheit handelt und ihr es wohl in diesem Leben nicht mehr schaffen werdet, ihn bewaffnet zu betreten. Kein gutes Gefühl, unbewaffnet einem Waffenschieber gegenübertreten zu müssen.

**Im Golfclub:**
Trotz seines strammen Schrittes und seinem etwas fortgeschrittenen Alter kommt der General bei dem Gespräch mit euch weder ins Stocken noch außer Atem. „Sie suchen also ein chemisches Kampfmittel. Sie müssen wissen, dass Geschäfte in so geringem Rahmen eigentlich nicht für mich von Interesse sind und hätte mich Frau Leon nicht darum gebeten, würden wir jetzt auch nicht dieses Gespräch miteinander führen! Was suchen Sie also genau? Und seien Sie präzise, ich habe nicht viel Zeit!"

<Die Charaktere erläutern ihre Wünsche>

„Senfgas also. Ungewöhnlich und etwas antiquiert, aber gut. Ich mache Ihnen folgenden Vorschlag: Ich werde jetzt ein Telefonat für Sie führen um in Erfahrung zu bringen, wo in der Nähe so etwas zu finden ist. Wenn ich mit einer brauchbaren Information aufwarten kann, wird Sie das 5000 Euro kosten. Einverstanden?"

**Lesen Sie weiter, wenn der General zu den Runnern zurückkehrt**
Mit unverändertem Gesichtsausdruck und Marschtempo kommt der General zurück. Auch während des Telefonats ist er die ganze Zeit auf und ab gegangen, und ihr fragt euch, ob dieser Mann überhaupt irgendwann einmal still steht. „Sie haben Glück gehabt. Ich konnte etwas für Sie in Erfahrung bringen. In einem Depot einer Münchner Chemiefirma scheinen einige Kanister mit Senfgas zu lagern, warum auch immer. Das Depot befindet sich in Aubing und der Name der Firma ist Köster Chemicals. Für ein kompetentes Runnerteam sollten die Sicherheitsmaßnahmen eigentlich kein bedeutendes Hindernis darstellen. Ich hoffe, diese Information wird Ihnen weiterhelfen! Einen schönen Tag noch." Noch während er euch diese Information gibt, meldet euer Kommlink eine Zahlungsaufforderung über 5000 Euro, und sobald ihr das Geld bezahlt, werden euch sowohl ein Plan des Depots als auch die Regiestiernummern der fraglichen Kanister übermittelt. Nachdem sich der General von euch verabschiedet und entfernt hat, räuspert sich der Angestellt der Golfclubs, der sich die ganze Zeit über dezent im Hintergrund gehalten hatte, und macht Anstalten, euch zum Ausgang geleiten zu wollen. Irgendwie wirkt er ein wenig nervös und scheint froh zu sein, als ihr den Ausgang erreicht habt und er sich dann wieder alltäglicheren Aufgaben widmen kann.

## ATMOSPHÄRE

Der Golfclub steht im krassen Gegensatz zur stinkenden Kloake, in der das Gespräch mit Euphemia stattgefunden hat. Hier ist alles gepflegt und sauber und da man weiß, wie gut die Sicherheit ist, verzichtet man auch vollständig

auf unnötiges Muskelspiel. Der Club ist eine gute Möglichkeit, um das heftige Gefälle zwischen der Welt der Anarchos und der Armen in den SVZ und den reichen Amigos herauszukehren.

Weissmann ist ein sehr kurz angebundener Mensch, der keine Leute mag, die lange um den heißen Brei reden, und so sind auch seine Aussagen immer kurz und präzise.

### HINTER DEN KULISSEN

Es ist nicht so, dass der General den Club wegen seiner ausgedehnten Sicherheitsmassnahmen als Treffpunkt auserkoren hätte, er spielt einfach jeden Mittwoch hier Golf, hatte keinen anderen Termin in nächster Zeit frei und will sich von ein paar dahergelaufenen, vermutlich auch noch preußischen Runnern nicht aus seiner Routine bringen lassen, selbst wenn dieser Kontakt von Euphemia erbeten wurde.

Am Eingang zum Club werden die Runner auf Waffen untersucht und einem magisch begabten Runner wird ein Erdgeist an die Seite gestellt; man will schließlich kein Risiko eingehen. Wenn die Runner sich als Gäste des Generals erklären, wird man von der Pforte kurz telefonieren und sie werden dann auf direktem Weg zu Loch Achtzehn geführt, wo der General gerade dabei ist, mit einem bayrischen Staatssekretär, dem Büroleiter des Innenministeriums und dem Abteilungsleiter der Finanzabteilung von BMW sowohl eine gute Golfpartie, als auch ein lukratives Geschäft abzuschließen. Erst nachdem er das erledigt und sich von seinen Amigos verabschiedet hat, geht er mit recht strammen Schritt an den Runnern vorbei und bedeutet ihnen, ihm zu folgen.

Der General wird nicht über den Preis verhandeln, da er das Ganze eh nur tut, damit Euphemia ihm einen Gefallen schuldet. Sobald die Runner auf den Deal eingehen, entfernt sich der General einen Moment außer Hörweite (auch außerhalb der Hörweite von entsprechender Cyberware) und wird dann via Kommlink mit einem Kontaktmann bei SK sprechen. Die beiden sind sich recht schnell einig, dass diese Sache möglicherweise etwas mit Durruti zu tun haben könnte und sie so eine Möglichkeit hätten, näher an den Terroristen heranzukommen. Daher wird SK einige Kanister mit Senfgas in einem Depot am äußersten Zipfel von Aubing bereitstellen, diese Kanister mit im Plastik eingegossenen Peilsendern versehen und den Runnern die Möglichkeit geben, diese zu stehlen.

Das Depot gehört nicht SK selbst, sondern der Köster Chemicals Inc., einer indirekten Tochter von SK, was ein Hacker mit einer ausgedehnten Matrixrecherche aber sicherlich herausfinden könnte.

### KEINE PANIK

Natürlich ist es hier möglich, dass die Runner sich weigern, der Zahlungsaufforderung nachzukommen, was allerdings keine sehr gute Idee ist, da der General es gewohnt ist, sein Geld auch zu bekommen. Er wird zwar hier im Club keine Szene machen, aber den Charakteren doch recht deutlich erklären, dass es für die Runner sehr nachhaltige Schwierigkeiten bedeuten würde, wenn sie vorhätten, ihre Schulden nicht zu begleichen und er ihnen daher nicht empfehlen könnte, sich dann noch länger in München oder Bayern aufzuhalten. Von den Kosten des Inkassowesens, die die Runner dann selbstverständlich auch tragen müssten, mal ganz abgesehen. Der General verwendet, wie man sich denken kann, ein hochstufiges Kommlink mit erstklassiger Firewall, Verschlüsselung und allen nötigen Spielereien, daher sollte es keine Option geben, sein Kommlink beim Gespräch anzapfen zu wollen.

## KARNICKELJOB

### WAS IST LOS, CHUMMER?

Ab hier beginnt mit dem Eindringen in das Depot der klassische Teil des Runs. Rein, die Kanister holen und wieder raus. Leider gibt es zeitgleich Besuch von einem Trupp Gangern, die sich hier einige Schätze für ihre Drogenküche erhoffen.

### SAG'S IHNEN INS GESICHT

Ruhig und anscheinend schlafend liegt das Gelände des Chemiedepots vor euch. Einzig die Geräusche der Lagerdrohnen, die Sicherheitspatrouille und das Licht auf dem Gelände zeigen, dass das Depot überhaupt noch genutzt wird. Wenn nicht noch ein dicker Haken kommt, wird die Nummer ein echtes Kinderspiel.

### ATMOSPHÄRE

Zuerst wird geschlichen, dann eingebrochen und zu guter Letzt bricht die Hölle über einen herein. Nur dass diesmal der Bleiregen nicht für einen selbst bestimmt ist, sondern für andere. In diesem Abschnitt schwankt die Stimmung daher von angespanntem Planen und Einschleichen über Überraschung beim Alarm bis hin zur Verwirrung, wenn draußen die Hölle los bricht.

### HINTER DEN KULISSEN

Das Depot befindet sich im Randgebiet von München in einem recht bewaldeten Teil eines Industriegebietes. SK hat diesen Ort für den Einbruch aus gutem Grund ausgewählt, da es sich tatsächlich um ein reines Depot

### SK-EINHEIT

**SK-Trooper (13)**

| K | G | R | S | C | I | L | W | ESS | INI | ID | ZM | PS | P |
|---|---|---|---|---|---|---|---|---|---|---|---|---|---|
| 4(5) | 4(6) | 5(6) | 3(5) | 3 | 4 | 3 | 4 | 1,2 | 9(10) | 1(2) | 10 | 6 | 10/8 |

**Fertigkeiten:** Athletik-Fertigkeitengruppe 2, Ausweichen 3, Einschüchtern 2, Erste Hilfe 3, Gebräuche 2 (Konzerne +2), Feuerwaffen-Fertigkeitengruppe 3, Knüppel 3 (Schlagstöcke +2), Waffenloser Kampf 3, Wahrnehmung 4, Wurfwaffen 2 (Granaten +2)

**Cyber-/Bioware:** Cyberaugen 2 (Augen-Recorder, Blitzkompensation, Bildverbindung, Restlichtverstärkung, Smartlink, Infrarotsicht), Kunstmuskeln 2, Plastik-Kompositknochen, Reflexbooster 1

**Ausrüstung:** Erika Elite Kommlink mit Iris Orb Betriebssystem, FN HAR Sturmgewehr (4 Ladestreifen), Betäubungsschlagstock, Rauchgranate (2), Neurostun-Granaten (2), Flash-Pack (2), Medkit (Stufe 4), Gasmaske, Ganzkörperpanzerung (10/8)

**SK-Sicherheitsmagier (Hermetiker)**

| K | G | R | S | C | I | L | W | M | ESS | INI | ID | ZM | P |
|---|---|---|---|---|---|---|---|---|---|---|---|---|---|
| 3 | 3 | 3 | 4 | 4 | 5 | 5 | 5 | 5 | 6 | 8 | 1 | 10 | 10/8 |

**Fertigkeiten:** Askennen 3, Astralkampf 4, Ausweichen 2, Beschwören-Fertigkeitengruppe 4, Erste Hilfe 2, Gebräuche 2 (Konzerne +2), Hexerei-Fertigkeitengruppe 4, Pistolen 3, Waffenloser Kampf 2, Wahrnehmung 3

**Zaubersprüche:** Leben aufspüren, Betäubungsball, Manaball, Panzer, physische Barriere, Stille, Energieblitz

**Ausrüstung:** Erika Elite Kommlink mit Iris Orb Betriebssystem, Colt Manhunter (3 Ladestreifen), Medkit (Stufe 4), Gasmaske, Ganzkörperpanzerung (10/8)

## DIE GANGER

Im Endeffekt handelt es sich bei diesen Leuten um so eine Art freie Mitarbeiter der Vory, die für sie chemische Drogen in einem Garagenlabor synthetisieren und auf der Straße verkaufen. Außerdem erledigen sie ab und an die Schmutzarbeit für Narekovs Organisation und haben sich daher einiges an Cyberware und Spielzeug erarbeitet.

**Alexej, Samurai**

| K | G | R | S | C | I | L | W | EDG | ESS | INI | ID | ZM | P |
|---|---|---|---|---|---|---|---|---|---|---|---|---|---|
| 5(6) | 4(6) | 4(6) | 3(5) | 3 | 4 | 2 | 4 | 3 | 2,4 | 9(10) | 1 | 11 | 7/5 |

**Fertigkeiten:** Athletik-Fertigkeitengruppe 3, Ausweichen 4, Einschüchtern 3, Erste Hilfe 1, Gebräuche (Strasse) 2(+2), Klingenwaffen 3, Pistolen 3, Schnellfeuerwaffen 4, Waffenloser Kampf 5, Wahrnehmung 2, Wurfwaffen 1
**Cyber-/Bioware:** Dermalpanzerung 1, Kunstmuskeln 2, Plastik-Kompositknochen, Reaktionsverbesserung 2
**Ausrüstung:** Erika Elite Kommlink mit Iris Orb Betriebssystem, Ares Predator (Explosivgeschosse, 3 Ladestreifen), Ingram Smartgun (5 Ladestreifen), Überlebensmesser, Sprenggranaten (2), Schockhandschuhe, Panzerweste (6/4), Linsen mit Bildverbindung, Restlichtverstärkung und Smartlink

**Igor, Ki-Adept**

| K | G | R | S | C | I | L | W | M | EDG | ESS | INI | ID | ZM | P |
|---|---|---|---|---|---|---|---|---|---|---|---|---|---|---|
| 5 | 5(6) | 5(7) | 4 | 2 | 3 | 3 | 3 | 5 | 4 | 6 | 8(10) | 1(3) | 11 | 6/6 |

**Fertigkeiten:** Athletik-Fertigkeitengruppe 2, Ausweichen 4, Gebräuche (Strasse) 2(+2), Infiltration 2, Klingenwaffen 4, Pistolen 3(+2), Waffenloser Kampf 4, Wahrnehmung 3, Wurfwaffen 5
**Adeptenkräfte:** Gesteigerte Reflexe 2, Gesteigertes körperliches Attribut Geschwindigkeit 1, Verbesserte Fertigkeit Pistole 2
**Ausrüstung:** Renraku Sensei Kommlink mit Renraku Ichi, Ares Predator (3 Ladestreifen), Rauchgranate (5), Splittergranate (5), Shuriken (6), Katana, Panzerweste (6/4), Linsen mit Bildverbindung, Restlichtverstärkung und Smartlink

**Prago, Hermetiker**

| K | G | R | S | C | I | L | W | M | EDG | ESS | INI | ID | ZM | P |
|---|---|---|---|---|---|---|---|---|---|---|---|---|---|---|
| 3 | 4 | 4 | 3 | 4 | 3 | 3 | 4 | 4 | 2 | 6 | 7(6) | 1 | 10 | 6/4 |

**Fertigkeiten:** Antimagie 3, Astralkampf 3, Spruchzauberei 4, Beschwören 5, Erste Hilfe 2, Gebräuche 3, Pistolen 2
**Zaubersprüche:** Panzer, Kampfsinn, Levitieren, Reflexe steigern, Blitzstrahl, Manaball, Manablitz, Physische Barriere
**Ausrüstung:** Renraku Sensei Kommlink mit Renraku Ichi, Yamaha Sakura Fubuki (3 Ladestreifen), Medkit (Stufe 4), gefütterter Mantel (6/4)

ohne jegliche Forschungsabteilung oder auch nur ausgedehnte Verwaltung handelt, die beim Run beschädigt werden könnten. Des Weiteren wurden alle sicherheitsrelevanten Materialien aus dem Teil des Depots entfernt, in dem die Kanister für die Runner bereit stehen. In sicherer Entfernung zum Depot hält sich ein 15 Mann starker Sicherheitstrupp von SK mit magischer Unterstützung und Sicherheitsfahrzeugen bereit, für den Fall, dass die Runner nicht einfach nur die Kanister mitnehmen, sondern auf dumme Ideen kommen sollten. Dummerweise macht sich auch eine Gruppe Ganger für einen Bruch in die Lagerhalle bereit, da sie diese schon seid längerem ausgespäht haben, um hier Zutaten für ihre Drogenküche mitgehen zu lassen. Die Tatsache, dass aus für sie nicht erkennbarem Grund die Sicherheitskräfte in dieser Nacht um mehr als die Hälfte reduziert wurden, wollen sie nutzen, um genau jetzt einzusteigen. Sie werden mit ihrem Bruch beginnen, sobald die Runner in der Halle verschwunden sind. Dabei werden sie die beiden Männer im Pförtnerhäuschen ausschalten und damit die bereitstehende SK-Sicherheit auf den Plan rufen, die von diesem Zeitpunkt an exakt vier Minuten bis zum Eintreffen brauchen wird.

### Das Areal

Das Gelände des Depots ist von einem 2,5 Meter hohen Zaun umgeben, der mit einfachen Bewegungsmeldern versehen ist, die sich aber relativ leicht mit einem Hackingangriff ausschalten lassen. Ein Umrunden des Geländes fördert aber auch die Erkenntnis zu Tage, dass „zufällig" zwei nebeneinander liegende Bewegungsmelder ausgefallen sind. Dies entdecken die Runner nach einer erfolgreichen Intuition + Wahrnehmung (2)- Probe und einer Computer + Analyse (2) als Matrixwahrnehmungsprobe oder Logik + Sicherheitstechnik (4)-Probe. Das Gelände ist mit Büschen und Bäumen bewachsen und bietet gute Deckung und Möglichkeiten, sich der Lagerhalle zu nähern. Eine Beobachtung des Geländes zeigt, dass in Abständen von 30 Minuten eine Zweierpatrouille Sicherheitsleute bewaffnet mit Uzis und in Begleitung eines Schäferhundes das Gelände kontrollieren. Zur Straße hin steht ein Pförtnerhaus mit zwei Mann Besatzung und eine Schranke mit im Boden eingelassenen Krallen. Als einzige magische Sicherheit lässt sich auf dem Lager ein Hüter Stufe 4 ausmachen und ein Watcher, der die Sicherheitspatrouille begleitet. Die einzigen Drohnen auf dem Gelände sind dutzende Lager- und einige Wartungsdrohnen.

Außer dem Pförtnerhaus und der Lagerhalle befindet sich auch noch ein Gebäude mit einer Drohnenwerkstatt auf dem Gelände. Ansonsten ist das Depot praktisch vollständig automatisiert.

### Die Lagerhalle

Bei der Lagerhalle handelt es sich um ein Hochregallager mit der Höhe eines fünfstöckigen Gebäudes und den Ausmaßen von etwa zwei Fußballfeldern. Die Wände des Lagers bestehen aus Wellblech und weisen kein einziges Fenster auf. Es gibt keine Feuerleiter und sonstige Anbauten. An dem der Straße zugewandten Ende der Halle sind die Andockstellen für Lieferwagen und LKWs. An der gegenüberliegen Seite ist eine Wartungstür. Alle Zugänge sind mit Karten-Magschlössern Stufe 5 gesichert. Alles in allem eine ganz normale Lagerhalle. In der Halle selbst sind bis unter die Decke gebaute Stahlregale, und die Sortierung der eingelagerten Waren erscheint auf den ersten Blick völlig chaotisch und lässt sich nur durchschauen, wenn man sich in das Lagerhaltungssystem einhackt und einen Lagerroboter die Kanister holen lässt. Sobald man in dem Lagersystem den Befehl gegeben hat, die entsprechenden Kanister aus den Regalen zu holen, brauchen die Roboter dafür genau 90 Sekunden. Dabei handelt es sich allerdings um zwei 20l Kanister, die damit jeweils ein Gewicht von ca. 30kg haben.

### Das Lagersystem

Wenn sich die Charaktere innerhalb der ersten Minute nach dem Eindringen in die Lagerhalle in das Lagersystem einhacken, sind von SK alle Systemattribute auf drei abgesenkt worden, um den Runnern das Eindringen zu erleichtern, da man ja schließlich will, dass sie erfolgreich sind. Danach werden die Stufen aber durch den Alarm, den das zweite Team auslöst, wieder auf fünf angehoben. Außerdem wird ein IC aktiviert, dessen Stufen dem System entsprechend alle fünf betragen und das über BlackOut, Panzerung, Angriff und Aufspür-Programme verfügt.

# WENN ZWEI SICH STREITEN ...

### WAS IST LOS, CHUMMER?

Früher oder später müssen die Charaktere raus aus der Lagerhalle, und wenn sie schlau sind, werden sie die Schießerei zwischen den Sicherheitsleuten und den Gangern umgehen.

### SAG'S IHNEN INS GESICHT

Ihr seid über den Zaun und in die Halle gekommen wie ein Dikotemesser durch warme Butter, doch kaum habt ihr euch in der menschenleeren Halle orientiert und habt die Kanister schon zum Greifen nahe, als ihr von draußen Schüsse hört und der Alarm losheult. Ab jetzt heißt es: schnell sein.

### ATMOSPHÄRE

Nun ist Geballer angesagt. Eine wilde Schießerei zwischen den Charakteren, den Gangern und der SK-Sicherheit. Die Atmosphäre hier sollte klar sein.

### HINTER DEN KULISSEN

Die SK Sicherheit wird sich in zwei Trupps aufteilen und dann sowohl von der Straße her als auch von der Rückseite des Geländes vorrücken. Allerdings benutzen die Gardisten, denen die Runner gegenüber stehen, obwohl sie schwer gepanzert sind nur Gelmunition und scheinen auch erstaunlich schlecht zu schießen. Die Ganger werden allerdings von dem anderen Sicherheitsteam nach allen Regeln der Kunst zerlegt, was aufmerksame Runner an dieser Stelle möglicherweise bemerken könnten. Zum einen sollen die Charaktere mit dem Senfgas natürlich entkommen, und zum anderen ist den Gardisten vor dem Einsatz eingebläut worden, dass sie wenn möglich die Kanister nicht beschädigen sollen.

### KEINE PANIK

In Situationen wie diesen gibt es einen ganzen Haufen von Unwägbarkeiten, denen man sich als Spielleiter gegenüber sehen kann, weswegen hier nur zwei Beispiele gegeben werden sollen. Die Runner könnten in einem Anflug von Nächstenliebe den unter Beschuss stehenden Gangern zur Hilfe kommen. In diesem Fall werden die SK-Gardisten sich auch in diesem Kampf zurückhalten und versuchen, mit gezielten Zaubern oder Schüssen die Ganger auszuschalten, aber die Runner am Leben zu lassen. Zum anderen ist es natürlich auch möglich, dass sich in ihrer Gruppe kein Hacker befindet. In diesem Falle könnten die Runner über ein Terminal in der Lagerhalle die Registriernummern der Kanister eingeben und auch so an ihr Ziel kommen. Sie können natürlich auch versuchen, mit Klettern oder Levitieren an ihre Beute zu gelangen.

### DAUMENSCHRAUBEN

Da es der Wunsch von SK ist, dass die Runner erfolgreich sind, um möglicherweise an Durruti zu kommen, werden sie es den Charakteren natürlich nicht zu schwer machen. Wenn Sie als Spielleiter dennoch ihren Runnern die Aufgabe erschweren wollen, könnten Sie zusätzlich zu überwindende Sicherheitssperren oder möglicherweise sogar Wachcritter einbauen, die die SK-Leute nicht rechtzeitig vom Gelände schaffen konnten. Auch dem Hacker können Sie seinen Job schwer machen, indem Sie die Stufen des Lagersystems oder des IC anheben.

# GESCHAFFT!

### SAG'S IHNEN INS GESICHT

Das ist ja noch mal haarscharf gut gegangen. Zum Glück waren die Sicherheitsgardisten nicht grade eine Ausgeburt an Kompetenz, was vielleicht auch daran lag, dass diese anderen Eindringlinge sie beschäftigt haben. Vielleicht haben sie aber auch schlicht und einfach die Kanister gesehen und wollten kein Risiko eingehen. Und wer waren diese anderen Runner eigentlich? Das ist jetzt schon beim zweiten Run hintereinander passiert. Während ihr mit eurer gefährlichen Fracht über die nächtlichen Straßen von München jagt, reift in euch der Gedanke, dass euch der werte Herr Schmidt dafür eine gute Erklärung schuldig ist.

### HINTER DEN KULISSEN

Natürlich weiß Bruckstädt nicht, wer diese anderen Runner waren, und fragt sich inzwischen auch, ob das wirklich noch ein Zufall sein kann. Um die Charaktere aber zu beruhigen und da er ja noch Zeit braucht, um Durruti die Informationen über das Gas zuzuspielen, bittet er sie, die Übergabe ein wenig zu verzögern und die Kanister noch zwei bis drei Tage versteckt zu halten. Er stellt ihnen sogar einen sicheren Unterschlupf zur Verfügung, wenn diese es wünschen. Die kommenden drei Tage bestehen für die Runner also in erster Linie darin, sich bedeckt zu halten und möglichst nicht auszufallen. In dieser Zeit setzt Bruckstädt zum einen einige seiner Reporter darauf an, herauszufinden, wer die anderen Eindringlinge waren. Diese finden tatsächlich heraus, dass es eine Gruppe von den Vory bezahlten Gangern waren, die eine Chance witterten, in dem Chemikalienlager die Zutaten für ihre Drogenküche aufzufrischen. Zum anderen lässt Bruckstädt über einen Spitzel die Information an Durruti durchsickern, dass ein paar Runner bei einem Bruch Senfgas erbeutet haben, anscheinend auf dem Zeug sitzen geblieben sind und es auf der Suche nach einem Käufer durch die Gegend kutschieren. Derart vorbereitet kontaktiert Bruckstädt die Runner und

### TEAM-KARMA

| Situation | Karma |
|---|---|
| Die Kanister unversehrt in Durrutis Hände gespielt | 1 |

### INDIVIDUELLES KARMA

| Situation | Karma |
|---|---|
| Überleben | 1 |
| Gutes Rollenspiel | 1-2 |
| Mut oder Cleverness | 1 |
| Humor | 1 |
| Die Geschichte vorantreiben | 1 |

macht mit ihnen aus, dass einer seiner Leute die Kanister holen und die restliche Kohle mitbringen wird. Wegen der erneut aufgetretenen Komplikationen zahlt er den Runnern einen Bonus von 5000 Euro pro Kopf, wobei er nicht vergisst zu betonen, wie außerordentlich zufrieden er mit der Arbeit der Charaktere ist.

## NACH DEM SHADOWRUN

### WIE GEHT ES WEITER

Tatsächlich werden die Runner kurz nach dem Anruf von Bruckstädt von einem Typen namens Radler kontaktiert, der sich mit ihnen trifft und in einer recht unspektakulären Übergabe die Kanister gegen das Geld eintauscht. Damit ist Durruti jetzt im Besitz von ausreichend Senfgas, um ein voll besetztes Stadion in den Tod zu schicken. Bisher hat er noch keine genaue Vorstellung davon, wo er zuschlagen wird, aber das wird sich schon finden.

Durch den Diebstahl der Kanister und die Wellen, die die Runner mit ihrer Recherche in der anarchistischen Szene Münchens geschlagen haben, wird Bruckstädts Plan für einen großen medienwirksamen Anschlag in München deutlich vorangetrieben. Den Runnern gegenüber erscheint Bruckstädt immer noch als fairer und relativ zuverlässiger Auftraggeber, auch wenn es schon beim zweiten Run hintereinander zu Zwischenfällen gekommen ist. Was die Runner zu diesem Zeitpunkt noch nicht wissen, ist, dass Kameraaufnahmen davon existieren, wie sie das Senfgas aus der Lagerhalle entwenden, was sie am Ende der Kampagne leicht als vermeintliche Komplizen von Leon Durruti auf die Fahndungslisten bringen könnte. Durruti wird die Kanister erst einmal in einem seiner Verstecke in der Münchner Kanalisation unterbringen, wodurch SK den Funkkontakt zu den Sendern verliert und ihr Plan damit leider nicht aufgeht. Allerdings bleiben sie unauffällig an den Runnern dran, da sie inzwischen ihre einzige Spur zum Verbleib des Senfgases sind. Auch wenn SK im weiteren Verlauf der Kampagne nicht mehr zum Zug kommen kann, sind die Charaktere auch nach der Kampagne noch durch SK leicht erpressbar, was zu interessanten Aufhängern führen könnte.

# DER CHIRURG

### VOR DEM SHADOWRUN

Im dritten Teil der Kampagne werden die Runner ihre gewohnten Gefilde verlassen und sich mit den Reichen und Schönen Münchens auseinandersetzen müssen. Bruckstädt versucht Durruti noch mehr an sich zu binden, um weiter Kapital aus seinem Zugpferd schlagen zu können. Hierfür sollen die Runner ihm erneut helfen, indem sie bei einem bekannten Münchner Chirurgen einbrechen, Krankenakten stehlen und den Chirurgen entführen. München wird währenddessen von einer neuen Anschlagswelle Durrutis heimgesucht, die die Reichen der Stadt in Angst und Schrecken versetzt. Die Runner werden unfreiwillig zu Mittätern eines solchen Anschlags und werden schnell bemerken, dass Bruckstädt mehr mit Durruti zu tun hat, als ihnen lieb sein kann. In diesem Schmelztiegel aus Gewalt und Panik bekommen die Runner die einmalige Gelegenheit, sich die Reichen und Schönen Münchens und der Medienbranche näher anzuschauen. Sie sollen bisweilen den Luxus beneiden, aber auch von den Spielchen, Perversionen und der absoluten Dekadenz der Reichen angewidert sein, die mit Geld alles kaufen können.

### HINTERGRUND

Die Runner werden erneut von Bruckstädt angeheuert, der erfahren möchte, was aus Durruti geworden ist. Er hatte Durruti einen sehr begabten, aber auch eigensinnigen plastischen Chirurgen zugespielt, der Durrutis Gesicht neu gestaltet hat, damit dieser den Schwarzen Sheriffs und SK entkommen kann und Bruckstädt mit seinen Attentaten weiterhin astronomische Einschaltquoten bringt. Allerdings möchte Bruckstädt ein wenig mehr Kontrolle über die Situation haben und Druck auf Durruti ausüben können, damit dieser den Sender kontinuierlich mit Übertragungen der Morde versorgt. Er beauftragt die Runner mit dem Diebstahl der Krankenakten aus der Praxis des Chirurgen, um das neue Aussehen Durrutis zu erfahren. Nebenbei sollen sie auch den Chirurgen selbst entführen. Riefenberg, so der Name des Halbgottes in Weiß, ist bekannt für seine außergewöhnlich guten chirurgischen Eingriffe, aber auch für seine Eigensinnigkeit bei der Auswahl seiner Kunden. Dies ist aber nur die halbe Wahrheit über Riefenberg, denn insgeheim arbeitet er für die DeMeKo und nutzt seinen Ruf als unabhängiger Arzt der Stars, um Krankenakten über seine Kunden anzulegen, die er dann für „Profilanalysen" an die DeMeKo weiterleitet. Bruckstädts Erfolg in letzter Zeit ist nicht unerkannt geblieben, und so hat er ein lukratives Jobangebot von Horizon bekommen, das er nicht ausschlagen will. Für einen besonders guten Start bei Horizon möchte er noch ein Bonbon mitbringen, und da kommen ihm Riefenbergs Fähigkeiten, auch aus dem bestaussehenden Tridsternchen noch mehr zu machen, nur recht. Nach der Entführung will er ihn zwangsweise in eine Psychiatrie einweisen lassen, um ihm seine exzentrischen Späße auszutreiben und ihn gefügig zu machen. Allerdings ahnt Bruckstädt nichts von Riefenbergs Beziehungen zur DeMeKo, was ihn noch in Nöte bringen wird, die die Runner ausbaden dürfen.

Durruti hat andere Pläne für den Chirurgen, da dieser im Moment der Einzige ist, der sein neues Aussehen kennt, und das passt Durruti gut in seine „Bonzenwoche", die er gerade gestartet hat. Täglich richtet er einen „Bonzen" gemäß seiner Profession hin, um der Gesellschaft einen Spiegel vors Gesicht zu halten, und Riefenberg als krimineller Arzt ist ein vorzügliches Opfer.

### DAS ABENTEUER LEITEN

Nach der Eröffnung mitten im dekadenten Showbiz Münchens sollen die Charaktere eine Extraktion durchführen, wobei sie zwischendurch noch einen eiligen Nebenjob zu erfüllen haben. Gegen Ende sollte dabei immer deutlicher werden, dass es mehr Verbindungen zwischen Durruti und dem Schmidt der Runner gibt, als dieser zuzugeben bereit ist.

## STARS UND ANDERE MONSTER

### WAS IST LOS, CHUMMER?

Bruckstädt will die Runner ein weiteres Mal anheuern. Dieses Mal sollen sie einen Chirurgen namens Riefenberg entführen und zusätzlich seine Krankenakten-Datenbank stehlen. Die geschäftlichen Kleinigkeiten möchte er mit ihnen im „Terminal 5“, einer Eventhalle auf dem Münchner Flughafen, besprechen, in der gleichzeitig eine Benefizgala stattfindet.

### SAG'S IHNEN INS GESICHT

Wieder eine dieser langen Nächte, in denen zu viel Regen fällt und zu wenig Euro auf deinem Konto liegen. Langsam döst du weg, als dich ein eingehender Anruf zurück in die Realität holt. Das Display zeigt dir das seelenruhige Gesicht vom Schmidt, für den ihr das Senfgas in Sicherheit gebracht habt. „Guten Abend. Ich hätte einen weiteren Auftrag für Sie und Ihr Team, wenn Sie interessiert sind“, hallt dir seine sonore Stimme entgegen. „Erscheinen Sie bitte morgen Abend um 20 Uhr im Terminal 5 auf dem Münchner Flughafen, wenn Sie sich für eine weitere lukrative Aufgabe interessieren. Es gibt dort eine Benefiz-Gala für die Zivilopfer der letzten Wüstenkriegsaison. Ich schicke Ihnen VIP IDs auf Ihre PANs.“ In diesem Moment zeigt dir dein PAN einen ankommenden Datenstrom an. „Ich werde Sie am Notausgang C-11 erwarten, der Haupteingang wird wohl wie üblich von der Presse belagert werden“. Er überlegt kurz und lächelt dann ein wenig süffisant. „Übrigens: Es herrscht Kleiderordnung, womit ich nicht nur ein waffenfreies Erscheinen meine. Ich hoffe, wir verstehen uns?“ Das Licht des Displays erlischt. Es ist Zeit, deine Chummer zusammenzutrommeln.

### HINTER DEN KULISSEN

Der Münchner Flughafen dürfte für die Runner eine heiße Zone sein, die sie aber mit den IDs von Bruckstädt ohne Probleme passieren können. Allerdings sollten sie nicht auf die Idee kommen, Waffen mitzunehmen, da die Sicherheit des Flughafens eine „Null-Toleranz-Politik“ fährt. Die Schwarzen Adler zögern nicht lange, wenn es darum geht, Probleme mit Blei im 9mm-Format zu lösen. Das „Terminal 5“ liegt am östlichen Rand des Flughafens und war bis vor zehn Jahren eine Lagerhalle, die nach einem Großbrand renoviert und in eine Eventhalle umgebaut wurde. Die M-Airport GmbH vermietet sie seitdem regelmäßig für High-Society-Events und sorgt mit der extrem hohen Sicherheit des Flughafens für eine beruhigende Atmosphäre mit einem Touch von Fernweh bei ihren Gästen.

Mit den IDs, die sie erhalten haben, können die Runner ohne Probleme an den Schwarzen Adlern vorbeikommen, sich allerdings nur eingeschränkt auf dem Flughafen bewegen. Sollten sie von dem direkten Weg zum Terminal 5 abweichen, werden die netten Herren in Schwarz sie genau im Auge behalten.

### DAUMENSCHRAUBEN

Sollten Ihre Runner etwas Adrenalin benötigen, so lassen Sie sie von den Schwarzen Adlern zu einer Routinekontrolle rauswinken. Die Herren in Schwarz sind äußerst misstrauisch, lassen sich aber durch gute Argumente und die VIP IDs zufrieden stellen.

## BONZENWOCHE, KLAPPE DIE ERSTE: AKTIENKURSE VERURSACHEN SPANNUNG

### WAS IST LOS, CHUMMER?

Am Morgen nach der Anheuerung beginnt Durruti mit dem Auftakt seiner „Bonzenwoche“, einer Abrechnung mit den Wohlhabenden der Gesellschaft, die nach Durrutis Empfinden verantwortlich für den moralischen und sozialen Niedergang sind. Hierfür wird er jeden Tag einen „Bonzen“ gemäß seinem Beruf hinrichten und die Hinrichtung live an den Sender M-Live übertragen, der sie sofort ausstrahlen wird. Durruti bringt seine Opfer nicht selbst um, sondern verlässt sich bei der Ausführung auf einige radikale Sympathisanten. Er bevorzugt es, die fast zeitgleich ablaufenden Attentate detailliert zu planen und alle wichtigen Vorbereitungen zu treffen, die eigentliche Ausführung aber von anderen erledigen zu lassen.

### SAG'S IHNEN INS GESICHT

Drek, wie üblich fehlen natürlich Antjes Käse-Chilitorpedos bei Aldi-Real. Du willst den Laden schon wieder wutentbrannt verlassen, als dein Blick an den Tridgeräten haften bleibt. Ein schneidiger junger Elf schaut gestellt tragisch in die Kamera und erzählt von Johannes Bisping, 42, verheiratet, zwei Kinder und leitender Bankdirektor der Hypobank, der seit gestern Abend 20 Uhr vermisst wird. Vor einer Viertelstunde sei eine Ankündigung bei M-Live eingegangen, in der es hieß, dass Bisping um 10:45 Uhr hingerichtet werden sollte und ein Live-Tridstream an den Sender überspielt werden würde. Nach einer kurzen Warnung, dass M-Live keine Verantwortung für den Inhalt übernimmt, wechselt das Bild zu einem Mann, der auf einem schweren Holzstuhl gefesselt wurde. Ihm wurden mehrere metallene Reife umgelegt, und mehrere Kabel führen weiter hinten im Raum zu etwas, das wie ein Generator aussieht. Der Mann bäumt sich immer wieder gegen die Fesseln auf, die sich aber nicht um einen Millimeter bewegen. Anscheinend ist dies Bisping. Neben dir beginnt ein Ork, sich Chips in den Mund zu schaufeln, während er gebannt aufs Trid schaut. Es erscheint ein Text, in dem langsam Bispings Verbrechen gegen die Menschheit aufgezählt werden, die sich mit: „Er ist ein seelenloser Konzerndrekhead und hat ohne Rücksicht auf Verluste für sich und seinen Verein gescheffelt“ zusammenfassen lässt. Die Klageschrift endet mit dem äußerst beunruhigenden Satz: „Der Erste von Sieben“. Das Bild teilt sich in drei Teile: Der erste zeigt Bisping und einen digitalen Strommesser im Tachodesign, der zweite eine Pressekonferenz der Eurosoft AG, der dritte den Aktienkurs eben jener. Das stumme Bild wird mit dem Ton der Pressekonferenz unterlegt, die gerade einen Asiaten zeigt, der mit einem Grinsen ins Publikum schaut „… deshalb freue ich mich, Ihnen mitteilen zu dürfen, dass die Bürgschaft der Hypobank uns die Übernahme der Hagenberg Software AG ermöglicht. Durch die Nutzung der Synergieeffekte und den Abbau von 3800 Arbeitsplätzen werden wir …“. Ton und Bild der Pressekonferenz verschwinden, und langsam beginnen Tacho und Aktienkurs zu steigen. Die Aktien von Eurosoft sollten nach der Ankündigung gewaltig anziehen, genau wie der Tacho. Die Nadel steigt langsam weiter und explodiert dann förmlich wie ein Troll auf Nitro. Bisping bäumt sich gegen den Strom auf, sackt aber kurze Zeit später in sich zusammen und regt sich nicht mehr. Das Bild wechselt wieder zu dem elfischen Journalisten, der mit gekonnt tragischem Blick in die Kamera schaut.

## LÄCHELN, SIE SIND AUF SENDUNG!

### WAS IST LOS, CHUMMER?

Der weitere Tag verläuft nach der Ermordung von Bisping normal. Sofern man den Ausnahmezustand in der

Stadt als normal bezeichnen will. Die Schwarzen Sheriffs haben willkürlich Kontrollpunkte in der Stadt eingerichtet und zeigen mehr Präsenz als sie es sonst schon tun. In den Newssendern jagen sich die Bilder von Razzien in verschiedenen Kneipen, die als Anarchistentreffpunkte bekannt sind. Die Runner sollten langsam das Gefühl bekommen, dass die Stadt durchdreht und Panik die Reichen und Schönen der Stadt ergriffen hat.

Greifbar wird die Angst der Oberschicht, sobald die Runner sich auf den Weg zur Gala im Terminal 5 machen. Der Flughafen ähnelt einer Festung, und auf dem Weg durch München sollten die Runner mindestens einmal in eine Kontrolle der Sheriffs kommen. Die Gala sollte den Runnern schon allein wegen der allgegenwärtigen Medienpräsenz den Schweiß auf die Stirn treiben, allerdings sollte ihnen auffallen, dass auf der Gala selbst keine Reporter sind. Die Reichen feiern lieber ungestört.

## SAG'S IHNEN INS GESICHT

Langsam nähert ihr euch dem Terminal 5 des Flughafens, der bereits vor zehn Jahren zu einer Eventhalle umgebaut wurde. Grelles Blitzlicht überstrahlt selbst die helle Flugplatzbeleuchtung, und die Luft ist von Stimmen und den Rotorengeräuschen von Mediendrohnen erfüllt, die alles live ins Trid übertragen. Im Scheinwerferlicht des Haupteingangs sonnt sich gerade Fabienne Dubois, Hauptdarstellerin von „System Failure", mit braungebrannter Haut in einem Hauch von rotem Nichts aus Seide, die mit einer geübt schüchternen Geste in die Kameras winkt und dann in der Halle verschwindet. Ein Reporter, der ihr zu folgen versucht, wird von den Türstehern der Schwarzen Adler unsanft zurück in den Pulk von Reportern gedrängt, der links und rechts des roten Teppichs steht. Eine diskrete Notausgangsbeleuchtung an der Seite der Halle zeigt euch einen wesentlich unauffälligeren Weg, der euch an Kameras und Reportern vorbeiführen wird. Ein wenig nervös verbindet ihr eure PANs mit dem Magschloss des Notausgangs, der sich keine Sekunde nach der Verifizierung eurer VIP IDs öffnet. Ein letzter Ruck an euren Anzügen, und ihr betretet fremden Turf; hier herrschen andere Regeln, und ihr werdet nach ihnen spielen müssen. Der Notausgang liegt am Ende eines kleinen Gangs, der in die große Halle des Terminals mündet. Klassische Musik und der Duft nach echtem Essen schwirren euch entgegen, genauso wie ein lächelnder Schmidt, der euch bereits erwartet hat. „Wenn Sie mir bitte folgen würden", bringt er leise hervor. Bevor ihr den Luxus vor euch näher betrachten könnt, verschwindet ihr schon in einem Nebenraum. Kaum habt ihr den Raum betreten, fährt Schmidt mit derselben leisen Stimme fort: „Um es kurz zu machen: 20.000 Euro, wenn Sie einen bestimmten Münchner Chirurgen entführen und mir eine Kopie seines Krankenaktenarchivs besorgen. 5.000 im Voraus. Nehmen Sie an?"

**Sollten die Runner das Angebot annehmen, dann lesen Sie weiter vor.**

Der Schmidt zieht sein Kommlink aus der Tasche und übermittelt euch ein Bild eines freundlich lächelnden Mittfünfzigers mit schütterem grauem Haar und warmen braunen Augen. „Michael Riefenberg ist ein Genie auf dem Gebiet der Schönheitschirurgie, aber auch sehr eigenwillig, was seine Kunden angeht. Bringen Sie ihn mir und eine Kopie seiner Krankenakten innerhalb der nächsten fünf Tage. Ich habe den Verdacht, dass er in seiner Praxis irgendwelche Schweinereien durchführt, aber bisher haben wir ihm nichts beweisen können. Daher brauchen wir ihn und seine Daten für eine direkte Befragung." Er nickt euch zu und macht dann Anstalten, den Raum zu verlassen, bleibt aber in der Tür stehen und wendet sich euch doch noch einmal zu. „Riefenberg ist auf dieser Gala, vielleicht wollen Sie ein Wort mit ihm wechseln, aber kommen Sie nicht auf dumme Ideen. Das Gelände wird von der Presse belagert und die Schwarzen Adler haben ihre Augen überall. Es ist besser, wenn Sie ihn in seiner Praxis kassieren, da dürften Sie dann auch gleich an die Daten kommen. Ach ja: Ihre IDs gelten den ganzen Abend, genießen Sie die einmalige Situation." Unschlüssig, ob ihr gehen sollt oder nicht, steht ihr im Raum, aber der Duft des Buffets lässt euch das Wasser im Mund zusammenlaufen.

## ATMOSPHÄRE

Die Charaktere stecken in einer fremden Welt aus Geld, Schampus, Sex und affektiertem Verhalten. Sie können es genießen, es bestaunen oder auch ignorieren. Wenn Sie mögen, können Sie hier ausgiebig Charakterspiel betreiben.

## HINTER DEN KULISSEN

Die IDs bieten den Runnern die einmalige Möglichkeit, sich einen Abend lang frei unter Stars, Sternchen und der Münchner Oberschicht zu bewegen. Eine Möglichkeit, das ein oder andere Autogramm abzustauben, oder auch einfach ein paar Worte mit seinem aktuellen Serienhelden zu wechseln. Sollten die Runner ein Gespräch mit Riefenberg anstreben, dann werden sie einen freundlichen aber auch exzentrischen Mann erleben, der seine Arbeit als Kunst versteht. Er arbeitet nicht mit jedem „Rohstoff", wie er zu sagen pflegt, und sucht sich seine Kunden aus, was sein Können ihm auch erlaubt. Den Runnern sollte klar werden, dass jeder Extraktionsversuch von Riefenberg auf der Party Wahnsinn wäre. Die Medienpräsenz außerhalb der Hallen sowie die Schwarzen Adler sollten abschreckend genug sein. Vorsichtige Fragen über Riefenberg an die anwesenden Stars werden diese erst nach einer Gebräuche (3)-Probe beantworten. Die Stars sind alle sehr angetan von dem Können des Chirurgen, amüsieren sich aber über dessen exzentrische Art (wenn auch nur hinter vorgehaltener Hand). Sein Talent steht außerhalb jeder Kritik, und seine Methode, körpereigenes Gewebe für chirurgische Eingriffe erst aufzuarbeiten und dann zu verwenden, reduziert die Heilzeit der OP auf ein Minimum. Negatives wissen die Stars nicht zu berichten.

So sehr die Stars die Anwesenheit der Medien genießen, wollen sie doch ungestört feiern, dafür haben die Adler gesorgt. Innerhalb der Halle wird sich kein Reporter finden, und technische Abwehrmaßnahmen verhindern die Berichterstattung durch Drohnen. Die medienlose Party bietet Einblicke, die die Runner nur selten im Trid zu sehen bekommen: Der Matrixprediger Samuel Griechert, der jeden Sonntag Enthaltsamkeit und Aufrichtigkeit predigt, vergnügt sich ohne Hemmungen mit Prostituierten und zieht sich ständig ein orangefarbenes Pülverchen in die Nase, wie recht viele der anwesenden Stars. So zum Beispiel ein Richter und ein Starrechtsanwalt, die, sollten die Runner hinhören, zwischendurch noch unverblümt den Ausgang eines aktuellen Strafprozesses aushandeln. Lassen Sie die Runner die Dekadenz der Anwesenden und ihre Ignoranz gegenüber den Charakteren durch abweisendes oder überhöfliches Verhalten spüren.

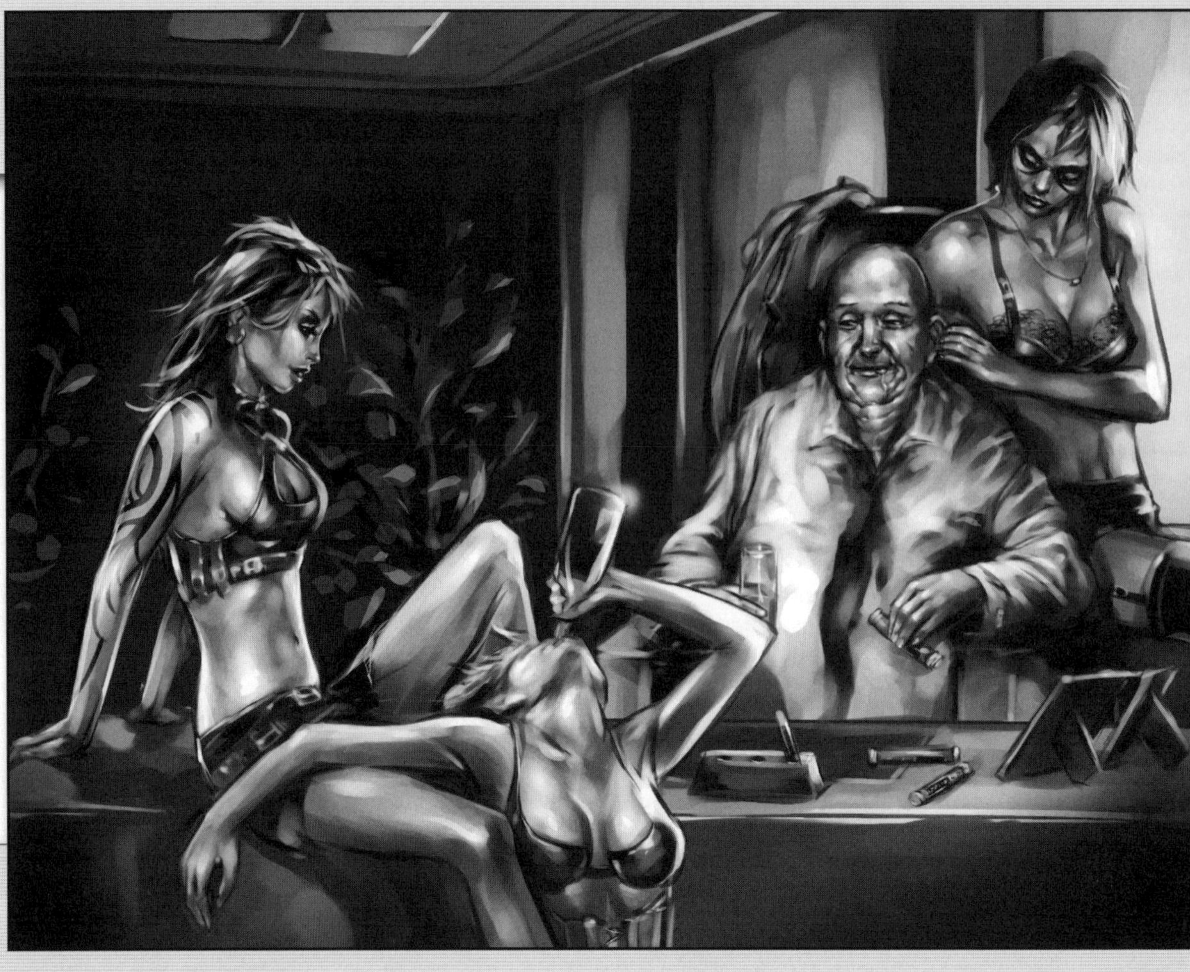

DATENEMPFANG ...

## KEINE PANIK

Die Runner können sich in der geschlossenen Gesellschaft kaum daneben benehmen und müssen sich kaum Gedanken um Etikette und Anstand machen. Die anwesenden Prominenten sind teilweise so zugedröhnt, dass selbst ein Gossenpunk mehr Anstand hat. Die Gala wird im Laufe des Abends zu einer immer wilderen Party, und spätestens mit der Lieferung von Bunraku-Prostituierten in eines der Hinterzimmer gewinnt das Ganze eine neue Dimension. Sollten die Charaktere auf die Idee kommen, Riefenberg unterwegs nach Hause einzusammeln, schicken Sie Riefenberg einfach mit dem Privathubschrauber eines seiner Patienten nach Hause nach Waldtrudering.

# LADY IN RED

Nur eine Dame wird sich auf der Gala anders verhalten. Die Begegnung mit Fabienne Dubois, Schauspielerin und Starlett des Jahres, ist optional und nicht essentiell für den weiteren Verlauf des Runs. Sollten Liebeleien nicht zum Spielstil Ihrer Gruppe passen, können Sie das Kapitel *Lady in Red* überspringen. Falls Sie es ausspielen wollen, suchen Sie den Runner mit dem höchsten Charismaattribut aus und lesen Sie ihm folgende Passage vor:

## SAG'S IHNEN INS GESICHT

Du betrachtest gerade einen landenden Privatjet durch die gläserne Fassade des Terminals, dessen Positionslichter das einzige sind, was in der Dunkelheit und dem einsetzenden Regen mehr als nur ein Schemen ist, als du von hinten langsam Schritte auf dich zukommen hörst. Dir weht eine sanfte Brise eines teuren Parfüms entgegen und du hörst leise Seide rascheln. Ein Blick über die Schulter zeigt dir eine junge Frau in einem dunkelroten Kleid, die dich mit einem tiefen Blick anschaut, in dem du ertrinken könntest, und mit einem leichten französischen Akzent fragt: „´aben Sie Feuer?“

## HINTER DEN KULISSEN

Die verheiratete Fabienne Dubois (siehe Seite 27) hat schnell erkannt, dass der Runner nicht zur High Society gehört, und plant ihn für einen kleinen Medienskandal einzuspannen, indem sie ihn als ihren Liebhaber präsentiert. Um den Runner für sich zu gewinnen, wird sie alle Register ziehen und plant, ihn nach ein paar Tagen wieder in die Gosse zurückzuschicken. Die Medien sollten ihre Liebelei mit einem bis dato Unbekannten dann genug ausgeschlachtet haben, um ihr einen gehörigen Publicityschub zu gewähren. Der Runner, der die Gesellschaft der Dame genießen darf, wird sich die nächsten Tage vor aufdringlichen Reportern nicht retten können. Sobald er sein Gesicht in der Öffentlichkeit zeigt, wird es keine zehn Minuten dauern, bis er den ersten Reporter auf den Fersen hat. Natürlich wird Dubois ihn auch vorzeigen wollen, und so kommt es zu geplanten Restaurant- und Partybesuchen, damit die Medien die Affäre richtig begaffen können. Für das Runnerteam entwickeln sich aus der schnellen Affäre natürlich diverse Probleme, die die bevorstehende Entführung Riefenbergs nicht unwesentlich erschweren könnten. Reporter werden versuchen, sich an die Fersen des auserwählten Runners zu heften, um ihn zu „Exklusivinterviews“ zu bewegen. Dabei werden sie ohne zu zögern auf Mittel wie das Zerschießen von Reifen während voller Fahrt und nette Trollschläger mit schweren Motorradketten zurückgreifen, um ihren Interviewwünschen Nachdruck zu verleihen. Sollte das alles nicht klappen, was wahrscheinlich ist, dann machen sie das, was sie am Besten können: Lügen. In den Newstickern wird der Runner morgens tot sein, mittags mit Lofwyr essen und abends schon eine neue Liebschaft mit Tanja Barth, einer Rivalin Dubois', haben. Wie sich der Rummel auf seine Reputation in den Schatten auswirkt, mag man sich nicht vorstellen. Interessant wird die Angelegenheit besonders im letzten Teil der Kampagne O'zapft is, in der ein Wiedersehen mit Fabienne Dubois zu erwarten ist.

### KEINE PANIK

Sollte der Runner trotz der recht verführerischen Versuche nicht auf das Angebot eingehen, lassen Sie sie es bei einem der anderen Runner probieren. Schließlich geht es hier nur um eine kleine Affäre, die sich gut verkaufen lassen soll. Sollte sich keiner der Runner(innen), das Geschlecht ist egal, für Dubois interessieren, können Sie das Kapitel übergehen, da es für den weiteren Spielverlauf nur optional ist.

## BONZENWOCHE, KLAPPE DIE ZWEITE: T+ FÜR TOTAL HARMLOS

### WAS GEHT, CHUMMER?

Der Mord am Banker Bisping hat die High Society Münchens in Aufruhr versetzt. Die Schwarzen Sheriffs arbeiten auf Hochtouren, und um die meisten Execs tummeln sich mehr Leibwächter, als es noch vor zwei Tagen der Fall war. Was gestern noch Angeberei war, das ist jetzt Sicherheit. Die Stadt dreht durch! Natürlich hält das Durruti nicht auf.

### SAG'S IHNEN INS GESICHT

Genüsslich schlürfst du deinen echten Kaffee in der Käferfiliale: Luxus sollte man sich manchmal gönnen. Du betrachtest die Tischfläche des Stehtisches, die ein einziger großer Monitor ist und unaufhörlich im Zehnsekundentakt durch die lokalen Sender zappt, bis du sie stoppst. Eine Reportage über das Paarungsverhalten von Sturmdelphinen vor der australischen Küste ist nicht sonderlich interessant, dafür aber die plötzliche Panik, die das Filmteam packt, als die Sturmdelphine anfangen, mit dem Boot der Filmer zu spielen. Gespannt über den Ausgang dieser ungleichen Begegnung schiebst du dein Croissant beiseite, um ja nichts zu verpassen. Kurz bevor die Sturmdelphine ihr Finale einläuten, wird das Bild für eine Sondermeldung unterbrochen. Anstatt des Filmteams lächelt eine junge Reporterin im tief ausgeschnittenen Zweiteiler verführerisch in die Kamera. Der Untertitel der Sendung lautet: Schlägt der „Bonzenripper" wieder zu? Anscheinend schickt der Irre wieder einmal eine Liveübertragung mit einem weiteren Mord. Das Bild wechselt zu einer jungen Frau, die auf dem Boden eines Überlaufbeckens sitzt und panisch in die Kamera schaut. Die Kamera zoomt so nah wie möglich ran, und die Übertragung geht schlagartig in eine Videoaufzeichnung über, die eine Stellungnahme einer Frau Dr. Sarah Remas, AG Chemie, anscheinend die junge Frau im Becken, zeigt. „Unsere Abwässer werden nach neuestem ADL-weitem Standard aufbereitet und erst dann in die Donau abgeführt." Sie wedelt mit zwei Blättern rum, auf denen die Unbedenklichkeit der Abwässer durch Analysen bestätigt wird. „Ich..." setzt sie an und das Bild zeigt wieder die junge Frau auf dem Beckenboden. Schlagartig wird das Becken geflutet; aus einem Ventil außerhalb des Bildes strömen größere Mengen einer bräunlichen, dampfenden Flüssigkeit in das Becken, die wie dein Kaffee aussieht: Abwässer der AG Chemie. So schnell wie das Becken geflutet wurde, wird es wieder leer gepumpt und der Blick auf das, was der AG Chemie-Kaffee übergelassen hat, verdirbt dir gründlich den Appetit.

## WER IST RIEFENBERG?

### WAS IST LOS, CHUMMER?

Neben dem Chaos, das Durruti ausgelöst hat, haben die Runner noch immer ihren Job zu erledigen: Riefenberg mit seinen Krankenakten. Der Chirurg hat sich in einem Promistadtteil niedergelassen und arbeitet dort als konzernunabhängiger Schönheitschirurg, zumindest offiziell. Inoffiziell arbeitet er für die DeMeKo, was Bruckstädt nicht weiß, und fertigt ausgefeilte Krankenberichte über die Stars anderer Medienkonzerne an, die bei ihm Patienten sind. Die DeMeKo ist zum Beispiel auf diese Weise recht gut informiert, welche Serien und Filme floppen könnten, da der Star sich leider zu häufig Cram reinzieht oder leider diese unheilbare Krankheit mit einer verbleibenden Lebenserwartung von drei Monaten hat. Im Mediengeschäft ein unschätzbarer Vorteil. Bruckstädt hatte Durruti über einen Mittelsmann in der Anarchistenszene indirekt an Riefenberg vermittelt, damit dieser sein Gesicht verändern konnte, um den Sheriffs weiterhin entkommen zu können. Leider stellte sich Riefenberg quer, als Bruckstädt ein Foto mit dem neuen Aussehen haben wollte, da Durruti sehr überzeugend dargestellt hat, was er mit Leuten, die den Mund nicht halten können, anstellen wird.

### DER ÖFFENTLICHE RIEFENBERG

Wahrscheinlich werden die Runner jetzt anfangen, sich etwas näher mit Riefenberg zu beschäftigen. Die Adresse der Praxis von Riefenberg können sie problemlos im örtlichen Matrixverzeichnis erfahren. Das Anwesen liegt im Promistadtteil Waldtrudering, der für eine exzellente Sicherheit bekannt ist. Die Villa im rustikalen bayrischen Design dient Riefenberg als Praxis und Wohnung zugleich. Bei näherer Observation werden die Runner bemerken, dass sich ständig Rotordrohnen der verschiedensten Trid-, Radio- und Matrixsender in der Nähe der Villa aufhalten, die die Praxis im Visier haben. Schließlich könnte ja der ein oder andere Star auf eine Überraschungs-OP vorbeischauen. Riefenberg vertraut seinerseits auf elektronische Überwachung und einen besonderen Kontrakt mit den Schwarzen Sheriffs, um sich zu neugierige Reporter vom Leib zu halten. Im Notfall werden die Schwarzen Sheriffs alarmiert, und innerhalb von zwei Minuten taucht eine äußerst schlecht gelaunte Streife vor der Praxis auf. Der Kontrakt umfasst weiterhin einen Feuerelementar (Kraft 5) und zwei Watchergeister (Kraft 3), die auf dem Gelände patrouillieren und sich um astrale Schnüffelnasen kümmern. Sollte einer der Runner sich das Gelände auf der Astralebene ansehen, so wird ihm eine leichte Hintergrundstrahlung (Stufe 1) im Kellerbereich des dreistöckigen Gebäudes auffallen. Die Praxis betreibt Riefenberg zusammen mit zwei Assistenten, die am frühen Abend gehen, während er bis tief in die Nacht weiterarbeitet. Das

Haus verlässt Riefenberg kaum, anscheinend geht er voll in seiner Arbeit auf. Die Praxis besitzt nur einen nüchternen kleinen Netzwerkknoten, auf dem öffentliche Informationen wie Öffnungszeiten, Sprechstunden und Referenzen angegeben werden. In regelmäßigen Abständen von 24 Stunden öffnet sich allerdings ein temporärer Knoten, der kleinere verschlüsselte Datenmengen (Stufe 4) durch die Matrix schickt. Verfolgt ein Hacker die Daten, so kann er herausfinden, dass nach einer Umleitung über mehrere verschiedene Knoten das Datenpaket bei der DeMeKo in Hamburg landet.

### DER GESCHÄFTLICHE RIEFENBERG

Wenden sich die Runner an ihre Connections oder suchen in der Matrix, um mehr über Riefenberg zu erfahren, so kommen sie zu einem anderen Bild Riefenbergs.

- Connections von der Münchner Straße und mit Verbindungen zum Rotlichtmilieu werden ihnen erzählen können, dass Riefenberg eine geheime Passion für Geishas hat und sich regelmäßig aus einem netten Bordell namens Jade Dragon Prostituierte liefern lässt. Das Ganze passiert natürlich im Geheimen, und ein Magier kümmert sich mit einem Unsichtbarkeitszauber darum, dass die Drohnen der Sender nichts davon mitbekommen. Riefenberg legt bei dieser Sache größten Wert auf seine Privatsphäre.
- Richtige Konzernconnections können mit einigem Aufwand herausfinden, dass Riefenberg unmöglich alleine arbeiten kann. Die Ausrüstung, die er besitzt, ist nicht frei zugänglich und für eine einzelne Person zu kostspielig, selbst für einen Mann wie ihn. Welcher Konzern hinter ihm steht, ist auf die Schnelle nicht rauszubekommen, aber die Runner können es erfahren, wenn sie eines der Datenpakete verfolgen, die gesendet werden.
- Die Matrix liefert zu Riefenberg eine ungeheure Datenfülle. Riefenberg wird als ein großer Freund und Sponsor des FC Bayern München aufgeführt, unterstützt finanziell ein Waisenhaus in der Sonderverwaltungszone Perlach und ist Preisträger mehrerer medizinischer Auszeichnungen.

Die Runner dürften mit den obigen Informationen zu dem Schluss kommen, dass hinter Riefenberg mehr steckt als nur ein exzentrischer Schönheitschirurg. Das wahre Ausmaß von Riefenbergs Treiben sollte ihnen aber erst bei der Extraktion und der Beschaffung der Daten klar werden. Schauen die Runner sich die Krankenakten näher an, dann werden sie entdecken, dass Riefenberg eine aufwendige Maskerade im Auftrag der DeMeKo betreibt. Er operiert als freischaffender Chirurg sehr viele Stars und Sternchen verschiedenster Konzerne und kann sich so einen guten Überblick über das körperliche Befinden der Stars verschaffen. Der exzessive Lebensstil der Stars lässt viele relativ schnell verglühen, und so müssen diverse Leinwandhelden bereits nach ein paar Monaten durch frischen Nachwuchs ersetzt werden. Die medizinischen Profile, die Riefenberg anlegt, gehen regelmäßig an die DeMeKo, die sie benutzt, um die Lebensdauer der Konkurrenzserien abzuschätzen. Viele Zuschauer mögen den Wechsel ihres Serienhelden nicht, und das zeigt sich an den Einschaltquoten. Die DeMeKo nutzt diesen Augenblick, um eine ähnliche Serie auf den Markt zu bringen und so dem Konkurrenten die Zuschauer zu stehlen. Mehr Zuschauer bringen bessere Werbeverträge und bessere Werbeverträge bringen mehr Euro. Sehr viele Euro.

Die DeMeKo hält auf ihren Goldjungen Riefenberg natürlich ein wachsames Auge. In digitaler Form sind es mehrere der Mediendrohnen, die Riefenbergs Praxis im Auge behalten und ihre Daten an die Zentrale der DeMeKo schicken. Sollten sich Probleme in der Praxis ergeben, die die Schwarzen Sheriffs nicht von alleine lösen können, so wird innerhalb kürzester Zeit ein von DeMeKo angemieteter Sicherheitstrupp in Zivil auftauchen, um sich der Probleme anzunehmen. Die beiden Assistenten Riefenbergs stehen ebenfalls auf der Gehaltsliste der DeMeKo und sind zu mehr in der Lage, als nur ein paar Skalpelle während einer OP anzureichen. Sollten die Runner sich mit den Bodyguards Riefenbergs anlegen, so haben sie gut ausgebildete Konsoldaten vor sich.

### RIEFENBERGS BODYGUARDS

| K | G | R | S | C | I | L | W | ESS | INI | ID | ZM | PS | P |
|---|---|---|---|---|---|---|---|---|---|---|---|---|---|
| 4(5) | 4 | 5(6) | 4 | 3 | 4 | 3 | 4 | 3,2 | 9(10) | 1(2) | 10 | 4 | 6/4 |

**Fertigkeiten:** Schnellfeuerwaffen 4, Waffenloser Kampf 4, Ausweichen 4, Wahrnehmung 3

**Ausrüstung:** Steyr TMP mit 2 Streifen normaler Munition, Panzerweste (6/4), Betäubungsschlagstock

**Cyberware:** Reflexbooster 1, Kommlink, Plastik-Kompositknochen, Smartlink

Riefenbergs Arbeit teilt sich in zwei Bereiche auf. Zum einen die Schönheitsoperationen, die er in den OP-Sälen im Erdgeschoss durchführt und die ihm seinen guten Ruf bei den Stars der ADL eingebracht haben, zum anderen die Herstellung von Gewebeimplantaten im Kellerlabor für eben jene OPs. Hierfür nimmt er eine kleine Gewebeprobe von seinen Patienten, extrahiert die DNA und injiziert sie nach Aufarbeitung in vorbereitete Eizellen. Diese reifen dann, je nach Art des gewünschten Zielimplantats, mit einem guten Cocktail aus Wachstumshormonen und Naniten in künstlichen Gebärmüttern heran. Die Föten werden dann geerntet und „aufgearbeitet" und dienen als Grundlage der Gewebeimplantate. Die Resultate sind zum Beispiel die Nase, die sich Aphrodite Polantjev vor einem Monat für ihre neue Sendung „Hoch in den Alpen" hat implantieren lassen. Die Eizellen kauft Riefenberg regelmäßig von Frauen aus den ärmeren Stadtteilen wie Hasenbergl. Riefenbergs Patienten sind sich über seine Vorgehensweise im Groben klar und nehmen das für die guten Resultate gerne in Kauf.

### DAUMENSCHRAUBEN

Die Recherchen können die Runner durchaus in Schwierigkeiten bringen, zum Beispiel könnte die DeMeKo auf sie aufmerksam werden und bei ihnen vorstellig werden, um ihr Interesse auf andere Dinge zu lenken. Der Stadtteil Waldtrudering wird von den Sheriffs gut bewacht und ist gegen unangemeldeten Publikumsverkehr durch Zäune, Mauern und Zufahrten mit Pförtnerbereichen abgeschirmt. Vielleicht wird auch eine Mediendrohne auf sie aufmerksam.

## VATER UNSER...

### WAS IST LOS, CHUMMER?

Die zwei Morde haben die Stadt in Aufruhr versetzt, und die erhöhte Sicherheit erschwert es Durruti, seine Morde durchzuführen. Das nächste Opfer, der Matrixprediger Samuel Griechert, soll in der Frauenkirche aufgeknüpft werden, und leider stehen selbst in den Abendstunden zu viele Sheriffs in der Nähe der Kirche, um den Anschlag unauffällig durchzuführen. Der Spion, den Bruckstädt im Sympathisantenkreis Durrutis eingeschleust hat, informiert ihn über diese Komplikationen. Natürlich wäre eine Nachrichtensendung ohne Serienmord schlecht für die Einschaltquoten, und darum entschließt sich Bruckstädt zu helfen: Die Runner sollen ein kleines Ablenkungsmanöver starten und die Sicherheit für zwanzig Minuten beschäftigen, damit der Mord problemlos über die Bühne gehen kann. Bruckstädt wird die Shadowrunner natürlich nicht einweihen und ihnen erzählen, dass er eine Schlagzeile für die Neun-Uhr-Nachrichten braucht, die sie ihm beschaffen sollen. Das Ziel hierfür ist der 5. Katholische Kirchenkongress, der in der Nähe der Kirche stattfindet. Eine Delegation der Deutschkatholischen Kirche aus Münster und eine der römischen Kirche treffen sich jährlich, um Glaubensgrundsätze zu diskutieren und zumindest nach außen hin ein harmonisches Bild der Kirchen zu präsentieren. Mehrere pro-metamenschliche Gruppen haben sich bereits vor dem Kongresszentrum versammelt und demonstrieren noch friedlich gegen die antimetamenschliche Politik der Westphalen.

### SAG'S IHNEN INS GESICHT

Wie üblich kommen die Anrufe immer dann, wenn sie am meisten stören, zum Beispiel bei einem Stadtkriegspiel. Du nimmst das Telefonat an und ein leicht gehetzter Schmidt erklingt aus den Lautsprechern. „Tut mir leid, wenn ich Sie stören sollte. Ich brauche ihr Team jetzt und dringend. Im Oktoberrot, einem Hotel in der Nähe des Marienplatzes, tagt der 5. Katholische Kirchenkongress, und vor dem Hotel sammeln sich pro-metamenschliche Gruppen, die gegen die Delegation aus Westphalen demonstrieren. Ich brauche vor Ort schnell ein effizientes Ablenkungsmanöver. Am besten wäre es, wenn die Demonstranten aufgestachelt werden, damit sie da ordentlich Krawall machen. Ich brauche dieses Ablenkungsmanöver um 20.45 Uhr. Ich weiß, Sie sind eigentlich beschäftigt, aber Sie bekommen 5.000 Euro für jeden von Ihnen. Kriegen Sie das hin?"

### STREIFENCOPS DER SCHWARZEN SHERIFFS

| K | G | R | S | C | I | L | W | ESS | INI | ID | ZM | PS | P |
|---|---|---|---|---|---|---|---|---|---|---|---|---|---|
| 4 | 3 | 4 | 3 | 2 | 4 | 3 | 3 | 6 | 8 | 1 | 10 | 3 | 6/4 |

**Fertigkeiten:** Pistolen 4, Waffenloser Kampf 3, Knüppel 4, Ausweichen 3, Athletik 2, Verhandlung 2, Wahrnehmung 4
**Ausrüstung:** Ares Predator IV mit 2 Streifen normaler Munition, Panzerweste (6/4), Betäubungsschlagstock

### HINTER DEN KULISSEN

Die Runner können ihr Gehalt ohne weiteres auf 8.000 Euro pro Kopf hochhandeln. Bruckstädt steht unter Druck. Die Werbeeinnahmen, die er vor und nach den „Mords"-Nachrichten macht, sind ein Vielfaches dessen, und die will er nicht verlieren. Vor dem Oktoberrot hat sich bereits ein ziemlich aufgebrachter Pulk von Metas versammelt, die wild Parolen gegen die Westphalen schleudern. Die Schwarzen Sheriffs schauen bisher nur zu, sind aber auf der Hut. Es sollte nicht zu schwer sein, den Mob aufzuhetzen und das Hotel stürmen zu lassen. Kriegen die Sheriffs aber mit, dass die Runner die Menge aufwiegeln, werden sie versuchen, die „Rädelsführer" dingfest zu machen. Spätestens das wird den Mob zum Überkochen bringen. Falls Ihre Runner etwas Action wollen, dann können sie sich hier austoben. Die Sheriffs werden aufgrund der Menge der Demonstranten Verstärkung anfordern, die unter anderem von der Kirche abgezogen wird. Durruti hat also freie Bahn für den dritten Mord.

### DAUMENSCHRAUBEN

Sollten die Runner etwas mehr Opposition brauchen, so stellen Sie ihnen noch ein paar Wachen der Bischofsgarde entgegen, die die westphälischen Katholiken mitgebracht haben. Außerdem dürfte es in München nicht schwer sein, radikale Katholiken zu finden, die sich als Gegendemonstranten versammeln. Sollten die Runner es nicht schaffen, den Mob zum Überkochen zu bringen, so könnte ein gewalttätig werdender Demonstrant das Streichholz an der Lunte sein.

### KEINE PANIK

Dieser Kurzauftrag ist simpel. Kurz hinfahren, Parolen schreien, hier und da etwas aufwiegeln, vielleicht auch der eine oder andere flächenwirksame mentale Manipulationszauber und los geht die Party. Auf Fragen, warum der Schmidt ausgerechnet zu dieser Zeit ein „Ablenkungsmanöver" braucht, wird er ausweichend antworten. Er könnte dabei anklingen lassen, dass er im Kongresszentrum eine Operation laufen hat, die etwas Rückendeckung braucht. Das ist zwar gelogen, aber das dürfte wohl kaum jemanden stören.

## BONZENWOCHE, KLAPPE DIE DRITTE: PAX VOBISCUM

### WAS GEHT, CHUMMER?

Das Chaos in der Stadt nimmt mittlerweile neue Ausmaße an. Inzwischen vermuten viele hinter jedem Anarchisten einen Symphatisanten des Serienmörders oder sogar ihn selbst. In Großried richteten die Sheriffs ein Massaker in einem Wohnblock an, der als Unterschlupf von Durruti galt. Die ausufernde Paranoia reicht allerdings nicht, um die Mordserie aufzuhalten, die Runner haben schließlich tatkräftig mitgeholfen, um den nächsten Mord vorzubereiten.

### SAG'S IHNEN INS GESICHT

Der Frühherbst legt noch mal ein wenig Wärme nach und beschert München zwischen Smog, Weißwurst und Hefeweizen einen angenehmen Abend. Ihr versucht gerade in der Menge unterzutauchen, um Abstand zu dem Tumult zu gewinnen, den ihr ausgelöst habt, als sich ein Trupp der Schwarzen Sheriffs in Vollrüstungen an euch Richtung Frauenkirche vorbeidrängelt. Anscheinend gibt es doch Wichtigeres als euch. Ihr seht, dass sich vor einem Elektronikgeschäft ein paar Meter weiter ein aufgebrachter Mob versammelt hat, der auf eines der Trids im Schaufenster glotzt. Zwischen einem Troll und einer alten Frau könnt ihr einen Blick auf die Trids werfen, die alle denselben Sender zeigen: M-Live. Im Moment seht ihr nur ein schwarzes Bild mit einem einzigen Satz in Rot: Hebräer 10,18. Scheint ein neuer Werbespot der Deutschkatholischen Kirche zu sein, aber im nächsten Augeblick erscheint der Spruch: „Wo Vergebung der Sünden ist, da geschieht kein Opfer mehr für die Sünde". Der Spruch ist reichlich ungünstig, um neue Gläubige anzuwerben, selbst in München. Der Mob beginnt sich langsam aufzulösen, die Kirche steht nicht mehr so hoch im Kurs, als ein erneuter Szenenwechsel ein Bild aus der Frauenkirche übermittelt. Erhängt baumelt der Matrixprediger Samuel Griechert, den ihr noch zwei Tage zuvor auf der Benefizgala gesehen habt, von der Kanzel der Kirche. Die Szene wechselt wieder. Es steht das Wort „Enthaltsamkeit" wieder auf schwarzem Grund, darauf folgt ein Video, das Griechert in einem Bordell mit mehreren Prostituierten zeigt. Immer schneller wechseln die Bilder: „Ehrlichkeit", gefolgt von einem Bild, das Griecherts Kontostand zeigt. Humanis hatte ihn für seine antimetamenschlichen Predigten mit 10.000 Euro monatlich bedacht. Wie ein Karussell läuft die Bilderschlacht aus und bleibt wieder in der Frauenkirche hängen. Mehrere Schwarze Sheriffs versuchen, Griechert von der Kanzel loszuschneiden, und einer hantiert an der Kamera rum, die kurz darauf erlischt.

### HINTER DEN KULISSEN

Die Runner sollten das Gefühl haben, dass Bruckstädt sie aufs Kreuz gelegt hat. Sobald sie nachhaken, wird er natürlich alles leugnen und von einem „Zufall" sprechen. Sollten die Runner vom Run abspringen wollen, so wird er ihnen anbieten, ihr Honorar um 5.000 Euro aufzustocken, um die „lächerliche Differenz" aus der Welt zu schaffen. Allerdings sollten die Spieler ab hier ein starkes Misstrauen gegenüber Bruckstädt empfinden, das sie auch nicht wieder loslassen wird. Bruckstädt klammert sich dabei an seine Geschichte, dass er einen Maulwurf in der Konferenz hat, und wird den Runnern notfalls eine faustdicke Lügengeschichte darüber auftischen, dass Westphalen und der Vatikan fragwürdige Pläne über einen Metamenschen sterilisierenden Virus entwickeln, die am Rande dieser Konferenz unter dem Deckmäntelchen der Diskussion über Glaubensgrundsätze ausgetauscht werden.

## BONZENWOCHE, DER RESTLICHE FILM

### WAS IST LOS, CHUMMER?

Wie viel Zeit die Runner sich nehmen, um Riefenberg zu extrahieren, hängt natürlich ganz von ihnen ab. Bruckstädt gab ihnen eine Frist von einer Woche, um Riefenberg zu entführen und die Daten zu stehlen – die Woche, die Durruti zur „Bonzenwoche" erklärt hat. Wählen Sie an jedem weiteren Tag, den die Runner brauchen, eines der weiteren Attentate aus der folgenden Liste aus. Eines der sieben Attentate ist für den Anschlag auf Riefenberg aufgehoben. Mit jedem weiteren Tag, der vergeht, steigt die Panik in München. Es kommt zu immer häufigeren Ausschreitungen gegenüber Anarchisten und so ziemlich jeden, der nicht nach Konzernsklave ausschaut. In den Stadtteilen Hasenbergl und Perlach herrscht der Ausnahmezustand, nachdem die Sheriffs die Stadtteile quasi abgeriegelt haben. Erst mit dem Ende der Bonzenwoche kehrt wieder etwas Ruhe in München ein.

### DIE GEISTER, DIE ICH RIEF

Durruti lässt den Humanis-Vorsitzenden Markus Huber entführen und setzt ihn in Dachau aus, wo er von Geistern zu Tode gehetzt wird.

### ERDRÜCKENDE TATSACHEN

Die Runner können in einer Dokumentation über ein Kaffeewerk von Käfer den Mord an dem Käferexec Günther Fließ beobachten. Während einer Führung wird der Moderator durch einen anonymen Anruf auf einen Entkoffeinierungskessel hingewiesen, in dem der Exec eingesperrt ist. Der Druckkessel wird mit Kohlendioxid geflutet, bis ein Druck von 75 bar aufgebaut wurde, was den Eingesperrten umbringt.

### STADTRENNEN

Zur Rushhour geraten die Runner in einen Kontrollpunkt der Schwarzen Sheriffs. Bevor es für die Runner eng wird, rast ein BMW i985 auf den Kontrollpunkt zu und wird ohne Zögern von den Sheriffs zerschossen. Die Ablenkung können die Runner nutzen, um zu entkommen. Später am Tag erfahren sie aus den Medien, dass das Fahrzeug ferngesteuert wurde und der BMW-Exec Michael Riesling auf dem Fahrersitz gefesselt war. Die Fahrt wurde natürlich auf M-Live übertragen.

### ATMOSPHÄRE

Mit jedem Mord wächst die Spannung und Nervosität in München. Sie sollte wie eine Gewitterwolke über der Stadt liegen, die sich gelegentlich willkürlich entlädt. Lassen Sie Passanten von den Sheriffs aufgreifen, da sie einfach auf Verdacht entscheiden, wer Sympathisant des Terroristen und wer unwichtig ist. Gelegentliche Übergriffe von Exec-Leibwachen auf Squatter werden berichtet. Wer sagt denn, dass der Squatter wirklich betteln und nicht den Exec angreifen wollte? Die ärmeren Stadtteile werden zu angeblichen Hochburgen des Terrors stigmatisiert und systematisch von Sheriffs belagert. Wer heruntergekommen, alternativ oder links ausgerichtet wirkt, wird präventiv festgenommen. Hinter vorgehaltener Hand fragen sich aber die meisten Münchner: Wer wird der nächste sein, und wie wird es den armen Drekhead erwischen?

## DOC, WIR MÜSSEN REDEN ...

### WAS IST LOS, CHUMMER?

Nachdem die Runner sich einen Überblick über Riefenberg und die Stadtvilla verschafft haben, können sie sich der Entführung und dem Datenklau widmen. Am günstigsten dürfte sich hierfür der Abend eignen, da Riefenberg dann alleine in der Villa ist. Die digitalen Krankenakten seiner Patienten, darunter auch Durrutis, befinden sich auf einem Rechner im Kellerlabor. Die Entführung Riefenbergs soll für die Runner kein Kinderspiel werden. Riefenberg ist das nächste Opfer der Bonzenwoche, und die Runner werden ihn gerade dann auffinden, wenn die Hinrichtung startet. Neben dem moralischen Aspekt wollte Durruti auf Nummer sicher gehen, dass seine kleine OP ein Geheimnis zwischen ihm und Riefenberg bleiben würde, wobei er aber nicht an Aufzeichnungen von der OP dachte, da diese nach Aussage Riefenbergs selbstverständlich gelöscht wurden und von Durruti nach dem Eingriff auch nicht gefunden wurden. Kein Wunder, da Riefenberg sie schlichtweg zu diesem Zeitpunkt zwischen den Daten eines anderen Patienten gespeichert hatte. Riefenberg benutzt in seiner Praxis neben seinen Gewebeimplantaten Naniten, um die Knochen seiner Patienten neu zu modellieren. Genau diese Naniten werden ihm zum Verhängnis. Die Runner finden ihn dank dieser Naniten völlig deformiert, aber immer noch lebend, in seiner Praxis vor. Das Attentat wird gerade live im Trid übertragen, die Schwarzen Sheriffs sind bereits auf dem Weg zur Praxis und den Runnern bleibt nur übrig, Riefenberg aus der Apparatur zu befreien und möglichst schnell wegzuschaffen. Leider erfährt Bruckstädt in diesem Augenblick aus dem Trid, dass Riefenberg zur DeMeKo gehört. Die neuen Tatsachen gefallen ihm gar nicht, da er sich nicht mit der DeMeKo anlegen wollte. Er „bittet“ die Runner für 10.000 Nuyen, Riefenberg einen Tag zu verstecken, während er die Sache regeln will. Natürlich haben die Runner an diesem Tag die Schwarzen Sheriffs, die sie für die Serienmörder halten, einen Kontrupp der DeMeKo, die ihren Goldjungen wiederhaben will, sowie die Medien, die eine Riesenstory hinter der Sache wittern, auf den Fersen.

**Sobald die Runner sich Zutritt zur Praxis verschafft haben, lesen Sie ihnen folgenden Text vor:**
Bisher lief alles glatt, eigentlich viel zu glatt. Ihr hört ein unterdrücktes Stöhnen aus einem der Räume am Ende des Flurs. Bis auf Riefenberg kann niemand hier sein, und so langsam kommt dieses ungute Gefühl in euch hoch, das sich immer dann ankündigt, wenn alles schief zu gehen scheint. Kurz entschlossen, die Waffen im Anschlag, öffnet ihr die Tür und findet einen hell erleuchteten OP-Saal vor, der durch eine Scheibe in der Mitte des Raums halbiert wird. Auf eurer Seite der Scheibe befindet sich ein Sammelsurium von medizinischen Geräten, die bunt vor sich hinleuchten, sowie eine Kamera, die auf den anderen Teil des Saals gerichtet ist. Dort liegt gerade ein Mensch auf einem Tisch gefesselt, umgeben von vier einen Meter hohen Säulen an den Ecken des Tisches. Die Person auf dem Tisch bäumt sich immer wieder gegen die Fesseln auf, kann sich aber nicht befreien. An mehreren Stellen ihres Körpers sind Knochen durch die Haut gebrochen. Die Gesichtszüge sind nicht mehr zu erkennen, die Kieferknochen haben sich extrem verlängert, die Wangenknochen sind durch die Haut gebrochen und wachsen langsam weiter, der linke Arm ist anscheinend kürzer als der andere. Sie wirkt wie ein fleischgewordenes Picassogemälde. Egal was hier abläuft, so war das mit Sicherheit nicht geplant …

## HINTER DEN KULISSEN

Der Weg in die Praxis hinein ist nicht ganz einfach. Waldtrudering ist recht abgeschirmt, und ohne Voranmeldung oder sehr guten Grund kommt man in dieses Viertel nicht hinein. Hier dürfen die Spieler daher improvisieren. Sie können versuchen, über die sensorgeschützten Außenperimeter in den Stadtteil einzudringen, sie können als blinde Passagiere in angemeldeten Fahrzeugen mitfahren, sich klassisch als Klempner oder Pizzaboten hineinschmuggeln oder sich sonst wie bis zur Praxis durchschummeln. Die Sicherheit mag nicht unüberwindlich sein, dafür ist das Viertel zu groß und zu heterogen, aber sie ist verdammt gut, und einfach mit falschem Ausweis hineinzulaufen dürfte keine Alternative sein. Die Praxis selbst besitzt zwar eine Alarmanlage, diese ist aber, da Riefenberg zu Hause ist, bis auf die Kontakte in den Fenstern abgeschaltet. Die Eingangstüren werden von Kartenmagschlössern der Stufe 6 gesichert.

Die im OP gefesselt liegende Person ist Riefenberg, aber das kann man auf Grund der Deformationen nicht mehr erkennen. Ein Runner mit den Fertigkeiten Biotech oder Medizin kann auf den Monitoren erkennen, dass Naniten munter Riefenbergs Knochen nach Belieben neu formen, und mittels einer erfolgreichen Biotech- oder Medizin (2)-Probe, dass er keine weiteren fünf Minuten der „Therapie“ überstehen wird. Mittels einer einfachen Biotech- oder Medizin (3)-Probe kann ein Runner die Apparatur ohne Nebenwirkungen abschalten. Sollten die Runner Riefenberg einfach so aus der Apparatur befreien, so werden die Naniten mit der Restenergie, die sie durch die vier Emitter mittels Induktion bekommen, noch für ein oder zwei Minuten weiterarbeiten. Riefenberg hat von dem Anschlag alles mitbekommen, er wurde mittels Medikamenten bewegungsunfähig gemacht und mit einer mittleren Dosis Schmerzmittel bei Bewusstsein gehalten. Durruti hat sich viel Mühe gegeben, das Attentat so grausam wie möglich zu inszenieren, und wird sehr wütend sein, dass die Runner seine Show stören. Die Runner werden beim Verlassen der Praxis von einer Streife der Sheriffs erwartet, die nach ein paar Minuten Verstärkung bekommt. Außerdem wird die DeMeKo ein Team ausschicken, das Riefenberg aus der Gewalt der Runner befreien soll.

## DIE SCHWARZEN SHERIFFS

Streifencops

| K | G | R | S | C | I | L | W | ESS | INI | ID | ZM | PS | P |
|---|---|---|---|---|---|---|---|---|---|---|---|---|---|
| 4 | 3 | 4 | 3 | 2 | 4 | 3 | 3 | 6 | 8 | 1 | 10 | 3 | 6/4 |

**Fertigkeiten:** Pistolen 4, Waffenloser Kampf 3, Knüppel 4, Ausweichen 3, Athletik 2, Verhandlung 2, Wahrnehmung 4
**Ausrüstung:** Ares Predator IV mit 2 Streifen normaler Munition, Panzerweste (6/4), Betäubungsschlagstock

**SEK-Beamter der Schwarzen Sheriffs**

| K | G | R | S | C | I | L | W | ESS | INI | ID | ZM | PS | P |
|---|---|---|---|---|---|---|---|---|---|---|---|---|---|
| 5 | 4 | 5(6) | 4 | 3 | 4 | 3 | 4 | 4,25 | 9(10) | 1 | 11 | 3 | 10/8 |

**Fertigkeiten:** Schnellfeuerwaffen 4, Knüppel 4, Ausweichen 4, Wahrnehmung 3
**Ausrüstung:** HK-277K mit 2 Streifen Explosivgeschossen und Smartlink, Ganzkörperpanzerung (10/8), Betäubungsschlagstock
**Cyberware:** Reaktionsverbesserung 1, Kommlink, Smartlink
**Bioware:** Hochleistungsgelenke

**Hermetiker der Schwarzen Sheriffs**

| K | G | R | S | C | I | L | W | M | ESS | INI | ID | ZM | PS | P |
|---|---|---|---|---|---|---|---|---|---|---|---|---|---|---|
| 2 | 2 | 3 | 2 | 4 | 4 | 5 | 5 | 4 | 6 | 7 | 1 | 9 | 3 | 6/4 |

**Fertigkeiten:** Antimagie 4, Astralkampf 3, Spruchzauberei 5, Beschwören 5, Pistolen 2
**Ausrüstung:** Ares Predator IV mit 2 Streifen normaler Munition, Panzerweste (6/4), Antimagiefokus 1
**Zauber:** Panzer, Unsichtbarkeit, Heilen, Manablitz, Flammenwerfer, Betäubungsball, Physische Barriere

## KONTEAM DER DEMEKO

Verwenden Sie für das Konteam die Werte des SEK-Beamten und ersetzen Sie die HK-227 durch ein FN HAR mit zwei Magazinen Explosivmunition und eingebauter Smartverbindung.

## DAUMENSCHRAUBEN

Timing ist hier alles. Sobald die Runner sich mit den Sheriffs auseinander setzen, wird sehr schnell die erste Verstärkung aus den Nachbarstraßen anrücken (12 Kampfrunden). Falls die Runner hier noch immer nicht genug haben, bietet sich eine Flucht oder ein Kampf mit bzw. vor dem anrückenden Konteam und den Mediendrohnen an.

## KEINE PANIK

Man sollte es hier nicht übertreiben. Wenn die Charaktere festgesetzt werden, dann gibt es kein Entkommen mehr, es ausschießen ist daher keine ernsthafte Alternative. Nach Waldtrudering hinein könnten die Runner übrigens kommen, wenn einer von ihnen in Lady in Red von Fabienne Dubois eine Einladung bekommen hat. Das wäre ein völlig probater und legitimer Vorwand für sie, an den Pförtnern vorbei zu kommen. Durch die Einladung kann man zudem den Zeitpunkt des Zugriffs durch die Runner genau vorbestimmen, so dass man sehr leicht die Episode an der Frauenkirche und die anderen Anschläge zeitlich passend einfügen kann.

## THE END IS NEAR

### WAS IST LOS, CHUMMER?

Die Runner haben die Daten und Riefenberg oder das, was von ihm übergeblieben ist. Höchste Zeit, sich mit Schmidt zu treffen, den Lohn zu kassieren und unterzutauchen. Allerdings ist Schmidt sich nicht mehr sicher, ob er das Risiko mit Riefenberg noch eingehen will, vor allem da er jetzt kaum noch seinen vorherigen Wert hat. Er bietet den Runnern 10.000 Euro an, wenn sie Riefenberg für einen Tag versteckt halten, während er sich eine Lösung überlegt. Wie die Runner den Tag durchstehen, hängt von ihnen ab, aber sie sollten sich ziemlich bedeckt halten. Die DeMeKo, die Schwarzen Sheriffs und die Medien sitzen ihnen weiter im Nacken. Schmidt wird sich entschließen, Riefenberg an die DeMeKo auszuliefern, die Runner sollen ihn im Klinikum Schwabing abliefern. Anschließend wünscht Schmidt ein Treffen im Monstroseum (siehe *Reich und schön*, S. 41), um sich die Krankenakten anzuschauen und die Runner zu bezahlen. Riefenberg wird den Runnern sagen, oder es zumindest versuchen, dass sie Durrutis Krankenakte suchen sollen. Eine letzte Rache, da er davon ausgeht, dass er die Verletzungen durch die Naniten nicht überleben wird.

### SAG'S IHNEN INS GESICHT

Mitleidig schaut ihr auf das Elend namens Riefenberg. Die Naniten haben ganze Arbeit geleistet und ihn in ein modernes Kunstwerk aus Fleisch und Blut verwandelt. Er windet sich noch immer vor Schmerzen. Es ist überhaupt ein Wunder, dass er noch lebt. Mühselig stößt er immer wieder ein paar Wörter hervor: „Janus, Archiv, Mörder."

### HINTER DEN KULISSEN

Unter dem Dateinamen Janus hat Riefenberg die Krankenakte Durrutis abgelegt, zusammen mit einem Foto des „alten" und des „neuen" Durruti. Diese Info sollte die Runner in Bezug auf Bruckstädts Motivation ein wenig stutzig machen.

### KEINE PANIK

Sollten die Runner Riefenberg in der Praxis zurückgelassen haben, zum Beispiel weil sie im Gefecht fliehen mussten, dann können die Runner ein digitales Tagebuch in dem Datenberg finden, das ihnen einen ähnlichen Hinweis auf Durruti liefern kann.

**Sobald die Runner sich zum Monstroseum begeben, lesen Sie ihnen folgenden Text vor:**

Schmidt hat echt Nerven, euch noch einen Tag lang mit Riefenberg rumkreuzen zu lassen, Bezahlung hin oder her. Vor einer Stunde habt ihr Riefenberg in die Hände zweier Pfleger des Klinikums gegeben und steht nun im Regen vorm Monstroseum. Der wesentlich kleinere, überdachte Nachbau des römischen Kolosseums aus Plaststahl und Beton bietet jeden Abend ein umfangreiches Showprogramm aus Schaukämpfen zwischen vercyberten Gladiatoren, Irren, Crittern und Drohnen und angeblich bisweilen auch Elementaren, Geistern und Magiern. Die Fassade ist mit roten Lampen überzogen, die regennasse Flaggen mit golden stilisierten bayrischen Staatswappen auf rotem Grund beleuchten. Eine Mischung aus Mafiosi, Konschlipsen im Neostreetlook und richtigem Straßenvolk bahnt sich seinen Weg vorbei an schwer bewaffneten Wachen, die ihre Augen mehr auf die Vorgänge im Inneren richten als sich um die Kunden zu kümmern. Euch kommt eine rauchgeschwängerte, verbrauchte, nach Blut und Crittern stinkende Luft entgegen, als ihr das Monstroseum betretet. Die Wettschalter im Eingangsbereich werden regelrecht belagert. Anscheinend warten die Glücksritter auf die Quoten für den nächsten Kampf zwischen zwei Gladiatoren namens Dampfhammer und Coral. Schmidt hatte euch vor ein paar Minuten eine Nachricht geschickt, dass ihr eure PANs mit dem Knoten des Monstroseum verbinden und dann der AR-Katze am Eingang folgen sollt. Sofort nachdem ihr eure PANs verbunden habt, erscheint eine neonblaue Perserkatze vor euch, der ihr Richtung Arena folgt. Um die kreisrunde, mit Stacheldraht umspannte Arena drängt sich eine Unzahl von Besuchern, um einen Blick auf den beginnenden Kampf zwischen einem Troll, der mit einer Art Presslufthammer bewaffnet ist, und einem Zwerg mit einem regenbogenfarbenen Kostüm und zwei Schlagstöcken werfen zu können. Am Kopfende der Arena ist eine Balustrade aufgebaut, auf der es sich Domitian, der Besitzer des Monstroseums, bequem gemacht hat und gespannt den Kampf verfolgt. Mehrere Skimmerdrohnen surren durch die Halle und filmen abwechselnd Domitian oder den Kampf und übertragen ihre Bilder auf die großen Bildschirme, die von der Decke hängen. Ein Teil der Arena wurde mit Sitzplätzen ausgestattet, die wohl für besser zahlende Gäste vorgesehen sind, und genau dorthin führt euch die Katze. Schmidt ist in Begleitung zweier finster dreinschauender Orks. „Setzen Sie sich", beginnt er mit seiner gewohnt ruhigen Stimme. „Die Daten?" Ihr sendet ihm die Krankenakten hinüber und er blickt für zwei Minuten in die Leere, als ob er etwas sucht. Der Troll setzt dem Zwerg in der Arena gut zu. Zwar ist dieser schneller, aber der Presslufthammer hat bereits ein paar unschöne Verletzungen hinterlassen. Schmidt lächelt zufrieden. „Gute Arbeit. Für das Schicksal Riefenbergs können Sie nichts. Die Daten sind einwandfrei.". Eure PANs surren, als das Geld bei euch eingeht. Ein widerliches Krachen aus der Arena verkündet, dass der Zwerg dem Troll gerade die Kniescheiben zertrümmert, welcher darauf zu Boden geht. Domitian springt auf, die Kameras richten

**TEAM-KARMA**

| Situation | Karma |
|---|---|
| Riefenberg und Daten erfolgreich extrahiert | 2 |
| Mob aufgewiegelt | 1 |

**INDIVIDUELLES KARMA**

| Situation | Karma |
|---|---|
| Überleben | 1 |
| Gutes Rollenspiel (Integration in die High Society) | 1-2 |
| Mut oder Cleverness | 1 |
| Humor | 1 |
| Die Geschichte vorantreiben | 1 |

sich auf ihn. „Coral ist der Sieger!“, verkündet er lächelnd. Goldene Zähne reflektieren das Licht der Scheinwerfer. Sieger, verdammt gutes Stichwort.

## NACH DEM SHADOWRUN

### WIE GEHT ES WEITER?

Die Runner sollten sich die nächsten Tage bedeckt halten, da die Sheriffs weiterhin nach ihnen suchen. Schließlich sind sie angebliche Handlanger der Terroristen. Sollte Riefenberg überleben, wird er die Runner entlasten. Bruckstädt wird sich von den Runnern erstmal fernhalten und überlegen, wie er seine neuen Informationen über Durruti am besten nutzen kann. Je nachdem, wie lange die Runner gewartet haben, wird Durruti die restlichen Morde durchführen, bis er die Bonzenwoche mit dem letzten Mord für offiziell beendet erklärt. In den folgenden Tagen wird sich München wieder beruhigen, und die Sheriffs werden sich wieder entspannen.

# NOCH EINMAL MIT GEFÜHL

### VOR DEM SHADOWRUN

Je nachdem, wie die Runner *Der Chirurg* abgeschlossen haben, fühlen sie sich von Bruckstädt mehr oder weniger in den Hintern getreten. Sie sollten gemerkt haben, dass er irgendetwas mit Durruti zu tun hat, sie wissen aber nicht genau was. Auch Bruckstädt wird mitbekommen, dass die Runner nahe an seinem Goldesel dran waren. Nach kurzer Überlegung entschließt er sich, zwei Fliegen mit einer Klappe zu schlagen: Er will einerseits Durruti mit den Runnern unter Druck setzen, damit sich dieser gejagt fühlt und seine Reaktionen heftiger werden. Andererseits will er die Runner loswerden, weil sie ein Risiko darstellen, seine Unterstützung für Durruti und somit seinen ganzen Plan aufzudecken.

### HINTERGRUND

Während Bruckstädt neue Pläne schmiedet, schreitet Durruti mit seinen ebenfalls voran. Er entführt Sarah Kranz, eine Jetset-Göre und Tochter eines stellvertretenden CEOs bei der Münchener Rück Versicherung, um ihren Vater Maximilian Kranz zu einem Teil seiner Show zu machen. Durruti wird Maximilian Kranz ohne dessen Wissen in verschiedene gestellte Situationen bringen, in denen Kranz moralisch handeln soll. Jedes Mal, wenn Kranz dabei moralisch versagt, wird seiner Tochter ein Leid angetan, alles medienwirksam festgehalten und natürlich wieder als Dokumentation an M-live weitergeleitet.

Der neue Plan Bruckstädts sieht Folgendes vor: Er will die Runner beschäftigen, mit dem neuen Run besänftigen und unter Umständen sogar ihren Jagdtrieb nach dem grausamen Attentäter noch mit Geld fördern. Dabei möchte er sie auf die Spur Durrutis setzen, ohne sie zu direkt auf seine Fährte zu locken, denn schließlich sollen sie ihm nahe kommen, ohne ihn wirklich zu gefährden. Auf der anderen Seite soll sich Durruti verfolgt fühlen und gegen die Runner, die ihn schon einmal gestört haben, radikale Maßnahmen ergreifen.

Über einige lose Kontakte zur Unterwelt Münchens ist Bruckstädt in diesem Kontext etwas Wunderbares aufgefallen – eine der Mitdarstellerinnen eines seit kurzem auf der Straße kursierenden BTLs. Diese hat genau wie Sarah Kranz blonde, lange Haare, eine ähnliche Statur und heißt: Sara Kranz – ein Name, der in Osteuropa durchaus verbreitet ist. Mit diesem glücklichen Zufall will Bruckstädt nun die Runner ködern. Er setzt sie auf Sara Kranz an, von der er ungefähr herausgefunden hat, wo sie in München vorher gearbeitet hat, und lässt sie von ihnen suchen. Dabei versichert er ihnen, dass sie Durruti finden würden, wenn sie Sara finden würden. Warum, wird sich den Runnern erschließen, wenn sie die Nachrichten verfolgen und miterleben, wie Sarah Kranz für die Taten ihres Vaters leiden muss.

Dass sie aber auf der falschen Fährte sind und jemand ganz anderem hinterher jagen, werden die Runner erst nach einiger Zeit bemerken. Vermutlich werden sich bei der Recherche die Spuren von Sara und Sarah miteinander vermischen und die Runner lange genug aufhalten, damit Durruti sein Werk beenden und sich in Sicherheit bringen kann. Im besten Fall legen sich die Runner auch noch mit den Djorovics oder den Vory an. Zusätzlich bekommt Durruti noch einen anonymen Tipp von Bruckstädt, dass die Runner hinter ihm her sind. Erfährt dieser durch seine Untergrundkontakte, dass sie tatsächlich nach einer Sara(h) Kranz suchen, wird er sie als Risiko einstufen und einen Bekannten von ihm auf sie ansetzen: Bastian Palawo.

Letztendlich sollen die Runner in diesem Szenario ein wenig Einblick in die Unterwelt Münchens bekommen. Sie erfahren, dass die Djorovics zumindest Geschäfte mit den Vory machen, sie setzen sich auf zwei verschiedene Fährten und werden am Ende sowohl Sara als auch Sarah Kranz finden. Letztere spüren sie im Versteck von Durruti auf, was natürlich nicht im Sinne Bruckstädts war. Denn in diesem Versteck, das Durruti vor den Runnern verlassen hat, finden sie endgültig Beweise, dass Bruckstädt ihnen schon wieder in den Rücken gefallen ist.

### DAS ABENTEUER LEITEN

Schon der Beginn dieses Abenteuers unterscheidet sich leicht von den Anfängen der anderen Szenarien. Abhängig davon, wie sehr die Runner ihrem bisherigen Schmidt noch vertrauen und sich moralisch von den Taten Durrutis angegriffen fühlen, wird die Anwerbung eine Gratwanderung. Sind die Runner erst einmal von Bruckstädt auf den Weg gelockt worden, verläuft das Szenario nicht gradlinig. Es müssen unterschiedliche Stationen bei der Suche nach Sara(h) Kranz besucht werden, wobei die Reihenfolge dieser Besuche ganz im Ermessen der Runner liegt. Die Unterkapitel mit dem Titel „Spurensuche“ sind daher modular einsetzbar, immer gerade so, wie die Runner sich für die Untersuchung des jeweiligen Ortes entscheiden. Das Ende des Szenarios besteht aus zwei Abschlüssen: Dem Ende der Suche nach Sara und dem Ende der Suche nach Sarah und damit dem Auffinden von Durrutis Versteck und der Gewissheit, dass ihr Schmidt wesentlich tiefer in der Sache steckt, als sie dachten und sie noch dazu verraten hat.

## SCHON WIEDER SCHMIDT

### WAS IST LOS, CHUMMER?

Die Runner sind vermutlich angepisst, dass der Schmidt ihnen nicht alles gesagt hat und mit Durruti kollaboriert.

Entweder sie stellen ihn direkt zur Rede oder aber er lädt sie ein und bietet ihnen einen neuen Auftrag an. So oder so kommt es zu einem Wiedersehen, bei dem der Schmidt scheinbar zu Kreuze kriecht.

### SAG´S IHNEN INS GESICHT

**Wenn die Runner mit Schmidt alleine sind und er mit der Anwerbung beginnt**

Der Schmidt räuspert sich und schaut ein wenig nervös von einem zum anderen. Dann setzt er sich gerader auf und beginnt zu sprechen: „Natürlich haben Sie Recht, wenn Sie jetzt denken, was für ein mieses Schwein ich bin. Sie haben auch Recht, dass ich diesem Verbrecher, diesem kranken Terroristen Durruti eine Zeit lang zugearbeitet habe, aber Sie müssen mir glauben, dass ich nicht genau wusste, was er vorhatte. Ich hätte es vielleicht erahnen können, aber vielleicht wollte ich es einfach nicht wahrhaben." Er wird ein wenig blass. „Ich war verblendet von den Einschaltquoten, aber nun ist das Fass übergelaufen. Ich will ihn stellen, ihn aus dem Verkehr ziehen und zwar ehe er noch Schlimmeres tut. Daher will ich Sie diesmal anwerben, damit Sie sich an Durrutis Spuren heften und ihn dingfest machen."

### ATMOSPHÄRE

Die Runner und Bruckstädt befinden sich bei der Anwerbung in einer angespannten Situation. Es ist verständlich, wenn sie ihm nicht mehr trauen, aber er macht ihnen ein sehr gutes Angebot – denn er denkt, dass er dieses Angebot niemals einlösen muss. Schmidt ist ein hervorragender Schauspieler und sehr berechnend. Er wird sich der Situation anpassen und die Runner glauben lassen, dass man nun gegen den wahren Feind zu Felde zieht.

### HINTER DEN KULISSEN

Je nachdem, wie aktiv die Runner nach dem letzten Run und den Erkenntnissen aus den Ereignissen werden, werden sie Bruckstädt entweder zur Rede stellen oder aber sich nur mit Mühe wieder zu einem Treffen mit ihm überreden lassen.

Im ersten Fall wird er ihnen versichern, dass sie mit allen Anschuldigungen Recht haben, und bei seiner Ehre und seinem Gewissen schwören, dass er das alles so nicht wollte. Er wird sie kurz vertrösten und ihnen sagen, dass er herausfinden wird, wie sie Durruti unschädlich machen können, um sie dann genau dafür auch noch zu bezahlen. Auf jeden Fall wird er sie einige Tage hinzuhalten versuchen, bis er seinen Plan zu Ende geschmiedet hat. Dann erst wird der Auftrag erfolgen.

Im zweiten Fall wird Bruckstädt über die Kontakte der Runner diesen ähnliches mitteilen lassen. Er wird ihnen so gut es geht Honig um den Bart schmieren und sie mit einer ordentlichen Bezahlung zu einem weiteren Auftragsgespräch locken – auch gerne an einen Ort ihrer Wahl, falls sie eine Falle vermuten. Dort angekommen, beginnt sein Schauspiel und sein Plan mit den Runnern.

Der Auftrag wird wie folgt lauten: Bruckstädt wird den Runnern eine beliebig hohe Summe bieten, damit sie ihm helfen, Sara Kranz zu finden und Durruti auszuschalten. Sie sollen sich auf seine Fährte setzen und ihn schnappen, bevor er noch mehr Unheil anrichtet. Leider weiß Bruckstädt nicht, wo Durruti sich aufhält oder was er als nächstes plant. Er hat aber einen anderen Anhaltspunkt. Durruti hat irgendetwas von einer Sara Kranz erzählt und einen Adressnamen (Bodo-Hauser-Weg 33 in Hasenbergl) fallen lassen. Dort könnten die Runner mit ihrer Suche nach ihm beginnen.

### DAUMENSCHRAUBEN

An dieser Szene sollte nichts verschärft werden. Die Runner sind vermutlich vorsichtig und skeptisch, daher wird Bruckstädt ihnen entgegenkommen, wo es nur geht. Falls Sie es ein wenig spannender gestalten wollen, lassen Sie Bruckstädt darauf bestehen, dass sie sich in der Öffentlichkeit oder an einem gut überwachten Ort treffen. So können Sie die Runner zumindest mit erhöhter Polizeipräsenz, Kontrollen und Drohnenüberwachung fordern. Geeignete Plätze für solch ein Treffen wären zum Beispiel ein Café in der Maximilianstraße oder der Tennisclub Rot-Weiß Bogenhausen.

### KEINE PANIK

Seien Sie vorsichtig mit der Darstellung Bruckstädts. Er muss überzeugend klar machen, dass er einen Sinneswandel nach den grausamen Taten von Durruti in *Der Chirurg* hinter sich hat und sich nun von diesem abwendet. Bruckstädt stellt seine Angst vor Repressalien an seiner Person glaubhaft dar und wird dies auch als Hauptgrund seines Sinneswandels angeben – dass er plötzlich ein guter Mensch geworden ist, werden die Runner ihm eh nicht abnehmen. Er bietet zudem viel Geld und wird das Angebot auch beliebig erhöhen, um die Runner auf seine Seite zu ziehen. Außerdem kann er sie noch mit dem Kopfgeld von 1,5 Millionen Euro locken, die auf Durrutis Kopf ausgesetzt sind. Achten Sie aber darauf, dass nicht gleich das erste Angebot zu utopisch klingt, ansonsten könnten die Runner direkt auf den Gedanken kommen, dass Bruckstädt gar nicht daran denkt, sie später zu bezahlen.

Bruckstädt ist zwar ein ausgezeichneter Schauspieler, allerdings kann er sich gegen magische Untersuchungen kaum wehren. Falls die Gefahr besteht, dass die Runner so etwas bei ihm durchführen könnten, lassen Sie Bruckstädt beim Treffpunkt mit einem Magier als Leibwächter auftauchen, der ihn abschirmen wird – dies wird Bruckstädt mit seiner Angst vor Durruti und den Runnern begründen.

## SPURENSUCHE

### EINLEITENDE WORTE

Wichtig bei der Spurensuche ist, dass die Runner kurz vor dem eigentlichen Auftrag und dann direkt bei den ersten Anlaufpunkten den ersten Teil der „Dokumentation" von Durruti über Maximilian Kranz mitbekommen. Der Nachname sollte sie aufmerksam werden lassen und sie so auf Sarah Kranz stoßen lassen, von der sie glauben sollen, dass es sich um die Person handelt, die sie suchen. Erst mit der Zeit sollte ihnen klar werden, dass sie auf der Spur von zwei verschiedenen Personen sind und die Sara Kranz ihres Auftraggebers rein gar nichts mit Durruti zu tun hat.

Sorgen Sie dafür, dass sich die Informationen über die beiden Frauen ständig vermischen und die Runner deutliche Schwierigkeiten bekommen, die beiden auseinander zu halten. Im Laufe ihrer Ermittlungen sollten sie auf Ungereimtheiten stoßen, die letztendlich dazu führen, dass sie merken, dass sie zwei Personen verfolgen und nicht eine. Sehr wichtig dabei ist, dass die Runner kein Foto der beiden Personen in die Hände bekommen. Zwar ist es nicht schwer, ein Foto von Sarah Kranz zu bekommen, immerhin ist sie ein reger Partygänger in der Münchner Schicki-Micki-Szene und neuer Trid-Star der Durruti-Show, dafür existieren von Sara Kranz überhaupt keine verwertbaren Aufnahmen. Zeigen sie das Bild von Sarah bei den anderen Kontakten herum, wird man ihnen bestätigen, dass das Mädchen so ähnlich aussah. Höchstens Marquardt (siehe unten) wird genau sagen können, dass diese Sarah definitiv nicht seine Sara ist. Bildmaterial zu Sara Kranz können sie höchstens durch einen BTL bekommen – da die Aufnahmen aber alle im Dunkeln gedreht wurden, kann man Sara nur undeutlich erkennen.

Die einzelnen Stationen sind in beliebiger Reihenfolge spielbar, und diese wird ganz allein von den Runnern und ihren Untersuchungen bestimmt. Im Kapitel *(W)Irrungen* sind einige zusätzliche Möglichkeiten aufgelistet, die den Runnern als Informationsquelle in den Kopf kommen könnten. Es ist nicht auszuschließen, dass die Runner noch ganz Anderes unternehmen, dann allerdings sind Ihre Improvisationskünste gefragt.

Im Kasten *Zeitablauf* ist ein grober Ablauf des Szenarios aufgelistet, wie es sich im günstigsten Fall entwickeln sollte.

## ZEITABLAUF

- Die Runner kommen aus dem Run *Der Chirurg*. Bruckstädt hält sie entweder hin oder meldet sich erst später bei ihnen, um sie erneut anzuwerben. Zu diesem Zeitpunkt hat Durruti, vorausplanend, Sarah Kranz schon entführt und sie seit einigen Tagen in seiner Gewalt.
- Maximilian Kranz hat seinen ersten Auftritt (siehe *Nachrichten eines Verzweifelten*, S. 111)
- Ein Tag später: Die Runner treffen Bruckstädt, der Auftrag beginnt.
- Die Runner fahren zur Adresse und treffen Marquardt.
- Die Runner suchen weitere Spuren – Maximilian hat seinen zweiten Auftritt.
- Palawo verübt ein Attentat auf die Runner.
- Marquardt meldet sich und gibt den Runnern die Adresse des Hauses der Träume.
- Die Runner finden nach ihren Ermittlungen Sara Kranz.
- Die Runner finden nach weiteren Ermittlungen und dem Attentat von Palawo Sarah Kranz. Das Szenario endet mit der Gewissheit, dass Bruckstädt und Durruti viel enger kollaborieren als erwartet.

## SARAS LEIDENSWEG

- Sara wird von den Vory aus Osteuropa nach München verschleppt, dort in einem kleinen Appartement einquartiert und zur Arbeit in der Roten Lagune gezwungen.
- Zwei Wochen bevor die Runner den Auftrag erhalten: Sara wird von einem BTL-Scout entdeckt und von den Vory verkauft. Sie kommt in das Haus der Träume, wo sie vorerst eingesperrt wird, weil sie sich weigert, zu drehen.
- Eine Woche vor dem Auftrag der Runner: Sara wird in ein Haus gebracht, in dem BTLs produziert werden. Dort wird sie weiter gefangen gehalten, während man mit ihr einige BTLs entstehen lässt, von denen der erste schon nach ein paar Tagen den Weg auf die Straßen von München findet.

# SPURENSUCHE – SCHMIDTS ADRESSE

## WAS IST LOS, CHUMMER?

Die Runner gehen zu der Adresse, die Bruckstädt ihnen gegeben hat, und finden dort ein Bordell vor. Man kennt hier Sara Kranz, weiß aber nicht, wo sie sich befindet. Einer der Bordellangestellten verbündet sich mit den Runnern, weil er selbst ebenfalls nach Sara sucht.

## SAG´S IHNEN INS GESICHT

**Wenn die Runner das Bordell erreichen**

Die Haustür des ehemaligen Wohnhauses am Bodo-Hauser-Weg steht offen, anscheinend befindet sich dahinter eine Art Bar. Über dem Eingang leuchtet eine Tafel, auf der in rosa Lettern „Rote Lagune“ geschrieben steht. Hinter den Scheiben in den oberen Stockwerken leuchten rötliche Lampen durch zugezogene Jalousien.

## ATMOSPHÄRE

Die Runner besuchen auf der Suche nach Sara(h) einen billigen Puff mit jungen, osteuropäischen Prostituierten. Hier endet manches Schicksal, das in Osteuropa mit Träumen von Arbeit und Wohlstand begann. Andere Schicksale beginnen hier erst ihre Abwärtsspirale, wie das von Sara Kranz.

## HINTER DEN KULISSEN

In der Roten Lagune werden ungefähr ein Dutzend Mädchen aus Osteuropa zur Prostitution gezwungen. Die meisten der Mädchen sind mit Versprechungen auf eine große Zukunft im Film hergelockt und durch Drogen, Schläge und Drohungen gegen ihre Verwandten zu Hause gefügig gemacht worden. Die meisten haben mittlerweile erkannt, dass dies nicht der versprochene Startschuss in ein besseres Leben ist. Andere glauben noch an ihre Träume und lügen sich vor, dass dies nur eine Zwischenstation sei. Allen gemein ist, dass sie aus Osteuropa hergebracht wurden und nun den Vory dienen.

Sara war bis vor zwei Wochen hier. Sie hat nicht im Bordell gewohnt, hier aber einige Zeit gearbeitet, bis sie von einem Agenten der BTL-Produzenten der Djorovics entdeckt und von den Vory verkauft wurde.

Wenn die Runner das Bordell besuchen, werden sie von den Mädels freundlich als Kunden empfangen. Dann bieten sich ihnen mehrere Möglichkeiten:

- Die Runner stellen direkt neugierige Fragen und bedrohen einige der Mädchen. Dies führt dazu, dass die Zuhälter einschreiten. Sie werden die Runner ermahnen, keine Fragen zu stellen, sondern Geld auszugeben. Sollten diese nicht auf die Ermahnungen der Zuhälter hören, kommt es zu handgreiflichen Auseinandersetzungen (orientieren Sie sich bei Bedarf an den *Hausmeistern* aus dem *Haus der Träume*).
- Die Runner stellen sich geschickt an und befragen einige der Mädchen auf den Zimmern. Gegen Geld werden die Mädchen bereitwillig mitteilen, dass Sara hier war, aber schon seit zwei Wochen nicht mehr zur Arbeit gekommen ist. Sie wissen nur, dass sich jemand vorher nach ihr erkundigt hat – aber nicht, wer und warum. Eine der Frauen kann einem Runner, wenn er sie besonders nett behandelt oder sie gut bezahlt, Saras Privatadresse geben.
- Die Runner halten sich nicht mit den Mädchen auf, sondern knöpfen sich gleich die Bordellbetreiber vor. Der Chef des Bordells, ein Zwerg namens Pirowski, wird sich von den Runnern nicht einschüchtern lassen. Je nach Vorgehen der Runner kann es wie bei Punkt eins sehr schnell zu Handgreiflichkeiten kommen. Letztendlich finden sich aber in den Unterlagen des Bordells keine Informationen über Saras Verbleib. Höchstens aus Pirowski kann man mit Geld oder nach einem Kampf mit Gewalt herausbekommen, dass Sara an

einen BTL-Scout als neues Gesicht für die BTL-Produktion der Djorovics verkauft wurde.

Egal wie die Runner es anstellen, letztendlich werden sie nach ihrem Auftritt auf dem Weg vom Haus weg von jemandem angesprochen. Marquardt, einer der Barkeeper in der Roten Lagune, wittert bei den Runnern seine letzte Chance, Sara wiederzusehen. Er weiß um das Schicksal der Mädchen, die in der BTL-Szene verschwinden, und macht sich große Sorgen, denn er hat sich in Sara verliebt. Wenn er sich nach einem Gespräch mit den Runnern über deren Intentionen klar geworden ist, bietet er ihnen an, sich umzuhören und herauszubekommen, wohin Sara gebracht wurde. Er lässt sich eine Kontaktnummer geben und verspricht, sich so bald wie möglich zu melden, wenn die Runner ihrerseits garantieren, dass sie Sara befreien werden. Zudem kann er ihnen mitteilen, dass es schon eine BTL-Aufnahme von Sara gibt – er besitzt sie zwar nicht, hat aber ihren Namen auf einer Besetzungsliste eines Chips gelesen.

Falls die Runner mit den Mädchen in der Roten Lagune gut auskommen und die Informationssuche clever und nicht gewalttätig aufziehen, kann ihnen auch eines der Mädchen sagen, wie Marquardt und Sara zueinander standen, und sie können Marquardt mit gleichem Resultat direkt ansprechen.

### DAUMENSCHRAUBEN

Es liegt ganz an Ihnen, wie schwer Sie es ihrer Gruppe machen wollen, an die Informationen und an Marquardt heranzukommen. Letztendlich sollte es aber nicht zu großartigen Verwicklungen kommen, wenn sich die Runner geschickt anstellen. Falls sie mit Waffengewalt vorgehen, zögern Sie nicht, schwere Geschütze gegen die Gruppe einzusetzen. Die Belegschaft des Bordells wird den Runnern wenig entgegenzusetzen haben, aber die zu Hilfe gerufenen Vory umso mehr.

### KEINE PANIK

Sollten die Runner wirklich den aggressiven Weg bevorzugen, wird es schwierig zu erklären, warum Marquardt noch mit ihnen kollaborieren sollte. In diesem Fall sollten Sie darauf achten, ob die Runner nur gegen Pirowski und seine Schläger vorgehen oder auch die Mädchen attackieren. Im zweiten Fall wird Marquardt die Runner auf keinen Fall von sich aus ansprechen. Die Runner müssten dann die Informationen über Marquardt und Sara aus den Mädchen herausquetschen und sich hinterher Marquardt vornehmen, der ihnen erst nach sehr gutem Zureden tatsächlich vertrauen wird.

## SPURENSUCHE – (W)IRRUNGEN

In diesem Kapitel soll kurz zusammengefasst werden, welche Stationen die Runner unter Umständen noch anlaufen könnten (wenn auch nicht müssen), was sie dort herausbekommen und mit welchen Problemen man sie im weiteren Verlauf konfrontieren könnte. All diese Orte sind nur kurz angerissen, können aber genauso weit ausgebaut werden wie die wichtigen, komplett beschriebenen Anlaufpunkte der Suche der Runner nach Sara(h).

### SARAS WOHNUNG

Die Runner könnten auf die Idee kommen, nach der Roten Lagune zur Wohnadresse von Sara zu fahren, um sich dort umzuschauen. Sara wohnt in einem kleinen Appartement in einem Plattenbau mit mehreren anderen Frauen, die von den Vory für ihre Dienste eingespannt werden. Ihre Wohnung ist schon seit zwei Wochen verlassen, ihre Sachen sind alle fort, allerdings stehen die Möbel noch in der Wohnung, da sie dem Wohnungseigentümer gehören.

**Verwicklungen:** Unter Umständen ist es nicht so einfach, in das Haus zu gelangen, oder die Runner erregen Aufmerksamkeit, wenn sie herumschnüffeln – vor allem, wenn sie schon in der Roten Lagune unangenehm aufgefallen sind. Dann könnten sie hier sogar erwartet werden. Falls Sie es ein wenig komplizierter wollen, lassen sie Marquardt in der Roten Lagune gar nicht auftauchen, sondern platzieren Sie hier einige Hinweise auf ein Verhältnis mit dem Barkeeper, so dass die Runner wieder zurück in das Bordell müssen, um Marquardt zur Rede zu stellen.

### FREUNDE VON SARA

Bei einer Befragung von Nachbarn oder Freunden von Sara in der Nähe ihrer Wohnung offenbart sich wenig Interessantes. Hier könnte man nur langsam auf den Verdacht kommen, dass diese Sara so rein gar nichts mit der Tochter eines Topmanagers zu tun hat. Zumal mehrere Personen beteuern, dass sie aus Polen kommt.

**Verwicklungen:** Auch das Befragen von anderen Mädchen könnte die Vory aufmerksam machen und die Runner aufs Korn nehmen lassen.

### FREUNDE VON SARAH

Erkundigen sich die Runner im Umfeld von Sarah Kranz nach der Tochter des Managers, so erfahren sie, dass das junge Mädchen schon seit einigen Tagen nicht mehr gesehen wurde. Auch ihr Vater hüllt sich bei Anrufen in Schweigen, wo Sarah steckt – sehr merkwürdig für das Schickeria-Mädchen, dem sonst keine Party entgeht. Unter Umständen kommen die Runner über diese Recherche an ein Bild von Sarah.

**Verwicklungen:** Wenn Runner sich in der High Society nach einer bestimmten Person erkundigen, klingeln mitunter die Alarmglocken. Entführungsverdächtigungen, Erpressung des Vaters, Skandale – nicht nur die Schwarzen Sheriffs könnten so schon vor der Szene mit Maximilian Kranz auf die Runner aufmerksam werden, sondern auch einige sehr neugierige Reporter könnten sich an die Runner hängen.

### DURRUTI

Zusätzlich zu den eigentlichen Ermittlungen in Richtung Sara(h) könnten die Runner direkt nach Durruti suchen, da sie wissen, wie er aussieht. Stilvoll wäre es, wenn sich bei guten Recherchen und Ermittlungsideen ergibt, dass er in dem Stadtteil ein- oder zweimal gesichtet wurde, in dem die Runner hinterher auch sein Versteck finden.

**Verwicklungen:** Erkundigen sie sich breit gefächert nach dem Terroristen, wird dieser umso schneller die Runner ausschalten wollen. Unter Umständen beauftragt er nach Palawos Scheitern oder schon davor einen anderen Attentäter, der das Auto der Runner vermint oder sie mit einem Kugelhagel aus einem Fahrzeug beglückt. Auch Palawo selbst könnte vor dem beschriebenen Attentat noch ein oder zwei weniger drastische Versuche starten oder die Runner melodramatisch davor warnen, ihre Nase noch tiefer in die Angelegenheiten anderer zu stecken.

### DIE UNTERWELT

Da die Runner recht zügig herausbekommen, dass Sara sich in den Händen der Djorovics befindet, könnten sie diesen auch direkt hinterher spionieren. Dies ist allerdings keine gute Idee, denn die Djorovics haben sich gegen so etwas gut abgesichert, sonst säßen sie schon lange im Kittchen.

**Verwicklungen:** Die Runner können mit derartigen Ermittlungsversuchen zwar mächtig auf den Busch klopfen, ein paar BTL-Dealer auffliegen lassen und ein oder zwei kleine BTL-Produktionen lahm legen, aber letztendlich bringt ihnen das keine Informationen über Sara ein. Wenn die Organisation der Djorovics herausbekommt, dass eine Gruppe Runner direkt gegen sie vorgeht, werden sie alles daran setzen, diese auszuschalten. Eine Jagd durch die Mafia-Familie könnte sich so auch über den Run und die Kampagne hinaus ziehen. Treiben es die Runner zu bunt, könnte aber auch Marquardt sich bei ihnen melden und sie zurechtstutzen. Er bekommt mit, was für eine Welle das Team macht, und warnt sie vor den Folgen.

## SPURENSUCHE – DER BTL-CHIP

### WAS IST LOS, CHUMMER?

Durch Beinarbeit und auch durch Marquardt können die Runner mitbekommen, dass es schon BTLs von Sara Kranz gibt. Vielleicht ist durch die Aufnahme etwas über den Aufenthaltsort der Frau zu erfahren?

### SAG´S IHNEN INS GESICHT

**Wenn die Runner den Chip haben und ihn sich auf die ein oder andere Art anschauen:**

Du betrittst das abgedunkelte Zimmer durch die Balkontür, Gewalt und Trieb fluten durch deine Adern, und du fühlst dich wie ein junger Gott. Sie liegt ahnungslos schlafend auf der Couch, während du dich ihr näherst. Du streichst ihr über das lange blonde Haar und betrachtest ihren schlanken Körper unter dem dünnen Sommerkleid. Und währenddessen stellst du dir jetzt vor, wie sie winseln und zappeln wird, wenn du sie an die Heizung kettest und sie dir hilflos ausgeliefert ist, dir und deinem Trieb …

### ATMOSPHÄRE

Die Runner jagen einem BTL hinterher, von dem sie nur eine Darstellerin kennen, sonst nichts. Sie tauchen in den BTL-Markt ein und versuchen über verschiedene Wege an den Chip heranzukommen, den sie brauchen.

### HINTER DEN KULISSEN

Nach dem Tipp von Marquardt können die Runner sich auf die Suche nach dem Chip machen. Bei dem BTL-Chip handelt es sich um einen so genannten Named-Chip, was bedeutet, dass es eine Besetzungsliste auf dem Chip gibt. Auf vielen der Chips bleiben die Darsteller verständlicherweise anonym. Bekannte Darsteller oder neue Talente werden allerdings mit Namen auf dem Chip genannt, um die Kunden mit einer Namenswiedererkennung an eine Produktionsreihe zu binden. Der Chip, bei dem Sara zum ersten Mal mitspielt, ist solch ein BTL, denn es spielen einige bekannte Darsteller mit, und es soll eine vierteilige Serie werden. Saras Namen hat man dabei nicht mit einem Pseudonym verändert, denn es wird nicht davon ausgegangen, dass sie die Produktion überlebt: Es handelt sich um einen Dreamchip (siehe *SR4*, S. 250), der in eine der übelsten Kategorien der BTL-Branche fällt – Gewaltpornographie.

Um an den Chip zu kommen, gibt es mehrere Wege. Der Start ist das Umhören auf der Straße nach möglichen BTL-Bezugsquellen. Lassen Sie sich vom Kapitel *Von Wölfen und Ratten* inspirieren und überlegen Sie, wie lange die Runner suchen sollen und durch welche Szenerien Sie sie hetzen wollen. Einige Möglichkeiten:

- Die Runner gelangen an eine Straßengang, die BTL-Chips verkauft, und müssen sich mit ihr auseinander setzen. Vermutlich weiß die Gang nicht genau, was auf ihren Chips drauf ist und wird schon gar keine Namen von Darstellern kennen. Daher könnte die Gang eine Sackgasse bei der Suche nach dem Chip sein.
- Weiterhelfen könnte den Runnern einer der echten BTL-Dealer, der sich mit seinen zwei Leibwächtern in einem leer stehenden Haus in Hasenbergl einquartiert hat. Nur durch eine kleine Luke in einer schweren Metalltür wird er sich mit den Runnern unterhalten. Da sie nicht zu seiner Stammkundschaft gehören und auch nicht den

Eindruck von BTL-Süchtigen machen, wird er sehr aufmerksam bleiben und bei Gefahr direkt fliehen oder zum Gegenangriff ansetzen. Zudem wird er mit Sicherheit seinem Kontakt bei den Djorovics Bescheid geben, dass sich jemand für eine bestimmte Produktion interessiert. Andererseits kann er aber auch den Runnern weiterhelfen, denn er kennt sich bei BTLs gut aus. Er kennt den Chip und weiß, wen die Runner meinen. Ob er den Chip allerdings hat und den Runnern verkaufen will, sollten Sie entscheiden.

- Sehr interessant ist es, wenn die Suche nach dem Chip die Runner letztendlich in eine versteckte BTL-Den führt. Hier gibt es den Chip tatsächlich vorrätig, allerdings wird er nicht verkauft – man kann ihn sich nur direkt und ungefiltert anschauen. Vielleicht wollen einige Runner dies riskieren; überlegen Sie sich dann die daraus folgenden Konsequenzen. Schon einmaliger BTL-Gebrauch kann zur Sucht führen, egal was der Betreiber der BTL-Den den Runnern sagen wird (und er hat auch entgegen seinen Behauptungen keine Filter für seine Anlage, die er dazwischenschalten kann). Wollen die Runner den Chip nicht anschauen, müssen sie wohl oder übel den Chip vom Betreiber stehlen.

Haben die Runner auf dem einen oder anderen Weg den Chip endlich in ihrem Besitz, können sie ihn sich anschauen. Dabei empfiehlt es sich, ihn vorher von den Signalspitzen entkoppeln zu lassen, damit es nur noch ein SimSinn, aber kein BTL mehr ist. Dies kann man nur mit Hilfe eines Fachmanns oder mit einer ausgedehnten Probe auf Logik + Software (6, 1 Stunde) erreichen oder aber man schaut ihn über sein Kommlink an, das in den meisten Fällen ein Kaltes Sim besitzt. Zuvor muss allerdings erst die Selbstlöschungsprogrammierung mit einer ausgedehnten Probe auf Logik + Hardware (10, 1 Stunde) entfernt werden.

Auf dem Chip ist unter anderem die brutale Misshandlung von Sara Kranz in einem dunklen Raum aus der Sicht des Täters zu sehen. Davor und danach sind einige darstellerische Szenen geschnitten, die einen Hauch von Handlung suggerieren sollen.

Mit einer Probe auf Intuition + Wahrnehmung (3) kann man erkennen, dass alle Szenen in dem gleichen Haus gedreht wurden. Außerdem kann man in einer Szene kurz aus einem der Fenster schauen – und sieht auf das nächtliche München. Dies alleine sollte nicht reichen, die Lage des Hauses herauszufinden, nur ungefähr den Bezirk, in dem das Haus steht. Erst mit der Häuserliste aus dem *Haus der Träume* kann man direkt die BTL-Produktionsstätte lokalisieren.

### DAUMENSCHRAUBEN

Es bleibt Ihnen überlassen, wie einfach oder schwer Sie es den Runnern machen, an den Chip zu gelangen. Schicken Sie sie erst auf eine Odyssee durch die Münchner Unterwelt? Müssen sie wirklich in eine BTL-Den eindringen, um den Chip zu bekommen? Oder den Dealer in ihre Gewalt bringen? Vielleicht bekommen sie auch den Tipp, dass der Chip bei einem Händler zu kaufen ist, der eher die High Society bedient, und stehen vor dem Problem, wie man diesen Mann ausfindig macht und ihm den BTL-Chip abnimmt – denn solche Dealer verkaufen nur an Leute, die sie persönlich kennen oder die ihnen empfohlen wurden. Auch könnte es Gefechte mit einer Straßengang geben, die ein paar der Chips besitzt, der die Runner aber nicht passen. Und zu guter Letzt sollten Sie als Spielleiter genau im Auge behalten, wie sehr die Runner den Djorovics auf die Füße treten.

### KEINE PANIK

Nach einigen Sackgassen und Verwicklungen sollten die Runner den Chip bekommen und ihn sich auch ansehen können. Können sie die Programmierung alleine nicht knacken, müssen sie einen Experten vor Ort anwerben oder aber einen BTL-Süchtigen, der sich für sie den Chip anschaut. Sollte die Gruppe bei allen Möglichkeiten versagen, dann kann notfalls Marquardt einen der Chips besorgt haben, wenn er sich wieder bei der Gruppe meldet – wenn Sie denn der Meinung sind, dass die Runner das überhaupt noch verdient haben.

## SPURENSUCHE – AUF FALSCHER FÄHRTE

### WAS IST LOS, CHUMMER?

Nach den neusten Nachrichten werden die Runner vermutlich auf Maximilian Kranz und dessen Namensgleichheit mit der von ihnen Gesuchten aufmerksam. Mit ein wenig Recherche ist herauszubekommen, dass Kranz eine Tochter mit Namen Sarah hat. Daher könnte Herr Kranz eine der Anlaufstellen der Runner werden.

### SAG´S IHNEN INS GESICHT

**Wenn die Runner auf Kranz treffen**

Da steht er, Maximilian Kranz, direkt an einer Straßenecke und schaut nervös hin und her. Sein braunes, schulterlanges Haar liegt ungewaschen an seinem Kopf an, sein Anzug wirkt ausgebeult und sein ganzer Körper ein wenig in sich zusammengesackt, als trage er eine schwere Last auf seinen Schultern.

### ATMOSPHÄRE

Die Runner kommen zu Maximilian Kranz, als dieser gerade auf Anweisung von Durruti an einer Straßenecke wartet und das Schlimmste vermutet.

### HINTER DEN KULISSEN

Maximilian Kranz ist als Topmanager der Münchener Rück Versicherung Stress gewohnt, doch dies hier übersteigt seine Kraft. Seine Tochter befindet sich in der Gewalt eines Terroristen, und er ist dessen Willen gnadenlos ausgeliefert.

Da die Runner im Trideo schon mitbekommen haben, dass Durruti Kranz beobachtet und seine Tochter für jeden seiner Fehltritte gefoltert und gequält hat, können sie sich mit den Angaben über das Verschwinden von Sara(h) Kranz ein eigenes Bild machen. Vielleicht ahnen sie auch schon, dass Sara Kranz nicht wirklich die Tochter ist, und wollen dies bei ihrem Vater verifizieren. Oder sie wollen Umgereimtheiten aufklären.

Kranz wohnt in einer der teuersten Wohnsiedlungen in München und ist in seinem Haus gut abgeschirmt. Wenn die Runner zu ihm nach Hause fahren, nachdem man ihnen bei der Münchener Rück gesagt hat, dass Herr Kranz sich eine Woche frei genommen hat, sehen sie ein Auto mit Kranz am Steuer gerade aus der Hauseinfahrt kommen. Er fährt zielstrebig zu einer Kreuzung im Stadtteil Haidhausen, parkt dort sein Auto, steigt aus und stellt sich erwartungsvoll an den Straßenrand.

Durruti hat sich nämlich während der Ausstrahlung seiner „Dokumentation" bei Kranz gemeldet und ihn aufgefordert, an diesen Ort zu kommen. Sollte er dies nicht tun, müsse seine Tochter auch dies büßen. Sollten die Runner ihn direkt ansprechen, wird er erst nervös und vorsichtig reagieren, weil er der Meinung ist, dass sie zu Durruti gehören. Sobald ihm die wahren Motive der Runner klar werden, wird er sehr aufgebracht sein und versuchen, sie wegzuschicken. Er hat Angst um das Leben seiner Tochter. Bleiben die Runner hartnäckig, wird Kranz vor ihnen fast zusammenbrechen und ihnen alles erzählen, was er weiß: Seine geliebte Tochter, die noch bei ihm wohnt, ist vor ein paar Tagen entführt worden, und nun wird er von diesem Irren Durruti wegen irgendwelcher Nichtigkeiten gequält, die er in den letzten Tagen ahnungslos begangen hat. Nun will Durruti, dass er sich hier mitten auf der Kreuzung auf die Straße stellt und seine Missetaten gesteht, die er für die Münchener Rück und seinen eigenen Profit begangen hat. Unter anderem hat er einiges an Geld in Goldminen in Indonesien investiert, in denen die Arbeiter unter erbärmlichsten Bedingungen schuften müssen und durch die Quecksilberdämpfe nach und nach erkranken. Ähnlich sieht es mit den Krediten für einen indischen Großindustriellen aus, der große Gerbereien betreibt, in denen Kinder mit Hilfe von ätzenden Substanzen Leder verarbeiten. Mit den Fakten, die die Runner zu Sara Kranz gesammelt haben, kann er allerdings nichts anfangen. Kranz kann wegen der Störungen durch die Runner seine Aufgabe für Durruti nicht auf Anhieb erfüllen und sich auf die Straßenkreuzung stellen, um „zu gestehen", was Durruti natürlich ärgert, speziell da er die ganze Szenerie mit versteckten Trideokameras überwacht, um einen zweiten Teil der Dokumentation über Kranz zu drehen, und die Charaktere nun durchs Bild spazieren.

Nachdem die Runner von Kranz nichts erfahren haben oder feststellen, dass sie anscheinend gar nicht auf der Suche nach Kranz' Tochter sind, trennen sich die Wege der beiden Parteien wieder.

### DAUMENSCHRAUBEN

Mit ziemlicher Sicherheit wird Kranz mittlerweile überwacht, denn seine Fernsehaktivitäten sind sowohl bei den Schwarzen Sheriffs als auch bei seiner eigenen Firma nicht unbemerkt geblieben. Nachdem Kranz die Hilfe der Sheriffs aus Angst um seine Tochter abgelehnt hat, haben sich die Sheriffs dazu entschlossen, Kranz heimlich zu verfolgen, und hoffen, dass Durruti direkt mit ihm Kontakt aufnimmt. Dementsprechend könnten sie die Runner für Mittäter von Durruti halten und sie ab jetzt überwachen. Bemerken die Runner die Überwachung, kann es zu Flucht und Abhängmanövern quer durch München kommen. Sie selbst dürfen entscheiden, wie gut den Runnern solche Versuche tatsächlich gelingen.

Zudem wird die Szene natürlich von Durruti überwacht und per versteckter Kamera aufgenommen, um sie später im Trideo zu übertragen. Sollten die Runner nicht daran denken, dass sie schon zweimal Kranz in ähnlichen Szenen gesehen haben, werden sie sich sehr bald im Trideo sehen.

### KEINE PANIK

Unter Umständen gelingt es den Runnern nicht, die Schwarzen Sheriffs abzuschütteln. Das ist kein Problem, sorgen Sie dann dafür, dass die Runner irgendwann denken, sie hätten es geschafft – nur um weiter unter der Beschattung der Polizeikräfte zu stehen.

## SPURENSUCHE – DURRUTI SCHLÄGT ZU

### WAS IST LOS, CHUMMER?

Durruti wurde durch Bruckstädt anonym gewarnt und setzt nun einen Helfer ein, um die Runner loszuwerden, nachdem sie seine Show mit Maximilian Kranz gestört haben. Bastian Palawo, Durrutis Sympathisant, hat vier Helfer angeheuert und ist den Runnern auf der Spur. Wenn diese zwischen ihren Ermittlungen eine kurze Ruhepause machen, wird er zuschlagen.

**Bastian Palawo (Adept)**

| K | G | R | S | C | I | L | W | M | EDG | ESS | INI | ID | ZM | P |
|---|---|---|---|---|---|---|---|---|---|---|---|---|---|---|
| 5 | 4 | 5(7) | 4 | 2 | 3 | 3 | 4 | 5 | 3 | 6 | 8(10) | 1(3) | 11 | 9/7 |

**Fertigkeiten:** Klingenwaffen 5(7), Athletik-Fertigkeitengruppe 4, Waffenloser Kampf 4, Ausweichen 3, Infiltration 3, Beschatten 4, Pistolen 3, Wahrnehmung 4
**Adeptenkräfte:** Verbesserte Fertigkeit (Klingenwaffen) 2, Gesteigerte Reflexe 2, Mystischer Panzer 1, Beschleunigte Heilung 2
**Ausrüstung:** Hermes Ikon Kommlink (Betriebssystem Iris Orb), Tarnanzug (8/6), Colt Manhunter, Monofilament-Schwert, einige Dosen Zen

**Hermetiker aus Palawos Truppe**

| K | G | R | S | C | I | L | W | M | EDG | ESS | INI | ID | ZM | P |
|---|---|---|---|---|---|---|---|---|---|---|---|---|---|---|
| 3 | 4 | 4 | 3 | 2 | 4 | 5 | 5 | 4 | 2 | 6 | 8 | 1 | 10 | 6/4 |

**Astrale Initiative/ID:** 8/3
**Fertigkeiten:** Askennen 3, Astralkampf 4, Beschwören-Fertigkeitengruppe 4, Infiltration 2, Wahrnehmung 2, Pistolen 3, Spruchzauberei 4
**Zaubersprüche:** Entzünden, Levitieren, Blitzstrahl, Schatten, Manablitz
**Ausrüstung:** Kommlink, Gefütterter Mantel (6/4), Colt Manhunter

**Drei weitere Schergen Palawos**

| K | G | R | S | C | I | L | W | ESS | INI | ID | ZM | PS | P |
|---|---|---|---|---|---|---|---|---|---|---|---|---|---|
| 4(6) | 3(5) | 4(5) | 4(6) | 2 | 3 | 3 | 4 | 0,9 | 7(8) | 1(2) | 10 | 4 | 8/7 |

**Fertigkeiten:** Schnellfeuerwaffen 4, Gewehre 3, Pistolen 4, Wahrnehmung 3, Beschatten 3, Waffenloser Kampf 3, Wurfwaffen 3
**Cyberware:** Reflexbooster 1, Kunstmuskeln 2, Aluminium-Kompositknochen, Smartlink
**Ausrüstung:** Kommlink, Restlichtverstärkungs-Kontaktlinsen, Colt Manhunter (Smartlink), Panzerjacke (8/6), Sprenggranaten (2), IR-Rauchgranaten (2), zwei haben Ingram Smartguns dabei, einer ein Ruger 100

### ATMOSPHÄRE

Aus einer ruhigen Szenerie, in der die Runner irgendwo zwischendurch entspannen oder sich besprechen wollen und ihre Kräfte auftanken, wird sehr schnell eine lebensbedrohliche Situation, als Palawo mit seinen Schergen die Runner überfällt und ihnen die Lichter ausknipsen will.

### HINTER DEN KULISSEN

Diese Szene sollte erst nach dem Treffen mit Kranz stattfinden, da danach Durruti hundertprozentig annimmt, dass die Runner hinter ihm her sind.

Palawo ist ein Runner der alten Schule und daher auf gute alte Handarbeit bedacht. Nachdem er den Auftrag von Durruti erhalten hat, wird er nicht lange zögern, die Runner durch seine blendenden Kontakte zur Unterwelt und zur Schattenszene aufspüren, kurz verfolgen und sie dann stellen. Dabei geht er sehr umsichtig vor: Er wird sie zwar nicht in die Luft sprengen, den Zeitpunkt aber gut auswählen und versuchen, sich vorzubereiten, um eine günstige Ausgangslage zu bekommen.

Im besten Fall, je nach Situation, wird er einen oder zwei seiner Männer als Scharfschützen einteilen und mit den anderen die Runner direkt überfallen. Sollten die Runner in ein Restaurant gehen oder sich in einen Unterschlupf Essen bestellen, wird er schnell umdisponieren und ihr Essen vergiften – zum Beispiel indem er in die Küche des Restaurants vordringt und die Belegschaft bedroht, um einen weiteren Vorteil zu erlangen. Leider hat Palawo zu diesem Zeitpunkt nur eine ganze Menge Zen dabei, das er den Runnern ins Essen kippt (siehe *SR4*, S. 250). Beginnt das Zen zu wirken, startet er seinen Angriff.

Der Kampf sollte für die Runner hart werden, letztendlich sollten sie aber zumindest Palawo erledigen und den Rest seiner Gruppe in die Flucht schlagen. In Palawos Kommlink befindet sich eine Textnachricht von Durruti, in der er den Auftrag erteilt. Mit dabei sind auch Close-up-Bilder aller Runner – woher er diese hat, wird die Gruppe erst in Durrutis Versteck erfahren. Dieses Versteck lässt sich mittels der Nachricht finden, indem einem Runner eine ausgedehnte Probe auf Computer + Spurenlesen (15, 1 Stunde) gelingt. Dies verrät ihm nicht nur die virtuelle Adresse des Absenders, sondern ausnahmsweise über die Ortung des PANs, von dem die Nachricht stammt, auch den weltlichen Standort des Kommlinks.

### DAUMENSCHRAUBEN

Je mehr Palawo plant, je besser er seine Männer postiert (vor allem einen möglichen Scharfschützen), desto schwieriger wird es für die Runner, dem Attentat lebend zu entkommen – vor allem, wenn der Trick mit dem Zen im Essen funktioniert. Palawo ist so lange im Vorteil, wie er nicht entdeckt wird.

Reicht Ihnen als Spielleiter die Schießerei mit Palawos Männern nicht, dann setzen Sie einfach eine Einheit der Schwarzen Sheriffs mit ein, die die Runner seit ihrem Treffen mit Kranz überwacht und sich nun beide Gruppen schnappen will.

### KEINE PANIK

Um den Runnern eine bessere Chance einzuräumen, können Sie sie die Überwachung bzw. die Annäherung von Palawos Team mitbekommen lassen. So kann die Gruppe reagieren und gerät nicht in einen Hinterhalt.

Achten Sie aber darauf, dass Palawo in jedem Fall von den Runnern zur Strecke gebracht wird und sie sein Kommlink erbeuten, aus dem hervorgeht, wer er ist, was er wollte und wer ihn angeheuert hat. Können die Runner selbst nicht hacken, müssen sie für die Lokalisierung von Durrutis Versteck einen Münchner Hacker anwerben.

## SPURENSUCHE – IM HAUS DER TRÄUME

### WAS IST LOS, CHUMMER?

Die Runner besuchen die Adresse, die sie von Marquardt ein bis zwei Tage nach dem Treffen mit ihm bekommen, und finden dort ein dreckiges Mietshaus mit verschleppten Mädchen aus Osteuropa vor.

### SAG´S IHNEN INS GESICHT

**Wenn die Runner vor dem Haus stehen**

Das sechsstöckige Mietshaus vor euch sieht dringend sanierungsbedürftig aus. Die Fenster sind dreckig, einige sind mit Folie beklebt, weil die Scheibe eingeschlagen wurde. Einzig die schwere Metalltür im Eingang wirkt wirklich stabil. Im Türeingang hängt eine Kamera, die Personen vor der Tür ins Auge fassen soll. Sie ist durch einen Käfig vor Vandalismus geschützt.

### ATMOSPHÄRE

Hier wird es dreckig. Die Runner sollen am eigenen Leib erfahren, wie es den Mädchen geht, die die Djorovics von den Vory gekauft haben und die nun darauf warten, ihrer wahren Bestimmung zugeführt zu werden.

### HINTER DEN KULISSEN

Es ist wichtig, dass Marquardt den Runnern die Adresse des Schlepperhauses erst ein oder zwei Tage nach dem Treffen mit ihm mitteilt. So lange wird er brauchen, um an die Informationen heranzukommen – genug Zeit für die Runner, noch anderen Spuren zu folgen, und für Durruti, um Kranz weiter vorzuführen. Schauen Sie also, wie weit die Runner mit ihren Ermittlungen sind und lassen Sie Marquardt erst anrufen, wenn sie schon den BTL von Sara gefunden haben und bei Maximilian Kranz waren.

Um in das Haus zu gelangen, bedarf es eigentlich einer Genehmigung der Djorovics. Da die Runner so etwas nicht besitzen, werden sie wohl oder übel mit Gewalt oder mit List in das Haus eindringen müssen.

An der Vordertür kann man per Klingelknopf und Gegensprechanlage Kontakt mit den „Hausmeistern“ aufnehmen, die die Runner aber nur bei einer sehr guten Geschichte freiwillig ins Haus hineinlassen. Man ist extrem unfreundlich und droht relativ schnell mit Gewaltmaßnahmen, sollten die Runner sich nicht abwimmeln lassen.

Die Tür, sowie eine ebenfalls kameraüberwachte Hintertür auf der Rückseite des Wohnhauses, ist eine Sicherheitstür (Panzerung 8, Struktur 6), die mit einem Magschloss (4, mit Anti-Manipulationssystem, *SR4*, S. 255) gesichert ist. Die Fenster im Erdgeschoss und im ersten und zweiten Stock sind zusätzlich mit einer Alarmanlage gesichert (überwindbar mit einer ausgedehnten Probe auf Logik + Hardware (5, 1 Minute)). Alle Komponenten befinden sich in einem hausinternen Sicherheitsnetz (siehe Kasten).

**SICHERHEITSNETZ DES WOHNHAUSES**

System: 5
Firewall: 5
Prozessor: 3
Signal: 3
Alarmprogramm: IC-Agent (Pilot 3) mit Analyse 3, Aufspüren 3, Angriff 3

**DIE VIER HAUSMEISTER (ORKS)**

| K | G | R | S | C | I | L | W | ESS | INI | ID | ZM | PS | P |
|---|---|---|---|---|---|---|---|---|---|---|---|---|---|
| 5 | 3 | 4(5) | 3 | 2 | 3 | 3 | 4 | 3,8 | 7(8) | 1(2) | 11 | 3 | 6/4 |

**Fertigkeiten:** Gewehre 3, Pistolen 3, Einschüchtern 3, Wahrnehmung 2, Waffenloser Kampf 2, Knüppel 3
**Cyberware:** Blitzkompensation, Smartlink, Reflexbooster 1
**Ausrüstung:** Gefütterter Mantel (6/4), Kommlink, Remington 990 (Smartgun), Defiance EX Shocker (Smartgun), Teleskopschlagstock
**Anmerkungen:** Lichtverstärker-Augen

Auch im Gebäude befinden sich auf den Gängen und in fast allen Zimmern Kameras. In dem Gebäude gibt es einen dreckigen Abstellkeller sowie auf jeder Etage zwei Vier-Zimmer-Wohnungen. Im Erdgeschoss in der linken Wohnung befindet sich die Zentrale des Gebäudes, in der zurzeit vier „Hausmeister“ sitzen, die auf die Mädchen aufpassen sollen und sich den Runnern in den Weg stellen werden, wenn diese in das Haus eindringen. In dem Mietshaus befinden sich zudem drei Dutzend Mädchen aus der Tschechei, Polen und den Balkanstaaten.

Haben die Runner die Hausmeister überredet, bestochen oder mit Gewalt überwunden, haben sie vorerst freien Zugang zum Haus. Informationen gibt es hier allerdings nur spärlich. Die Mädchen, alle unter 25, können kaum Deutsch und fühlen sich von den Runnern stark eingeschüchtert. Sie reagieren auf die Neuankömmlinge mit vorsichtigem Dank oder mit strikter Ablehnung und Aggressivität. Letztendlich können die Runner bei Befragungen herausbekommen, dass hier tatsächlich vor etwa einer Woche eine Sara Kranz war. Sie wurde von den Hausmeistern geschlagen und in den Keller gesperrt, kurz nachdem sie ankam.

Im Keller befinden sich in ein paar abgesperrten Verschlägen dreckige Matratzen und noch zwei junge Frauen, die mit Handschellen an Ringe in der Wand gefesselt sind. Befreien die Runner diese beiden Opfer, sind diese gerne bereit, den Runnern Auskunft zu erteilen.

Sara Kranz war wirklich vor mehr als einer Woche hier, aber nur zwei Tage. Man teilt den Runnern mit, dass sie weggeschleppt wurde, vermutlich zu einem der Orte, an denen die BTLs entstehen. Sara hätte laut geweint und sich gewehrt, aber die Hausmeister würden bei so etwas keine Gnade kennen.

Durchforschen die Runner die Zentrale der Hausmeister, können sie sich noch in den Hauptspeicher des Hausdatennetzes hacken (Werte siehe Kasten Sicherheitssystem). Neben Ein- und Ausgangszahlen, die vermutlich die Anzahl der Mädchen im Haus widerspiegeln, gibt es dort noch eine Liste mit Versandadressen: insgesamt vierzig Adressen über den gesamten Sprawl verteilt. An diese Adressen scheinen Mädchen geliefert worden zu sein, allerdings kann man nicht entnehmen, wann welche Frau wohin gebracht wurde.

### DAUMENSCHRAUBEN

Falls das Haus keine wirkliche Herausforderung für Ihre Gruppe darstellt, sollten Sie die Werte und Anzahl der Hausmeister sowie die Schwierigkeit des Sicherheitssystems hochdrehen. Auch könnten die Orks, egal wie die Runner in das Haus kommen, kurz vorher noch einen Hilferuf per Kommlink absetzen. Ein paar Minuten später würden dann ein bis zwei vollbesetzte Autos mit bewaffneten Schergen auftauchen und versuchen, die Runner zu vertreiben bzw. festzusetzen. Bei größeren Schießereien werden auch die Schwarzen Sheriffs irgendwann auf den Plan gerufen.

### KEINE PANIK

Es ist wichtig, dass die Runner sowohl die Dateien mit den Adressen im System finden als auch von den Mädchen im Keller die Information bekommen, dass Sara für kurze Zeit hier war. Letztendlich wird es für die Runner kaum möglich sein, alle vierzig Adressen gleichzeitig abzuklappern. Sollten sie anfangen, die Adressen nacheinander durchzugehen, machen Sie ihnen sehr schnell die Konsequenzen klar: Die vierzig Adressen sind Tanzclubs, Bordelle und vor allem Wohnungen und Häuser, in denen BTL-Studios versteckt sind. Sollten die Runner nach und nach die BTL-Studios stören, nimmt die Djorovic-Organisation eine Großrazzia an und wird sämtliche anderen Wohnungen räumen. Sie sollten die Runner vor dieser Vorgehensweise von den Mädchen oder schon vorher im Verlauf des Abenteuers warnen (vielleicht durch Marquardt, wenn er den Runnern die Adresse gibt – er könnte glauben, dass das Haus der Träume schon ein BTL-Produktionsort ist). Die Runner brauchen also direkt die richtige Adresse, an die Sara geliefert wurde, ansonsten werden sie sie nicht mehr finden können. Zudem haben sie nur begrenzte Zeit dafür: Wenn die richtigen Stellen mitbekommen, dass in das Haus der Träume eingebrochen wurde und die Adressen gehackt wurden, wird man ebenfalls beginnen, die Studios zu räumen.

## AM ENDE EINER SPUR: NACKTE ORKS

### WAS IST LOS, CHUMMER?

Die Runner finden endlich mit Hilfe des BTL-Chips und der Informationen aus dem Haus der Träume den Ort, an dem Sara Kranz für BTL-Produktionen festgehalten wird, und platzen mitten in eine Aufnahme hinein.

### SAG´S IHNEN INS GESICHT

**Wenn die Runner Sara finden**

In einer Ecke des Heizungskellers, mit einer langen Kette wie ein Hund an ein Rohr gefesselt, hockt eine völlig verängstigte junge Frau mit blonden Haaren. Sie ist kaum bekleidet, an ihrem Körper finden sich Dutzende von Blutergüssen und kleinen Brandwunden und an ihrem Hals sind blau-grüne Würgemale zu erkennen.

### ATMOSPHÄRE

Die Runner finden eine BTL-Produktion der schlimmsten Sorte. Hier werden pornographische und brutale BTL-Dreamchips aufgenommen. Während die Opfer der Aufnahmen fast wie Vieh behandelt werden, ergötzen sich die Darsteller und Aufnehmer in ihrer Machtposition.

### HINTER DEN KULISSEN

Sobald die Runner den BTL-Chip haben und auf diesem den Blick aus dem Fenster auf die Münchner Stadtsilhouette entdeckt haben, besitzen sie den ersten Hinweis auf den Herstellungsort des Chips. Haben sie die Adressen aus der Zentrale des Hauses der Träume, besitzen sie den zweiten Hinweis. Untersuchen sie die Adressen und schauen, von welcher man einen solchen Blick auf das Münchner Panorama hat, kommen sie auf ein Haus im nördlichen Perlach.

Dieses Haus ist ein Einfamilienhaus ohne größere Sicherungen und von außen höchst unscheinbar. In der Nachbarschaft gelten die Mieter des Hauses als ruhig (eigentlich weiß man gar nicht so genau, wer darin wohnt). Innen sieht es aber völlig anders aus. Zur Zeit des Eintreffens der Runner befinden sich vier junge Mädchen in dem Haus sowie ein Aufnahmetechniker, ein Regisseur, drei Darsteller und zwei Aufpasser. Das Gebäude ist kameraüberwacht und besitzt eine Alarmanlage (orientieren Sie sich bei den Werten am *Haus der Träume*). Dringen die Runner in das Haus vor und überraschen die Filmcrew, finden sie sich mitten im Dreh einer Gruppensexorgie wieder. Drei nackte Orks, alle lediglich mit Netzen für die Simrigs bekleidet, machen sich gerade über zwei wohl kaum schon volljährige Mädchen her, eine Elfe und eine Menschenfrau. Überrascht von den Eindringlingen kommt es nur kurz zu Handgreiflichkeiten, dann ergibt man sich und wird versuchen, die Runner so schnell wie möglich loszuwerden.

Sara ist im Keller zu finden, angekettet und misshandelt. Sie hat schon ihren dritten Dreh des Gewaltpornos hinter sich, kann kaum laufen und ist extrem geschwächt. Auf die Runner wird sie zuerst lethargisch reagieren, und erst, wenn sie davon überzeugt ist, gerettet worden zu sein, wird sie den Runnern unglaublich dankbar sein und ihnen gerne Auskunft geben. Sehr schnell ist allerdings herauszufinden, dass diese Sara Kranz nichts, aber wirklich gar nichts, mit dem Terroristen Durruti zu tun hat – die Spur führt ins Leere.

### DAUMENSCHRAUBEN

Wenn es Ihnen zu leicht erscheint, in das Haus einzudringen, können Sie nach Belieben die Anwesenden aufstocken oder besser ausrüsten. Nicht ungewöhnlich wäre auch ein Außenposten in einem Nachbarhaus oder in einem Auto am Haus, der die Umgebung im Auge behält und die Hausinsassen bei Gefahr warnt. Normalerweise würden dann die Anwesenden allerdings durch den Garten hinten heraus fliehen.

Werden die Runner frühzeitig entdeckt und die Hausinsassen sehen keine Möglichkeit zu fliehen, werden nicht nur möglichst schnell alle Spuren beseitigt, sondern man setzt sich gegen die Eindringlinge auch wesentlich gezielter zur Wehr. Dann dürften die nackten Orks auch leichte Rüstungen angelegt und sich bewaffnet haben.

### KEINE PANIK

Viel schief gehen kann bei dieser Szene eigentlich nicht. Egal wie dumm sich die Runner anstellen, sowohl sie als auch Sara werden überleben, da im Zweifelsfall die BTL-Produzenten samt Mitarbeiter und Gerätschaften fliehen und Sara im Keller zurücklassen. Sollten sie sehr lange gebraucht haben, um das Haus zu finden, werden sie die Filmcrew vermutlich bei der übereilten Flucht aus dem Versteck antreffen (siehe *Haus der Träume*).

### TEAM-KARMA

| Situation | Karma |
|---|---|
| Sara Kranz gefunden und gerettet | 1 |
| Sarah Kranz gefunden und gerettet | 1 |
| Bedacht Vorgegangen und nicht von der Mafia gejagt | 1 |

### INDIVIDUELLES KARMA

| Situation | Karma |
|---|---|
| Überleben | 1 |
| Gutes Rollenspiel (Integration in die High Society) | 1-2 |
| Mut oder Cleverness | 1 |
| Humor | 1 |
| Die Geschichte vorantreiben | 1 |

**Nackte Orks (3)**

| K | G | R | S | C | I | L | W | ESS | INI | ID | ZM | PS | P |
|---|---|---|---|---|---|---|---|---|---|---|---|---|---|
| 5 | 3 | 3 | 4 | 2 | 3 | 2 | 3 | 6 | 6 | 1 | 11 | 2 | 0/0 |

**Fertigkeiten:** Knüppel 2, Einschüchtern 2, Wahrnehmung 2, Waffenloser Kampf 3

Anmerkungen: Restlichtverstärker-Augen

**Aufpasser (2)**

| K | G | R | S | C | I | L | W | ESS | INI | ID | ZM | PS | P |
|---|---|---|---|---|---|---|---|---|---|---|---|---|---|
| 4 | 4 | 3 | 4 | 3 | 3 | 3 | 4 | 6 | 6 | 1 | 10 | 2 | 6/4 |

**Fertigkeiten:** Schnellfeuerwaffen 3, Pistolen 3, Ausweichen 3, Einschüchtern 2, Verhandlung 2, Wahrnehmung 4, Waffenloser Kampf 3

**Ausrüstung:** Gefütterter Mantel (6/4), Kommlink, Uzi IV (Smartgun), Defiance EX Shocker (Smartgun), Plastikhandschellen (4), Beruhigungsmittel, Schlaftabletten, 2 Portionen Novacoke

## EIN ZWEITES ENDE – DURRUTI

### WAS IST LOS, CHUMMER?

Die Runner werden durch die Textnachricht von Palawos Kommlink zu einer Lagerhalle geführt, in dem Durruti bis vor kurzem sein Versteck hatte. Er ist vor den Runnern geflohen, denn er war durch Palawos Scheitern gewarnt.

### SAG´S IHNEN INS GESICHT

Ihr steht vor einer größeren Lagerhalle in einem runtergekommenen Gewerbegebiet in Allach. Hierher hat euch die Textnachricht auf dem Kommlink des Attentäters Palawo gebracht. Alles wirkt wie ausgestorben, die Gegend ist ein Grau in Grau und die Lagerhalle selbst liegt da, als wäre sie schon lange Zeit verlassen.

### ATMOSPHÄRE

Das Ende einer Suche rückt näher. Zwar werden die Runner Durruti nicht vorfinden, dafür aber die arg geschundene Sarah Kranz befreien können und zudem Hinweise finden, dass ihr Schmidt wesentlich mehr mit Durruti zu tun hat, als er ihnen weismachen wollte.

### HINTER DEN KULISSEN

Das Auftauchen der Runner im Versteck von Durruti ist nicht nur für den Terroristen ärgerlich, sondern auch für Bruckstädt. Seinem Plan nach hätten die Runner niemals bis hierher kommen dürfen. Und nun stehen sie vor dem Gebäude.

Durruti hat seinen Plan mit Kranz quasi abgeschlossen, deswegen ist es für ihn nicht allzu schlimm, den Schlupfwinkel zu verlassen und die Geisel zurückzulassen. Dass er bei seinem hektischen Aufbruch auch einige Dinge nicht mitgenommen hat, die Bruckstädt belasten, ist ihm nicht aufgefallen – denn er weiß ja nicht, dass die Runner, die ihn jagen, von seinem anonymen Zuarbeiter engagiert wurden.

In das Lagerhaus einzudringen ist für die Runner ein Kinderspiel. Das Magschloss (Stufe 4) an der Tür ist schnell überwunden und in der Lagerhalle warten auf sie keinerlei Gefahren. In einem kleinen Raum mit Metalltür finden sie die malträtierte Sarah Kranz, blutig, dreckig, ausgehungert und mit verbundenen Augen. Zudem entdecken sie auf einem Tisch die letzten Überreste von Überwachungsequipment und auf dem Boden einen Datenchip, auf dem ein Foto zu sehen ist: ein Foto von ihnen. Die Quelle ist schnell herausgefunden, denn der Hintergrund verrät, dass das Foto beim letzten Treffen mit Bruckstädt entstanden sein muss, und zwar von der Position aus, an der Bruckstädt saß. Er muss also das Foto gemacht und es dann Durruti zukommen lassen haben. Und nicht nur das: Unter dem Foto steht eine Textnachricht: Diese Leute sind hinter Dir her – sie suchen nach Sarah. Du solltest sie besser loswerden. Ein Freund.

### DAUMENSCHRAUBEN

Wollen Sie den Runnern am Ende noch ein grandioses Finale bieten, dann verminen Sie das Gelände an diversen Stellen – Durruti hat nicht vor, die Runner zu schonen. Vor allem das Gefängnis von Sarah ist dann mit Sprengstoff und Zünder versehen, so dass die Runner, wenn sie nicht aufpassen, die Geisel mit eigenen Händen exekutieren. Möglicherweise hat Durruti einen Sprengsatz mit Photosensor in Sarahs dunkles Gefängnis gelegt, der durch Lichteinfall aktiviert wird, zum Beispiel wenn jemand die Tür öffnet. Wollen Sie es ganz perfide, dann lassen Sie Durruti per versteckter Funkkamera genau das aufnehmen und am Ende wieder in den Nachrichten verbreiten.

Eine anständige Schießerei könnten Sie den Runnern auch bieten, wenn Sie am Schluss eine Einheit der Schwarzen Sheriffs auftauchen lassen, die dem Team seit Maximilian Kranz gefolgt ist und die die Runner in Gewahrsam nehmen will, um die Geisel zu befreien. Werte für die Schwarzen Sheriffs finden Sie auf Seite 99.

### KEINE PANIK

Auch hier kann nicht viel schief gehen, außer Sie lassen Durrutis kranker Phantasie zu sehr freien Lauf. Sie sollten bei dem, was der Terrorist den Runnern an Fallen hinterlässt, aufpassen, dass er nicht die komplette Gruppe eliminiert.

## NACH DEM SHADOWRUN

### WIE GEHT ES WEITER?

Nun, da die Runner einen Beweis in den Händen halten, dass Bruckstädt sie schon wieder gelinkt hat und ihren Tod wollte, werden sie vermutlich hinter dem Mann her sein wie der Teufel hinter der Seele. Da Bruckstädt über Kontakte bei den Schwarzen Sheriffs allerdings ebenfalls über das Überleben der Runner informiert ist, ist dieser schon „geschäftlich" nach Hongkong geflohen und hält nun erstmal seinen Kopf unten. Noch bevor die Runner Bruckstädt aufbringen können, startet daher der nächste Schritt: Das Team wird von ungewöhnlicher Seite um Mithilfe gebeten, und sie stellen fest, dass bereits *Die Haie kreisen*, um sich über die Reste herzumachen. Sehr dankbar über eine mögliche Rettung von Sara, wird Marquardt ihnen übrigens einen Gefallen schuldig bleiben. Genau wie Maximilian Kranz über eine Rettung seiner Sarah ebenfalls überglücklich sein wird und sich unter Umständen auch materiell bei den Runnern bedanken wird. Hier ist es zudem möglich, Marquardt, Maximilian Kranz und die beiden Sara(h)s als Connections zu gewinnen.

Wie die Runner nach dem Run zur Münchner Unterwelt stehen, steht auf einem anderen Blatt, welches Sie als Spielleiter gut im Auge behalten sollten.

## BEINARBEIT

Bemerkung: Da die Runner am Anfang nicht wissen, dass sie eigentlich nach zwei verschiedenen Personen suchen, sollten Sie bei der Beinarbeit zu den beiden Sara(h)s die Informationen zu den Frauen miteinander vermischen. Je nachdem, welche Quelle sie fragen, bekommen sie Informationen zu Sara oder zu Sarah heraus.

### SARA KRANZ

**Angemessene Kontakte:** Kontakte im direkten Umfeld der Schlepperbande und Personen mit guten Kontakten zur Unterwelt oder zur BTL-Szene

| Connection | Datensuche | Ergebnisse |
|---|---|---|
| 0 | 0 | Kranz? So heißt doch der Kerl, der in letzter Zeit öfters im Fernsehen war. Der war aber definitiv nicht weiblich. |
| 1 | 2 | Sara Kranz, der Name kommt mir bekannt vor. Kann sein, dass ich den auf einem der neuen Label eines SimSinns gesehen habe – oder war es ein BTL? |
| 2 | 4 | Den Namen Kranz schmückt ein BTL-Chip der neuesten Machart. Ist gerade mal ein paar Tage draußen – nicht besonders gelungen. Ich habe gehört, die echt miese Hauptdarstellerin soll beim nächsten verheizt werden. |
| 3 | 8 | Kranz wurde von einer der Schlepperzellen der Vory nach München gebracht, so sagt man wenigstens. Dementsprechend muss man sich für genauere Informationen wohl an die Unterwelt wenden. |

### SARAH KRANZ

**Angemessene Kontakte:** Freunde, Bekannte, die High Society, Klatschkolumnisten

| Connection | Datensuche | Ergebnisse |
|---|---|---|
| 0 | 0 | Kranz? Gab es da nicht mal eine Schnulzensängerin, die so hieß? Die müsste jetzt aber bestimmt 90 sein. |
| 1 | 2 | Sarah Kranz ist die Tochter von Maximilian Kranz, einem der stellvertretenden CEOs bei der Münchener Rück Versicherungsgruppe. |
| 2 | 4 | Sarah ist ein kleines Partyluder und geht in der High Society ein und aus. Der Vater verdient ordentlich Asche und liebt seine Tochter genug, um ihr einen Großteil davon in den Hintern zu blasen. |
| 3 | 8 | Merkwürdig, jetzt wo ihr danach fragt … auf den letzten Partys am Wochenende war sie gar nicht zu sehen. Das ist gar nicht ihre Art. |

## NACHRICHTEN EINES VERZWEIFELTEN

Hier soll kurz dargestellt werden, was die Runner aus dem Trideo während Durrutis „Zeit der Moral" mitbekommen.

Durruti entführt Kranz' Tochter, die eigentlich für einige Tage Urlaub in den Alpen machen wollte. In den nächsten Tagen, solange Sarahs Verschwinden unbemerkt bleibt, beobachtet er Kranz und lässt ihn in verschiedene gestellte Situationen tappen.

### TEIL EINS

An diesem Ort arrangiert Durruti einen fingierten Autounfall, bei dem ein Penner angefahren wird. Maximilian

Kranz, wegen eines Geschäftstermins ziemlich in Eile, kümmert sich natürlich nicht um das Unfallopfer, was Durruti beweist, wie ignorant der Konzernmanager gegenüber seinem Nächsten ist. Durruti erzählt während dieser mitgefilmten Szenen in seiner Trideodokumentation ausgiebig, dass ihn so ein Verhalten nicht überrascht, da Kranz für die Münchener Rück auch einen Kreditvertrag mit Muni Rajagopalan, einem indischen Großindustriellen, abgeschlossen hat, der nachweislich Kinder unter erbärmlichsten Bedingungen in seinen Großgerbereien schuften lässt, in denen sie ätzenden Säuren und Laugen ausgesetzt sind. Als Konsequenz dafür taucht er Sarah Kranz an einer Kette hängend bis zu den Oberschenkeln in Säure.

### TEIL ZWEI

Für den zweiten Event wird Maximilian abgepasst, als dieser gerade in seiner Mittagspause durch einen Park zu einer Stelle geht, an dem er wegen einer von Durruti fingierten Nachricht eigentlich einen Arbeitskollegen treffen wollte. Eine ältere Frau wird von einem Ork überfallen und zusammengeschlagen. Maximilian bleibt in etwas Abstand stehen und schaut zu, geht dann aber eilig weiter. Zwar lässt er später von seiner Sekretärin die Schwarzen Sheriffs rufen, aber das ist erstens zu spät und zweitens bekommt Durruti das auch nicht mit. Wiederum bestraft Durruti für solcherlei Feigheit den Manager, indem er Sarah diesmal bei vollem Bewusstsein die oberen beiden Eckzähne zieht, wobei er erläutert, dass die Arbeiter in den indonesischen Goldminen, in die Kranz investiert hat, durch das Quecksilber im Wasser Tag für Tag weitaus mehr verlieren als nur ein paar Zähne. Beide Events werden von Durruti zusammengeschnitten, mit dem entsprechenden Hintergrundtext versehen und als „Dokumentation über das Gesicht des Kapitals" an M-live verschickt, die es auch prompt senden.

### TEIL DREI

Den dritten Event erkennen die Runner besonders gut, da sie voll im Bild stehen. Es ist die Ecke, an der sie Maximilian treffen und zur Rede stellen, während dieser eigentlich sein Geständnis vortragen soll. Durruti hat parallel dazu eine Liste an Missetaten von Kranz verfasst und gibt für jeden fehlenden Punkt Sarah mit einer Gerte einen Schlag die Fußsohlen, bis sie bluten. Wieder wird beides im Trideo gezeigt, diesmal mit den Runnern in großer Nahaufnahme.

Danach wird Durruti wegen des gescheiterten Attentates und in Erwartung der Runner aus seinem Schlupfwinkel fliehen und die Spuren verwischen, von denen er denkt, dass sie zu ihm führen. Seine Geisel lässt er als Mahnmal leben – außer Sie wollen sie mittels der schon angesprochenen Sprengfalle doch noch töten lassen.

## DIE HAIE KREISEN

### VOR DEM SHADOWRUN

Die Runner werden vermutlich alles daran setzen, den Schmidt aufzufinden, allerdings haben ihre entsprechenden Bemühungen bislang noch keinen Erfolg gezeigt. Während er sich selbst in Sicherheit bringt, werden die Runner von Rudolf Mayr, einem bis vor kurzem für M-live tätigen Journalisten, engagiert, um die Story um M-live herauszubringen. Dabei entdecken sie nicht nur, dass Daniel Kästner nicht mehr wirklich Chef in seinem eigenen Sender ist, sondern auch, dass insbesondere die erheblichen Gewinne der letzten Tage und Wochen über die Advertising & Media Consulting Agentur (AMCA) GmbH an einen Jörg Bruckstädt weitergeleitet werden, den von ihnen gesuchten Schmidt. Gleichzeitig setzt Bruckstädt auf die Runner eine Belohnung aus, die sie für diverse Kopfgeldjäger sehr interessant macht.

Die Spur führt von der AMCA zu einem Schließfach einer kleinen Privatbank. Um dort einzudringen, bedienen sich die Runner eines Experten, Bären-Franz genannt, der nicht nur ein ausgewiesener Safeknacker ist, sondern auch mehr als merkwürdige Sprengsätze baut. Mit dessen Hilfe und der Aktivierung einiger (hoffentlich) im Vorfeld erworbener Kontakte können die Runner an den Inhalt des Schließfachs gelangen, in dem sich die nötigen Beweise befinden, um die Machenschaften Bruckstädts zu veröffentlichen. Die Bavaria Filmstudios werden Bruckstädt opfern, um selbst aus der Schusslinie zu geraten und sich vor Schadensersatzansprüchen zu schützen.

### HINTERGRUND

Bruckstädt ist, wie seinem Profil auf Seite 72 zu entnehmen ist, Leiter der Abteilung für „Besondere Angelegenheiten" bei der Bavaria und in diesem Kontext auch darauf angewiesen, dass er über Geldmittel verfügen kann, die in den offiziellen Büchern der Bavaria nicht auftauchen. Eine dieser schwarzen Kassen nutzt er für die Mittel, die ihm über M-live zufließen.

M-live verdient wie die meisten anderen Sender sein Geld einerseits durch Werbeeinnahmen und andererseits dadurch, dass die anderen Sender, die die Bilder von M-live übernehmen, für diese so genannte Zweitverwertungsgebühren zahlen. Dabei gilt: Je mehr Leute den Sender sehen, desto wertvoller wird die Werbezeit, und je interessanter das Bildmaterial eines Senders ist, desto mehr kann für die Zweitverwertungsrechte verlangt werden. Und dank Leon Durruti sind die Einschaltquoten von M-live astronomisch in die Höhe geschossen. Selbst die großen Sendeanstalten stehen plötzlich Schlange, um die Livestreams von M-live zu übernehmen und selbst ausstrahlen zu dürfen. Genau hier setzt Bruckstädt an. Der Sender hat in der Vergangenheit sowohl die Werbeverträge als auch die Zweitverwertungsrechte eher schlecht als recht direkt über die Redaktion vermarktet. Mit dem Material über den Polizistenmord des Daniel Kästners, das ihm die Runner in *Vier Elfen und ein Todesfall* besorgt haben und das er mit eigenem Material ergänzt und zu einer sendebereiten Dokumentation aufbereiten lassen hat, die die Identität Kästners hieb- und stichfest belegt, erpresst er den Inhaber von M-live.

Bruckstädt zwingt nun Kästner, die Verhandlungen über die Advertising & Media Consulting Agentur (AMCA) GmbH abzuwickeln, die über Mittelsmänner zur Bavaria gehört. M-live erhält von der AMCA regelmäßig pauschale Zahlungen, deren Höhe in etwa den Einnahmen entsprechen, die vor Durrutis Einspielungen auch erzielt wurden. Alle Einnahmen, die darüber hinausgehen, verbleiben bei der AMCA. Und je größer die öffentliche Aufmerksamkeit wird, die Durruti verursacht, desto höher werden diese Überschüsse. Diese verbleiben zum Teil bei der AMCA, der Rest wird, deklariert als Provision, bei der Banca Regionale da Syracuse hinterlegt.

Kästner hat keine andere Wahl: Er stimmt der Vereinbarung zu, ermöglicht sie ihm doch wenigstens, seine Arbeit und den Sender fortzuführen.

Hier kommt Franz Büchner ins Spiel. Er ist von Haus aus Reporter und verfügt über etliche Kontakte, auch wenn er seit einigen Jahren hauptsächlich für M-live die Verhandlungen mit den Werbepartnern führt. Er ist dabei an den hieraus erzielten Einnahmen mittels einer Provision beteiligt. Aufgrund seines Bürojobs ist er kaum noch journalistisch tätig und führt ein durchaus angenehmes Leben.

Pech für Franz Büchner, dass er dank der AMCA nun nicht mehr gebraucht wird, weshalb er sich schnell wieder in den Mühlen der normalen Journalistenarbeit wieder findet, die mehr Arbeit und weniger Geld für ihn bedeuten. Wutentbrannt recherchiert er insgeheim die Hintergründe seiner „Degradierung" und stößt dabei sowohl auf die Tatsache, dass er durch eine Agentur ersetzt wurde, auf das Verschwinden von Kästners Sekretär Frank Grünwald (siehe *Vier Elfen und ein Todesfall*, Seite 73) und die Tatsache, dass die Agentur trotz der rapide gestiegenen Quoten nur einen Standardsatz an die Firma auszahlt. Da er diese Fakten aber nicht zu einem Ganzen zusammenfügen kann, konfrontiert er Kästner mit einigen Vermutungen, um seine alte Position wiederzuerlangen. Dies führt allerdings nur dazu, dass Kästner ihn achtkantig unter dem Vorwurf der Erpressung hinauswirft und er jetzt nicht mehr auf seine Verbindungen innerhalb von M-live zurückgreifen kann.

Er ist sich nun ziemlich sicher, dass da irgendeine große Schweinerei läuft, und wenn es ihm jetzt gelingt, hieb- und stichfestes Material über die Angelegenheit zu beschaffen, hat er einen eigenen Medienknüller, mit dem er sich bei einem anderen Sender eine ordentliche Stelle beschaffen kann. Wenn dabei Kästner über die Klinge springen muss: Der hat ihn schließlich auch nicht geschont.

Dabei ist ihm klar, dass er bei M-live in einer Sackgasse gelandet ist, da dort offensichtlich nur Kästner etwas über die Sache weiß. Seine eigenen Recherchen über AMCA haben ihm bisher nur eine blutige Nase eingebracht, da ihm ein paar Schläger klargemacht haben, dass seine Nachforschungen unerwünscht sind. Hierbei hat er auch mitbekommen, dass die gleichen Leute die Runner suchen, und hofft, diese Information als Argument nutzen zu können. Denn genau diese Runner könnten ihm nun sehr nützlich sein.

Bruckstädt selbst merkt, dass die Luft langsam dünn wird. Er zieht daher einige Fäden, um auf eine Dienstreise abberufen zu werden. Umso wichtiger wird es für ihn, die Geschichte in der ADL zu einem Abschluss zu bringen, indem er unliebsame Mitwisser zum Schweigen bringt. Und das sind nun einmal vor allem die Runner. Allerdings kann er dies entgegen seinen eigentlichen Neigungen nicht selbst machen, sondern muss dies seiner Vertrauten und (inoffiziellen) Mitarbeiterin Michelle de la Tour überlassen, die (unter anderem) auch eine der Geschäftsführerinnen der AMCA ist. Den Charakteren geht es daher schon wieder an den Kragen.

### DAS ABENTEUER LEITEN

Geben Sie diesem Run von Anfang an eine andere Stimmung als den anderen. Dieser Herr Schmidt stellt sich nicht nur mit Namen vor, er ist auch lange nicht so auf Hochglanz poliert und hat den Runnern eine persönliche Botschaft zu überbringen.

Von diesem Zeitpunkt an sollten diese sich ständig unter Druck befinden und verfolgt fühlen. Streuen Sie je nach Zusammensetzung Ihrer Gruppe immer mal wieder eine Begegnung ein, die diese Paranoia schürt.

Der weitere Verlauf des Szenarios hängt sehr stark von Ihrem persönlichen Spielstil und der Herangehensweise Ihrer Gruppe ab, daher verstehen sich die weiteren Szenen eher als Vorschläge. Wichtig ist lediglich, dass die Runner der vorgegebenen Spur zunächst zur AMCA und dann zum Schließfach der Bank folgen und dass Sie die Runner mit dem Bären-Franz und seinen explodierenden Stofftieren vertraut machen, da ansonsten die Überlebenschancen der Runner im abschließenden Kampagnenteil deutlich sinken dürften.

### ZEITABLAUF

Der zeitliche Rahmen des Runs hängt sehr stark davon ab, wie viel Zeit sich die Runner bei der Beinarbeit lassen.

- T-6 Tage: Franz Büchner stellt Daniel Kästner zur Rede und fliegt raus.
- T-5: Büchner beginnt mit seinen Recherchen.
- T-2: Bruckstädt erhält die Nachricht, dass er nach Hongkong reisen soll. Er gibt den Auftrag an Michelle de la Tour, sich um die Runner zu kümmern. Franz Büchner wird übel verprügelt, um ihn von weiteren Nachforschungen abzuhalten. Michelle de la Tour beauftragt die gleichen Schläger, sich auf die Fährte der Runner zu setzen.
- T 0: Die Runner werden von Franz Büchner beauftragt. Sie werden darauf aufmerksam, dass ihnen einige Leute auf den Fersen sind.
- T+1 (oder später): Die Runner lernen Bären-Franz kennen. Der Druck auf die Runner verstärkt sich.
- T+3 (oder später): Die Runner plündern das Bankschließfach und übergeben die Beweise an Franz Büchner.
- T+4 (oder später): Der Trideobericht über Bruckstädts Machenschaften erscheint und schlägt riesige Wellen.

## LANGSAM WIRD'S PERSÖNLICH ...

### WAS IST LOS, CHUMMER?

Nachdem die Runner endgültig sicher sind, dass der Schmidt sie verladen hat, wird es ziemlich persönlich. Wahrscheinlich haben sie über ihren Schieber Himmel und Hölle in Bewegung gesetzt, um ihn und zumindest einen Teil ihrer Belohnung doch noch in die Finger zu kommen. Aber selbst wenn dies nicht der Fall war, ruft sie der Schieber einige Tage nach dem Ende des letzten Runs an. Nein, er hat noch nichts weiter herausgefunden, aber es gibt da jemanden, der sie unbedingt sprechen wolle. Anscheinend ein Reporter namens Franz Büchner, der in der letzten Zeit mächtig viel Stress gehabt hat, so wie er aussieht. Hat wohl bis vor kurzem für den Sender M-live gearbeitet.

Die Runner sollten an einem Treffen durchaus interessiert sein, zumal dieser Reporter sich auf (fast) alle Absprachen einlässt, um sich mit ihnen zu treffen. Passen Sie dann den nachfolgenden Text entsprechend an. Schlagen die Runner nicht von sich aus einen Treffpunkt vor, findet das Treffen in dem Hinterzimmer einer kleinen Eisdiele in einem Multiplex-Kino statt, wobei Büchner darauf besteht, dass die Runner sich vorher die Abendvorstellung des Schinkens „Von guten Mächten" (siehe S. 32) ansehen und dann bis zum Ende des Abspanns bleiben.

### SAG´S IHNEN INS GESICHT

Euch war schon lange nicht mehr so schlecht, zumal ihr euch von den anscheinend überwiegend älteren Kinobesuchern immer wieder angestarrt und beobachtet fühlt. Nur gut, dass weiter unten ein paar Kids reichlich Randale gemacht haben. Schnell leert sich das Kino, und außer euch bleibt im halbdunklen Saal nur eine weitere Gestalt, die sich mühsam erhebt, euch ein kurzes Handzeichen gibt und dann in Richtung Ausgang humpelt. Im matten Licht erkennt ihr einen Mann Ende 40 in modischer Geschäftskleidung, der ein bisschen so aussieht, als ob er sich kürzlich mit einem Boxer angelegt und verloren hätte. Er stellt sich als Franz Büchner vor und bittet euch in ein nahe gelegenes Eiscafé.

### ATMOSPHÄRE

Stellen Sie Frank Büchner als zerschlagen und fast am Ende dar. Alles, was er will, ist wieder einen festen Job und seine Story, und dafür hat er die meisten seiner finanziellen Mittel zusammengekratzt. Er spricht aufgrund seines geschwollenen Gesichts recht undeutlich. Denken Sie auch dran, dass Büchner kein professioneller Schmidt ist und sich mit den Gepflogenheiten in den Schatten nicht sonderlich auskennt. Dies führt auch dazu, dass er relativ viel von seinem Auftrag preisgibt, bevor die Runner überhaupt zustimmen. Lediglich den Namen der AMCA behält er möglichst erst einmal für sich. Trotzdem sollte der Hinweis auf M-live und die ausgesetzte Kopfprämie eigentlich ausreichen, um die Runner zu motivieren.

### HINTER DEN KULISSEN

Frank Büchner teilt ihnen seine Leidensgeschichte mit, die damit endet, dass er vorgestern von drei Gangern zusammengeschlagen wurde. Bevor er bewusstlos wurde, bekam er noch mit, dass die Namen der Runner erwähnt wurden – genauso wie die Summe von 5.000 Euro pro Kopf. Als Dank für diese kleine Information und für einen Betrag von 5.000 Euro bittet er die Runner, ihm bei der AMCA Beweise oder zumindest weitere Hinweise zu beschaffen, warum Kästner krumme Geschäfte mit der Agentur macht. Für harte Daten ist er bereit, noch einmal 5.000 Euro zu bezahlen, für weitere Hinweise je nach Qualität zwischen 1.000 und 3.000 Euro. Frank Büchner ist geradeheraus und schon fast brutal ehrlich. Er weiß, dass die von ihm gesuchte Story wahrscheinlich seine letzte Chance ist, wieder einen Fuß ins Business zu bekommen. Stimmen die Runner dem Auftrag zu, wird er schon fast hysterisch sein und ihnen mehrfach versichern, wie dankbar er ihnen ist. Im weiteren Verlauf des Runs wird er von Zeit zu Zeit anrufen, um sich nach dem Fortschritt zu erkunden – es sei denn, die Runner geben ihm klar zu verstehen, dass dies unerwünscht ist.

Abgesehen davon, dass Büchner recht nervig sein kann, verfügt er über ein reichhaltiges Wissen über die Werbebranche, andere Sender, die Münchner Gepflogenheiten, den FC Bayern München und ansonsten über eine Menge Kontakte. Wenn Sie wollen, können Sie ihn als eine Art Joker einsetzen, falls das Wissen der Runner Lücken aufweist.

### DAUMENSCHRAUBEN

An dieser Szene sollte nichts verschärft werden, sie ist so schon – zumindest für Runner – seltsam genug. Insbesondere wird davon abgeraten, hier schon Übergriffe auf die Runner stattfinden zu lassen, dies würde wahrscheinlich nur dazu führen, dass Büchner als Risiko oder als unglaubwürdig eingestuft wird.

### KEINE PANIK

Wenn die Runner mehr Geld haben wollen, machen Sie Ihnen deutlich, dass Büchner zurzeit schlicht nicht mehr Geld hat. Das einzige, was er ihnen ansonsten bieten kann, ist seine immerwährende Dankbarkeit. Tatsächlich wird Büchner sich mehr oder weniger theatralisch darauf verlegen, die Runner um ihre Hilfe anzuflehen.

Sollten die Runner den Auftrag ablehnen, wird er ihnen seine Kommlinknummer geben und sie bitten, ihn anzurufen, falls sie sich noch anders entscheiden. Dann wird er aus dem Raum humpeln, andere Runner engagieren und einige Tage später die Story veröffentlichen. Als Bonus dürfen sich die Runner einen zusätzlichen Feind aufschreiben. Außerdem sollten es die Runner dann deutlich schneller mit diversen Leuten zu tun bekommen, die es auf das Kopfgeld abgesehen haben.

## DEM GEHEIMNIS AUF DER SPUR

### WAS IST LOS, CHUMMER?

Das nächste Ziel der Runner ist klar: Sie müssen bei der AMCA herumstöbern und dabei auf die Spuren Bruckstädts stoßen. Parallel dazu gibt es immer mehr Leute, die sich für ihre Köpfe interessieren oder zumindest dringend von ihnen wissen wollen, wie sie es geschafft haben, bei einem von Durrutis Anschlägen mit aufgenommen zu werden.

### SAG´S IHNEN INS GESICHT

**Wenn die Runner sich das Gebäude der AMCA näher anschauen**

Bei der AMCA-Zentrale handelt sich um eine größere, frisch restaurierte Jugendstilvilla mit einigem Grün drumherum, wobei die Grundstücksgrenzen von einer drei Meter hohen Mauer umsäumt werden. Der Zugang zum Grundstück erfolgt durch ein Tor, dessen geschwungene, schmiedeeiserne Flügel anscheinend von innerhalb des Hauses ferngesteuert werden. Aus dem Garten hört man gelegentlich das Bellen von Hunden.

### ATMOSPHÄRE

Machen Sie es den Runnern nicht zu schwierig, an die gesuchten Informationen heranzukommen, immerhin haben sie danach noch einen dicken Brocken vor sich. Tatsächlich sollten Sie flexibel auf die Vorschläge der Spieler reagieren, denn hier führen viele Wege zum Ziel.

### HINTER DEN KULISSEN

Die Advertising & Media Consulting Agentur (AMCA) GmbH mit ihrer Zentrale in Unterföhring gehört über ein Geflecht von Scheinfirmen und Treuhändern zum Bavaria-Firmenkomplex und hat in der Werbe- und Medienbranche den Ruf, ein harter, aber fairer Verhandlungspartner zu sein. Es gibt gut 30 Angestellte, vom Hausmeister über Sekretärinnen und Rechercheure bis hin zu sonstigen Sachbearbeitern. Die meisten Verhandlungen werden von den vier Geschäftsführern geführt, die bis auf Michelle de la Tour sämtlich aus der Wirtschaft kommen. Dabei gehören vier Mitarbeiter unmittelbar zum Mitarbeiterstab de la Tours und sind dementsprechend mit Aufgaben betraut, die eher dem Bereich der Abteilung für besondere Angelegenheiten der Bavaria zugeordnet werden können. Diese Mitarbeiter verfügen über eine Professionalitätsstufe (siehe *SR4*, S. 272) von 2, ebenso wie die Wachleute, für die Sie die Werte für Konzernsicherheit (*SR4*, S. 275) verwenden können.

Die gesamte technische Sicherheit der Villa ist vor kurzer Zeit erneuert worden. Dies kann gewiefte Runner natürlich darauf bringen, sich die entsprechenden Pläne zu beschaffen. Bei der Durchsicht stellt sich schnell heraus, dass in dem Arbeitszimmer de la Tours nur vermerkt ist, dass die Sicherheitseinrichtungen in Eigenleistung erbracht wurden. Tatsächlich gibt es für diesen Raum zusätzlich zu den allgemein beschriebenen Sicherheitseinrichtungen einige Besonderheiten.

Sowohl im Garten als auch in der Villa sind an strategischen Punkten Bewegungsmelder und Infrarotkameras angebracht. Wird durch sie eine Meldung ausgelöst, wird dies mit den Signalen abgeglichen, die das PAN jedes im Gebäude befindlichen Mitarbeiters sendet. Erscheint die Anwesenheit dieses Signals als plausibel, wird kein Alarm ausgelöst. Die Signale werden in Zeitabständen von ein bis fünf Minuten routinemäßig auf Unregelmäßigkeiten geprüft. Die Fenster sind sämtlich mit Alarmanlagen ausgestattet.

Wird ein (lautloser) Alarm ausgelöst, geht eine Meldung an die Schwarzen Sheriffs, parallel dazu wird der Vorgang durch die Wachleute überprüft. Geben diese nicht innerhalb von zehn Minuten Entwarnung oder lösen sie einen Dringlichkeitsalarm aus, ist binnen fünf bis zehn Minuten ein Einsatzteam der Schwarzen Sheriffs vor Ort (Werte der Sheriffs siehe S. 99).

Nachts befinden sich lediglich 6 Wachleute auf dem Gelände, allerdings laufen dann auch vier Wachhunde (*SR4*, S. 291) frei im Garten herum, die darauf abgerichtet sind, den Wachleuten zu gehorchen, und die anstatt eines PANs einfache Signalsender am Halsband tragen.

Die Türen der Geschäftsleitung sowie der Buchhaltung sind mit Keypad-Magschlössern (*SR4*, S. 255) der Stufe 3 verschlossen, die Betätigung der Magschlösser löst eine der oben genannten Plausibilitätsprüfungen aus, wenn die entsprechende Meldung nicht durch eine separate Logik + Hardware (3)-Probe umgangen wird.

Die Außenwände der Villa sind mit einer WiFi-Abschirmung (Stufe 4) versehen.

Die gesuchten Daten befinden sich im persönlichen Computer de la Tours, der in ihrem Arbeitszimmer auf dem Schreibtisch steht und nur zeitweise mit dem allgemeinen Firmennetzwerk verbunden ist. Dann aber hat sie (oder eben die Runner) vollen Zugriff auf das gesamte Firmennetzwerk. Die Schwierigkeit ist also zunächst, an den Rechner heranzukommen.

Der Zugang zu den Räumen de la Tours ist zusätzlich mit einem Anti-Manipulations-System (Stufe 3) ausgerüstet. Außerdem ist der Arbeitsplatz mit einem Druckpolstersystem mit dem Aussehen eines Teppichs gesichert, das dafür sorgt, dass der Computer nur dann bedient werden kann, wenn ein Gewicht auf dem Druckpolster lastet. Eine weitere Sicherheitsmaßnahme ist, dass der Computer zwar arbeitet, aber gleichzeitig ein stiller Alarm ausgelöst wird, wenn das auf dem Druckpolster lastende Gewicht größer ist als 76 kg; dies entspricht dem Gewicht de la Tours zuzüglich ihres Bürosessels und einer Toleranz von 5 kg.

Außerdem werden sämtliche Vorgänge im Büro – dies kann mittels eines einfachen Kippschalters unter dem Schreibtisch unterbunden werden – von mehreren gut versteckten Kameras und Mikrofonen aufgenommen.

### COMPUTER VON MICHELLE DE LA TOUR:

Prozessor: 5
Signal: 0
Firewall: 5
System: 5
Folgende Programme sind (unter anderem) auf dem Computer installiert:
Analyse 3, Verschlüsselung 5, Datenbombe 4
Die wichtigen Daten sind sowohl durch Verschlüsselung als auch durch die Datenbombe geschützt, diese zerstört bei ihrer Aktivierung die geschützten Daten.

Natürlich können die Runner komplett über die Matrix bei der AMCA eindringen, allerdings führt dies nur dann zum gewünschten Erfolg, wenn Michelle de la Tour zu diesem Zeitpunkt gerade mit ihrem Computer arbeitet. Gehen Sie bei dem allgemeinen System von einer Gerätestufe (*SR4*, S. 213) von drei aus. Auch hier ist der Computer de la Tours (siehe Textbox) besser geschützt. Hinzu kommt, dass die wirklich interessanten Daten nur mit einer Administrator-Berechtigung abgerufen werden können.

Haben die Runner ihre Aufgabe gelöst und die Sicherungen der Daten überwunden, finden sie in einem Ordner namens M-live folgende Informationen:

- Die ausschnittsweise Aufzeichnung eines Gesprächs mit jemandem, den sie mit Jörg anredet und der ihr gegenüber offenbar weisungsbefugt ist. Das Gespräch hat zwei Tage nach der Übergabe der kompromittierenden Daten an ihn stattgefunden, hier sollten Sie den Runnern allerdings nur das Datum mitteilen. Die Runner erkennen in Jörg schnell den Schmidt wieder. Schmidt übergibt ihr einen Datenchip mit der Anweisung, die darin enthaltenen Verträge mit M-live auf den Namen der AMCA auszufertigen, Kästner werde sie gegenzeichnen, schließlich bliebe ihm keine Wahl. Die Erlöse sollen wie üblich als Provision per Checkstick zum Schließfach der Banca Regionale da Syracuse gebracht werden. Schmidt ist zuversichtlich, dass die Erlöse ausreichen werden, um „die eine oder andere Aktion zu finanzieren."
- Die tatsächlich zwischen der AMCA und M-live bzw. Kästner geschlossenen Verträge. Soweit das Legalese überhaupt verständlich ist, ergibt sich folgende Konstellation: Ausschließlich die AMCA verhandelt im Namen von M-live die Preise für Werbung und Zweitverwertungsrechte und vereinnahmt für M-live die Erlöse. M-live verpflichtet sich, die vereinbarte Werbung unverändert auszustrahlen und die jeweiligen Trideodaten zeitgleich mit der Ausstrahlung an die AMCA zu übermitteln. M-live erhält wöchentlich einen Pauschalbetrag von der AMCA und sonst nur unter einer ganzen Reihe von komplizierten Klauseln so genannte „Entschädigungen für besondere Aufwendungen". Letztlich laufen diese Klauseln darauf hinaus, dass die Zahlungen von der AMCA frei zugeteilt oder aber auch verweigert werden können.
  Die Vereinbarung kann von beiden Seiten kurzfristig gekündigt werden, allerdings ist festzustellen, dass eine Kündigung seitens von M-live eine riesige Ersatzzahlung an die AMCA nach sich ziehen würde. Um diese Forderung zu sichern, ist praktischerweise die Verpfändung der Gesellschaftsanteile vorgesehen. Und das bedeutet nichts anderes, als dass Kästner im Falle einer Kündigung seinen Sender loswird.
  Kurz gesagt: Kästner ist zwar nominell noch Chef im Haus, aber die AMCA schöpft den Rahm ab und hat jederzeit die Möglichkeit, ihn hinauszudrängen und selbst das Ruder zu übernehmen.

- Eine Aufstellung über die erzielten Erlöse, die in der Tat sehr ansehnlich sind.
- Empfangsquittungen über die Hinterlegung von Wertgegenständen im Schließfach 187 bei der Banca Regionale da Syracuse, Franz-Nißl-Straße in Allach-Untermenzing.
- Der Mitschnitt eines kurzen Gesprächs mit einem Xaver. Dieser teilt mit, dass die Unterlagen über Kästner im Haus hergerichtet wurden, jetzt aber woanders eingelagert seien, er wisse nicht wo. Der Mitschnitt ist mit dem Kommentar „BRS!" versehen.
- Eine kurze Textmitteilung von einem Jörg Bruckstädt von seinem privaten Account aus, in der er mitteilt, dass er dringend nach Hongkong verreisen muss. Er hat Michelle de la Tour etwas Geld zukommen lassen, damit sie sich wie besprochen um die Probleme kümmern kann. Er ist zuversichtlich, dass die beiden nach seiner Rückkehr einen ganzen Schritt weiter sein werden, die Signale seien vielversprechend.

### DAUMENSCHRAUBEN

Zögern Sie nicht, die Gegebenheiten, Gegner und Reaktionszeiten an die Fähigkeiten der Runner anzupassen. Außerdem kann es immer vorkommen, dass einer der Mitarbeiter oder Geschäftsführer lange arbeitet oder nach einem auswärtigen Termin eben noch etwas im Büro erledigen muss. Ferner könnte es natürlich sein, dass Michelle de la Tour mit ihren speziellen Mitarbeitern oder anderen Kollegen noch etwas zu besprechen hat, das unmöglich während der normalen Arbeitszeiten erledigt werden kann.

### DIE KLEINE HAUSAPOTHEKE

Eine Ihrer Aufgaben als Spielleiter ist es in diesem Run, den Runnern immer mal wieder das Gefühl zu vermitteln, dass sie beobachtet und/oder verfolgt werden. Hierzu folgen einige Vorschläge, die Sie beliebig erweitern und vor allem an die Gegebenheiten anpassen können und sollten.

- Lassen Sie bei einer beliebigen Szene in der Öffentlichkeit die Runner, die gerade die Umgebung beobachten, eine Wahrnehmungsprobe würfeln. Gelingt diese, beschreiben Sie eine etwas abgerissen aussehende Person, die einen Moment lang die Runner beobachtet und dann – relativ offensichtlich – ihr Kommlink benutzt. Sollten die Runner die Person ansprechen, wird sie erschreckt abstreiten, sie überhaupt erkannt zu haben (was stimmt). Allerdings ist sie jetzt deutlich aufmerksamer geworden.
- Wie zuvor, falls die Runner gerade in einem der unsichereren Bezirke Münchens sein sollten: Kurze Zeit später tauchen einige Schläger auf (nehmen Sie die Werte der Halloweener-Straßengang, *SR4*, S. 275). In einem sichereren Bezirk kommen die Schwarzen Sheriffs und wollen die Runner festsetzen.
- Beschreiben Sie den Runnern, dass einer oder mehrere Sympathisanten Durrutis, die für ihn gearbeitet haben, von Mitarbeitern der Schwarzen Sheriffs oder sogar vom Bundesamt für Innere Sicherheit festgenommen werden. Dies wird dann als ein Fahndungserfolg verkauft.
- Einer der Runner erhält einen Anruf von seinem Schieber oder einem anderen seiner ihm gewogenen Münchner Kontakte (ab Loyalitätsstufe 2 oder 3, siehe *SR4*, S. 279), der ihn vor dem ausgesetzten Kopfgeld warnt.
- Der gleiche Kontakt könnte den Runner warnen, weil Kopfgeldjäger an die Kommlink-Nummer des Runners gekommen sind und ihn nun vermutlich versuchen, anzupeilen. Dies sollte die Paranoia auf die digitalen Medien erweitern.

### KEINE PANIK

Sollten die Runner keinen Hacker oder Technomancer in ihren Reihen haben oder selbst kennen, um die Verschlüsselung zu knacken, kann ihnen Büchner den Bären-Franz empfehlen (den die Runner dann schon ein wenig früher kennen lernen).

Falls die Runner während des Einbruchs auffliegen, wird es etwas schwieriger. Sofern sie niemanden erschossen haben, besteht immer noch die Möglichkeit, dass sie einen Schwarzen Sheriff bestechen und dafür die Gelegenheit erhalten, während eines Transports zu fliehen.

## JÄGER UNTER FEUER

### WAS IST LOS, CHUMMER?

Nachdem die Runner nun zumindest ahnen, wo sich die von ihnen gesuchten Daten befinden, müssen sie noch herausfinden, was sie dort erwartet und wie man dort am besten eindringt. Parallel dazu müssen sie feststellen, dass jemand einen Preis auf ihre Köpfe ausgesetzt hat. Die nun einsetzende Treibjagd verstärkt sich im weiteren Laufe des restlichen Kapitels immer mehr.

### SAG´S IHNEN INS GESICHT

Kaum hat Büchner gehört, dass ihr etwas erbeutet habt, hat er sich mit euch in einer heruntergekommenen Kaschemme in Großried getroffen, ganz in der Nähe des Klinikums, in dem er sich anscheinend nur notdürftig behandeln lässt. Während er die von euch gefundenen Daten sichtet, ist sein Gesicht abwechselnd voller Hoffnung und Enttäuschung. Schließlich fokussieren sich seine Augen wieder auf euch: „Ein Anfang, es ist nicht mehr als ein Anfang. Klar, ich kann mir schon vorstellen, wie das Ganze gelaufen ist, und für die Lücken reicht ein bisschen Vorstellungskraft. Aber für eine volle Story reicht es einfach noch nicht aus, wir brauchen Beweise, harte Fakten, irgendetwas, was uns die Anwälte nicht links und rechts um die Ohren schlagen können. Wenn das mit diesen Daten veröffentlicht wird, können wir uns auch direkt einsargen lassen. Es hilft nichts, ihr müsst in diese Bank eindringen und uns das beschaffen, was dieser Jörg Bruckstädt dort aufbewahrt."

Während ihr euch noch fragt, wie Büchner auf wir kommt, fährt er fort: „Wenigstens kann ich mit den Daten schon mal zusehen, dass ich die eine oder andere Redax anfixe und so etwas wie einen Vorschuss oder so rausho le. Und in der Zeit besorgt ihr schon mal alles, was ihr braucht: Sprengstoff, Pläne, Details über das Liebesleben des Direktors, die Adresse der Schwägerin des Sicherheitschefs oder was sonst noch so nötig ist. Ihr schafft das schon. Ihr müsst das einfach schaffen."

Der Mann hat anscheinend zu viele falsche Trideos gesehen. Und schon geht es weiter:

„Ich kenne sogar einen echten Safeknacker, den Bären-Franz drüben in Bunnyhill. Der ..."

Der Wortschwall wird abrupt durch einen Schuss unterbrochen, dessen Einschlag Büchner nach hinten wirft.

## ATMOSPHÄRE

Nutzen Sie den Knalleffekt des Überfalls, um Ihren Spielern zu vergegenwärtigen, dass sich der Kreis langsam immer enger um sie zieht. Verstärken Sie dieses Gefühl im Laufe der dann folgenden Beinarbeit entsprechend der Textbox, berücksichtigen Sie dabei aber auch die Vorsichtsmaßnahmen, die die Runner (hoffentlich) ergreifen werden. Gerade die Münchner Connections, die mit einem geringen Loyalitätswert ausgestattet sind, werden sich von den Runnern eher distanzieren.

Fügen Sie während der dann folgenden Beinarbeit ganz bewusst auch sehr ruhige Szenen ein, umso besser kommen dann die schnelleren Szenen zur Geltung.

Wenn Ihre Spieler auf das Austüfteln von Plänen abfahren, geben Sie Ihnen einfach nach und nach die Informationen über das Sicherheitssystem der Bank. Falls dies Ihren Spielern nicht so liegt, können Sie den Plan durch die Figur des Bären-Franz fertig präsentieren und sie sozusagen direkt mit den notwendigen Vorbereitungen starten lassen.

## HINTER DEN KULISSEN

Würfeln Sie vor dem Beginn der Szene bereits die Überraschungsproben (siehe *SR4*, S. 155) für die Angreifer, und notieren Sie diese, so dass Sie unmittelbar mit den Proben der Spieler starten und dann direkt in den Kampf einsteigen können.

Die Angreifer sind lediglich einige Straßenganger, die die Runner erkannt haben und sich nun das Kopfgeld verdienen wollen. Verwenden Sie einfach die Werte der Halloweener-Straßengang (*SR4*, S. 275). Werden sie befragt, können sie auch nur mitteilen, dass jemand ein Kopfgeld auf die Runner ausgesetzt hat.

Büchner wird bei dem Angriff nur leicht verletzt.

Michelle de la Tour hat einen Preis von zunächst 5.000 Euro auf jeden Runner ausgesetzt und die Information über etliche Kanäle breit gestreut. Je länger die Runner überleben, desto höher wird die Belohnung, insbesondere wenn die Runner ihr zwischendurch zu nahe kommen. Bildmaterial über die Runner gibt es ja inzwischen genug: Die Bilder, die Bruckstädt gemacht hat, die Trideoaufnahmen und eventuell sogar die Aufnahmen aus dem Büro.

Mit dem Namen Jörg Bruckstädt ist es leicht, dessen Identität und auch einige Informationen zu seinem Werdegang herauszufinden.

Vor einem Eindringen bei der Banca Regionale da Syracuse ist nun eine Menge Beinarbeit gefragt. Nachfolgend sind einige Punkte aufgeführt, für die die Runner sich interessieren werden – zumindest sollten sie das. Weitere Informationen finden Sie am Ende des Kapitels unter Beinarbeit.

Lassen Sie die Spieler überlegen, wie sie ihre Kontakte nutzen wollen, um an die entsprechenden Informationen zu kommen. Steuern Sie die Runner bei ihrer Suche nach Informationen immer wieder auf den Bären-Franz hin, notfalls wird er von sich aus an die Runner herantreten, sobald er sinnvollerweise von ihren Recherchen erfahren haben kann. Nehmen Sie Vorschläge der Spieler hierbei auf, und legen Sie ihnen nicht zu viele Hindernisse in den Weg. Notfalls verfügt der Bären-Franz über die noch fehlenden Details. Ähnlich wie schon im vorigen Kapitel ist hier eine Menge Improvisation gefragt, hierzu seien Ihnen noch einmal die Spielleiterhinweise (siehe *SR4*, S. 265) ans Herz gelegt.

Die Informationen über die Sicherheitseinrichtungen können Sie dem nächsten Abschnitt entnehmen. Wenn die Runner sich tatsächlich bei der Bank registrieren lassen wollen und sich bei dieser Gelegenheit nach den Sicherheitseinrichtungen erkundigen, wird man ihnen bereitwillig einige sehr aussagekräftige Trideos von Testläufen zeigen und sie über die grundsätzlichen Eigenarten des Sicherungssystems informieren.

Informationen über die Geschichte und den (ehemaligen) Aufbau des Bunkers könnten die Runner auf mehreren Matrixseiten finden, die sich mit alten Bunkern und deren Geschichte befassen. Eine weitere Möglichkeit wäre ein staatliches Archiv, in dem die alten Pläne des Bunkers untergebracht sind, oder das Unternehmen, das den Bunker umgebaut hat. Hierbei kann man auch auf die Abwasserpläne stoßen.

## DAUMENSCHRAUBEN

Gerade die erste Szene sollten Sie nicht verschärfen, das Ganze soll nicht mehr als ein Warnschuss sein. Auch bei der nun einsetzenden Treibjagd sollten Sie im Hinterkopf behalten, dass die Runner bis zum Abschluss des Kapitels kaum noch Gelegenheit zum Verschnaufen haben sollten, sie sollten also keine schweren Geschütze auffahren beziehungsweise mit eher indirekten Bedrohungen arbeiten. Wenn Sie jedoch das Gefühl haben, dass die Runner die Sache auf die leichte Schulter nehmen: Schlagen Sie zu.

Eine weitere Möglichkeit besteht darin, dass die Runner noch notwendige Gegenstände wie spezielle Kletterausrüstung oder besondere Drohnenbauteile beschaffen müssen. Hier sollten Sie aber nicht zu stark vom eigentlichen Run abschweifen.

## KEINE PANIK

Falls die Runner Michelle de la Tour zwischenzeitlich ausgeschaltet haben sollten, wird Bruckstädt über einen anderen seiner Mitarbeiter bei der Bavaria agieren. Falls die Runner so kalte Füße bekommen, dass sie das Weite suchen, können Sie – soweit vorhanden – einen Freund oder wertvollen Kontakt eines der Runner entführen lassen.

Falls den Runnern zwischenzeitlich das Geld ausgeht, kann Büchner über Vorschüsse noch einige Euro beschaffen, den Runnern sollte allerdings klar sein, dass sie mit begrenzten Mitteln arbeiten müssen.

# ZWISCHENSPIEL: BESUCH BEIM BÄREN-FRANZ

## WAS IST LOS, CHUMMER?

Früher oder später werden die Runner im Unterschlupf des Bären-Franz genannten Hackers, Safeknackers und Bombenbauers auftauchen.

## SAG´S IHNEN INS GESICHT

Vorsichtig geht ihr durch eine schmale Durchfahrt, in der etliche Mülltonnen und anderes Gerümpel stehen, in einen überdachten Hinterhof, in dem es nur etwas heller ist. Er ist vollgestellt mit allem erdenklichen Schrott. Halbe Autowracks, verrostete Fässer, irgendwelche Maschinen- und Plastikteile, Metallzaunstücke, Schaltschränke und halb verrottete Möbel bilden eine Art Labyrinth wie aus dem Traum eines irren Mechanikers. Irgendwo huschen ein paar Ratten, fast seid ihr euch sicher, dass sie sich verstecken und euch beobachten, als wäret ihr Futter auf zwei Beinen. Auf der anderen Seite des Hofes seht ihr die breite Silhouette eines Lagerhauses mit mehreren Rolltoren. Ihr geht noch einen Schritt weiter und seid plötzlich in das grelle Licht von Scheinwerfern getaucht. Nur undeutlich könnt ihr erkennen, dass sich etwas im Schrott regt: Eine – anscheinend mit Metallplatten verstärkte – GM-Nissan Doberman schiebt sich langsam nach vorne und richtet die dunklen Läufe zweier seltsam und futuristisch aussehender Waffen in eure Richtung.

Gleichzeitig öffnet sich langsam und quietschend das mittlere Rolltor, und von irgendwo über euch krächzt eine lautsprecherverzerrte Stimme: „Nu, kommt schon rein. Bello ist heute eh nicht zum Spielen aufgelegt."

Langsam und vorsichtig geht ihr durch das mittlere Tor. Innen bilden mit allerlei elektronischem Kram überladene Regale einen langen Gang, an dessen Ende ihr einen Arbeitsbereich mit diversen technischen Gerätschaften seht. Hinter den Regalen hört man immer wieder das Summen sich bewegender Maschinen und Drohnen. Langsam schiebt sich ein automatischer Rollstuhl ins Bild, in dem zusammengekauert eine kleine Gestalt sitzt, die gedankenverloren einen abgewetzten Plüschbären streichelt.

### ATMOSPHÄRE

Beschreiben Sie die Lagerhalle wie das Labor eines verrückten Wissenschaftlers, der sich mit Second-Hand-Bauteilen begnügen muss. Auf einer der Werkbänke liegt ein großer, aufgeschnittener blauer Stoffelefant, aus dem einige technische Bauteile herausschauen. Im hinteren Teil liegen und stehen zwischen diversen halbfertigen oder angefangenen Geräten immer wieder verschiedene Stofftiere, vor allem Bären.

### HINTER DEN KULISSEN

Bei den Waffen von Bello handelt es sich um Supersquirt-Wassergewehre. Ja genau, die Dinger, die man im Spielzeugland kaufen kann. Falls Sie nett oder nur gut gelaunt sind, befindet sich wirklich Wasser in dem Tank, ansonsten kann es sich um beliebige Chemikalien in gelöster Form handeln.

Nach einem Arbeitsunfall fehlen Bären-Franz beide Unterschenkel, und zurzeit spart er auf einen entsprechenden Ersatz. Die meisten Arbeiten verrichtet er zwischenzeitlich mittels etlicher Drohnen und anderer Gerätschaften, die sämtlich mit einer Riggeradaption versehen sind und die er als seine Haustiere anspricht.

Sprechen ihn die Runner auf die Banca Regionale da Syracuse an, ist er deutlich interessiert. Tatsächlich reizt es ihn schon seit längerem, dort jemanden eindringen zu lassen. Er verfügt über detaillierte Pläne und Informationen, die für eine Planung herangezogen werden können, die er allerdings weitgehend den Runnern überlässt, da sie ihre eigenen Fähigkeiten am besten einschätzen können. Tatsächlich hofft er, dass die Runner einigermaßen talentiert sind, um für die Zukunft jemanden zu haben, mit dem er weitere Einbrüche verüben kann.

Es wird daher nicht allzu viele Euro benötigen, ihn zu einer Mitarbeit zu bewegen.

Wichtig ist an dieser Stelle, dass die Charaktere den blauen Stoffelefanten registrieren. Dieser wird im Kampagnenfinale *O'zapft is!* eine recht wichtige Rolle spielen.

### DAUMENSCHRAUBEN

An dieser Szene sollte nichts verschärft werden. Sollten die Runner auf die Idee kommen, den Bären-Franz zu einer Mitarbeit zu zwingen, werden sie schnell feststellen, dass ein Rigger inmitten seiner Drohnensammlung ein formidabler Gegner sein kann.

### KEINE PANIK

Sollten die Runner sich tatsächlich mit dem Bären-Franz anlegen, können sie immer noch die Pläne über das Sicherheitssystem der Bank finden, müssen dann allerdings auf seine Unterstützung verzichten.

## KONTOBEWEGUNGEN A LA SICILIANA

### WAS IST LOS, CHUMMER?

Die Runner müssen in einer minutiös geplanten Aktion an Bruckstädts Schließfach herankommen und sich dabei mit den beeindruckenden Sicherheitseinrichtungen der Banca Regionale da Syracuse auseinander setzen.

### SAG'S IHNEN INS GESICHT

Trotz ihres pompösen Namens ist die Banca Regionale da Syracuse eher übersichtlich. Sie besteht nur aus einem zweistöckigen Gebäude in Allach, ein paar Straßen von einer größeren Industriebrache entfernt. Alleine der riesige Klotz eines alten Luftschutzbunkers, an dem das Gebäude förmlich zu kleben scheint, wirkt irgendwie beunruhigend.

### ATMOSPHÄRE

Sie kennen vergleichbare Situationen sicherlich aus Filmen wie Mission Impossible, Sneakers oder Drei Engel für Charlie. Unter Daumenschrauben finden Sie einige mögliche Komplikationen, die die Spannung noch ansteigen lassen.

### HINTER DEN KULISSEN

#### ALLGEMEINE ANMERKUNGEN ZUR SICHERHEIT

Das Gesamtgebäude ist mit einem Hüter der Stufe 8 umgeben. Außerdem patrouillieren im Astralraum innerhalb des Hüters zwei gebundene Geister des Menschen (siehe SR4, S. 295) der Kraft 6 im Empfangsbereich, vier weitere im Tresorbereich.

Ihre Aufgabe ist es, bei ungewöhnlicher magischer Aktivität zunächst ihren Beschwörer zu benachrichtigen – der dann einen aktiven Alarm auslöst – und anschließend für eine Bereinigung der Situation zu sorgen.

**Zugangskontrolle im Vorfeld**

Niemand erhält ein Schließfach, der nicht vorher durchleuchtet worden ist oder der nicht durch einen anderen einen Zugang gewährt bekommen hat (Bürgensystem).

Die Runner müssen sich daher einen Zugang verschaffen, zum Beispiel indem sie ein eigenes Konto eröffnen. Dies geht allerdings nur mit einer SIN, die intensiv überprüft wird; immerhin wissen Banken gerne, mit wem sie es eigentlich zu tun haben.

Die andere Möglichkeit wäre, dass jemand mit einer bestehenden Zugangsberechtigung den Runnern eine Art Vollmacht ausstellt, die sie zum Zugang berechtigt. Da sich aber jeder, der die Runner kennt, an fünf Fingern abzählen kann, dass es anschließend eine Menge Ärger geben kann, sollte das entweder jemand sein, der den Runnern einen größeren Gefallen schuldet, oder aber eine passende Connection mit einer Loyalität von mindestens vier. Falls die Runner im letzten Run Sarah Kranz retten konnten, können sie sich an Maximilian Kranz (siehe *Noch einmal mit Gefühl*, S. 111) wenden, immerhin hat die Münchener Rück vor allem mit Finanzen zu tun. Ansonsten kann – natürlich gegen eine entsprechende Vergütung – Nathalia Kolenkova (siehe S. 62) etwas arrangieren.

**INNERES COMPUTERSYSTEM**

Prozessor: 5
Signal: 0
Firewall: 5
System: 5
Folgende Programme sind (unter anderem) auf dem Computer installiert:
Analyse 3, Verschlüsselung 5, Aufspüren 4
IC: Analyse 4, Aufspüren 4, Angriff 4, Blackout 5
Im System ist ein Agent aktiv, der die Funktionsfähigkeit der Sentrys und der Kameras, die Drucksensoren im Keller und in unregelmäßigen Abständen den Kontakt zu dem Sicherheitsrigger überprüft.

### Der Empfangsbereich

Die Leute, die ein Schließfach benutzen (oder eine der anderen Dienstleistungen der Bank in Anspruch nehmen wollen), werden vor dem Zutritt in den Tresorbereich überprüft. Dies erfolgt bei Kunden über eine ziemlich genaue Identitätsprüfung.

Bei Gastzugängen muss der Bank eine Vorankündigung vorliegen, die eine Überprüfung der Identität zulässt. In Zweifelsfällen hält man Rücksprache mit dem Inhaber des Kontos.

Nachdem die Identität bestätigt wurde – eine Prozedur, die ebenfalls eine Reihe von Überprüfungen enthält – erhält man die Freigabe für den Schließfachbereich.

### Der Schließfachbereich

Dieser Teil der Bank ist in den Räumen eines ehemaligen Luftschutzbunkers untergebracht, der höchstens mit extremen militärischen Mitteln zu knacken wäre. Die eigentlichen Schließfächer befinden sich in einem schweren Tresor im Keller des Bunkers, den man – unabhängig von der sonstigen Sicherheit, dazu später mehr – selbst mit hervorragenden Mitteln nur mit erheblichem Zeitaufwand öffnen kann.

Das komplette Sicherheitssystem des Bunkers ist autark, man kann von den Anmelderäumen nicht darauf zugreifen. Das – natürlich fest verkabelte – Sicherheitssystem ist semiautonom. Das bedeutet, dass es die meisten Prozeduren selbständig durchführt, aber durch einen externen Sicherheitsrigger ständig überwacht wird.

Bis auf das Separee, in dem keine Überwachung stattfindet, sind sämtliche Bereiche durch Kameras abgedeckt, wobei sich jede Kamera im Erfassungsbereich von mindestens zwei weiteren Kameras befindet.

**Im Falle eines aktiven Alarms passiert folgendes:**
Der gesamte Keller wird mit Neurostun (siehe SR4, S. 246) geflutet, parallel werden alle Zugänge und die Fahrstühle deaktiviert und das Computersystem nach Eindringlingen untersucht und dann heruntergefahren. Anschließend hat man alle Zeit der Welt, mittels der gebundenen Geister und des Wachpersonals die Eindringlinge einzusammeln.

**Magische Sicherheit (gebundene Geister)**

| K | G | R | S | C | I | L | W | M | EDG | ESS | INI | ID | ZM |
|---|---|---|---|---|---|---|---|---|---|---|---|---|---|
| 7 | 6 | 12 | 4 | 6 | 6 | 6 | 6 | 6 | 6 | 6 | 18 | 2 | 12 |

**Astrale Initiative/ID:** 12/3
**Bewegung:** 10/25
**Fertigkeiten:** Askennen, Astralkampf, Ausweichen, Wahrnehmung, Spruchzauberei, Waffenloser Kampf
**Kräfte:** Unfall, Astrale Gestalt, Verschleierung, Verwirrung, Gesteigerte Sinne (Infrarotsicht, Restlichtverstärkung), Schutz, Einfluss, Materialisierung, Bewusstsein, Suche
Zusätzlich: Grauen, Bewegung

**Wachleute**

| K | G | R | S | C | I | L | W | ESS | INI | ID | ZM | PS | P |
|---|---|---|---|---|---|---|---|---|---|---|---|---|---|
| 4 | 6 | 4(5) | 4 | 3 | 4 | 3 | 4 | 3,8 | 8(9) | 1(2) | 10 | 3 | 8/6 |

**Fertigkeiten:** Athletik-Fertigkeitengruppe 2, Ausweichen 4, Gebräuche 3, Feuerwaffen 4, Wahrnehmung 4, Waffenloser Kampf 4
**Cyberware:** Cyberaugen mit Blitzkompensation, Smartlink, Reflexbooster 1
**Ausrüstung:** Defiance EX Schocker, HK MP-5 TX, Panzerjacke (8/6)

**Sicherheitsrigger**

| K | G | R | S | C | I | L | W | ESS | INI | ID | ZM | P |
|---|---|---|---|---|---|---|---|---|---|---|---|---|
| 3 | 4 | 3(5) | 4 | 3 | 5 | 5 | 4 | 4,3 | 8(10) | 1 | 10 | 8/6 |

**VR Initiative/ID/ZM:** 11/3/10 (Heißes Sim)
**Fertigkeiten:** Cracken-Fertigkeitengruppe 5, Elektronik-Fertigkeitengruppe 3, Gebräuche 3 (Matrix +2), Pistolen 3, Wahrnehmung 4
**Cyberware:** Datenbuchse, Reaktionsverbesserung 2, Riggerkontrolle, Simrig
**Ausrüstung:** Datenbuchse, Kommlink (Eigenbau, eingerichtet für heißes Sim mit Prozessor 5, Signal 5, System 5, Firewall 5)
**Programme:** Analyse 5, Panzerung 4, Angriff 5, Biofeedback-Filter 4, Schwarzer Hammer 4, Schmöker 5, Befehl 5, Editieren 5, Verschlüsseln 5, Aufspüren 5, Täuschung 3, Schleicher 5, Schnüffler 4

## ZUGANG IN DEN BUNKER

### 1) Sicherheitsschleuse

Zunächst betritt man durch eine Sicherheitstür einen Gang, an dessen Ende man eine weitere Sicherheitstür sowie eine nicht im Mindesten verborgene Selbstschussanlage (Pilot 4, Sensor 3, Clearsight 3, Zielerfassung 4) sieht. Während die Runner den Gang durchqueren, werden sie von folgenden Scannern durchleuchtet: Chemsniffer Stufe 8, Cyberware-Scanner Stufe 6, MAD-Scanner Stufe 6. Nimmt der Chemsniffer Sprengstoff wahr, wird sofort das Feuer eröffnet. Wird etwas anderes Sicherheitsrelevantes, wie zum Beispiel schwere Waffen, Magschlossknacker oder ähnliches, entdeckt, wird man über Lautsprecher von dem überwachenden Rigger höflich gebeten, die Sachen außerhalb des Bunkers in Verwahrung zu geben. Hierfür stehen Schließfächer zur Verfügung.

### 2-3) Wartebereich und Fahrstühle

Der Wartebereich nimmt den größten Teil des Erdgeschosses des ehemaligen Bunkers ein. Hier findet man Sitzgelegenheiten, Erfrischungsgetränke, Trideos sowie weitere Selbstschussanlagen. Es kann durchaus sein, dass hier mehrere Parteien auf den Zugang zu den Schließfächern warten, da nur jeweils eine Partei in den Keller darf. Die oberen Räume des Bunkers sind anderen Geschäften vorbehalten, hier erhält man ebenfalls nur nach vorheriger Terminvereinbarung Zutritt. Sie sind durch einen Fahrstuhl erreichbar. Hinter einer weiteren Tür (2) gelangt man zu einem weiteren, ausschließlich riggergesteuerten Fahrstuhl in den Keller. Da der Tresor eine Zeitsperre von 20 Minuten besitzt, muss man vor Ort eben diese Zeit abwarten, bis er geöffnet werden kann.

### 4-5) Separee und Tresorraum

Der Fahrstuhl öffnet sich in einen größeren Raum. Gleichzeitig informiert einen eine Computerstimme

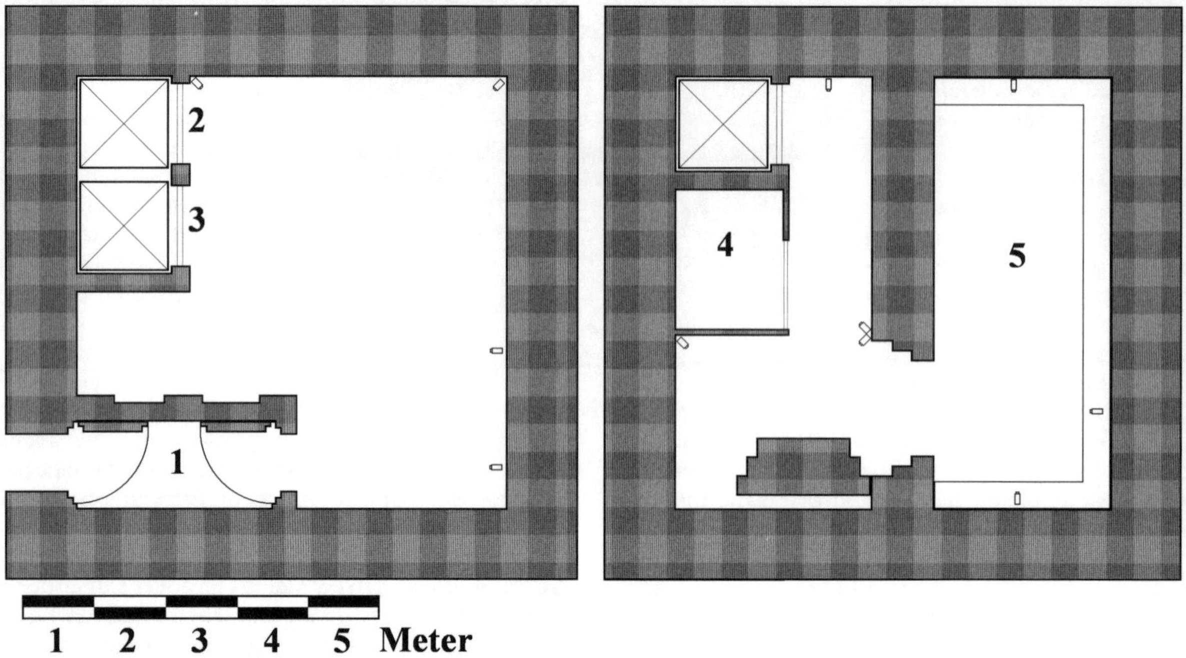


„Links finden Sie einen Raum, in dem wir maximale Diskretion garantieren. Bitte öffnen Sie den Schließbehälter aus technischen Gründen nur dort. Der Tresor wird nun geöffnet. Ihnen bleiben ab jetzt 15 Minuten Zeit, den Aufzug wieder zu betreten. Wir raten Ihnen dringend, diesen Zeitrahmen nicht zu überschreiten.“.

Im Raum schwingt an dem hinteren Teil der Wand mit einem sanften Brummen langsam eine mächtige Tresortür auf, wenn die Charaktere im Keller erscheinen. Dahinter sieht man eine ganze Wand mit Schließfächern, an jedem ist ein Keypad angebracht (5). Auf der Seite des Fahrstuhls befindet sich das Separee (4), der Raum mit der „maximalen Diskretion“.

Im Tresor befinden sich Druckpolster, anhand deren Lage der Agent erkennen kann, ob und wo jemand den Tresor betritt. Diese Informationen werden mit den Kameraaufnahmen und den Schließfachdaten abgeglichen, damit sich niemand an fremden Schließfächern zu schaffen macht.

Hinter der wuchtigen Tresortür betritt man einen großen Raum, in dem an allen drei freien Wänden bis in eine Höhe von 1,84 m die Schließfächer nebeneinander angeordnet sind. Die Schließfächer sind von oben nach unten und von links nach rechts fortlaufend nummeriert.

Bruckstädt hat sich für ein mittleres Schließfach entschieden, dessen Außenfläche die Abmessungen 20 x 8 cm hat. An jeder Wand befinden sich 20 x 23 = 460 Schließfächer.

Um unterirdische Zugänge zu den Tresoren zu verhindern, befinden sich an den Seiten und im Boden der Stahlkammer Erschütterungssensoren, von der Stahlbetonwand des Bunkers und den zusätzlich gut 10 Zentimetern Panzerstahl des Tresors selbst ganz zu schweigen.

**Die Lücke im Gemäuer**

Ohne Wissen der Eigentümer gibt es noch einen Zugang zum Separee. Es existiert noch ein altes Abwasserrohr, das in die Kanalisation mündet. Bei dem Umbau des Bunkers wurde dies nicht für wichtig gehalten, da es mit einem Durchmesser von 28 cm zu klein für einen Eindringling ist. So setzte man einfach unten ein Metallgitter vor und verschloss oben den Durchbruch mit Gips und Mörtel. Für die Runner ergibt sich so eine Möglichkeit, zumindest kleine Ausrüstungsteile in den Keller zu bringen.

### DER INHALT DES SCHLIESSFACHES

- Das Material auf den Datenchip:

  Auf den ersten Blick erkennt man bei den Bilddaten, dass es sich um die Aufnahmen einer Handkamera handelt. Man kann eine Menschenmenge in wildem Aufruhr sehen, vielleicht eine Demonstration, die von Polizisten rüde eingekesselt wird. Es entstehen mehrere Prügeleien. Aus einer fällt plötzlich ein Polizist mit zerschossenem Gesicht nach hinten. Der nur verschwommen zu erkennende junge Schütze nutzt das Durcheinander, um zu entkommen.

  Direkt dahinter befindet sich weiteres Bild- und Tonmaterial, aus dem sich ergibt, dass der Polizistenmord von Berlin im Rahmen der Auseinandersetzungen infolge der Nacht des Zorns 2039 (siehe *Deutschland in den Schatten 2*, S. 12) wohl nie aufgeklärt wurde, da die gerade gezeigten Bilder der Polizei nicht bekannt sind. Immer wieder werden sowohl Bilder des Opfers, seiner Familie und der Kollegen gezeigt. Und es werden Bilder eines jungen Journalisten namens Daniel Kästner gezeigt, der ab 2040 in München tätig und inzwischen Inhaber eines linksgerichteten Senders namens M-live ist. Es folgen Belege für eine kosmetische Operation und schließlich ältere Bilder von Kästner, auf denen er eindeutig als der Todesschütze von Berlin zu erkennen ist und von dem Kommentator auch ausdrücklich so genannt wird.

  Weiter befinden sich auf dem Chip eine Reihe von vor allem technischen Daten, die sämtlich belegen, dass die Aufnahmen authentisch sind.

- Weiteres Material
  Auf weiteren Datenchips finden die Runner Material, das eindeutig dokumentiert, wie Bruckstädt Durruti unterstützt hat und dass er hierdurch eine Menge Geld verdient hat. Was sich nicht findet, sind hieb- und stichfeste Belege, dass Bruckstädt das Ganze im Namen der Bavaria gemacht hat.
- Geld
  Tatsächlich finden die Runner auch einige beglaubigte Credsticks. Passen Sie die Summe so an, dass die Kosten des Runs gedeckt sind und die Runner noch eine hübsche Nebeneinnahme haben.

#### ANDERE SCHLIESSFÄCHER

Sollten die Runner auf die Idee kommen, noch andere Schließfächer auszuräumen, nur zu. Sie können hier Bargeld, Schmuck, BTLs, diverse Dokumente und anderen Kram finden. Dies alles könnte natürlich problematisch werden, da die Banca Regionale da Syracuse von verschiedenen fragwürdigen Elementen als Zwischenlager benutzt wird und diese an ihrem Material hängen.

### DAUMENSCHRAUBEN

Wenn Sie die Szene verschärfen, achten Sie darauf, dass dies den Ablauf nicht so stark stört, dass die ganze Sache dadurch scheitert. Denkbar wäre eine Ratte im Abwasserkanal oder sogar im Separee, die ganz erschreckt den Weg in den Tresor (und auf die darin befindlichen Druckpolster) sucht.

Oder die Runner stoßen beim Verlassen der Bank auf eines der Jagdteams oder sogar auf Michelle de la Tour nebst Begleitung, die das Schließfach selbst leeren will.

### KEINE PANIK

Tja, wenn die Runner tatsächlich einen aktiven Alarm auslösen sollten, haben Sie ein Problem. Sorgen Sie daher schon in der Planungsphase dafür, dass den Runnern eine reelle Chance bleibt, ohne dass die Spieler das Gefühl haben, ihnen würde die Sache zu leicht gemacht.

Zur Sicherheit hier noch der Plan, den Bären-Franz vorschlagen wird:

Die Runner graben die Leitung des Sicherheitsriggers an (hier können die Charaktere sich zum Beispiel als Bauarbeitertrupp tarnen) und bereiten alles vor, um sie anzuzapfen.

Ein oder zwei der Runner besorgen sich ein Schließfach, betreten als Kunden ganz normal durch die Sicherheitsschleuse den Bunker, warten im Warteraum die 20 Minuten ab, fahren mit dem Fahrstuhl nach unten, holen ihr Schließfach aus dem Tresor und gehen ins Separee. Franz bricht zeitgleich mit der Unterstützung der restlichen Runner mit einer kleinen Crawlerdrohne durch das Abwasserrohr in das Separee durch. Die Crawlerdrohne schleppt hinter sich eine demontierte Fensterputzdrohne mit Drahtwinde. Diese setzen die Runner vor Ort zusammen, während die Aufnahmen der Kameras aus dem Tresor in eine Schleife gesetzt werden. Damit das autonome Sicherheitssystem des Tresors nicht merkt, dass jemand den Tresorraum betritt, dürfen die Charaktere natürlich nicht den Boden berühren. Denn zwar sieht der Sicherheitsrigger keine Aktivität im Tresor und würde einen Alarm überhaupt nicht mitbekommen, aber das interne System lässt sich über die angezapfte Leitung nicht beeinflussen. Sobald also die Bodenplatten betreten werden, findet eine Sicherheitsüberprüfung statt, und sollte dann einer der Runner am falschen Schließfach herumfingern, wird Alarm ausgelöst. Das gleiche geschieht auch, wenn sie zaubern. Daher schicken sie die Putzdrohne über die Decke an das andere Ende des Tresors und befestigen das andere Ende des Drahtes aus der Winde mit einem stabilen Saugnapf an der Innenwand des Separees. An diesem Draht kann nun ein Runner an einem Klettergeschirr in den Tresor, das Schließfach Bruckstädts knacken, den Inhalt herausholen, das Schließfach wieder schließen, die Drohne wieder zurückholen, demontieren und ins Rohr zurückstopfen. Dann heben seine Kollegen draußen die Schleife in der Kameraaufnahme wieder auf, der Charakter verlässt ganz normal das Separee, stellt sein Schließfach zurück in den Tresor als wäre nichts geschehen und verlässt die Bank wieder.

Ja, das bedeutet, dass das Sicherheitssystem hier einen kleinen Bug besitzt. Zwar überprüft es die Videoüberwachung, wenn die Druckplatten aktiviert werden, aber umgekehrt bleibt diese aus. Solange niemand im Tresorraum herum läuft, kann visuell dort so ziemlich alles passieren. Dafür gibt es schließlich den Sicherheitsrigger. Zu guter Letzt sei angemerkt, dass die Charaktere für die ganze Nummer 15 Minuten haben. Das sollte ein ausreichender Spielraum sein, die Charaktere aber gleichzeitig auch gehörig unter Druck setzen.

## NACH DEM SHADOWRUN

### WIE GEHT ES WEITER?

Nachdem die Runner das Datenmaterial aus dem Schließfach besorgt haben, hat Büchner die Grundlage für eine wirklich heiße Story, die am nächsten Tag in allen Medien der Aufmacher ist. Kein Wunder, da sie ein gefundenes Fressen für die DeMeKo ist.

Die Bavaria wehrt sich, indem sie die Aktion als eine Einzelaktion Bruckstädts darstellt, der mit den ersten Meldungen auch tatsächlich untergetaucht ist. Das Kopfgeld auf die Runner wird zurückgezogen, und eigentlich wäre die Welt – soweit das überhaupt in den Schatten möglich ist – wieder in Ordnung, wenn nicht auch Leon Durruti Trideo sehen würde.

Nachdem er erkannt hat, dass er letztlich nur zur Bereicherung der Konzerne beigetragen hat, schwört er den Konzernen und den Runnern, die er als Werkzeug der Konzerne sieht, blutige Rache.

### TEAM-KARMA

| Situation | Karma |
|---|---|
| Erfolgreich bei der AMCA eingedrungen | 1 |
| Erfolgreich in die Bank eingedrungen | 1 |
| Dabei keine Aufmerksamkeit erregt | 1 |
| Möglichen Kopfgeldjägern entkommen | 1 |

### INDIVIDUELLES KARMA

| Situation | Karma |
|---|---|
| Überleben | 1 |
| Gutes Rollenspiel | 1-2 |
| Mut oder Cleverness | 1 |
| Humor | 1 |
| Die Geschichte vorantreiben | 1 |

# BEINARBEIT

## DANIEL KÄSTNER

**Angemessene Kontakte:** Medienszene, linke Szene in München

| Connection | Datensuche | Ergebnisse |
|---|---|---|
| 0 | 0 | Daniel Kästner? Nie gehört, muss ich den kennen? |
| 1 | 2 | Das ist doch dieser Journalist. Gehört dem nicht M-live? Da kann man mal sehen, dass man auch als Linksausleger noch Geld verdienen kann. |
| 2 | 4 | Der ist noch den alten anarchistischen Werten verhaftet. Redefreiheit, Freiheit der Medien und so weiter. Wenn der weniger Skrupel hätte, könnte der richtig Asche machen. |
| 3 | 8 | Der ist 2040 in München aufgetaucht und führt seinen Sender so ein bisschen wie ein Kollektiv. Wenn du mich fragst, ist der schon fast zu gut, um wahr zu sein. |

## ADVERTISING & MEDIA CONSULTING AGENTUR (AMCA) GMBH

**Angemessene Kontakte:** Medienszene, Konzernszene

| Connection | Datensuche | Ergebnisse |
|---|---|---|
| 0 | 0 | AMCA? Das ist doch der Autohersteller aus den UCAS. Machen die nicht diese geilen Sportwagen? |
| 1 | 2 | Das ist eine der größeren unabhängigen Agenturen für Werbeverträge und Medienrechte in Unterföhring. Halt jemand, der Kontakte, Geld und Verträge vermittelt und dadurch selbst eine Menge Euro scheffelt. Die sitzen direkt am mittleren Isarkanal, Dammstraße ist das. |
| 2 | 4 | Ich hab ja so meine Zweifel, dass die wirklich unabhängig sind, dafür sind die schon fast zu erfolgreich und kennen ein paar Leute zu viel. Ich denke, dass da jemand Größeres hinter steckt. Aber manchmal machen die für ihre Kunden eine echt geile Party. Wenn du mir eine Einladung besorgen kannst, bin ich dir was schuldig. |
| 3 | 8 | Die starke Frau im Hintergrund ist eine Michelle de la Tour, eine der Geschäftsführerinnen. Nee, keine Ahnung, was die da genau macht, ich habe aber gehört, dass ohne die bei AMCA nichts geht. Und die ist noch Single, und du weißt ja, was das in München heißt. |

## BANCA REGIONALE DA SYRACUSE

**Angemessene Kontakte:** Wirtschaft, Organisiertes Verbrechen, Runnerszene

Die Banca Regionale da Syracuse ist eine unabhängige Schattenbank, bei der man gegen die richtige Bezahlung viele Dienstleistungen einer normalen Bank sowie sichere Konten erhalten kann. Darüber hinaus kann man dort aber auch ohne Nachfragen Gegenstände und Daten, die man besser nicht im Büro oder zu Hause aufbewahrt, sicher deponieren.

| Connection | Datensuche | Ergebnisse |
|---|---|---|
| 0 | 0 | Hmm? Klingt irgendwie italienisch. |
| 1 | 2 | Das ist eine dieser kleinen Privatbanken mit einem wirklich exklusiven Kundenkreis. Ich glaube, die Zentrale sitzt irgendwo in den UCAS. |
| 2 | 4 | Die sind hervorragend, wenn du Geld oder was anderes verschieben oder verstecken musst. Anonymität geht denen über alles, zumindest wenn du das nötige Kleingeld hast. |
| 3 | 8 | Wenn du mich fragst: Das ist eine dieser Schattenbanken. Und nach allem, was man hört, stecken die Vory dahinter, also lass lieber die Finger davon. |

# DARSTELLER

## FRANZ BÜCHNER

Von Hause aus Journalist, Ende 40, gewöhnlich recht gut gekleidet und weiß sein Leben zu genießen, was man ihm auch ansieht. Allerdings hat er in der letzten Zeit einiges an Pech gehabt: Zuerst hat sein Chef Daniel Kästner ihm eine recht lukrative Tätigkeit entzogen und ihn anschließend auch noch rausgeworfen. Ihm ist bewusst, dass er für einen echten Neuanfang viel zu alt ist, und so ist er verzweifelt auf der Suche nach Belegen für eine Story, die es ihm ermöglichen soll, bei einem anderen Trideo-Sender wieder einen Job zu finden.

## MICHELLE DE LA TOUR

Michelle de la Tour ist sozusagen die rechte Hand von Bruckstädt und frönt dem augenblicklich aktuellen Lolita-Style. Wer allerdings glaubt, dass die zierliche 32-jährige (Mit-)Geschäftsführerin der AMCA so naiv und unschuldig ist, wie sie sich derzeit gibt, dürfte eine eher unangenehme Überraschung erleben, da die Lady skrupellos ist. Sie verfügt über hervorragende Kontakte sowohl zu den Medien als auch in die Wirtschaft sowie über ordentliche Verbindungen in die Schatten. Außerdem treibt sie sich auch in den Niederungen der Münchner Schickeria gerne mal herum, wobei sie darauf vertraut, dass sie für Bruckstädt wichtig genug ist, dass eventuelle Skandale vertuscht werden. Tatsächlich hofft sie, in seinem Kielwasser weiter nach oben zu kommen. Falls sich allerdings für sie die Gelegenheit ergibt, einigermaßen gefahrlos an Bruckstädt vorbeizuziehen, ist das auch in Ordnung.

### DER BÄREN-FRANZ

Franz Maximilian Lovtchenko ist ein linksgerichteter Aktivist, Safeknacker, Hacker und Teilzeit-Bombenbauer, Mitte 20 und Invalide. Der ehemalige Chemiestudent finanziert über seine gelegentlichen Raubzüge diverse politische „Aktionen" und sein Arsenal an höchst unterschiedlichen selbstgebauten Drohnen. Er verfügt über einige Kontakte in die linke politische Szene, zu den Neoanarchisten und zu Ökoterroristen. Seinen Namen verdankt er seiner Sammelleidenschaft: Er sammelt diverse Plüschtiere und hier insbesondere Bären. Er ist eher schmal gebaut, blond und schwächlich. Der unscheinbare Eindruck wird noch dadurch verstärkt, dass er ausgesprochen leise spricht, insbesondere wenn Frauen anwesend sind. Als Hacker gehört er nicht gerade zur Elite, dafür kennt er sich mit Drohnen, mechanischen Geräten sowie Sprengstoffen und anderen Chemikalien umso besser aus.



# O'ZAPFT IS!

### VOR DEM SHADOWRUN

Im großen Finale der Kampagne tritt Leon Durruti zum letzten großen Rundumschlag an. Über einen Strohmann Durrutis werden die Charaktere in das VIP-Zelt der Bavaria Studios auf dem Oktoberfest gelockt, das Durruti mit dem von den Charakteren zuvor gestohlenen Senfgas flutet. Die Runner geraten dabei mitten ins Geschehen, müssen dem Mordanschlag Durrutis entkommen und ihn in letzter Konsequenz über die Wiesn jagen.

### HINTERGRUND

Bruckstädts Erpressung ist aufgedeckt, Bavaria hat Bruckstädt abgeschossen und dieser ist irgendwo in Hongkong abgetaucht. Eigentlich könnten die Charaktere zufrieden sein, wäre da nicht der letzte Protagonist in diesem Spiel, Leon Durruti. Der hat sich über Tage und Wochen hinweg ruhig verhalten und es scheint so, als wäre die Zeit des Terrors in München vorbei. Dumm nur, dass Durruti bloß Zeit braucht, um seinen großen Racheakt gegen Bavaria und die Charaktere vorzubereiten. Im Gegensatz zu seinem bisherigen Vorgehen, in dem er berechnend und kühl seine Anschläge vorbereitet und ausgeführt hat, kocht er jetzt vor Wut. Er sieht seine ganzen Pläne pervertiert, da er ohne es zu wissen, Bavaria und Bruckstädt mit seinem Kampf gegen das Kapital und die Medienkonzerne Münchens in die Tasche gewirtschaftet hat. Er fühlt sich um seinen Ruhm betrogen und sinnt auf blutige Rache. Entsprechend geht er hier noch brutaler, aber auch um einiges unvorsichtiger vor. Da er aber nicht nur einen glühenden Groll gegen Bavaria hegt, sondern auch gegen die Charaktere, die er für den Betrug Bruckstädts mitverantwortlich macht, stellt er einen Plan auf, in dem er beide Fliegen mit einer Klappe schlägt. Einerseits will er Bavaria ihr größtes Kapital nehmen, nämlich die Gesichter ihrer Stars, andererseits will er die Charaktere ein für alle mal entsorgen, und all das in einem großen, blutigen Finale. Da er ja bereits dank Bruckstädt eine größere Menge Senfgas besitzt und vom Bären-Franz für einen eigentlich schon geplanten Anschlag einen tödlichen Sprengsatz in einem großen, blauen Stoffelefanten erhalten hat, stellt er den Plan auf, das VIP-Zelt Bavarias auf dem Oktoberfest mit dem Gas zu fluten und gleichzeitig die Charaktere über einen Strohmann in das Zelt zu locken und sie dort zu ermorden.

### DAS ABENTEUER LEITEN

Zumindest am Anfang können die Spieler durchaus glauben, dass die Kampagne mit dem Verschwinden Bruckstädts und der Aufdeckung seiner Erpressung beendet ist. Es bietet sich also an, hier vorher ein eigenes kleines Szenario in München zu leiten und den Kampagnenabschluss als weiteres einzelnes Abenteuer auszugeben. Hier können Fotokopien und ausgiebige Notizen helfen, immerhin dürften die Spieler dieses Buch mittlerweile auf Anhieb erkennen. Das Szenario selbst steigert sich nach einer simplen Eröffnung zu einem fulminanten und brutalen Finale, in dem Durruti ein für alle Mal sein Leben aushaucht.

## VON STROHMÄNNERN UND STROHKÖPFEN

### WAS IST LOS, CHUMMER?

Die Charaktere treffen einen neuen Schmidt im Nightshadows (siehe *Schatten über München*, S.123), der Karl-Kombatmage-Fan-Kneipe von Kevin Winzacker. Schmidt ist ein ahnungsloser Strohmann Durrutis, der den Charakteren einen relativ simplen Auftrag in der Medienschickeria Münchens anbietet, um die Runner in das VIP-Zelt der Bavaria auf dem Oktoberfest zu locken.

### SAG'S IHNEN INS GESICHT

Karl Kombatmages Fetische, Sammy Samurais Gatlingkanone, Denny Deckers Baseballcap, im Nightshadows finden sich all die Devotionalien, die Fanboys in der ganzen Welt vor einigen Jahren noch schlaflose Nächte gebracht hätten. Zwar ist Karl Kombatmage in die ewigen Schleifen der Donnerstag Nacht Dauerwiederholungen verschwunden, aber trotzdem zieht der Laden hier immer noch genug Fans der Serie an, um Kevin Winzacker alias Tobi Troll ein ordentliches Auskommen zu sichern. Da das Nightshadows einer typischen „Runnerkneipe" aus der Serie nachempfunden ist, besitzt es natürlich auch Hinterzimmer, die immer wieder gerne von als Runner verkleideten Trotteln benutzt werden, die hier „böser Schurke – noch böserer Schurke" spielen wollen. Perfide, aber nicht dumm. Wo sollten echte Runner und Schmidts weniger auffallen als zwischen diesen Möchtegerns? Kein Wunder also, dass ihr Schmidt im Geheimseparee 3 treffen sollt. Euer Schmidt, ein recht unscheinbarer Mitdreißiger in grauem Anzug, der laut eurer Schieber angeblich irgendwie mit Euphemia zusammenhängen soll, erwartet euch bereits im Separee an einem dezenten schwarzen Tisch mit allerlei elektronischen Spielereien.

„Setzen Sie sich doch. Tut mir leid, dass wir uns an einem solch kitschigen Ort treffen, aber es gibt wohl kaum einen anderen Platz in München, wo man ein solches Treffen wie dieses am wenigsten erwarten würde. Ich brauche einige Herrschaften ihres Kalibers, um wichtige Informationen über Mitarbeiter verschiedener Medienkonzerne dieser Stadt zu sammeln. Ihre Aufgabe wäre es daher, einige Abhöranlagen an zugegebenermaßen nicht ganz leicht erreichbaren Orten zu installieren. Dabei sprechen wir von einer Gesamtsumme von 55.000 Euro an Bezahlung. Ich vermute, Sie haben grundsätzlich Interesse an dieser Arbeit?"

**Sollten die Runner den Job annehmen, lesen Sie den folgenden Text laut vor:**
Kaum habt ihr zugestimmt, lächelt der Schmidt erfreut.

„Wie Sie wohl kaum übersehen und überhören konnten, ist die Wiesn vor einigen Tagen eröffnet worden. Hier treffen sich nicht nur versoffene Touristen aus aller Welt, sondern auch der gesamte Jetset. Hier werden eine Menge Geschäfte abgesprochen, und über genau diese Absprachen will ich Bescheid wissen. Ich bin im Besitz einiger hochwertiger Wanzen, die vor Ort installiert recht profitable Ergebnisse erzielen dürften. Hier kommen Sie ins Spiel: Ich brauche einige technisch halbwegs versierte und verschwiegene Leute, die die Wanzen im VIP-Zelt Bavaria installieren. Um genau zu sein, möchte ich, dass Sie die Wanzen in den VIP-Logen des Bavaria-Zeltes und an der Kleidung von Fabienne Dubois, Carl Röschinger und Isaak Rosenberg unterbringen. Die Herrschaften werden sich voraussichtlich morgen Nachmittag auf der Wiesn und im VIP-Zelt von Bavaria herumtreiben. Dankenswerterweise habe ich einige Backstage-Pässe besorgen können, mit denen Sie in das Zelt kommen dürften. Es wäre mir sehr lieb, wenn Sie vor Ort unauffällig und ohne Gewaltanwendung die Wanzen platzieren könnten. Wenn Sie diese Aufgabe erledigt haben, melden Sie sich bitte über diese Kommlinknummer bei mir, damit ich weiß, ab wann alles so weit platziert ist. Ich gehe davon aus, dass Sie Fragen haben?"

### ATMOSPHÄRE

Zugegebenermaßen wirkt das Nightshadow auf echte Shadowrunner eher bizarr, und man kann dies in der Eröffnung des Runs durchaus dazu nutzen, das Abenteuer amüsant erscheinen zu lassen. Den Spielern dürfte noch früh genug klar werden, dass es ihnen an den Kragen gehen soll.

### HINTER DEN KULISSEN

Schmidt hat keine Ahnung, wer sein Auftraggeber ist, was nicht so unüblich ist. Er vermutet jedoch, dass der Auftrag entweder von Virgin Productions stammt oder von einer der anderen größeren Medienfirmen in München-Riem. Er hat entsprechend nicht den leisesten Verdacht, dass er nur der Erfüllungsgehilfe Durrutis ist. Der Schmidt führt einen Koffer mit winzigen Wanzen mit sich und außerdem zwei verwanzte Vasen, die denen in den VIP-Zelten ähneln und damit ein perfektes Versteck darstellen. Auch wenn der Auftrag ein einziger Betrug ist, sind die Wanzen durchaus echt und voll funktionsfähig. Außerdem besitzt er Backstage-Pässe für das Bavaria-Zelt, die auf die Namen Nikolas Hansen, Birgit Roland, Frank Joachim Steiger, Angelo Brigonetti, Peter Behr und Vladimir Waschevski lauten. Geschlecht und Anzahl der Namen bzw. Ausweise sollten Sie natürlich an ihre Spielgruppe anpassen. Auf den Ausweisen steht auch der offizielle Job der Charaktere. Hier bieten sich entweder Servicekräfte, also Servierer oder Breznverkäufer, an oder aber eine traditionelle Musikkombo in Lederhosen und mit Filzhüten.

### DAUMENSCHRAUBEN

Wie üblich bei den Gesprächen mit Schmidt gibt es hier nicht viel zu erschweren, schließlich sollen die Runner den Job annehmen. Man kann jedoch den Runnern die Pässe vorenthalten, so dass sie sich selbst einen Weg ins VIP-Zelt suchen müssen.

### KEINE PANIK

Schmidt kann die Gesamtsumme bei Verhandlungsversuchen seitens der Runner auf bis zu 65.000 Euro erhöhen und ist bereit, eine Anzahlung von 15.000 Euro zu leisten. Der Job ist eigentlich leicht verdientes Geld, von daher sollten die Charaktere nach der Hektik der vorhergehenden Runs durchaus glücklich über diese Abwechslung sein. Möglicherweise befindet sich auch ein Trideofan unter ihnen, der so eine Möglichkeit bekommen könnte, seinen Idolen mal richtig nahe zu sein.

## VON SÄUFERN UND SCHLÄGERN

### WAS IST LOS, CHUMMER?

Die Charaktere können sich nun mit den Wanzen und den Ausweisen vertraut machen und sich einen Plan überlegen. Früher oder später werden sie dazu sicher auch eine Tour über die Wiesn machen, um sich ihr Ziel näher anzuschauen. Am nächsten Tag geht es dann zum Generalangriff auf das Bavaria-Zelt.

### SAG'S IHNEN INS GESICHT

Wie fast immer ist auf der Wiesn richtig was los. Tausende von Müttern mit Kindern, Kegelbrüder und anderen Leute, die die Bierstände, Schießbuden und Fahrgeschäfte unsicher machen. Immer wieder kann man Viererpatrouillen der Schwarzen Sheriffs durch die Menge schlendern sehen und allerorten hängen zum Teil gut sichtbare und zum Teil verborgene Überwachungskameras der Sicherheits- und Kontrollstation der Sheriffs. Das Zelt der Bavaria Studios ist dank AR-Wegweiser nicht allzu schwer im Gewühl zu finden und wird vom „Solaris", einem großen Turm aus Stahlsträngen überschattet, an denen Leute in kleinen Gondeln hinauf gefahren und in rasanter Fahrt in die Tiefe gestürzt werden, damit sich Bier und Brezn einen möglichst schnellen Weg aus ihren Mägen bahnen können. Ihr regelmäßiges Geschrei übertönt sogar die bayrische Volksmusik, die aus dem Bavaria-Zelt schallt.

### HINTER DEN KULISSEN

Nach ein wenig Beinarbeit oder schlichtweg durch Beobachtung auf der Wiesn dürfte den Charakteren schnell aufgegangen sein, dass ihr Job standesgemäße Kleidung erfordert. Lederhosen und Kniestrümpfe, respektive knappes Dirndl sind als Mitarbeiter auf der Wiesn Pflicht, aber zum Glück ist es gar nicht so schwer, solche Klischeetrachten auf der Wiesn zu erwerben. Schwieriger dürfte es werden, größere Waffen, Sprengstoffe und so weiter, ohne größere Vorbereitungen auf die Wiesn zu schmuggeln, da den schwarzen Sheriffs durchaus klar ist, dass das größte Volksfest der Welt auch genug Verrückte und Psychopathen anlockt. Die Sheriffs überprüfen daher stichprobenartig Besucher und verwenden an den Zugängen zudem Waffen- und Sprengstoffdetektoren.

Als Normalsterblicher kommt man natürlich nicht in das Bavaria-Zelt hinein, schließlich will man bei Bier und Weißwurst unter sich bleiben. Entsprechend passen Türsteher an den Zugängen recht genau auf, wer hier rein

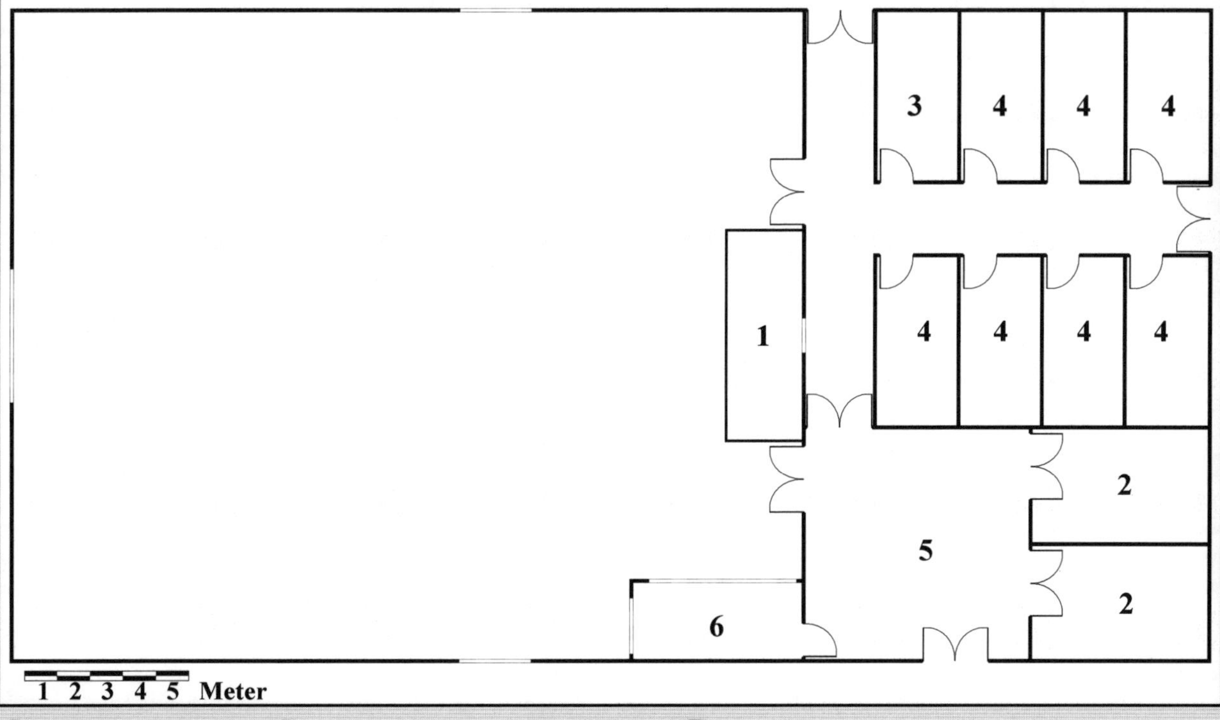


DATENEMPFANG ...

kommt und wer nicht. Sollten die Charaktere aber als brave Servierer oder Musikanten mit den Ausweisen an einer der Hintertüren erscheinen, sollten sie ohne größere Schwierigkeiten in das Zelt kommen. Ab hier finden dann auch keine weiteren Kontrollen mehr statt.

Das Zelt teilt sich hierbei in zwei größere Zonen auf: Den offiziellen Schankraum mit Bühne, Biertischen, Showküche und zwei großen VIP-Logen, zu denen man über Holztreppen Zutritt erlangen kann, und auf der anderen Seite den Servicebereich mit Umkleiden, Großküche und Kühlcontainern mit frischem Bier, Schampus, Sauerkraut, Knödeln, Kaviar, Hummer und Haxn von Dallmayr. Während im ersteren Bereich zünftige Bierlaune mit lauter Musik herrscht und sich kleinere Manager, B-Promis und ein paar wenige Stars wie Fabienne Dubois, Carl Röschinger (siehe *A Stückerl heile Welt*, S.27) oder Isaak Rosenberg (siehe *Reich und schön*, S.40) einen Prosecco gönnen, ist im Servicebereich Hektik und harte Arbeit angesagt. Von hier aus können die Charaktere in ihrer Verkleidung in den Schankraum und können nach und nach ihre Wanzen verteilen. Zeitgleich verlässt die Volksmusikkombo die Bühne und die Aufsteigerband „No Limits" beginnt ihre Show. Gerade wenn die Charaktere den Schankraum dann verlassen, laufen Nebelmaschinen an, die den Schankraum passend zur Bühnenshow mit Bodennebel eindecken.

Was die Charaktere zu diesem Zeitpunkt nicht ahnen: Durruti hat sich viel Zeit für seinen Racheplan genommen, und nun läuft er ab wie ein Schweizer Uhrwerk. Mit dem Bodennebelkonzentrat zerstäuben die Nebelmaschinen nämlich auch das beigemischte Senfgas, das sich so innerhalb von Minuten im ganzen Zelt ausbreitet. Nach einigen Minuten Einwirkungszeit, die die Charaktere vermutlich dazu nutzen werden, das Zelt zu verlassen, breitet sich die Wirkung rasend schnell aus. Die ganze Show beobachtet Durruti dabei von der Spitze des Fahrgeschäftes Solaris aus und genießt seinen Triumph. Wenn die Charaktere das Zelt verlassen, lässt er seine zweite Falle zuschnappen. Er schickt einen kleinen Jungen mit dem blauen Stoffelefanten zu den Runnern, denen er sein Lebkuchenherz geben soll. Gleichzeitig ruft er einen der Charaktere an und erzählt ihnen triumphierend, dass die Revolution beginnen soll und sie das erste, große Fanal bilden sollen.

**Das Bavaria-Zelt**

Im Zelt ist es laut und es geht hoch her. Schunkelnde und saufende Menschen, Breznverkäufer, Kellnerinnen in knappen Dirndln, Musiker und Schankwirte in Lederhosen und mit Filzhüten drängen sich hier zwischen den Bierbänken.

1) Die Bühne: Hier treten „No Limits" auf, sobald die Charaktere das Zelt verlassen. Bis dahin spielt eine typische Volksmusikkombo in Krachledernen.
2) Die Kühlcontainer: Hier werden Getränke und Nahrungsmittel von Dallmayr eingelagert, bevor sie an die wilde Meute verfüttert werden.
3) Die Großküche: Auch wenn im Zelt selbst noch eine Showküche mit Ochsen am Spieß und einigen „traditionellen" Köchen arbeitet, wird die größte Menge an Knödeln, Haxn und Sauerkraut genauso hier vorbereitet wie die Schicki-Micki-Gerichte inklusive Pasteten, Kaviarschnittchen und Hummerschwänzen.
4) In den Umkleiden können sich die verschiedenen Künstler und Mitarbeiter, die auf der Bühne auftreten sollen oder die reichen Herrschaften bedienen, umziehen und vorbereiten.
5) Der große Waschraum ist für die gesamte Belegschaft gedacht. Natürlich ist Dallmayr, die das Catering betreiben, auf Hygiene bedacht.
6) In der Showküche mit Tresen kann man sich selbst Brathendl, Haxn und Scheiben vom Ochsen am Spieß holen, was natürlich sehr rustikal wirken soll.

### DAUMENSCHRAUBEN

Natürlich ist der Job gar nicht so einfach. Erstmal müssen die Charaktere auf die Wiesn, was zumindest mit Waffen schon recht knifflig ist, denn die Kontrollen der Schwarzen Sheriffs können sehr unangenehm werden. Dann müssen sie mit ihren Ausweisen an den Türstehern am Zelt vorbei und zu guter Letzt müssen sie innerhalb der Bussi-Gesellschaft die Wanzen verteilen, ohne aufzufallen. Dabei können sie von betrunkenen B-Promis begrabscht, belästigt oder angepöbelt werden oder ihnen wird der Zugang zu den VIP-Logen verweigert, von denen die wirklich wichtigen Leute von einer Art großem Holzbalkon aus das Treiben im Zelt beobachten können. Die Gefahren im Zelt selbst sind weniger lebensbedrohlich als erniedrigend und sozial anspruchsvoll.

### KEINE PANIK

Natürlich könnten die Charaktere auf die Idee kommen, das Zelt nicht an dem ausgemachten Tag zu besuchen, sondern die Wanzen nachts im Zelt zu verstecken. Das hat jedoch den Haken, dass Dubois, Röschinger und Rosenberg erst gegen Nachmittag im Zelt erscheinen und zumindest Dubois und Röschinger auch Bodyguards mit sich führen. Das Zelt ist zum Verwanzen der ideale Ort und der Nachmittag der perfekte Zeitpunkt.

Wichtig ist, dass den Spielern das Solaris beschrieben wird, da das rhythmische Geschrei der Passagiere wichtig ist, um Durrutis Versteck später ausfindig machen zu können.

## VON HOCHMUT UND FALL

### WAS IST LOS, CHUMMER?

Durruti schickt den Charakteren die wandelnde Bombe entgegen, während im Bavaria-Zelt die Hölle los bricht. Dank diverser Überwachungskameras könnte man später fast auf die Idee kommen, dass diese seltsamen Gesellen in Lederhosen und Dirndln irgendetwas mit dem Gasanschlag zu tun haben könnten.

### SAG'S IHNEN INS GESICHT

Endlich seid ihr raus aus diesem Schicki-Micki-Zelt. Ihr könnt wieder die plärrende Musik der Schieß- und Losbuden und das rhythmische Geschrei der Touris auf dem Solaris hören und die gebrannten Mandeln und die Fahne der Betrunkenen riechen, als dein Kommlink einen Anruf meldet. Als du den Anruf annimmst, hörst du eine vertraute Stimme, eine Stimme, die du aus dem Trideo kennst. Es ist Durruti.

„Guten Tag, meine Freunde. Wie ich sehe seid ihr wieder fleißig dabei, euch für die Medienkonzerne zu versklaven. Ich denke, es freut euch zu hören, dass ihr endlich etwas Sinnvolles mit eurem Leben anfangen könnt, denn ich biete euch die einmalige Chance, das erste, große Fanal der Revolution zu sein, die wie eine Feuerwalze den verkommenen Filz des Kapitals in der ADL und in der ganzen Welt in Flammen setzen wird. Ich beneide euch fast dafür, dass ihr euer Leben für die Sache auf diese Weise opfern dürft."

### ATMOSPHÄRE

Die Charaktere dürften ganz zufrieden und vielleicht auch ein wenig misstrauisch sein, als sie aus dem Zelt herauskommen. Diese Stimmung sollte in Sekundenbruchteilen kippen, wenn sie erkennen, wen sie da an der Strippe haben.

### HINTER DEN KULISSEN

Durruti sitzt hoch oben auf dem Solaris, beobachtet die Runner mit einem Fernglas und ruft sie an, um sie in ihrer letzten Minute noch einmal zu verhöhnen. Er fühlt sich dabei sicher, da er nicht weiß, dass die Runner den blauen Elefanten in *Die Haie kreisen* schon einmal gesehen haben. Das Risiko, dass die Runner ihn anpeilen können, geht er gerne ein, da er davon ausgeht, dass sie von der Bombe, die der Junge ahnungslos trägt, in wenigen Sekunden in Stücke gerissen werden. Hier kommt es auf Sekunden an. Der Runner, der mit Durruti telefoniert, kann nach einer Intuition (1)-Probe das Geschrei der Touristen auf dem Solaris im Hintergrund des Gesprächs hören, das immer wieder laut beginnt und, da die Gondeln von der Spitze des Turms aus in die Tiefe stürzen, immer leiser wird.

### DAUMENSCHRAUBEN

Man kann hier ruhig beschreiben, dass viele Familien mit Kindern und andere unschuldige Opfer herumlaufen. Was auch immer geschehen mag, es dürfte sehr schnell sehr blutig werden.

### KEINE PANIK

Viel mehr als sich mit Durruti streiten, auflegen oder ihn beschimpfen können die Charaktere nicht. Brauchen sie auch nicht.

## VON ELEFANTEN UND KINDERN

### WAS IST LOS, CHUMMER?

Der Junge mit dem Elefanten gerät ins Sichtfeld der Runner. Jetzt heißt es, sich schnell zu entscheiden.

### SAG'S IHNEN INS GESICHT

Während ihr Durrutis Stimme noch im Kommlink hören könnt, fällt euer Blick auf einen kleinen blonden Jungen in Trachtenanzug, der ein großes Lebkuchenherz mit der Zuckergussaufschrift „My heart goes boom" um den Hals trägt und mit einem großen, blauen Stoffelefanten im Arm auf euch zu kommt. Ein Anblick, der alte Erinnerungen wecken könnte …

### ATMOSPHÄRE

Genau der richtige Augenblick, um das Blut in den Adern gefrieren zu lassen.

### HINTER DEN KULISSEN

Die Bombe rollt auf die Runner zu und nun müssen sie sich entscheiden: Versuchen sie den Jungen aufzuhalten, schießen sie ihn vielleicht nieder oder versuchen sie, den Elefanten möglichst schnell aus der Menschenmenge zu bekommen? Durruti dürfte recht überrascht darüber sein, dass die Charaktere so direkt auf den Elefanten reagieren und die Bombe sofort zünden, auch wenn die Charaktere eigentlich noch zu weit weg sind. Gehen sie dabei davon aus, dass sich in dem Elefanten gut 6 Kilo hochbrisanter Sprengstoff der Stufe 12 befinden, die im Zentrum einen stolzen Schadenscode von 29 entwickeln, der pro Meter um 2 gesenkt wird.

Nach der quasi unvermeidlichen Explosion bricht, wie man sich denken kann, Panik aus. Aber auch wenn die Charaktere irgendeinen Weg gefunden haben, wie sie die Bombe entschärfen konnten, ist Panik angesagt, denn nun brechen dutzende B-Prominente, Kellner und Musikanten schreiend aus dem Bavaria-Zelt heraus, deren

Haut Blasen wirft und denen Blut und Schleim aus Augen, Nasen und Mündern sickert. Kurz gesagt: Die Hölle bricht um die Charaktere herum los.

Nachdem all dies um sie herum passiert, können sich die Charaktere entscheiden: Suchen sie Durruti und treten sie ihm in den Arsch dafür, dass er ihnen das Leben zur Hölle macht und kassieren dafür vielleicht sogar das Kopfgeld von 1,5 Millionen Euro oder türmen sie im Chaos und verschwinden einfach? Spätestens seit *Vier Elfen und ein Todesfall* wissen die Charaktere ja, wie man ein Kommlink anpeilt, aber auch allein das Geschrei der Leute auf dem Solaris sollten eigentlich ausreichen, um den Charakteren klar zu machen, wo Durruti gerade steckt. Sie haben zum ersten Mal in der Kampagne wirklich die Möglichkeit, Durruti zu erwischen.

### DAUMENSCHRAUBEN

Noch schlimmer als ein kleiner Junge mit einer Bombe unterm Arm kann es doch kaum noch werden, oder?

### KEINE PANIK

Sollten die Charaktere einfach nicht auf den Gedanken kommen, dass der Elefant eine Bombe enthält, muss eine Logik (2)-Probe her, wenn alle anderen Mittel nicht wirken. Wie die Charaktere die Bombe loswerden wollen, ist ganz ihr Problem.

## VON BLUT UND TRÄNEN

### WAS IST LOS, CHUMMER?

Wir gehen hier natürlich davon aus, dass die Charaktere sich an die Spur Durrutis hängen, um ihn auf dem Solaris einzukassieren. Sollten sie sich stattdessen dafür entscheiden, einfach zu türmen und nach Hause zu gehen, ist das natürlich völlig in Ordnung, auch wenn sie damit den Rest des Finales verpassen. Shadowrunner sind nun mal keine weißen Ritter, sondern in erster Linie bezahlte Kriminelle.

### SAG'S IHNEN INS GESICHT

Um euch herum tobt Panik. Schreiende Mütter suchen ihre Kinder, weinende Kinder stehen bei ihren toten oder verstümmelten Eltern. Blut und abgerissene Körperteile verwandeln die Szenerie aus Losbuden und Bierschänken in ein Schlachtfeld. Ihr könnt zwei völlig überforderte Sanitäter von BuMoNa sehen, die verzweifelt versuchen, Ordnung in das Chaos zu bringen, während ein Schwarzer Sheriff kreidebleich in den Trümmern seinen abgerissenen Arm sucht.

### ATMOSPHÄRE

Chaos und Panik tobt um die Charaktere und niemand scheint sich für sie interessieren. Sie haben die Chance, diese Tat zu bestrafen.

### HINTER DEN KULISSEN

Natürlich können die Charaktere Durruti nicht sehen, der gerade dabei, ist im Inneren des Solaris nach unten zu klettern. Durruti hat zur Sicherheit ein paar seiner fast schon gläubigen Sympathisanten in der Nähe des Solaris postiert, die ihm den Rücken frei halten sollen und die wissen, mit wem sie es bei den Charakteren zu tun haben. Sollten die Runner also zum Solaris laufen, eröffnen sie aus Losbuden oder einfach der fliehenden Menschenmenge heraus das Feuer auf die Runner, um sie aufzuhalten. Eine wilde Jagd über das Oktoberfest kann beginnen. Hier kann man einen kompletten Parcours vorplanen oder einfach schauen, wie und wo die Charaktere die Jagd auf Durruti eröffnen.

> **SENFGAS**
>
> Dieser auch als LOST bekannte Kampfstoff ist eigentlich kein Gas, sondern eine hochsiedende und geruchlose Flüssigkeit, weswegen er verspritzt oder als Dampf oder Aerosol verteilt werden muss, um eine flächendeckende Wirkung zu entfalten, die in den ersten Minuten ohne äußere Anzeichen eintritt. Seinen Namen bekam Senfgas durch den senfähnlichen Geruch der ersten dafür verwendeten Lösungs- bzw. Trägerflüssigkeiten. Senfgas wirkt als Hautgift und erzeugt verbrennungsähnliche Verätzungen, die oft große Blasen bilden, wobei das Gewebe nachhaltig zerstört wird. Zudem führen die Verätzungen im Gesicht oft zu Erblindungen, bei denen aber eine gute Chance der Selbstregeneration innerhalb einiger Monate besteht. Als Atemgift greift es die Bronchien an und verätzt sie. Wirksame Rettungsmaßnahmen sind das Abwaschen der Verätzungen mit starker Seifenlauge oder das Besprühen mit Chlorkalk, während das Abdecken der Hautregionen mit Kleidung oder Decken vor einer Entgiftung die Wirkung nur verschlimmert. Senfgas durchdringt außerdem poröse Materialien und greift einige Gummi- und Plastiksorten an.

### DAUMENSCHRAUBEN

Die Sympathisanten sind bereit sich zu opfern und werden auch jeglichen Kollateralschaden riskieren, um Durruti zu schützen und die Charaktere aufzuhalten. Das umfasst auch Handgranaten in Menschenmengen und ungezieltes Sperrfeuer. Aufgrund des Chaos und der Massenpanik kommen die Charaktere entsprechend auch eher langsam voran. Panische Menschen reagieren nur selten rational und drängen sich mit Vorliebe genau dort lang, wo die Runner gerade durch wollen.

### KEINE PANIK

Im Endeffekt läuft es darauf hinaus, dass die Runner Durruti irgendwo stellen, niederschießen, betäuben oder sonst wie ausschalten. Natürlich hat Durruti für diesen Fall vorgesorgt. Er trägt einen Sprengstoffgürtel mit einem Biomonitor, der ihn in Stücke sprengt, sollte er getötet werden (3 Kilo Sprengstoff der Stufe 12, also ein Schadenscode von 21). Dieser Gürtel ist zudem durch Skinlink mit ihm verbunden, sodass er sich auch willentlich töten kann. Zudem hat er einer Sympathisantin den Funkzünder zu diesem Sprengsatz gegeben, mit dem Auftrag ihn auszulösen, sollte er in Gefahr geraten, gefangen genommen zu werden. Er versteht sich zwar eigentlich nicht als Märtyrer, denn dann hätte er seine Anschläge nicht so akribisch geplant, damit er selbst sich dabei in Sicherheit befindet, aber er will auch nicht den Konzernschergen, also den Schwarzen Sheriffs oder anderen Konzerntruppen oder gar der Polizei lebend in die Hände fallen. So sehr das die Spieler auch ärgern mag wird Durruti so oder so das Zeitliche segnen und sich damit das Kopfgeld in Wohlgefallen auflösen. Vielleicht nutzt er sogar die Gelegenheit noch, den Runnern ins Gewissen zu reden, aber in einer ausweglosen Situation stirbt er so oder so.

Sollten die Runner dabei versagen, Durruti zu erwischen, wird er früher oder später von den Schwarzen Sheriffs aufgebracht, die natürlich für Anschläge auf das Oktoberfest entsprechende Notfallpläne besitzen. Das Ergebnis sieht dann ähnlich aus.

Die Schwarzen Sheriffs können außerdem zum ersten Mal in der Kampagne für die Runner nützlich sein, sollten

### TEAM-KARMA

| Situation | Karma |
| --- | --- |
| Die Wanzen verteilt | 1 |
| Durruti aufgespürt | 1 |
| Durruti gestellt | 1 |
| Von den Wiesn entkommen | 1 |

### INDIVIDUELLES KARMA

| Situation | Karma |
| --- | --- |
| Überleben | 1 |
| Gutes Rollenspiel | 1-2 |
| Mut oder Cleverness | 1 |
| Humor | 1 |
| Die Geschichte vorantreiben | 1 |

die Sympathisanten Durrutis ihnen allzu sehr einheizen, denn die Sheriffs werden Leute, die wild in die Menge (und auf die Charaktere) schießen auch schnellstmöglich ausschalten wollen.

Zu guter Letzt bleibt den Charakteren nur noch, mit der panischen Menge von der Theresienwiese zu fliehen und abzutauchen, bis sich der Rauch verzogen hat.

## NACH DEM SHADOWRUN

### WIE GEHT'S WEITER?

Durruti ist tot, und er hat eine Menge Leute mitgenommen. Über ein Dutzend Tote, dazu über hundert Verletzte, eine ganze Reihe davon B-Prominenz von Bavaria. Das Senfgas hat zwar nur einige wenige von ihnen getötet, aber bei vielen von ihnen schlimmste Verätzungen und Verbrennungen auf der Haut und den Schleimhäuten verursacht, viele sind auch erblindet. Das ist nicht weiter überraschend. Zumindest für die Charaktere dürfte dafür umso überraschender sein, dass die meisten dieser Promis schon nach wenigen Wochen wieder im Showbiz auftauchen, als wäre nichts geschehen. Die Psychiater und plastischen Chirurgen haben ohne Pause gearbeitet, um das Kapital Bavarias zu retten, und die, die „irreparabel geschädigt" sind, werden schnell gegen neue Sternchen ausgetauscht. Eigentlich scheint sich in München rein gar nichts geändert zu haben. The show must go on. Durruti andererseits wird schnell von der Anarchistenszene, besonders außerhalb von München, als Märtyrer gefeiert, der zwar etwas übertriebene Mittel verwendete, aber doch die richtigen Ziele verfolgt hat.

Nachdem Durruti das Zeitliche gesegnet hat, fällt jeglicher Verdacht von den Charakteren ab, dass sie mit dem Anschlag auf dem Oktoberfest irgendetwas zu tun haben könnten, und die Anarchistenszene Münchens ist viel zu hart getroffen, um irgend etwas gegen die Charaktere zu unternehmen, besonders auch, weil viele von ihnen Durrutis Methoden sowieso nicht gut heißen konnten. Damit verbleibt nur Saeder-Krupp, denn der Essener Konzern hat die Beweise für den Einbruch auf das Pharmalager gut archiviert, um sie vielleicht irgendwann einmal dazu zu benutzen, die Charaktere unter Druck zu setzen. Ein perfekter Aufhänger für weitere Runs in München, besonders zwischen BMW und den anderen Großkopferten.

Bavaria hat Bruckstädt alle Schuld untergeschoben, ihn hochkant gefeuert und ein internes Ermittlungsverfahren eingeleitet, um die Schwarzen Sheriffs, die ja durch Renraku kontrolliert werden, auf Distanz zu halten und ihr Saubermann-Image zu pflegen. Bruckstädt sitzt währenddessen irgendwo in Hongkong und versucht, nicht aufzufallen, und sollten die Charaktere allzu rachsüchtig sein, könnten sie ihr Glück in der asiatischen Metropole versuchen, die im Quellenband *Schattenstädte* näher beleuchtet wird.

Zu guter Letzt sei noch erwähnt, dass nach dieser Kampagne die Charaktere Verbindungen wie auch Feinde in der Unterwelt und der Runnerszene Münchens haben dürften, was noch viele weitere Möglichkeiten für Runs ergibt.

Im Endeffekt kann man die Situation damit zusammenfassen, dass sich nichts, aber auch rein gar nichts geändert hat. Die Charaktere sollten erkennen, dass das System viel zu träge und selbstgefällig ist, um von einzelnen geändert werden zu können, selbst wenn sie Mittel verwenden wie Durruti. Die ganze Geschichte wird nach einigen Wochen im Nebel der Historie verschwinden und genau wie über die Gräber der Ermordeten wächst Gras über die ganze Affäre.

Daraus folgt natürlich auch, dass der gesamte Quellenteil dieses Buches auch nach Durrutis Anschlagsserie komplett Gültigkeit behält.

## DARSTELLER

### DURRUTIS SYMPATHISANTEN

Die Sympathisanten, allesamt junge Frauen und Männer, die von Durrutis Weltvorstellung und Ideologie überzeugt sind, werden alles tun, um die Charaktere lang genug zu beschäftigen, damit Durruti fliehen kann. Zwei von ihnen haben sich als Mitarbeiter einer Schießbude direkt beim Solaris anstellen lassen und haben entsprechend neben Schießbudenflinten auch zwei Gewehre auf die Wiesn geschmuggelt. Weitere haben ihre Pistolen oder Maschinenpistolen in Stofftieren oder in Kinderwagen verborgen und werden sie benutzen, um den Charakteren das Leben so schwer und kurz wie möglich zu machen. Einige sind fanatisch genug, dafür in den Tod zu gehen, andere werden fliehen, wenn es zu brenzlig wird.

**Durrutis Sympathisanten (ca. 12, je nach Situation)**

| K | G | R | S | C | I | L | W | ESS | INI | ID | ZM | PS | P |
| --- | --- | --- | --- | --- | --- | --- | --- | --- | --- | --- | --- | --- | --- |
| 3 | 3 | 3 | 3 | 3 | 3 | 3 | 3 | 6 | 4 | 1 | 10 | 2 | 6/4 |

**Fertigkeiten:** Schnellfeuerwaffen 2, Gewehre 2, Pistolen 2, Ausweichen 3, Wahrnehmung 2, Waffenloser Kampf 3, Wurfwaffen 3
**Ausrüstung:** Gefütterter Mantel (6/4), Kommlink, Uzi IV (Smartgun) oder Colt Manhunter oder Ruger 100 (Smartgun, in der Schießbude), 2 Splittergranaten